Christine Fehér

Dornenliebe

Christine Fehér

Dornen liebe

Thriller

cbt

cbt ist der Jugendbuchverlag
in der Verlagsgruppe Random House

Verlagsgruppe Random House FSC-DEU-0100
Das für dieses Buch verwendete
FSC-zertifizierte Papier *Super Snowbright*
liefert Hellefoss AS, Hokksund, Norwegen.

Gesetzt nach den Regeln der Rechtschreibreform

1. Auflage 2010

Umschlagbild: istockphoto / © Kadir Barcin
Umschlagkonzeption: init.büro für gestaltung, Bielefeld
st · Herstellung: AnG
Satz: KompetenzCenter, Mönchengladbach
Druck: GGP Media GmbH, Pößneck
ISBN: 978-3-570-16038-1
Printed in Germany

www.cbt-jugendbuch.de

1.

Die Tür fällt ins Schloss. Kurz darauf hört Luna, wie ihr Vater den Lieferwagen startet. Sie weiß, dass ihre Mutter vom Beifahrersitz aus schaut, ob sie noch einmal ans Fenster tritt, um ihnen nachzuwinken, aber sie kann nicht. Luna bleibt mitten im Zimmer stehen, die Reisetasche dicht neben ihren Füßen, und blickt sich um. Das hier ist es jetzt also, ihr neues Zuhause. Es ist noch weit davon entfernt, eines zu sein. Ich bin wie ein Alien, denkt sie; wie ein Wesen von einem anderen Planeten, das aus einem Ufo abgesprungen ist und nun hier herumsteht, mitten in Berlin, in einer unsanierten Ein-Zimmer-Altbauwohnung in einer Charlottenburger Seitenstraße, die nicht sehr anheimelnd wirkt, soweit ich das bisher sehen konnte. Ich kenne niemanden in dieser Stadt bis auf eine andere Studentin, die aber schon zwei Semester weiter ist, und auch die ist nicht wirklich eine Bekannte. Bisher haben wir nur E-Mails ausgetauscht. Hier bekomme ich den Anschluss erst übernächste Woche.

Doch Luna wollte hierher, nicht nur zum Studieren. Seit Thores Tod glaubt nicht einmal mehr ihre Mutter daran, dass es gegen den Schmerz hilft, wenn man einfach an etwas Schönes denkt. Es gibt nichts Schönes mehr. Trotzdem. Thore hätte gewollt, dass sie weitermacht.

Das Zimmer ist noch nicht warm genug, als dass Luna den Wunsch verspürt, ihre Jacke auszuziehen. Sie geht zum Fenster und prüft den Heizkörper darunter, ihr Vater hat ihn vorhin noch aufgedreht, jetzt ist er auf einer Seite schon etwas warm, vielleicht hätten sie ihn erst entlüften sollen. Zu Hause ist ihr Vater immer in jedes Zimmer gegangen, um das bei allen Heizkörpern zu machen, bevor der Sommer ganz zu Ende war. Er hat gesagt, sie solle morgen beim Hausmeister klingeln und ihn darum bitten, hat sich selbst verflucht, weil er den Schlüssel dafür in Remscheid vergessen hat. Sich entschuldigt, auch er sei wegen Thore manchmal nicht ganz bei der Sache. Luna stellt sich vor, Thore würde ihr aus dem Himmel zusehen, wie ein Kind stellt sie sich das vor. Das schaffst du schon, Luni, würde er sagen.

Das Semester beginnt Mitte Oktober, zehn Tage hat Luna noch Zeit, sich einzurichten, sich einzuleben. Heute genügt es, wenn sie ihr Bett fertig hat und das Geschirr findet. Die Möbel stehen schon an den richtigen Stellen, sie hat Hand in Hand mit ihrem Vater gearbeitet, er ist schnell ins Schwitzen gekommen, während sie selbst in ihrer Jacke noch fror. Nach ein paar Stunden war alles aufgebaut. Hochbetten sind für Berliner Altbauwohnungen perfekt geeignet, das Gebrauchte mit dem Arbeitstisch unter der Liegefläche spart Platz, den sie für ihr Bücherregal brauchen kann, ein Sessel passt vielleicht auch noch hinein oder ein kleines Sofa. In Berlin soll es tolle Flohmärkte geben.

Luna fährt mit der Hand über das Fensterbrett. Ein kühler Luftzug streift ihre Fingerspitzen. Es ist windig heute, die Äste der Linde neben den Mülltonnen draußen biegen sich bei jeder Böe, für richtige Herbststürme ist es eigentlich noch zu früh. Später wird Luna ein zusammengerolltes Handtuch an die Stelle legen, sie hofft so sehr, dass das Zimmer warm wird, bis sie schlafen geht; wenn sie friert, spannt sich ihr ganzer Rücken an und tut weh. Sie spürt, dass sie Hunger hat, aber noch mehr Durst, und geht in die Küche, findet den Wasserkocher und ein paar Becher in einer Umzugskiste, zwei Schachteln mit Teebeuteln hat ihre Mutter mit eingepackt, Pfefferminz- und Waldfruchtaroma. In der zweiten Kiste findet sie die Becher, nur zu essen hat sie nichts, sie hat ihren Eltern gesagt, sie würde noch zum Supermarkt gehen, ehe die Geschäfte schließen, dabei weiß sie nicht einmal, wo hier in der Nähe ein Supermarkt ist. Kneipen hat sie im Vorbeifahren gesehen, ein oder zwei kleine Klamottenläden, ein Autohaus. In einer der Kneipen könnte sie etwas essen, vielleicht gibt es dort Salat, Sandwichs oder wenigstens Erdnüsse in der Tüte, die sie gleich mit nach Hause nehmen kann. Sie stellt den Wasserkocher an und legt einen Beutel Pfefferminztee in ihren Lieblingsbecher, den mit dem eingebrannten Foto von Thore und ihr, als sie noch klein waren. Seltsamerweise erscheint ihr das Bild vom Kindergartenfotografen jetzt tröstlich, statt ihren Kummer zu verstärken. Im Flur steht noch ihre Umhängetasche aus grauem Stoff, sie geht hinüber und prüft ihr Handy, doch es ist weder eine Nachricht noch ein Anruf eingegangen. Dann zählt sie den Inhalt ihrer Geldbörse durch, etwas über 23 Euro, für heute Abend reicht es auf jeden Fall. Die Wohnung kostet 270 Euro warm für 26 Quadratmeter. Die Eltern werden ihr monatlich das Kindergeld überweisen, dann ist da noch das Sparbuch, bald wird sie sich einen Nebenjob suchen müssen, um über die Runden zu kommen. In ein Studentenwohnheim hat Luna nicht gewollt, wollte allein sein, in ihrem eigenen Tempo Leute kennenlernen und nicht durch eine Gemeinschaft, die sie sich nicht selber ausgesucht hat. Wenn du mal wirklich knapp dran bist, lass es uns wissen, hat der Vater gesagt; dann gibt es ein bisschen was extra. Luna weiß, Thores Beerdigung war teuer, die Überführung der Leiche aus Portugal, der Sarg, die Blumen. Vor allem war sie nicht geplant. Zu dem Schmerz, dem Verlust, der sie alle fast um den Verstand gebracht hatte, auch noch die Kosten. Darum geht es nicht, das schafft man schon irgendwie, hat die Mutter immer wieder betont. Trotzdem hat Luna sich gleich vorgenommen, dass sie nie freiwillig zugeben wird, mehr Geld zu benötigen.

Morgen kann sie ihre neue Umgebung erkunden, herausfinden, wo ein Geldautomat ist, ein Bäcker und ein Supermarkt, die nächste U-Bahn oder ein Bus, ein Buchladen. Ein Buchladen ist das Wichtigste. Was andere Mädchen für Klamotten und Schminkzeug ausgeben, investiert Luna in Bücher. Sachbücher zu Themen, die sie interessieren, historische Romane, Biografien. Thore hatte das immer gut gefunden. Nicht so oberflächlich wie die meisten bist du, hatte er gesagt.

Das kochende Wasser blubbert, Luna gießt den Tee auf und legt ihre Hände um den Becher, trägt ihn zurück ins Zimmer und setzt sich aufs Bett, auf die kahle Matratze, auch die Bettwäsche muss irgendwo verpackt sein. Sie trinkt ihren Pfefferminztee schluckweise, er wärmt von innen, danach fühlt sie sich etwas besser. Luna stellt die leere Tasse mit dem Beutel darin aufs Fensterbrett, zieht jetzt doch ihre Jacke aus und rollt sie zusammen, in welcher Kiste die Handtücher sind, weiß sie nicht, es soll nicht so ziehen. Der Heizkörper ist kaum wärmer, blöd, dass sie ihn nicht mehr entlüftet haben. Du bist schuld, Thore, denkt sie und stellt sich vor, dass er jetzt lachen würde, sie lacht nicht, aber es tut gut, an ihren Bruder zu denken und mit ihm Zwiesprache zu halten, als wäre er noch da.

Bewegung hilft, die Wärme, die der Tee gibt, etwas länger im Körper zu halten. Luna öffnet eine Kiste nach der anderen, zieht den Reißverschluss der Reisetasche auf, ihre ausgetretenen Sneakers hat sie noch an, hier sagt niemand, dass der Fußboden sauber bleiben muss. Nach kurzer Zeit hat sie fast die Hälfte ausgepackt, so reich sind ihre Besitztümer nicht, alles liegt und steht in der Wohnung verteilt, sie muss erst das Meiste einräumen, bevor sie weiter auspacken kann. Nachdem sie das Zeitungspapier vom Fußboden aufgesammelt hat, wirkt alles schon ordentlicher; Gläser hatte sie darin eingewickelt, ein paar Porzellanfiguren, die sie nicht einmal mochte, aber auch nicht wegwerfen wollte, übertrieben nach dem Kindchenschema dargestellte Hunde und Katzen. Ihre Mutter hat ihr zwei Blumenvasen mitgegeben, so was braucht man in einem Haushalt, meinte sie, aber Luna glaubt nicht, dass jemand in diese Wohnung kommen wird und ihr Blumen mitbringt.

Im Duschbad findet sie einen Lappen, der noch vom Vormieter stammen muss, feuchtet ihn an und wischt über die Regalbretter. Die Bücher, CDs und Kerzenhalter, die sie als Erstes einräumt, wirken noch fremd in diesem Zimmer, das ihr noch nicht vertraut ist, fast wie neue Sachen, genau wie das Licht, das in einem grellen Weiß von der Decke strahlt. Die Mickymauslampe aus ihrem alten Kinderzimmer, die dort noch kultig war, wollte sie nicht mitnehmen, nicht ins Berliner Unileben. Jetzt baumelt nur eine nackte Energiesparbirne an der Decke, ihr Vater hatte zu Hause im Keller nach einem Lampenschirm suchen wollen, aber Luna hatte abgelehnt. Die Flohmärkte in Berlin. Eigenständig sein.

✱

Zwei Stunden später hat sie Laken und Bettbezug aufs Hochbett geworfen, ein paar Teller und Gläser gefunden und die wichtigsten Habseligkeiten im Bad eingeräumt. Luna merkt, dass sie müde wird, sie spürt jeden Knochen einzeln, aber noch kann sie sich nicht vorstellen, hier zu schlafen, zum ersten Mal in ihrem Leben ganz allein, ohne die vertrauten Geräusche des Elternhauses, das dumpfe Geschirrklappern, wenn ihre Mutter spätabends noch abwäscht, das unverständliche Gemurmel des Fernsehers aus dem Wohnzimmer. In einer Kiste findet sie ein Glas Nuss-Nugat-Creme, noch ein Stück Zuhause, aber das Brot dazu fehlt, sonst würde sie jetzt glatt eine Scheibe davon verschlingen. Morgen. Morgen.

Die Zahnbürste, die Seife fürs Bad, endlich ein Handtuch. In der Reisetasche Lunas Schlafanzug, langärmelig, aus Frottee, zum Glück warm genug für diese Nacht, unter der Decke ist es fast egal, wie gut die Heizung funktioniert. Endlich kommen auch ihre farbigen Teelichthalter zum Vorschein, da hat sie fast schon einen Sammeltick, kann an kaum einem Stück vorbeigehen. In der Umhängetasche fischt sie nach ihrem Feuerzeug, zuerst geht es nicht an, Luna flucht leise und verbrennt sich fast die Finger, dann endlich richtet sich eine ruhige Flamme vor ihr auf. Als alle Teelichter brennen, die sie verteilt hat, auf dem Fensterbrett, dem Arbeitsplatz, einem kleinen Beistelltisch, einer Umzugskiste, löscht sie das Deckenlicht. So wirkt alles schon viel gemütlicher. Aber ihr Magen knurrt. Ohne etwas zu essen, wird sie nicht durchhalten bis morgen früh. Luna nimmt ihre Jacke vom Fensterbrett und sucht darin nach dem Wohnungsschlüssel. Ein paar Schritte an der frischen Luft werden ihr guttun; vielleicht ist es danach schon ein bisschen wie nach Hause kommen, wenn sie zurückkehrt. Sorgfältig bläst sie die Kerzen aus, schon der Duft danach wirkt ein wenig anheimelnd. Nachher wird sie sie noch einmal anzünden, auch Kerzenflammen können das Zimmer wärmen.

Ihr Handy piept. Sarah, die Kommilitonin, die sie aus einem Internetforum kennt, hat eine SMS geschickt. Fragt, ob Luna gut angekommen sei und noch etwas mit ihr unternehmen möchte; sie hätte Zeit. Eigentlich will

Luna nicht. Thore hätte gesagt, dass es wichtig sei, Leute kennenzulernen, wenn man neu in einer Stadt ist. Luna schreibt zurück, dass sie nur schnell irgendwo was essen möchte. Sie würde sich freuen, wenn Sarah mitkäme. Eine halbe Stunde später ist Sarah da.

»Wir können auch auf eine Party gehen«, schlägt sie vor, nachdem sie sich in Lunas Wohnung umgesehen hat. »Das Wichtigste hast du ja fertig, der Rest läuft dir nicht weg. Hast du Lust?«

»Ich weiß nicht.« Luna zieht ihre Strickjacke fester um den Körper. »Nach Party ist mir eigentlich nicht so, bin ziemlich kaputt nach dem Umzug. Außerdem kenne ich da niemanden.« Sie streift Sarah mit einem Blick, auch sie ist ihr noch fremd, immerhin sehen sie sich heute zum ersten Mal. Luna merkt, dass sie sich scheu in ihrer Gegenwart fühlt, schon wieder fremd, nachdem sie gerade angefangen hatte, sich ein wenig über ihre Wohnung zu freuen, über das, was sie schon geschafft hat. Auf Partys braucht sie immer jemanden Vertrautes an ihrer Seite, um sich wohl zu fühlen. Sobald sie niemanden zum Reden hat und nicht tanzen will, würde sie am liebsten gehen, versteckt sich im Bad, solange es geht, oder hilft dem Gastgeber in der Küche. Heute wird sie gar nicht wissen wohin, wenn Sarah fast alle Leute kennt, und sie kennt nicht einmal Sarah.

»Was ist das überhaupt für eine Party?«, fragt sie und sucht nach einer kleineren Tasche, die große aus Stoff passt nicht zum abends Weggehen. Ihre Schuhe hat sie auch noch nicht ausgepackt, die Jeans ist an den Oberschenkeln schmuddelig vom Kistenschleppen, und ihr Pullover ist einer der ältesten, die sie hat. Wenigstens frisch machen müsste sie sich noch. In ihrer Reisetasche findet sie einen Gürtel, der aus dem Pulli doch noch ein recht ansehnliches Teil zaubert. Immerhin.

»Johannes, ein Kumpel von mir, feiert seinen Einundzwanzigsten«, erklärt Sarah. »Da wird es so voll sein, dass es gar nicht auffällt, ob du jemanden kennst oder nicht. Tanz einfach, schlag dir am Buffet die Wampe voll und verschaff dir mit ein, zwei Gläsern Sekt die nötige Bettschwere für nachher. Wir müssen nicht ewig bleiben, aber ich wollte mich da einfach mal sehen lassen.«

»Klingt gut«, antwortet Luna, deren Magen jetzt wirklich vor Hunger schmerzt, und bürstet ihr halblanges dunkelbraunes Haar. Wenigstens hat sie es heute früh gewaschen, jetzt glänzt es wieder. Komischer Gedanke, dass das noch bei den Eltern in Remscheid war, denkt sie, während sie rasch noch etwas Lipgloss aufträgt. Und jetzt ist sie in Berlin und geht gleich auf eine Party. Tanzen, Sekt trinken und etwas essen.

✷

Sie fahren eine halbe Stunde mit der S-Bahn.

»Das ist *die* Gegend hier in Berlin«, erkärt Sarah, während sich Luna interessiert umsieht, nachdem sie ausgestiegen sind. Das Viertel wirkt belebter und fröhlicher als die Gegend, in der sie selber wohnt. Der kalte Wind von vorhin hat sich gelegt, lässig gekleidete junge Leute ziehen in großen oder kleineren Gruppen durch die Straßen, Kneipen und alternative Cafés reihen sich aneinander, die Besitzer haben skurrile alte Sessel und Bierbänke nach draußen gestellt, um an diesem lauen Abend auch draußen bedienen zu können. Aus den Restaurants strömen Düfte exotischer Gewürze ins Freie, aus den kleinen Spätkaufgeschäften tragen Jugendliche ihren Alkoholvorrat nach draußen und verstauen sie in ihren Rucksäcken und Umhängetaschen. Überall lehnen rostige Fahrräder an den Straßengeländern und Hauswänden, manche nicht einmal angeschlossen, Lunas Vater dürfte das nicht sehen.

»Prenzelberg, Friedrichshain – das gehörte früher alles zu Ostberlin«, fährt Sarah fort. »Jetzt ist es der angesagteste Kiez der Stadt, alle Studenten wollen hier wohnen.«

»Warum?«

»Hier gibt es die tollsten Klubs und Kneipen, die Leute sind locker drauf und für Studenten gibt es in vielen Läden Sonderpreise. Rund um den Stutti, wo du jetzt wohnst, soll es früher auch ein bisschen so gewesen sein. Mach dir nichts draus – vielleicht kannst du ja bald umziehen, auch in eine WG oder so.«

»Ich weiß nicht, ob ich der Typ dafür bin.« Mit klopfendem Herzen blickt Luna an der Fassade des Hauses hinauf, vor dem Sarah jetzt stehen bleibt. Sie drückt auf einen der obersten Klingelknöpfe. »Mit Leuten zusammenziehen, die ich gar nicht kenne ...«

Der Summer ertönt, Sarah wirft sich gegen die Tür. »Alleine in einer fremden Stadt ist es doch öde«, wendet sie ein. »Du wirst sehen, an der Uni lernst du ganz schnell jede Menge Leute kennen. Und heute Abend auch. Sei einfach du selbst, dann wird das schon. Und gleich morgen musst du dich unbedingt im Online-Netzwerk für Studenten anmelden, dann kannst du mit Kommilitonen chatten und bist mit ihnen schon vertraut, bevor es richtig losgeht. Aber komm, jetzt ist erst mal Party angesagt.«

Luna stapft hinter Sarah die Treppen hoch, einen Fahrstuhl gibt es nicht. Von oben dringt laute Musik ins Treppenhaus, nicht ganz ihr Geschmack, Luna hört auf Partys gern die neuesten Charts, dies hier jedoch ist Swing oder eine Art Free Jazz, genau weiß sie es nicht, unmelodische Bläser sind es jedenfalls, meistens bekommt sie schnell Kopfschmerzen davon. Auch Sarah verdreht die Augen.

»Wenn so was läuft, kann das nur eines bedeuten: Falk ist da«, sagt sie.

»Falk?«, wiederholt Luna. »Was ist das für'n Typ?«

»Eine Art Cousin von Johannes, der die Party hier schmeißt. Der ist perfekt. Keine Frau kommt an ihn ran. Sieht super aus, verdient wohl ziemlich gut, ich glaube, er ist Immobilienmakler. Und er kann richtig charmant sein, wirkt aber auch ein bisschen unnahbar, deshalb will ihn ja auch jede. Bloß mit seinem Musikgeschmack nervt er manchmal etwas. Aber jetzt komm, du wirst ihn ja gleich kennenlernen.«

»Ach, so'n Älterer. Lass mal, interessiert mich nicht wirklich.«

»Älter ist er nicht. Zwei, drei Jahre vielleicht, mehr auf keinen Fall.« Sarah klingelt an der Wohnungstür. Während sie warten, dass geöffnet wird, fragt sich Luna im Stillen, was ein reicher Typ wie dieser Falk wohl auf einer Studentenparty macht. Na gut, der Gastgeber ist sein Cousin. Eigentlich ist es Luna egal.

Irgendjemand öffnet die Tür, dann wird Sarah auch schon von mehreren Leuten gleichzeitig begrüßt und verschwindet in dem abgedunkelten großen Zimmer, aus dem die Musik kommt. Ein Mädchen nimmt Luna lächelnd die Jacke ab und bringt sie in ein unaufgeräumtes Schlafzimmer, schließt gleich danach die Tür wieder, Luna versucht, sich zu merken, welche der Türen in diesem langen Altbauflur es war. Dann ist sie allein.

Ein paar Augenblicke lang bleibt sie unschlüssig im Flur stehen, die Party ist in vollem Gange. Sie scheint die Einzige zu sein, die niemanden kennt, doch durch Sarahs unkompliziertes Vorstellen glauben wahrscheinlich alle, Luna gehöre ganz selbstverständlich dazu. So selbstverständlich, dass niemand nach ihr sieht, sie in der Wohnung herumführt, ihr zeigt, wo das Buffet steht. Zögernd sieht sie sich um, entdeckt das Badezimmer, riegelt sich ein, wäscht sich die Hände, bleibt etwas länger als nötig. Der Hunger meldet sich wieder, in der Küche trifft man auf Partys immer die meisten Leute, auch Luna gehört zu denen, die irgendwie immer dort festhängen. Auf dem Flur lauscht sie nach Stimmen, betritt die Küche, sagt leise »Hallo« in die Runde, was ein wenig verhalten, aber nicht unfreundlich erwidert wird. Luna nimmt einen Teller vom Stapel und füllt sich Essen auf, Kartoffelsalat, gebratene Fleischklöße, rohe Paprikastreifen mit Kräuterdip.

»Es ist auch Suppe da«, sagt eine rothaarige junge Frau und deutet zum Herd. »Kürbissuppe, total lecker.«

»Danke.« Luna stellt ihren Teller noch einmal ab, sucht mit den Augen die Anrichte nach Suppentassen ab, spürt, wie die warme Mahlzeit sie von innen her beruhigt. Fast muss sie aufpassen, nicht zu hastig zu essen, sie ist so hungrig. Wenn sie zu schnell fertig ist, weiß sie nicht mehr, was sie auf der Party noch tun soll. An dem großen fleckigen Tisch aus unbehandeltem Holz sitzen außer der jungen Frau, die ihr die Suppe angeboten hat, noch drei weitere Leute etwa in Lunas Alter, die sich angeregt unterhalten haben, als sie hereinkam. Jetzt sind sie still. Vielleicht ist es die WG, denkt Luna; vielleicht haben sie gerade über irgendein Problem diskutiert. Einen Zuhörer können sie nicht gebrauchen.

Als sie satt ist, stellt Luna ihr Geschirr in die Spüle und setzt sich zögernd in Bewegung.

»Getränke sind im Gemeinschaftszimmer«, sagt einer der vier, ein Junge mit verwuscheltem mittelblondem Haar und einem offenen Blick aus hellbraunen Augen. Luna fällt auf, dass er seinen verwaschenen dunkelgrauen Sweater auf links trägt, und lächelt in sich hinein. Bestimmt ist das sein Lieblingsstück, denkt sie, und er wollte es noch nicht in die Wäsche geben. Mit ihm ins Gespräch zu kommen, wäre jetzt schön, doch er wendet sich wieder seinen Freunden zu.

Luna räuspert sich leise.

»Finde ich dort auch den Gastgeber? Ich habe noch gar nicht gratuliert.«

Statt des Jungen antwortet wieder die Rothaarige.

»Johannes? Du kennst ihn noch gar nicht? Klar, der schwirrt hier irgendwo herum, du erkennst ihn an seinem weißen Hemd, das zieht er immer an, wenn er Geburtstag hat. Eine Macke von ihm, die ihm wahrscheinlich seine Mama eingebläut hat.« Sie pocht lautlos mit den Fingern auf die Tischplatte, die anderen drehen an ihren leeren Gläsern, greifen in eine Schüssel mit Salzstangen, die zwischen ihnen auf dem Tisch steht. Luna nickt ihnen noch einmal zu, dann verlässt sie den Raum.

Im Gemeinschaftszimmer steht die Luft. Auf einem Futonsofa drängen sich fünf Leute aneinander, lachend versuchen sie sich gegenseitig von der Sitzfläche zu schubsen, um selbst mehr Platz zu haben. Statt Jazz läuft nun eine schwebende, sphärische Musik, zu der ein paar Mädchen mit geschlossenen Augen tanzen, als wären sie in einer anderen Welt. Luna entdeckt Sarah, die mit einer Bierflasche in der Hand neben der Stereoanlage steht und sie lächelnd zu sich heranwinkt. Erleichtert steuert Luna auf sie zu.

»Amüsierst du dich?«, fragt Sarah, gleichzeitig stellt sich ein Junge neben sie und legt den Arm um ihre Schultern. Luna nickt, dann sieht sie den Tisch mit den Getränken und nimmt sich einen Pappbecher, schenkt sich Orangensaft ein und stürzt ihn in einem Zug hinunter, dann noch einen.

»Keinen Alkohol?«, fragt der Junge, der Sarah im Arm hält. Erst jetzt sieht Luna, dass er ein weißes Hemd trägt, also muss er Johannes sein. Sie streckt ihm die Hand hin und murmelt einen Glückwunsch.

»Danke.« Johannes strahlt sie an. »Du bist Luna, nehme

ich an. Komm, nimm dir einen Rotwein! Sarah hat erzählt, du bist neu in Berlin, das muss mindestens so krachend gefeiert werden wie mein Einundzwanzigster.« Schon reicht er Luna ein gefülltes Glas und stößt mit ihr an, Sarah tut es ihm gleich. Der Alkohol steigt Luna rasch in den Kopf, sie fühlt sich angeregt und müde zugleich, endlich ist sie satt und hat keinen Durst mehr. Dafür spürt sie die Müdigkeit in ihrem Rücken, den Armen und Beinen. Der Umzug nach der langen Fahrt, die Kisten. In der neuen Wohnung ist das Bett noch nicht bezogen. Als Luna daran denkt, dass sie nachher noch zurückfahren muss, läuft ihr eine Gänsehaut über den Rücken, an die S-Bahn erinnert sie sich noch, aber Sarah und sie sind umgestiegen, Luna weiß nicht mehr wo. Eigentlich möchte sie bald gehen, aber sie muss auf Sarah warten. Es ist noch nicht mal Mitternacht, immer noch kommen neue Leute rein, es wird enger und voller. Auf dem Sofa wird jetzt gekifft, aus der Küche dringen viele Stimmen, die Clique am Tisch hat keine Chance mehr, sich allein zu unterhalten. Sarah tanzt mit Johannes, inzwischen laufen endlose, ineinander übergehende Songs, die in Lunas Ohren alle gleich klingen. Sie kippt ihren Rotwein in einem Zug und schenkt sich nach. Irgendjemand versucht, sie auf die Tanzfläche zu ziehen, aber sie schüttelt die fremde Hand ab, eilt aus dem Zimmer, geht an der Küche vorbei, will wieder zur Toilette, aber die ist von innen verriegelt, vielleicht gibt es ein zweites Bad, in so einer großen Wohnung kann das sein. Dann erkennt sie die Tür des Zimmers, in dem die Jacken liegen, und tritt ein.

Wie schön kühl es hier ist, denkt sie, kühl und still. Neben der Tür ertastet sie im Dunkeln einen Lichtschalter, der mit einem Dimmer ausgestattet ist und leise zu summen beginnt, als sie darauf drückt, selbst dieses Geräusch ist ihr schon zu viel und sie schaltet das Licht wieder aus, man sieht auch durch die hereinscheinende Straßenlaterne genug. Es duftet nach frischer Bettwäsche, getragenen Kleidern und ein wenig nach Lavendel, das Bett ist unter den zahlreichen Jacken der Partygäste kaum noch zu erkennen. Luna sehnt sich danach, die Kleidungsstücke einfach zu Boden zu fegen und sich auf das Bett fallen zu lassen, zu schlafen bis zum nächsten Morgen. Sie will nicht mehr raus zu den anderen, sich nicht unterhalten, nicht tanzen. All die aufgedrehten Leute auf der Party nerven sie, sie ist noch nicht so weit, will nach Hause, auch wenn es noch kein Zuhause ist, alles andere hat noch Zeit, Leute kennenlernen, dazu muss man wach sein, ausgeruht, Lust drauf haben.

Unter dem Fenster entdeckt Luna einen alten Ohrensessel und sinkt sofort hinein, genießt es, nicht mehr stehen zu müssen, nichts zu tun. Minutenlang verharrt sie so, spürt den leichten Schwindel in ihrem Kopf, der vom Rotwein kommt, kommt sich blöd vor, weil sie die Party nicht genießen kann. Thore hätte gesagt, halt die Augen auf, du weißt nie, wen du triffst, es kann immer eine Begegnung dabei sein, die dein Leben verändert. Luna will nicht an Thore denken. Sie denkt jede Sekunde an ihn.

Thore am Strand. Sie waren zusammen auf einem Campingplatz in Portugal gewesen, es war nicht der erste Urlaub ohne Eltern. Wie immer hatte er schnell Anschluss an andere Jugendliche gefunden und es damit auch seiner Schwester leichter gemacht, Bekanntschaften zu schließen. In großen und kleinen Gruppen waren sie im Meer geschwommen, hatten Bootsausflüge mitgemacht, Partys gefeiert, waren durch kleine Fischerdörfer gebummelt, hatten einfach die Ferien genossen.

Dann der Unfall.

Thore und ein paar andere Jungen waren bei einem Bootsausflug auf den höchsten Felsen einer Steilküste geklettert und ins Wasser gesprungen, gelacht hatten sie und geschrien, waren wieder aufgetaucht, dann alles noch mal von vorne, immer wieder, der Felsen war sicher mehr als fünfzehn Meter hoch. Thore hatte so frei gewirkt, so stark, so übermütig. Nach kurzer Zeit hatte ihm der Felsen nicht mehr gereicht, er war weitergeklettert und hatte einen noch höheren entdeckt, Luna hatte ihn im Gegenlicht der gleißenden Mittagssonne nur noch wie eine winzige Figur oben stehen sehen, lachend und winkend. Mit einer Art Urschrei war er abgesprungen, in der Luft wild mit Armen und Beinen rudernd, einen Salto versuchend, bis er im Wasser aufkam.

Das Geräusch des Aufpralls. Anders als sonst. Die Stille danach. Kein Auftauchen. Kein Jubeln und hastiges Ausschütteln der Haare am Strand, um gleich noch einmal zu springen. Keine glitzernden Tropfen auf sonnengebräunter Haut, nicht wie sonst Thores breites Lachen, nie mehr. Nie mehr von jenem Moment an, nie mehr in Zukunft.

Türkisfarbenes Meerwasser, das sich langsam verfärbte, unwirklich, sich erst langsam verdunkelte, gelblich, einfach nur dunkler, trüber wurde, und dann rot. Der Körper, der an die Oberfläche trieb, reglos und stumm. Thores Körper. Auch unter Wasser hatte es Felsen gegeben, Thore hatte es nicht überprüft, er war einfach gesprungen.

Das Geschrei ringsum, die Aufregung der anderen, Lunas Erstarrung, Geräusche und Bewegungen wie im Nebel, trotzdem hatte sie Fragen beantwortet, mit den Eltern telefoniert, den Wagen mit dem Blaulicht wegfahren sehen, das fremd klingende Martinshorn gehört, obwohl jeder wusste, dass es zu spät war. Der Beistand einer Betreuerin, die kaum älter war als Luna selbst und voller Angst, weil sie doch die Verantwortung für die Campinggäste hatte. Thore war volljährig gewesen, erwachsen. Trotzdem.

Die Heimreise im Flugzeug, keine fünf Tage der drei Urlaubswochen waren vorbei, die Überführung der Leiche, die erstarrten, grauen Gesichter der Eltern, schließlich die Trauerfeier. Das viele Schwarz, weiße Blumen, das Geräusch verhaltenen Schluchzens in der Kapelle, das Schnäuzen in Hunderte von Taschentüchern, hinterher hieß es, es war schön zu sehen, wie viele Menschen Thore geliebt haben. Seitdem ist Luna allein.

Ihr Handy vibriert in der Umhängetasche, Luna öffnet den Schiebemechanismus, das Display blendet fast in ihren Augen. Eine SMS von ihrer Mutter. Luna antwortet, es gehe ihr gut und sie sei schon weit gekommen mit dem Einrichten, wolle jetzt ins Bett gehen. Von der Party muss Mutter nichts wissen, eine Party passt noch nicht. Als die SMS gesendet ist, öffnet Luna ihr Fotoalbum. Thore. Das letzte Foto von ihm, beim Essen am Abend vor dem Unfall, es hatte gegrillten Fisch gegeben, er hält seinen auf die Gabel gespießt in die Höhe, mit leuchtenden Augen, als hätte er den Fisch selbst gefangen. Thores Haare waren noch nicht ganz trocken, wie immer war er länger im Wasser geblieben als alle anderen, war beim Sonnenuntergang noch einmal schwimmen gegangen, hatte danach nur eilig sein T-Shirt wieder übergestreift, statt wie die meisten anderen erst zu duschen, um das Salz von der Haut zu bekommen. Am Tag darauf hatte Luna keine Fotos mehr gemacht. Wie oft hat sie dieses schon angestarrt, seit Thore tot ist, und doch öffnet sie es immer wieder, um zu begreifen, um ihn zurückzuholen, um in seinem lachenden Gesicht eine Antwort zu finden auf all die Fragen, die immer wieder in ihr auftauchen.

Luna weiß nicht, wie lange sie so gesessen hat, mit der Zeit ist ihr Blick von Thores Bild abgeschweift und in dem dunklen Raum umhergewandert, hat die Umrisse der Möbel abgetastet. Erneut spürt sie ihre Müdigkeit und den langen Tag, der hinter ihr liegt, die ganzen schrecklichen Wochen und Monate. Ganz kurz nur die Augen zumachen, denkt sie; dann bin ich bestimmt gleich wieder fit und schleiche mich wieder rüber. Nicht, dass Sarah irgendwann gehen will und denkt, ich sei schon weg, weil sie mich nicht findet. Luna weiß nicht mal, ob Sarahs Jacke auch hier in diesem Zimmer liegt.

Als sie kurz darauf wieder hochschreckt, nimmt sie in einer Ecke eine Bewegung wahr und zuckt mit einem leisen Aufschrei zusammen, erkennt die Umrisse eines Mannes, der sich über das Bett beugt und den Kleiderhaufen durchwühlt. Auch der Mann hält in seiner Bewegung inne, noch immer leicht gebeugt, den Oberkörper zu ihr gewandt.

»Entschuldigung«, sagt er, und Luna ist überrascht von seiner tiefen, warmen Stimme. »Ich ... habe nicht bemerkt, dass hier noch jemand ist.«

Luna steht auf, der Ohrensessel knarrt leise, als sie sich erhebt. »Das macht nichts«, sagt sie und streicht sich die Haare glatt. »Ich wollte gerade gehen.« Sie blickt unschlüssig im Zimmer umher, müsste jetzt ebenfalls nach ihrem Mantel suchen, doch sie traut sich nicht, näher an ihn heranzutreten, er hat seine Jacke noch nicht gefunden.

Er richtet sich auf, ohne den Blick von ihr zu wenden, mit zwei Schritten ist er beim Lichtschalter, vergewissert sich, ob es sie störe, wenn er den Raum ein wenig erhelle, er dimmt das Licht nur schwach, gerade so, dass sie einander sehen können. Dann kommt er zu Luna und reicht ihr die Hand. Erst jetzt erkennt sie an seinem Gesicht, an den Wangen, wie jung er noch ist.

»Falk Wolter«, stellt er sich vor. »Du willst schon weg ... ich übrigens nicht, hab nur nach meinen Zigaretten gewühlt ... schlimmes Laster, ich weiß, auch wenn ich nur Gelegenheitsraucher bin.« Er grinst verschmitzt, wird jedoch gleich wieder ernst. Dunkelbraune Augen, denkt Luna, genauso warm wie seine Stimme. Jazz passt zu ihm. Sein Haarschnitt ist ganz akkurat und betont seinen schönen Hinterkopf, das hat sie gleich gesehen, als er sich über die Mäntel gebeugt hat, aber die einzelnen Strähnen, die ihm vorn in die Stirn fallen, verleihen seinem Aussehen dennoch etwas Lässiges. Das also ist Falk.

»Macht doch nichts«, hört sie sich sagen. »Ich heiße Luna. Irgendein Laster hat jeder, oder?«

»Du rauchst nicht?«, vergewissert er sich, neigt die Zigarettenpackung ganz leicht in ihre Richtung. Luna schüttelt den Kopf.

Falk schiebt die Schachtel in die Brusttasche seines Hemdes, dann berührt er Luna ganz leicht am Ellbogen, nur mit zwei Fingerspitzen. »Du hast ganz alleine hier im Dunkeln gesessen ... Geht's dir nicht gut?«

»Doch«, beeilt sich Luna zu sagen. »Doch, es geht schon, danke.« Weiter kommt sie nicht, weil sie plötzlich spürt, wie ihr Hals enger wird, jetzt nur nicht weinen, sie versteht sich selbst nicht mehr. Eben noch hat sie Thores Foto angestarrt, ohne dass ihr die Tränen gekommen sind, sie hat genug von dem vielen Weinen. Lange hat niemand sie mehr so angesehen wie jetzt Falk. Wirklich *sie* angesehen, sie wahrgenommen, nicht nur an ihr vorbeigesehen, weil der eigene Schmerz zu übermächtig ist, um sich noch um sie zu kümmern. Seit Thore tot ist, existiert auch Luna nicht mehr.

»Ich will dir nicht zu nahe treten«, fährt Falk behutsam fort und lässt seine Finger sanft bis zu ihrer Hand hintergleiten. »Aber manchmal ist es gerade gut, mit jemandem zu reden, den man noch nicht kennt. Ich kann dich jetzt auf keinen Fall gehen lassen und einfach so tun, als ob ich es hinnehmen würde, dass du gesagt hast, es sei alles in Ordnung. Nicht, wo ich genau sehe, dass es nicht stimmt. Das könnte ich nicht mit meinem Gewissen vereinbaren.«

Luna blickt auf den Boden. »Ich will dir nicht die Party verderben«, sagt sie schließlich. »Wirklich, ich komme schon zurecht. Vielen Dank.«

»Die Party verderben ...« Falk blickt, noch immer ihre Hand haltend, zum Fenster hin; im Schein der Straßenlaterne erkennt Luna, dass ein feiner Nieselregen eingesetzt hat. »Ich bin nicht so ein Partylöwe, weißt du. Das Getue da draußen ist mir eigentlich viel zu oberflächlich, wollte nur Johannes nicht enttäuschen. Im Grunde ist eine Party für mich nur dann gelungen, wenn ich mindestens ein tiefes Gespräch mit jemandem geführt habe. Luna.« Er nimmt jetzt auch ihre andere Hand, seine Augen tauchen in ihre, beinahe wird ihr schwindlig. »Schlag mir diese Bitte nicht aus, komm. Ich besorge uns was zu trinken und dann setzen wir uns hin, hören ein bisschen Musik und reden. Okay?«

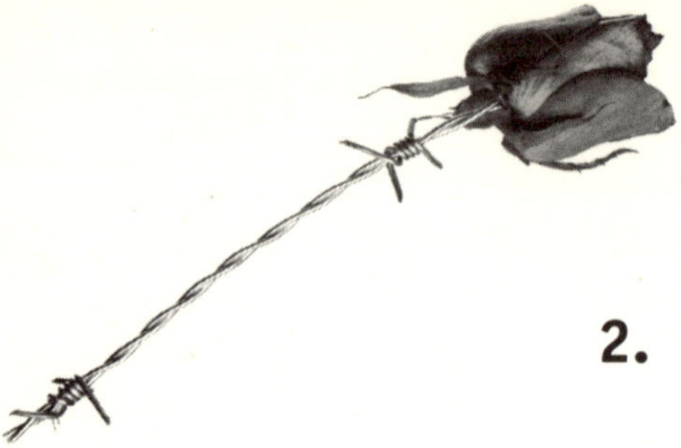

2.

Luna geht mit in die Küche, Falk will keinen Rotwein aus dem Gemeinschaftszimmer holen.

»Ich hab Sekt mitgebracht«, erklärt er kurz, »und in den Kühlschrank gestellt, aber den scheint hier keiner zu wollen. Ehe er in der WG bleibt und irgendwann umkippt, schnappen wir ihn uns.« Er zieht Luna an der Hand hinter sich her, vorbei an den anderen, der Junge mit dem auf links gezogenen Sweater sitzt immer noch auf dem selben Stuhl wie vorhin, blickt kurz auf, als sie eintreten, ach so, das ist Falks Freundin, denkt er vielleicht. Er fummelt an einer winzigen Digitalkamera herum und schenkt ihnen weiter keine Beachtung. Falk öffnet den Kühlschrank, schiebt Lebensmittel auf den Glasablagen hin und her, als wäre es seiner, nimmt den Sekt heraus. Er riecht gut, denkt Luna, die dicht hinter ihm stehen geblieben ist. Aus dem Küchenschrank holt er zwei Sektgläser, nickt dem Jungen mit der Kamera zu und lotst Luna ins Gemeinschaftszimmer.

»Hier?«, fragt sie in die dröhnende Musik hinein, jetzt spielen sie Blues, im flackernden Schwarzlicht erkennt Luna Sarah, sie tanzt mit irgendjemandem eng, also will sie noch bleiben. Luna will auch nicht mehr fort, aber auch nicht mit Falk inmitten der anderen sitzen. Falk schüttelt den Kopf und schiebt sie sanft auf eine Tür zu, die Luna noch gar nicht gesehen hat, führt sie zu einem kleinen Zimmer, in dem nur ein Schreibtisch, ein Kleiderschrank aus Kiefernholz und ein Bett stehen, eine ausgewaschene Jeans liegt auf dem kratzigen Teppich, an der Wand lehnt eine zwölfsaitige Gitarre, an der eine Saite gerissen ist. Vielleicht gehört das Zimmer dem Jungen, Luna hofft, dass es nicht so ist. Falk zerrt zwei Sitzsäcke aus einer unauffälligen Ecke, Luna staunt, wie selbstverständlich er sich hier bewegt. Vielleicht ist er oft hier. Er öffnet die Sektflasche so elegant, dass sie es kaum hört, schenkt ein, reicht ihr ein Glas und prostet ihr zu, stumm, er weiß, dass es keinen Spruch gibt, der jetzt passen würde.

Wie von selbst beginnt Luna zu reden. Etwas in Falks Augen gibt ihr das Gefühl, aufzuweichen, aufzutauen. Auf dem Schreibtisch steht ein zerschrammter Plastikwecker, und Luna sieht den Zeiger voranrücken, immer weiter, inzwischen ist es nach Mitternacht, aber sie erzählt immer noch, erzählt von Thore, von der Zeit danach, von ihren Eltern, zittert an den Stellen, die am meisten wehtun. Falk hat ihre beiden Sitzsäcke dicht nebeneinander gestellt, streichelt Lunas Arm, wenn ihre Stimme bricht. Für ihn zählt nur sie, nur dieser Moment, diese Stunden. Manchmal nickt er, fragt nach, äußert seine Gedanken zu dem, was sie erzählt hat. Was er fragt, verrät sein Interesse, er speist sie nicht mit hilflosen Plattitüden ab, wie sie sie tausendfach gehört hat, sagt nicht, die Zeit würde alle Wunden heilen oder dass Thore in ihrem Herzen weiterlebe. Falk ist einfach für sie da.

Die Tür geht auf, Johannes tritt ein und erschrickt, als er die beiden sieht, dann grinst er.

»Hier seid ihr«, bemerkt er. »Falk, du wurdest schon vermisst! Kommt doch wieder rüber, die Tanzfläche ist voll und auf dem Buffet gibt es auch noch was.« Er dreht sich um und geht, ohne die Tür wieder zu schließen, die plötzlich eindringende laute Musik erschreckt Luna, sie will nicht feiern gehen, es tut ihr so gut, mit Falk hier zu sitzen, auch wenn drüben jetzt einer der Songs läuft, die sie vor Thores Tod gemocht hat. Falk, denkt sie, Falk. Sie hat sich schon lange nicht mehr vorgestellt, wie es sein könnte, einen Freund zu haben. Keine Frau kommt an ihn ran, hat Sarah gesagt, aber Luna fühlt sich ihm nah, ganz nah. Wenn Sarah inzwischen weg ist, ist es auch egal.

Falk steht abrupt auf, streicht sein Hemd glatt und strafft seinen Körper.

»Es ist jetzt auch genug«, sagt er. »Tanzen wir?«

Luna folgt ihm zögernd, die plötzliche Schärfe in seiner Stimme verwirrt sie. Vielleicht habe ich seine Geduld zu lange missbraucht, denkt sie; hätte nicht alles auf ihm abladen sollen. Warum hat er nicht gezeigt, dass es ihn nervt?

»Es tut mir leid«, sagt sie leise. »Ich ... gehe dann wohl jetzt besser. Danke für alles, Falk.«

Falk bleibt stehen und dreht sich so plötzlich zu ihr um, dass sie beinahe gegen seine Brust stolpert. »Unsinn«, erwidert er und legt seinen Arm um ihre Schultern, es fühlt sich gut an, fest und warm, mit der ganzen linken Seite lehnt sie jetzt an seiner rechten. »Du bleibst, das ist doch klar. Ich will mit dir tanzen.« Ohne ihre Antwort abzuwarten, schiebt er sie durch den schmalen Flur, sofort werden sie von anderen Partygästen umringt.

»Hey, Falk!«, dröhnt jemand dicht hinter ihnen. »Ist das deine Neue? Willst du sie uns nicht vorstellen?«

Falk verdreht die Augen. Ein Mädchen wirft Luna einen Blick zu, den sie nicht deuten kann, eine Mischung aus Bewunderung, Neid und Ablehnung, Luna kennt sich damit nicht aus, sie war nie die Sorte, der andere gern die Augen auskratzen würden. Am allerwenigsten wegen eines Jungen. Auch Sarah ist plötzlich da.

»Luna!«, ruft sie, »wo hast du die ganze Zeit gesteckt?

Ich wollte dir ...« Dann entdeckt sie Falk, blickt zwischen beiden hin und her, bricht mitten im Satz ab, ihre Augen weiten sich. Luna lächelt. Falk hat gesagt, er wolle mit ihr tanzen. Keine Frau kommt an ihn ran. Mit Luna will er tanzen.

Irgendjemand drückt ihr eine Bierflasche in die Hand, eisgekühlt, einen Bier-Lemon-Mix, den mag sie gern, an Falks Seite ist sie plötzlich mitten im Geschehen, die ganze Meute drängt zur Musik hin, endlich spielen sie die neuesten Charts, die kennt Luna wenigstens, endlich kehrt das Leben in sie zurück, vielleicht ist es doch nicht so schwer, neue Freunde zu finden. Als Erstsemester neu in Berlin. Andere würden sie beneiden.

In dem Gewühl lässt Falk sie plötzlich los, irgendjemand brüllt »Tanzt du?« in Lunas Ohr, schon beginnt sie im Takt der Musik auf den Füßen zu wippen, noch ehe sie ganz auf der Tanzfläche angekommen ist. Erst jetzt nimmt sie den Raum richtig wahr, auch die anderen Gäste, auf einmal wird sie von vielen angelacht, als gehöre sie einfach dazu. Den Jungen mit dem umgedrehten Sweater sieht sie nicht mehr, vielleicht ist er schon gegangen. Falk erscheint wieder dicht neben ihr.

Einer von Lunas Lieblingssongs beginnt, ein Junge tanzt sie an und lacht, vielleicht ist es der, der ihr ins Ohr gebrüllt hat, Luna lächelt zurück. Falk schiebt sich zwischen sie beide, sodass er den Jungen mit seinem Körper verdeckt, ergreift ihre Hand, seine Gesichtszüge sind angespannt, er versucht, ihr Tanzschritte vorzumachen, die er mühelos beherrscht. Luna begreift nicht gleich, aber sie bemüht sich. Niemand war jemals so sehr für sie da wie Falk den ganzen Abend. Nur seinetwegen fühlt sie sich so wohl auf dieser Party, wie sie es nie für möglich gehalten hätte.

»Nicht so«, sagt er und zeigt es ihr noch einmal, führt

sie, wieder dieses sichere Gefühl in seinem Arm. Luna merkt, dass es nicht hierher passt, etwas Gelerntes zu tanzen, aber sein Tanz wirkt nicht verkrampft oder zu sehr bemüht, er bewegt sich, als wäre er mit diesen Tanzschritten geboren, auch seine Mundwinkel entspannen sich wieder, als er sieht, dass Luna versucht, schnell zu begreifen, was sie tun muss. Natürlich sieht es nur gut aus, wenn beide als Paar die Schritte können, Falk und Luna. Noch immer fragt sie sich, was er an ihr findet, andere sind besser zurechtgemacht, modischer gekleidet, fröhlicher drauf. Aber sie weiß die Antwort, er hat sie ihr gesagt. Oberflächlich ist Luna nicht.

Beim nächsten Song bemerkt sie, dass sich ein Kreis um sie und Falk gebildet hat. Die anderen Partygäste wippen und klatschen im Takt, als wäre dies das Finale eines Tanzwettbewerbs. Falk nimmt sie erneut bei der Hand und sieht ihr in die Augen, versinkt beim Tanzen in ihrem Blick, lässt sie nicht mehr los. Luna hat gar nicht gewusst, wie sehr sie sich danach gesehnt hat – nach jemandem, der sie nicht mehr loslässt. Jetzt hat Falk sie ganz spielerisch zu sich heran gedreht, es ging wie von selbst, sie musste nicht einmal mehr überlegen, was sie zu tun hatte, er hält sie eine Spur länger, als der Rhythmus es vorgibt wird. Zum ersten Mal spürt sie die Wärme seines Körpers, sie fühlt, wie sich ihr Herzschlag beschleunigt und ihre Handflächen zu schwitzen beginnen. Die anderen jubeln und feuern sie an, Luna und Falk tanzen weiter, bald hat sie vergessen, wie verunsichert sie anfangs noch gewesen ist, jetzt lässt sie sich einfach treiben, wie schwebend bewegt sie sich zur Musik, zum ersten Mal seit Thores Unfall ist ihr beinahe leicht zumute, das Wort »glücklich« wagt sie noch nicht zu denken, aber sie beginnt zu ahnen, ganz entfernt nur, dass es damit vielleicht doch noch nicht für immer vorbei sein könnte. Sie lächelt Falk an, lächelt vor sich hin, in die Runde, in Sarahs Richtung, die Gesichter der anderen spiegeln ihre steigende Laune. Dann die ersten Takte eines Songs, der Falk aus seiner Stimmung zu reißen scheint, er ergreift Lunas Hand und zieht sie von der Tanzfläche.

»Was ist?«, fragt sie, noch immer beschwingt. »Gefällt dir die Musik nicht mehr? Es war gerade so schön.«

»Was war schön?«, fragt er zurück, seine Stimme hat auf einmal einen schneidenden Unterton. »Wie der eingebildete Blonde dich die ganze Zeit angestarrt hat? Meinst du das?«

»Welcher Blonde ...?« Luna bleibt stehen, er aber zieht sie mit sich, mit zügigen Schritten geht er durch den Flur. Sie hat niemanden bemerkt, der ihr besonders viel Aufmerksamkeit geschenkt hätte. »Ich weiß nicht, wen du meinst, Falk, mir ist niemand aufgefallen, wirklich nicht!«

Er hält abrupt an, steht nun so dicht vor ihr, dass sie sich fast berühren. Da ist sie wieder, die Wärme seines Körpers, Luna bemerkt es mit Erleichterung, nie hätte sie gedacht, dass ihr dieses Gefühl nach so wenigen Stunden schon so vertraut erscheinen würde, als wäre sie bereits süchtig danach, er saugt sie ein mit seiner Gegenwart. Falk hebt ihr Kinn an und zwingt sie somit, ihn anzusehen, aber das hätte sie ohnehin getan, er darf nicht böse auf sie sein, auf keinen Fall. Es hat so romantisch begonnen zwischen ihnen, beinahe unwirklich schön, vom ersten Augenblick an war dieses stille Verständnis zwischen ihnen.

»Wirklich nicht?«, fragt er leise und rau, das Eis in seiner Stimme schmilzt wieder. Mit weit aufgerissenen Augen sieht sie ihn an. Er muss ihr glauben, dass sie ihn nicht verärgern wollte.

»Wirklich, Falk«, bekräftigt sie. »Selbst wenn da jemand gelächelt hätte, bedeutet es nichts! Ich kenne die anderen doch gar nicht, das war bestimmt einfach nur wegen der Musik, wegen der Stimmung im Raum, was weiß ich! Ich …«

Er lässt sie los.

»Lass uns gehen«, sagt er und ist schon auf dem Weg zu dem Schlafzimmer, in dem sie sich vor zwei Stunden zum ersten Mal begegnet sind, greift nach ihren Mänteln, Luna wundert sich, dass er weiß, welcher in dem Stapel ihr gehört, er fischt ihn heraus, als hätte er ihn selbst dort abgelegt, hält ihn für sie auf. »Ich bringe dich nach Hause.«

Luna schlüpft in ihren Mantel, die Zimmertür steht offen, ihre Augen suchen nach Sarah, sie muss sich von ihr verabschieden, Sarah wollte ja mit ihr zusammen die Party verlassen. Falk verabschiedet sich von niemandem, nicht einmal von Johannes, er legt den Arm um Lunas Schultern und führt sie ins Treppenhaus, stürmt hinunter, ohne Licht zu machen. Luna hat Sarah nicht mehr entdecken können, in der S-Bahn wird sie ihr eine SMS schreiben.

Auf der Straße bleibt Falk vor einem Auto stehen, ein sportlicher Mittelklassewagen, Luna sieht die Scheinwerfer kurz aufleuchten, dann öffnet er den Wagenschlag für sie.

»Das ist deiner?«, fragt sie, dabei weiß sie es längst, sie hätte sich denken können, dass jemand wie Falk nicht mit den öffentlichen Verkehrsmitteln unterwegs ist. Er verdient gut, ist in der Immobilienbranche, hat Sarah gesagt, die ist sicher lukrativ, denkt Luna, vor allem in einer großen Stadt wie Berlin. Wenn man ein festes Einkommen hat, kann man ein Auto auch auf Kredit kaufen.

»Steig ein«, antwortet er und gleitet schon hinters Lenkrad. Luna verdrängt ihre aufsteigende Angst, noch nie ist sie am ersten Abend nach dem Kennenlernen zu einem Mann ins Auto gestiegen, sie sieht die Augen ihrer Mutter vor sich, mach das nicht, Mädchen, es ist zu gefährlich.

Ihr Handydisplay leuchtet auf, sie hat das Gerät die ganze Zeit in der Hand gehalten. Sarah will wissen, wo Luna ist, noch kann sie dankend ablehnen, mit Falk zu fahren, kann sagen, sie sei mit Sarah verabredet, könne ihre Freundin jetzt nicht allein durch die Nacht ziehen lassen. Falk startet den Motor, lässt die Scheiben herunter, wartet. Wenn sie erst noch die SMS beantwortet, verärgert sie ihn. Der Motor läuft, das gleichmäßige Surren wird vom Straßenlärm verschluckt, irgendwo quietscht eine Straßenbahn um die Kurve. Im Auto ist es ganz still, Luna bemerkt den Geruch nach neuem Kunststoff, so hat das Auto ihres Vaters auch gerochen, viele Jahre ist das her. Endlich gesteht sie, dass sie Sarah eine Kurznachricht schicken muss, um sie nicht zu beunruhigen.

»Natürlich«, antwortet Falk ruhig. »Ist ja klar, sie wartet oben und weiß nicht, dass du schon mit mir fort bist. Schöne Grüße von mir, sie soll nicht böse sein.« Während Luna schreibt, steuert er den Wagen aus der Parklücke.

Vor Lunas Haustür hält er an, es ist kein Parkplatz frei, sie halten in Doppelreihe, Luna bemerkt ein Halteverbotsschild an der Ecke, wahrscheinlich gilt die Regel nur tagsüber. Als das Motorengeräusch erstirbt, ist alles still um sie beide. Falk greift nach Lunas Hand, jetzt wieder ganz behutsam, haucht einen Kuss auf die weiche Stelle zwischen Zeigefinger und Daumen.

»Ich hab den Abend sehr genossen«, beginnt er. Seine Finger fühlen sich warm an, erst jetzt sieht Luna, wie gepflegt sie sind, kurz geschnitten, aber nicht zu kurz, und sorgsam gefeilt. Sie mag schöne Hände.

»Geht mir genauso«, sagt sie und kommt sich jetzt wieder plump vor mit ihren Sachen, die sie immer noch vom Umzug anhat, auf der Party hat sie es vergessen; jetzt, in seinem staubfreien Auto mit den polierten Armaturen, fühlt sie sich schmuddelig, verschwitzt, nicht schön genug. Falk jedoch scheint sie mit anderen Augen zu sehen, er hört nicht auf, ihre Hand zu streicheln, streicht ihr eine Haarsträhne aus dem Gesicht. Luna lehnt sich vorsichtig an seine Schulter, im Auto ist es warm, sie will noch nicht aussteigen, draußen hat der Wind wieder losgelegt. Luna denkt an ihre Wohnung, die noch gar nicht ihre ist, und hofft, dass Falk sie nicht bittet, mitkommen zu dürfen.

»Ich würde dich gern wiedersehen«, flüstert er. »So bald wie möglich. Ich hab … mich selten jemandem so nahe gefühlt wie dir heute Abend, weiß selbst nicht, warum. Als ob wir Seelenverwandte sind.« Bei den letzten Worten lächelt er beinahe scheu, Luna bemerkt ein leichtes Flackern in seinen Augen, ganz kurz blickt er zur Seite, als ob ihm etwas peinlich ist, als ob er plötzlich das Gefühl hat, sich zu weit vorgewagt zu haben. Jetzt ist sie es, die ihre Hand hebt und über seine Wange streicht.

»So hab ich mich auch gefühlt«, sagt sie. »Total verrückt … heute früh war ich noch in Remscheid bei meinen Eltern, und jetzt sitz ich hier mit dir – ich hab dir alles anvertraut, lauter Sachen, die ich noch nie jemandem erzählt habe. Das darf nicht gleich wieder vorbei sein.«

»Ist es auch nicht.« Falk beugt sich zu ihr vor, sie spürt seinen Atem, vielleicht ist es der Moment vor dem ersten Kuss. Seine Lippen sind leicht geöffnet, die Augen dunkel. »Wann hast du Zeit, Luna? Morgen?«

Luna nickt. »Morgen, klar.« Sie denkt daran, dass sie weiter einräumen muss, Ordnung schaffen, ein wenig Gemütlichkeit herstellen in ihrer zugigen Altbauwohnung. Falk wohnt bestimmt ganz exklusiv, sie muss noch nicht mithalten können als Erstsemester aus der Provinz. Aber ein Faible für Gemütlichkeit, das muss erkennbar sein, wenn er sie besucht. Eine gewisse Liebe fürs Detail, das geht auch mit bescheidenen Mitteln. Morgen schon, vielleicht.

Falk legt seine Lippen beinahe feierlich auf ihre, Luna hat lange nicht mehr geküsst. Es fühlt sich an, als würde es nichts anderes geben und auch, als hätten sie und Falk einander nach einer langen Reise endlich gefunden. Als wären sie beide endlich am Ziel. Der Kuss dauert lange, es wird kühler im Auto, aber er hält sie jetzt fest umschlungen und sie schiebt ihre Arme unter seine Jacke, es tut so gut. Er tut gut. Wärme und Nähe. Liebe. Vielleicht ist es tatsächlich Liebe, auch wenn Luna weiß, dass diese erst wachsen muss. Mit Falk fühlt sich alles so richtig an, es passt einfach. Zum ersten Mal schiebt sie Thores Gesicht fort, seinen ernsten Mund, der in ihrer Vorstellung auftaucht, um ihr zu sagen, pass auf, Luni, pass auf, was er mit dir macht, du kennst ihn noch nicht richtig. Thore ist nicht mehr da. Falk und sie, das ist jetzt das Leben.

Nur widerstrebend löst er seine Lippen von ihren. Noch immer spürt sie ihr Herzklopfen, spürt die verflogene Müdigkeit. Luna will nicht, dass dieser Augenblick schon vorbei ist. Vielleicht kommt Falk nie wieder, Sarah hat gesagt, keine Frau kommt an ihn ran.

»Ich wünschte, ich könnte jetzt bei dir bleiben, aber es ist besser, wir vertagen das. Morgen hab ich ganz früh einen wichtigen Termin, da muss ich ausgeschlafen sein.« Er küsst sie erneut, seine Lippen umschließen ihre ganz, bei jedem anderen Jungen hätte sie dies abstoßend gefunden, zu Besitz ergreifend. Aber Falk hält sie so sicher, seine Arme liegen um ihren Körper wie eine Burg, nicht einmal ihre Mutter hat sie jemals so gehalten, auch nicht, als sie klein war, Luna kann sich nicht erinnern. Sie ist angekommen, in Berlin, bei Falk. Endlich.

»Wie lange arbeitest du?«, fragt sie in seine Schulter, einen Kloß im Hals unterdrückend.

»Bis gegen achtzehn Uhr«, antwortet er. »Was hältst du davon, wenn ich dich hinterher abhole? Wir könnten schön zusammen essen gehen und danach noch irgendwo einen Cocktail trinken.«

Luna zögert. Mit Falk essen gehen, das klingt nicht nach Dönerbude, nicht einmal nach Pizzeria oder Chinesen. Sie hat noch etwas über zwanzig Euro im Portemonnaie und weiß nicht, ob sie für die Wohnung noch etwas kaufen muss, sie muss erst einmal alles einräumen und sehen, was noch fehlt. Auf dem Sparbuch sind keine Reichtümer.

»Ich würde gerne«, versucht sie es also. »Aber ich weiß noch nicht, wie weit ich mit meinem Geld komme, hab ja noch nicht mal eingekauft. Essen gehen kann ich mir im Moment nicht so leisten, glaube ich. Aber übermorgen könnte ich uns was kochen. Da müsste ich so weit sein. Ich kann einen ziemlich guten Kartoffelauflauf, dazu Salat ...«

Was rede ich da, denkt sie, Auflauf und Salat für Falk zwischen meinen Umzugskisten. Aber wenn er mich so nicht mag, hat es sowieso keinen Sinn.

Falk lacht und küsst sie auf die Nasenspitze.

»Ich lade dich ein«, erwiderte er. »Was hast du denn gedacht? Deinen Start in Berlin und unser Kennenlernen, das müssen wir feiern! Ich lade dich ein, und später kannst du mich gerne einmal bekochen, Luna. Mach dir doch nicht jetzt schon so einen Stress. Ich hole dich um halb acht hier ab und dann machen wir uns einen schönen Abend. Komm. Ich freu mich so darauf.«

»Okay«, flüstert Luna und fühlt jetzt auch die Vorfreude in sich aufsteigen. Morgen sehe ich ihn wieder, denkt sie. Er will es so, ich bin ihm wichtig, nach einem einzigen Abend schon. Nach einem letzten langen Kuss steigt sie aus.

Luna hat kaum das Licht im Hausflur angeschaltet, da fühlt sie schon den Vibrationsakku ihres Handys in der

Manteltasche. »SCHLAF GUT«, schreibt Falk. »ICH FREU MICH AUF MORGEN. DEIN F.«

In ihrem Zimmer findet sie den Lichtschalter nicht sofort. Im Schein der Straßenlaterne, die durch ihr Fenster leuchtet, sieht sie Falks Wagen noch immer in zweiter Reihe stehen. Wie süß von ihm, denkt sie, er hat gewartet, bis ich sicher im Haus bin. Sie tritt ans Fenster und winkt ihm zu, er scheint es nicht zu bemerken. Erst als sie doch noch das Deckenlicht anschaltet, hebt er ebenfalls die Hand. Luna spürt jetzt doch wieder, wie müde sie ist, der Rotwein lässt ihren Kopf schwimmen, in der Küche findet sie die benutzte Teetasse vom Nachmittag und füllt sie mit Leitungswasser, das sie lange laufen lässt, es muss schön kalt sein. Sie klettert aufs Hochbett und bezieht das Laken, streift die Bezüge über Decke und Kissen, stößt sich den Kopf, geht ins Bad, um sich die Zähne zu putzen und ihr Gesicht zu waschen. Sie würde gern duschen, hat aber Angst, durch das Rauschen des Wassers die Nachbarn zu wecken. Sie findet ihren Pyjama wieder, zieht sich im Bad um und löscht das Licht im Zimmer, ehe sie auf ihr Hochbett klettert und sich hinlegt. Beim Einschlafen hört sie, wie Falk den Motor startet und langsam zurück in die Nacht fährt.

✷

Am nächsten Morgen wird Luna vom Klingeln ihres Handys geweckt. Es klingt, als stünde Sarah auf einer Baustelle, Luna versteht kaum, was Sarah gegen den Lärm um sich herum anzubrüllen versucht. Luna selbst ist verwirrt, ihre linke Schläfe pocht; auch als sie die Hand dagegen presst, wird es kaum besser. Während sie versucht, Sarah zuzuhören, blickt sie sich im Zimmer um, das jetzt, bei Tageslicht, ganz anders wirkt als gestern Abend noch, unaufgeräumter, kahler. Heute Abend will Falk sie abholen! Luna schlägt ihre Decke zurück und springt aus dem Bett.

»Was sagst du?«, fragt sie bestimmt schon zum dritten Mal hintereinander, jetzt scheint sich Sarah endlich eine ruhige Ecke zum Telefonieren zu suchen. Ihre Stimme dringt klar durch den Hörer, Luna hört sie sogar atmen.

»Wie du das bei Falk geschafft hast, möchte ich wissen«, keucht sie. »Luna, ihr beide wart das Gesprächsthema des Abends! Du scheinst es ja wirklich draufzuhaben, die Typen um den Finger zu wickeln, alle Achtung! Kommst hier nach Berlin und angelst dir gleich ...«

»Sarah«, unterbricht Luna sie. Die Kopfschmerzen werden schlimmer, sie kann jetzt nicht lange telefonieren. Im Bad könnte eine Kopfschmerztablette sein, irgendwo in ihrem Kulturbeutel, ihre Mutter hat ihr noch eine Reiseapotheke mitgegeben, nur das Nötigste für den Anfang, Pflaster und Verbände, Schmerzmittel, etwas gegen Erkältungen. So ein Umzug ist anstrengend, da kann man sich in einem unachtsamen Moment schon mal verletzen oder das Immunsystem macht den Stress nicht mit. Besser, man ist gewappnet. Mit einer Hand noch immer das Telefon haltend, durchwühlt sie ihr Waschzeug. »Ich habe Falk nicht um den Finger gewickelt. Das war mehr Zufall, er hat gemerkt, dass ich nicht so gut drauf war und hat nachgefragt. So sind wir ins Gespräch gekommen und haben ein bisschen die Zeit vergessen. Tut mit leid, dass ich mich so lange nicht bei dir habe blicken lassen.«

»Hat er dich wirklich nach Hause gefahren?«

»Sorry, ich hätte dich fragen sollen, ob du mitfahren willst, ich weiß. Ich war nur ...«

»Du hast dich verliebt«, stellt Sarah fest. »Gib's zu.«

»Verliebt?«, wiederholt Luna nachdenklich, klemmt das Telefon zwischen Schulter und Wange, geht in die Küche und packt die Kiste mit dem restlichen Geschirr aus. Ganz unten liegt die Kaffeemaschine, die sie von einer Nachbarin ihrer Eltern bekommen hat, einer älteren Frau. Die Maschine ist noch fast neu, sogar ein paar Kaffeepads liegen im Karton, die Nachbarin kann mit dem neumodischen Crema-Zeugs nichts anfangen, sie schwört auf ihren guten alten Filterkaffee. Luna will einfach nur wach werden und die Kopfschmerzen besiegen, mit welchem Kaffee, ist ihr egal. Ihr ist schwindlig. Mit einer Hand bekommt sie die Maschine nicht aus der Kiste, sie holt zuerst Tassen und Gläser heraus, alles in Zeitungspapier gewickelt, sie will jetzt nicht mehr telefonieren. Kaffee trinken will sie und duschen, endlich duschen, danach an die frische Luft und einen Bäcker finden, zwei Brötchen kosten nicht viel, etwas Butter und Käse dazu, ein Glas Marmelade, das bekommt sie locker hin. Den ersten Morgen in Berlin in den Griff kriegen. Alles dafür vorbereiten, dass Falk nachher kommt.

»Ich weiß nicht, ob ich schon verliebt bin«, sagt sie schließlich. »Wir hatten einen schönen Abend zusammen und bestimmt waren da auch Schmetterlinge im Bauch, aber wenn so viele Mädchen auf ihn stehen ... ich steiger mich da lieber nicht rein, weißt du.«

»Wie seid ihr verblieben?«, bohrt Sarah nach. »Will er dich wiedersehen?«

Luna antwortet nicht gleich. Alles erscheint ihr so unwirklich, die Party gestern, Falk, das lange, intensive Gespräch mit ihm, die Autofahrt nach Hause, die Nähe zwischen ihnen vor ihrer Tür. Das ist nicht wirklich passiert, denkt sie, es muss ein Traum gewesen sein. Er hat so gut ausgesehen, war so warmherzig. Und doch ... Luna erinnert sich noch genau an den Duft in seinem Haar und seinem Hemd, als sie sich im Auto geküsst haben, sie geht zum Fenster und schiebt die Gardine, die der Vormieter hat hängen lassen, ein wenig zur Seite, ein leicht angestaubter gemusterter Store, den ihre Mutter beim nächsten Besuch durch einen neuen ersetzen will. Dort draußen hatte Falk gehalten, jetzt sind die Autos, die dort gestern gestanden haben, alle fort. Irgendjemand hupt vor einer zugestellten Ausfahrt, Lastwagen rattern vorbei, ein paar Fußgänger hasten ihren Erledigungen nach, von Fern dringt das gleichmäßige Rauschen der Stadtautobahn an ihr Ohr. Ein Radfahrer prescht mit verzerrtem Gesicht durch eine bunt schillernde Pfütze, dreckiges Regenwasser spritzt gegen einen grauen Stromkasten. An dem einzigen Baum, den Luna von ihrem Fenster aus sehen kann, hebt ein Terrier sein Bein. Schön ist die Gegend nicht, denkt sie. Aber dafür billig. Zu Hause in Remscheid hat sie am Stadtrand gewohnt; wenn sie morgens aus ihrem Fenster geschaut hat, saß manchmal eine Amsel auf ihrem Fenstersims und äugte, den Kopf schief legend, zu ihr ins Zimmer, ehe sie ihre Flügel ausbreitete und flatternd einen der Bäume ansteuerte, die den Garten umsäumten. Oft hat Luna gestaunt, auf welch dünnen Zweigen ganz oben in der Krone sich der Vogel niederlassen konnte, ohne zu schwanken und ohne dass sich das dünne Holz unter ihm bog. Seit Thore tot war, hatte sie nicht mehr darauf geachtet, ob die Amsel kam.

Sarah wiederholt ihre Frage.

»Er hat versprochen, sich zu melden«, weicht Luna aus. Sie hört, wie Sarah am anderen Ende die Luft einzieht. »Glaubst du, dass er das macht?«

»Ich glaube nicht, dass Falk so was einfach nur sagt, ohne es auch zu meinen. Oh Luna – wenn das klappt! Wenn das was wird mit euch beiden! Ich fasse es einfach nicht. Falk spricht nie eine Frau an, nie! Irgendetwas muss er an dir ganz besonders finden.«

Luna grinst vor sich hin und lässt die Gardine wieder in ihre alte Position zurück fallen.

»Tja«, meint sie nur. Dann fragt sie Sarah etwas wegen der Uni, um abzulenken. Ob sie sich am ersten Semestertag treffen können, am besten schon an der U-Bahn. Was man mitbringen müsse. Sarah lässt sich drauf ein. Während sie redet, findet Luna ein Röhrchen mit Kopfschmerztabletten in ihren Badezimmerutensilien, Paracetamol zum Auflösen in Wasser. Sie verabschiedet sich von Sarah, nimmt ihre Tablette und legt sich noch einmal aufs Bett. Eine halbe Stunde kann sie sich gönnen, bevor sie endgültig die Kisten auspackt und entsorgt. Bis Falk kommt, dauert es noch mehr als acht Stunden.

Wenn er kommt.

Luna schließt die Augen, und sofort ist es wieder da, dieses rauschhafte Gefühl, das sich an seiner Seite in ihr ausgebreitet hatte. So aufregend und neu, und gleichzeitig so selbstverständlich, so vertraut. Sein dunkles Haar, seine warme Stimme, die Augen. Vor allem aber seine Umarmung, so sicher und fest, sie hat sich geborgen gefühlt und gleichzeitig gemeint, fliegen zu können. Er soll wiederkommen, er muss, sie weiß nicht, wie sie sonst weitermachen soll in dieser fremden Stadt. Sie kennt ihn noch kaum und doch ... Das Gefühl von gestern Abend ist wieder da, Falk, denkt sie immer wieder und lächelt unter geschlossenen Augen vor sich hin; Falk. Ein aufregender, abenteuerlicher Name, älter und reifer, als er aussieht. Und wie besitzergreifend er war, eifersüchtig auf das Lächeln eines anderen, den es doch gar nicht gegeben hatte. Falk wollte Luna ganz für sich. Wollte für sie da sein, und im Gegenzug verlangte er – zu Recht – das Gleiche auch von ihr. Heute Abend werden sie ganz für sich sein, in einem kleinen, verschwiegenen Restaurant vielleicht, nur er und sie, keine laute Party mit lärmenden, angetrunkenen Leuten. Sie werden weiter miteinander reden, sich näherkommen, Luna spürt, wie die kribbelnde Wärme in ihren Körper zurückkehrt, die sie gestern Abend gespürt hat, in seinem Auto, in seinen Armen. Es war, wie noch einmal geboren zu werden, ein ganz neues, anderes Leben zu beginnen. Jemand zu sein, einem anderen Menschen etwas zu bedeuten, mehr für ihn zu sein als nur die übrig gebliebene Schwester des verunglückten geliebten Sohnes, es ist gut, dass sie noch da ist, endlich zählt es nicht mehr, dass sie vielleicht hätte den Bruder abhalten können von dem Irrsinn, den er getan hat. Luna war zwar die Jüngere, aber Mädchen sind oft weiter, vorausschauender, sie hätte Thore bitten können, lieber nicht zu springen, sie wusste ja, wie draufgängerisch er manchmal war.

Für Falk zählt das alles nicht. Sie hat es ihm erzählt, hat nichts ausgelassen, aber er hat ihr nichts vorgeworfen, nicht mal mit einem Blick. Für ihn zählte Thore nicht, natürlich tat es ihm leid, doch es war Luna, die vor ihm saß und mit dem Leben fertig werden musste, so wie es war, mit der Schuld, die sie empfand, mit der eigenen Sehnsucht nach Liebe, die sie meinte, nun nicht mehr zu verdienen. Für Falk zählte das alles nicht, er hat sie einfach verstanden. Ihre Gefühle nachvollziehen können. Sie angenommen, trotz allem. Mit ihr getanzt, sie nach Hause gebracht, sie beschützt.

Die Kopfschmerztablette beginnt zu wirken, erleichtert bemerkt Luna, wie sich der feste Ring um ihre Stirn zu lockern beginnt. Falk, denkt sie; Falk. Sie fällt in einen leichten Schlaf.

3.

Am Abend ist Luna fertig mit der Einrichtung ihrer Wohnung. Erschöpft setzt sie sich auf ihr Bett und betrachtet das Zimmer, das nun endlich ein wenig an ihr altes Zuhause erinnert und doch anders wirkt, erwachsener, weil nun ein eigenes Bad und eine Küche dazu gehören. In offenen Regalen hat sie ihre Bücher aufgestellt, lieb gewordene Romane, wenig benutzte Lexika, Sachbücher zu Themen, die sie über den Schulstoff hinaus interessierten, irische Landeskunde und Poesie, ein paar Erinnerungsstücke aus ihrer Kindheit, ein altes Märchenbuch. Dazwischen Fotoalben, Aktenordner, viele besitzt sie noch nicht, durch die Zeit an der Uni wird einiges dazukommen. Luna freut sich darauf, nach den düsteren letzten Monaten, in denen sie innerlich wie äußerlich bewegungslos war, wieder etwas für den Kopf zu tun, zu lernen, zu denken, Dinge aufzuschreiben und zu behalten zu versuchen, sie mit ihrer eigenen Meinung zu versehen, Neues zu formulieren. Auf ihrem Schreibtisch, der ebenfalls noch aus ihrem Mädchenzimmer stammt, ist sogar Lunas Laptop fertig angeschlossen, der Arbeitsplatz unter dem Hochbett ist wirklich praktisch. Der Vater hat ihn ihr Ende August zum 18. Geburtstag zusammen mit einem Surfstick mit Internet- und Handyflatrate geschenkt. Wenn der Anschluss gelegt ist, wird sie sich im Online-Netzwerk, dessen Internetadresse ihr Sarah genannt hat, anmelden. Heute wäre ihr nach Chatten noch nicht zumute, selbst wenn der Anschluss schon da wäre, das kommt alles noch, die Wohnung geht vor, erst einmal muss es darin gemütlich werden, schon damit Falk sich hier wohlfühlen kann.

Als Luna vorhin die letzten leeren Kartons zusammengefaltet und in den Keller gebracht hat, hat sie eine ältere Nachbarin getroffen, Frau Scholz heißt sie, hat sich ihr vorgestellt und in Erfahrung gebracht, dass es im Haus nur Kabelfernsehen gibt. Fernsehen will sie gar nicht so viel, sie hat das Gerät aus Thores Zimmer mitnehmen dürfen und am Fußende ihres Hochbettes aufgestellt, eine einfache Zimmerantenne daneben, das wird genügen, um auch ohne Kabel ein, zwei Sender zu empfangen, so kann sie vor dem Einschlafen vielleicht noch die Nachrichten oder einen Spielfilm sehen.

Beim Einkaufen für ihr Frühstück hat Luna Salzstangen, Oliven und ein Stück Käse besorgt, um Falk am Abend etwas anbieten zu können, nur für den Fall, dass sie nicht sofort losgehen. Im Kühlschrank stehen je eine Flasche Weißwein und Mineralwasser. Ehe sie sich umzieht, saugt Luna noch Staub und wischt den kleinen Tisch vor dem Sofa ab, putzt das Fenster, rückt ein paar Gegenstände in den Regalen zurecht, schaut auf die Uhr, die sie über dem Schreibtisch an einem Nagel aufgehängt hat, zum Nägel-in-die Wand-Schlagen braucht sie keinen Mann. Auf dem Couchtisch steht eine Vase mit einer einzelnen rosa Gerberablüte, durch sie wirkt das ganze Zimmer frischer und wohnlicher. In der Küche liegt ihr abgewaschenes Geschirr zum Trocknen auf der Spüle, Bad und Toilette sind geputzt, die Wohnung ist gelüftet. Zum Schluss befestigt Luna ihr Lieblingsposter von Kandinsky mit vier Reißzwecken an der Wand über dem Sofa, überprüft ihren tragbaren CD-Spieler, neben dem sie ihre wenigen CDs abgelegt hat, neben einigen Samplern vergangener Charts besitzt sie ein paar Scheiben von Silbermond, Michael Jackson und ein paar Soundtracks ihrer Lieblingsfilme, sie hofft, Falk wird irgendetwas davon mögen. Nach einem letzten Rundblick geht sie ins Bad, um zu duschen, obwohl sie das heute Morgen schon getan hat, um ihre Katerkopfschmerzen endgültig zu vertreiben. Sorgfältig föhnt und bürstet sie ihr Haar, schminkt sich dezent, aber wirkungsvoll, putzt sich die Zähne, steht lange vor ihrem eben erst eingeräumten Kleiderschrank und wählt schließlich eine verspielte weiße Bluse und ihre neue Lieblingsjeans, die sie sich erst vor wenigen Wochen gekauft hat. Um die Taille legt sie einen braunen Ledergürtel mit aufwendig gearbeiteter Metallschließe, schlüpft in ihre farblich passenden Lederstiefel, auch der Modeschmuck, den sie dazu anlegt, harmoniert mit dem Gesamtbild. Dennoch blickt sie immer wieder kritisch in den Spiegel an ihrem Schrank, steckt ihre Haare hoch und lässt sie wieder fallen, nimmt einen Rock heraus und hält ihn an sich, ebenso ihr kurzes schwarzes Kleid, nein, das wäre übertrieben, zum Essengehen muss man kein Partyoutfit tragen. Luna denkt daran, wie wenig sie noch von Falk weiß. Welche Art von Kleidung ihm an Mädchen gefällt, was für Bücher er liest, womit er sich in seiner Freizeit beschäftigt, wer zu seinem Freundeskreis gehört. Ob sie mit ihrem Outfit seinen Geschmack trifft oder ob er sie lieber ganz anders sehen würde, heute, bei ihrem ersten offiziellen Treffen. Ob ihm ihre Wohnung zusagt oder ob er Besseres gewohnt ist, einen großzügigen, gediegenen Neubau, ein Loft vielleicht oder ein ausgebautes Dachgeschoss in einer Stadtvilla. Sie hat nicht einmal Sarah danach gefragt.

Schließlich beschließt Luna, nichts mehr an sich zu verändern. So rücksichtsvoll, wie Falk sie gestern behandelt hat, wird es auch ihm am wichtigsten sein, dass sie sich selbst in ihrer Kleidung wohl fühlt. Ein wenig krampfhaft lächelt sie ihrem Spiegelbild zu, zündet ihre überall im Zimmer verteilten Kerzen an und löscht das Deckenlicht. Im selben Moment klingelt es an der Tür. Lunas Herz setzt einen Schlag aus, jetzt ist es so weit. Sie drückt den Summer und hört die Haustür aufspringen. Falk küsst sie auf die Wange und überreicht ihr eine rote Rose in Cellophan, schiebt sich an ihr vorbei ins Zimmer, das sofort voll von ihm ist. Er erscheint ihr noch besser aussehend als gestern mit seinem schwarzen Oberhemd und der gleichfarbigen Lederjacke dazu, den lässigen neuwertigen Jeans. Jeans sind für heute Abend also richtig, denkt Luna und atmet insgeheim auf. Der Duft seines Rasierwassers lässt sie leicht schwindlig werden, es ist ihr schon so vertraut, am liebsten würde sie sich sofort in seine Arme schmiegen, doch sie hält sich zurück, wartet ab, was er zu ihrer Wohnung sagt. Zum Glück läuft die Heizung heute richtig.

Falks Blick bleibt an der Blume auf dem Sofatisch hängen.

»Oh, du hattest schon Besuch«, stellt er fest. »Einen Verehrer, nehme ich an.« Er versucht ein amüsiertes Lächeln, doch seine Wangen wirken starr, sein Blick unbeweglich. Als Luna an seine Seite tritt und sich ganz leicht an ihn lehnt, spürt sie seinen Körper wie einen Panzer.

»Quatsch«, beeilt sie sich zu versichern. »Woher sollte denn ein Verehrer kommen, ich kenne in Berlin doch fast noch niemanden. Die Blume habe ich mir selbst gekauft, weil der Tisch so kahl aussah.« Sie hebt den Kopf, um ihn anzulächeln, beschwichtigend, beruhigend, nur leicht amüsiert. Falk wendet seinen Blick von der Blume und sieht sie an, die Gesichtszüge noch immer angespannt. Er wartet darauf, dass ich meine Blume aus der Vase nehme und gegen seine austausche, überlegt sie und eilt in die

Küche, füllt Leitungswasser in die zweite Vase, was für ein Glück, dass die Mutter die ihr noch mitgegeben hatte, stellt die Gerbera hinein und trägt sie zum Fensterbrett, ehe sie Falks Rose auf den Couchtisch stellt.

Falk steht noch immer am selben Fleck, die Arme vor der Brust verschränkt. Luna friert plötzlich, beginnt zu zittern, nimm mich doch endlich in den Arm, denkt sie. Wie kommt er nur auf solche Geschichten?

»Ich hätte gar keine Zeit gehabt, mich zu verabreden, weil ich fast den ganzen Tag lang Kisten ausgepackt habe. Gefällt es dir hier?«

Falk blickt sich abermals um, tastet jeden Winkel mit seinen Augen ab, wiegt den Kopf hin und her, mustert Luna von oben bis unten, sieht wieder weg. Vielleicht ist die Jeans doch nicht das Richtige.

»Nett«, sagt er schließlich. »Völlig anders, als ich wohne ... Komm, lass uns gehen.«

Sie fahren eine Viertelstunde lang durch die Stadt. Luna nutzt die Zeit, um Berlin weiter auf sich wirken zu lassen, die vorbeiziehenden Altbauten, die regennassen, beleuchteten Straßen, ein paar hingeklatschte Bürohäuser. Hier sieht es nicht anders aus als in jeder anderen Vorstadt.

»Wenn das Wetter besser ist, zeige ich dir alles«, verspricht Falk, der ihrem Blick gefolgt ist. »Am schönsten ist es an einem lauen Abend im Mai, wenn die Kirschblüten blühen. Berlin ist eine der grünsten Städte, die es gibt. Und die mit den meisten Seen.«

»Im Mai«, wiederholt Luna. »Bis dahin dauert es dauert noch über ein halbes Jahr.«

Falk scheint sie nicht gehört zu haben. »Dann ziehst du dir etwas Nettes an und ich führe dich zu den schönsten Plätzen.«

Luna weiß nicht, was sie sagen soll. In ihrem Bauch

kribbelt es und ihr Herz beginnt schneller zu schlagen. Wenn Falk jetzt schon Pläne für den Mai im nächsten Jahr schmiedet, will er dann wohl noch mit ihr zusammen sein. Oder zumindest befreundet. Noch sind sie kein Paar, aber vielleicht kommt es heute Abend dazu. Falk steuert den Wagen jetzt mit einer Hand, mit der anderen greift er nach Lunas und lächelt sie von der Seite an, Luna sieht seine Zähne, die die Farbe von abgezogenen Mandeln haben, seine Augen, in denen sich die vorbeifliegenden Straßenlaternen spiegeln, die lässig in seine Stirn fallenden Haarsträhnen, seine glatt rasierten Wangen. Es wäre schön, von ihm sagen zu können: »Mein Freund«.

Dicht hinter ihm betritt sie schließlich das Restaurant. Mit sicherem Schritt geht Falk vor bis zur Bar, wo er von dem Besitzer des Restaurants mit Namen begrüßt wird. An der Garderobe nimmt er Luna den Mantel ab, ehe ein junger Kellner beide zu einem etwas abseits gelegenen Tisch führt. Lunas Beine zittern leicht, als sie sich setzt, doch Falk schenkt ihr ein warmes Lächeln und bestellt mit knappen Worten einen Aperitif und die Speisekarte. Ein Blick von ihm genügt, um den Kellner wieder fortzuschicken. Als beide ihren Campari haben, hebt Falk sein Glas und prostet Luna zu.

»Das ist eines meiner Lieblingsrestaurants«, verrät er. »Aber um satt zu werden, muss man schon einiges bestellen. Die Portionen sind nicht groß.«

»Ich bin nicht sehr hungrig«, beeilt sich Luna zu sagen. Sie blickt sich um und versucht, sich zu entspannen, was nicht leicht ist, da sie ein wenig fröstelt, Falk hat einen Tisch am Fenster gewählt, der ihnen zwar einen Blick auf die Straße gewährt, aber auch einem unangenehmen Luftzug ausgesetzt ist. So unauffällig wie möglich legt sie sich ihr Halstuch so, dass es etwas mehr wärmt. Dann beugen sich beide über die Speisekarte, der Kellner bringt einen französischen Rotwein des Jahrgangs 2003 und lässt Falk probieren; der nimmt einen Schluck, überlegt, trinkt noch einmal, dann nickt er. Der Kellner schenkt auch Luna ein und fragt mit gedeckter Stimme, ob sie schon ihre Speisen ausgewählt hätten.

»Wir nehmen das Chateaubriand«, bestimmt Falk, klappt seine Karte zu und nimmt Luna die ihre aus der Hand. »Bitte.«

Mit einer leichten Verbeugung nimmt der Kellner die Karten entgegen, tritt an Luna vorbei, um das Fenster zu schließen, dankbar sieht sie zu ihm auf. Luna wagt nicht zu sagen, dass sie gerne Fisch gegessen hätte, das auf der Karte angebotene Seezungenfilet hat ihr sofort Appetit gemacht. Es wäre das erste Mal seit Thores Tod gewesen, dass sie sich wieder an Fisch herangewagt hätte, mit Falk zusammen hätte sie sich sicher genug gefühlt, ihn zu probieren. Von einem Chateaubriand hat sie keine Vorstellung, fühlt sich aber zu befangen, um dies zuzugeben.

Der Kellner bemerkt ihren leicht enttäuschten Blick, ist wohl geübt darin, jedem Gast mit viel Einfühlungsvermögen das Gericht anzubieten, das seinem Geschmack am meisten entspricht.

»Die Dame ist einverstanden?«, erkundigt er sich lächelnd. »Wir hätten sonst auch eine hervorragende Fischplatte für zwei Personen, die bei unseren weiblichen Gästen außerordentlich beliebt ist. Seezunge, Lachs, Eismeershrimps in Zitronenbutterfarce, dazu Wildreis und einem leichten Salat aus ...«

»Fisch zum Rotwein?«, unterbricht ihn Falk in barschem Ton. »Für das erste gerade begonnene Lehrjahr als Restaurantfachmann sind Sie schlicht zu alt. Und nun gehen Sie und sorgen Sie dafür, dass wir nicht stundenlang auf unser Essen warten müssen.«

»Sehr wohl, mein Herr«, stößt der Kellner hervor. »Selbstverständlich. Ich bitte vielmals um Entschuldigung.«

Er eilt fort, dreht sich jedoch noch einmal um und zwinkert Luna zu, ohne dass Falk es bemerkt, der mit dem Rücken zum Raum sitzt.

»Unprofessionell«, sagt er und schiebt sein Messer auf der gestärkten Tischdecke hin und her. »So was von unprofessionell. Eine Schande, in so einem Restaurant.«

Ein paar Augenblicke lang starrt er mit angespannten Gesichtszügen auf seine Serviette. Luna trinkt einen Schluck Wein, dann noch einen, genau wie auf der Party gestern spürt sie den Wein schnell zu Kopf steigen, ihr Magen ist leer, zum Glück friert sie nicht mehr, sie lehnt sich zurück, lockert die angespannten Schultern und blickt sich im Restaurant um.

Falk hat recht, denkt sie. Es ist wirklich schön hier. Die Tische sind durch Nischen voneinander getrennt, sodass jeder Gast das Gefühl einer vertrauten Atmosphäre bekommt. Es ist gut besucht, aber nicht überfüllt, an den besetzten Tischen sitzen gut gekleidete Leute, die in intensive, aber friedliche Gespräche vertieft scheinen. Die Kerzen auf den Tischen und der Wandkamin vermitteln eine warme, behagliche Atmosphäre, sämtliche Einrichtungsgegenstände bestehen aus einem rötlichen Holz, was diesen Eindruck noch unterstreicht. Erneut nippt sie an ihrem Glas, stellt es wieder ab, dreht es nachdenklich am Stiel hin und her.

»Na«, unterbricht Falk ihre Gedanken. »Das machen wir doch zusammen, denke ich.«

»Was ...?« Luna schreckt auf. Falk hat ebenfalls sein Weinglas aufgehoben und blickt sie abwartend an. »Was machen wir zusammen?«

»Das Glas anheben und trinken«, bekräftigt er. »Das macht doch nicht jeder für sich, wir sind schließlich gemeinsam hier. Hier, und nicht in einer Bierkneipe.«

»Ach so.« Luna hebt ihr Glas und sieht ihm in die Augen. »Ich bin solche Regeln nicht gewohnt, weißt du. Von zu Hause her, meine ich. In unserer Familie hebt jeder am Tisch sein Glas, wann er will, und trinkt, wenn er Durst hat. Entschuldige bitte.«

»Mit Regeln hat das nichts zu tun«, erwidert Falk. »Das ist eine Frage des Gefühls.«

Danach ist es nicht leicht, das Gespräch wieder in Gang zu bringen. Der Kellner bringt eine kleine Vorspeise, die aufs Haus geht, ein wenig Rucolasalat mit je zwei Garnelen. Wie nett, denkt Luna; so bekomme ich wenigstens ein bisschen was aus dem Meer. Falk isst wortlos, Luna achtet darauf, nun auch immer gleichzeitig mit ihm ihre Gabel zum Mund zu führen. Sie hat ihren Campari noch nicht ausgetrunken, er war ihr zu bitter, dennoch ist sie versucht, den letzten Schluck noch zu nehmen, um Falk nicht zu enttäuschen, fragt sich aber gleichzeitig, ob sich das vielleicht nicht schicke, da sie bereits mit dem Wein begonnen haben. Beinahe synchron legen sie ihr Besteck wieder hin.

»Ich glaube, der Kellnerberuf ist nicht leicht«, sagt Luna mehr zu sich selbst als zu Falk, nachdem der Kellner erneut am Tisch war, um vom Wein nachzuschenken. In ihrem Kopf schwimmt es, sie streichelt Falks Finger, damit er nicht mehr an ihren Fehler denkt, ihr stattdessen in die Augen sieht, sie kann nicht genug bekommen von seinen Augen, will so dringend die warmen Lichter darin wiedererkennen. Der Abend ist zu schön, zu besonders, um sich gleich zu streiten. »Ich könnte das nicht – auswendig lernen, welcher Wein zu welchem Essen passt, für das ganze Drumherum sorgen, damit jeder zufrieden ist. Der da ist doch wirklich nett, er ist bestimmt wirklich noch in der Ausbildung, er kann kaum älter sein als ich. Hast du seinen spanischen Akzent bemerkt, als er geredet hat?«

Falk schüttelt den Kopf. »Das interessiert mich auch gar nicht«, meint er. »Dich offenbar schon, ja?«

Luna überhört den ironischen Ton in seiner Stimme im letzten Satz. Die Garnelen waren köstlich, die Küche scheint wirklich etwas Besonderes zu sein, sie beginnt sich auf den Hauptgang zu freuen, und sie sitzt hier mit Falk, ist eingeladen, darf einfach genießen.

»Ich kann ein bisschen Spanisch«, berichtet sie. »In der Schule hatte ich darin den Profilkurs belegt. In Portugal war das manchmal die Rettung, denn keiner aus unserer Campingclique konnte Portugiesisch, aber mit meinen paar Brocken Spanisch kam ich ganz gut weiter.«

»Ah ja.« Falk strafft seine Schultern und lehnt sich zurück, »und nun möchtest du ein wenig in Übung bleiben, nehme ich an?«

»Kann nicht schaden, oder?« Luna lächelt und prostet ihm zu. »Sonst verlernt man ja so viel.«

Falk antwortet nicht. Als der Hauptgang serviert wird, bedankt sich Luna auf Spanisch und wechselt mit dem Kellner ein paar Worte in dessen Muttersprache, erntet Anerkennung und Komplimente für ihren Wortschatz und ihre Aussprache, lacht mit ihm. Falk beobachtet sie mit verschränkten Armen. Als sie wieder allein sind, erschrickt Luna über den düsteren Ausdruck in seinem Gesicht.

»Ist was?«, erkundigt sie sich eilig. »Habe ich was falsch gemacht?«

Falk greift nach seinem Messer und rammt es in das Rinderfilet, das appetitlich angerichtet auf einer vorgewärmten Platte liegt.

»Woher soll ich das wissen?«, herrscht er sie an. »Ich war noch nie mit einer Frau aus, die sich an meinem Tisch mit einem anderen Mann unterhalten hat, und noch dazu so, dass ich kein Wort verstehe. Ich habe mich sehr über dich geärgert, Luna.« Er säbelt sich eine Scheibe des Filets ab, legt sich Gemüse und Kartoffeln auf und beginnt zu essen. Luna spürt einen Knoten im Magen, was läuft hier nur schief, denkt sie, natürlich, er hat ja recht, das hätte ich auf keinen Fall tun dürfen. Ich muss mir nur vorstellen, Falk würde das Gleiche mit einer anderen Frau tun, russisch reden vielleicht, kein Wort verstünde sie da und würde sich ausgeschlossen fühlen, sicher würde sie vermuten, dass sie über Luna reden oder eine Verabredung treffen. Bestimmt ergeht es Falk jetzt ebenso. Luna atmet aus.

»Entschuldige bitte«, flüstert sie. »Falk, ich glaube ... ich weiß auch nicht, irgendwie ... das war wirklich nur, um meine Sprachkenntnisse mal anzuwenden, wir haben gar nichts Besonderes geredet, wirklich nicht!«

»Warum dann überhaupt?« Er legt sein Besteck parallel auf den Teller, als sei ihm der Appetit vergangen. »Wenn es so belanglos war, hättest du mich einbeziehen können. Übersetzen zum Beispiel. Da du es nicht getan hast, muss ich davon ausgehen, dass du mit ihm Geheimnisse ausgetauscht hast.«

Auch Luna legt ihre Gabel hin. »Nein«, beteuert sie, »das ist doch Unsinn, was sollte ich mit ihm für Heimlichkeiten haben? Ich dachte, du verstehst, was er und ich sagen, ein paar Worte Spanisch können ja die meisten Leute, es war nichts Weltbewegendes, nur Small Talk über das Essen, das Wetter und die Gegend, aus der er kommt. Das war's schon. Ich hab das doch nicht gemacht, um dich zu ärgern, Falk.«

»Nicht bewusst«, gibt er zu. »Das unterstelle ich dir gar nicht. Aber vielleicht unbewusst. Vielleicht wolltest du mich provozieren und bist dir selbst nicht darüber im Klaren.«

»Nein!«, schreit Luna auf, ein paar Gäste von den umstehenden Tischen schauen schon herüber. »Auch nicht unbewusst! Ich habe mich so auf diesen Abend gefreut, darauf, nach der Party gestern einmal mit dir allein zu sein, dich näher kennenzulernen. Da würde ich dich doch nie enttäuschen wollen, Falk. Ich kann es nicht oft genug sagen: Es tut mir leid.«

Falk nimmt sein Besteck wieder auf.

»Vielleicht hätten wir irgendwo hingehen sollen, wo wir ganz allein sind«, lenkt er ein. »Zum Kennenlernen wäre das besser gewesen.«

»Aber es ist schön hier.« Lunas Stimme wird jetzt ganz weich. »Das Essen, die Kerzen ringsum, der Wein – danke, Falk. Das tut mir richtig gut nach dem Umzug und allem, was in den letzten Monaten war.«

In lockerem Plauderton miteinander redend, essen sie weiter. Nach und nach entspannt sich Luna wieder, und auch Falk findet zu seiner einfühlsamen Art zurück, zu dem Falk, der Luna so sehr anzieht, dass sie es selbst kaum glauben kann. Auch der Kellner hat begriffen, was vorgeht, und bleibt diskret im Hintergrund.

»Erzähl mir was von dir«, bittet Luna, als sie den Hauptgang beendet haben und der Tisch abgeräumt worden ist. »Ich hab das Gefühl, dass ich noch gar nichts über dich weiß. Ich will nicht so viel falsch machen, wenn wir uns sehen.«

»Du machst nichts falsch, Luna.« Falk greift nach ihrer Hand, lässt die Finger zwischen seinen auf und ab gleiten, kitzelt mit seiner Zungenspitze die warme Stelle an ihrem Puls. »Vorhin, das war nur ... Du hast angefangen, mir wichtig zu werden. Ich fühle, dass sich zwischen uns etwas ganz Besonderes entwickeln wird. Vielleicht war ich deshalb so ungehalten, als dich der Kellner angegraben hat.«

Er hat mich nicht angegraben, denkt Luna, vermeidet

aber, dies zu sagen, aus Angst, es könnte erneut eine Missstimmung auftreten. Falk schweigt.

»So geht es mir auch«, sagt sie, und jetzt stimmt es auch wieder. Falk hört nicht auf, ihre Hand zu halten, und versenkt über das Licht der auf dem Tisch stehenden Kerze hinweg seinen Blick in ihren, die Flamme spiegelt sich in seinen Augen wieder, die so beinahe golden wirken. Seine Pupillen sind geweitet und die Mundwinkel leicht aufwärts gerichtet. Wie warm seine Hände sind, denkt Luna und fährt mit dem Zeigefinger über seine Fingerknöchel. Die Haut ist richtig zart für einen Mann, bestimmt cremt er die Hände oft ein.

»Dann muss ich dir nicht viel erzählen«, meint er. »Wir sind Seelenverwandte, das genügt doch. Meinst du nicht?«

Nach dem Dessert, einer raffinierten Eiskreation mit frischen Erdbeeren und grünem Pfeffer, drängt Falk zum Aufbruch. Auf der Straße stellt Luna fest, dass es nicht mehr regnet und ein milder Wind aufgekommen ist.

»Wir könnten spazieren gehen«, schlägt Falk vor. »Magst du? Wir fahren an den Tegeler See, da ist um diese Zeit kein Mensch. Er ist gar nicht weit von hier.«

Am Ufer legt Falk seinen Arm fest um Lunas Schulter, sie gehen im gleichen Schritt, Luna hat es gar nicht bemerkt, doch wann immer sie aus dem Takt gerät, bleibt Falk stehen, damit sie ihre Schritte wieder seinen angleichen kann. Anfangs erscheint es ihr ungewohnt, doch mit der Zeit gewöhnt sie sich daran, im Takt mit ihm zu sein, schmiegt sich fest an seine Seite, genießt das Gefühl, wie sein Arm schwer auf ihr ruht, ihre Schulter passt beinahe in seine Achselhöhle. Als sie ihm dies sagt, lacht er leise.

»Das muss Schicksal ein«, scherzt er. »Wir passen zusammen wie zwei Puzzleteile.« Aber dann bleibt er stehen. Sie sind an einem Bootssteg angekommen, der zu einem festgetäuten Ruderboot führt. Ohne Luna loszulassen, führt er sie hinunter und lässt sie einsteigen, klettert selbst hinterher, macht sich an den Tauen zu schaffen.

»Willst du jetzt eine Mondscheinfahrt mit mir machen?«, fragt sie verwundert. »Das ist doch nicht dein Boot. Oder?«

Falk lacht anstelle einer Antwort, tritt schnell auf sie zu und zieht sie an sich. Das Boot schwankt unter ihnen, als sie sich küssen, Luna strauchelt für einen Moment, doch Falk hält sie sicher. Als das Schaukeln nachlässt, setzt er sich vorsichtig hin, zieht Luna zu sich herunter und hält sie so, dass sie ihren Rücken an seine Brust lehnen kann. »Lass uns einfach hier sitzen und den Sternenhimmel genießen«, sagt er. »Nur du und ich.« Er schlingt seine Arme noch fester um sie, Luna fühlt seine Schenkel, die sich von außen eng an ihre drücken, sein Körper wärmt sie von hinten, auf die Dauer wäre es sonst doch kühl gewesen, trotz der milderen Witterung. Luna spürt seinen Atem, der in sanften Strömen ihr Ohr streift, kein erregtes Keuchen, weil er ihre Nähe spürt, kein Anfassen an Stellen, die er jetzt leicht erreichen könnte. Falk ist einfach nur da. Für Luna da.

»So könnte ich jetzt einschlafen«, sagt sie und schließt tatsächlich die Augen, gibt sich seiner Wärme und den sanften Wellenbewegungen des Flusses hin. »Bei dir habe ich das Gefühl, nach einer langen Reise endlich angekommen zu sein.«

Falk küsst ihre Wange. »Schön«, sagt er. »Dann ist es auch so.«

Eine Weile spricht keiner von ihnen. Luna lauscht dem Plätschern des Wassers, dem leichten Rascheln der Blätter, wenn eine Brise die Zweige über ihnen bewegt, dem fernen Rauschen des spätabendlichen Stadtverkehrs. Jetzt könnte er mir wirklich etwas über sich verraten, denkt sie. Etwas über seine Vergangenheit, seinen Beruf. Niemand kann uns hören, und wahrscheinlich hat keiner von uns je eine solche Nähe zu einem anderen Menschen verspürt. Irgendetwas muss mit ihm sein, das ihn so verletzlich macht. Vielleicht hat ihm jemand einmal sehr wehgetan. Ein Mädchen?

Aber Luna wagt nicht, noch einmal zu fragen, und Falk schweigt.

Bestimmt eine halbe Stunde haben sie ganz still gesessen und dem sanften Schaukeln des Bootes nachgespürt, als Falk sich plötzlich aufrichtet. Sofort beginnt das Boot wieder zu schwanken, Luna stützt sich mit dem Arm ab, bemerkt, dass Falk die Ruder aufnimmt und in die vorgesehenen Halterungen schiebt.

»Halt mal fest«, sagt er und macht sich schon am Tau zu schaffen, während Luna die Ruder übernimmt und darauf achtet, dass ihr keines aus der Hand rutscht, sie friert jetzt doch, der Wind hat zugenommen und die Feuchtigkeit, die vom Fluss aufsteigt, kriecht ihr unter die Kleidung.

»Was hast du vor?«, fragt sie, aber er hat das Boot schon losgemacht und setzt sich hin, nimmt ihr die Ruder wieder ab, Luna zieht ihre Jacke enger um die Schultern. Gleichmäßig durchpflügen die Ruder das schwarze Wasser, Luna beobachtet erstaunt, wie rasch sie sich vom Ufer entfernen.

»Gute Idee, diese Mondscheinfahrt«, sagt Falk und lacht leise, seine Stimme klingt jetzt anders, denkt Luna, aber vielleicht liegt das an der Stille ringsum, an der Weite, an der bald hereinbrechenden Nacht. Nach kurzer Zeit sieht sie ein anderes Ufer, näher als das, von dem sie abgelegt haben. Falk rudert mit gleich bleibendem Tempo, seine Kräfte scheinen nicht nachzulassen, seine Augen fixieren abwechselnd Luna und das Ufer, seine Lippen sind zusammengepresst und auf der Stirn meint Luna kleine

Schweißperlen zu entdecken, er hätte das nicht tun müssen, denkt sie, so eine romantische Bootsfahrt hätten sie besser im nächsten Frühjahr unternommen. Luna fröstelt, die letzten Meter, bis sie wieder anlegen können, erscheinen ihr endlos, Falk redet nicht mehr, und an dem Ufer, das sie jetzt ansteuern, entdeckt sie nirgends ein Licht, keinen Hinweis darauf, dass vielleicht noch ein Ausflugslokal geöffnet sein könnte. Gegen einen Glühwein oder eine heiße Schokolade hätte sie jetzt nichts, aber an einem feuchten Oktoberabend rechnet kein Gastwirt mit Besuchern, die so spät noch einkehren.

Inzwischen haben sie das Ufer fast erreicht. Falk rudert nun langsamer, ab und zu streift das Boot am Schilf entlang, Luna denkt daran, dass sie als Kind immer gern die Hand ins Wasser gehalten hat, um zu testen, wie kalt es ist; hier traut sie sich nicht. Sie fürchtet, sich die Finger am Schilf aufzuschneiden oder von einem Fisch gebissen zu werden, sie weiß, dass das unwahrscheinlich ist, doch sie kann sich nicht dagegen wehren. Sie sitzt ganz starr, zum Frieren kommt jetzt die Müdigkeit hinzu, sehnsüchtig denkt sie an, ihr Bett zu Hause, an ihre dicke Daunendecke, eigentlich wollte sie nicht so spät schlafen gehen, bald fängt die Uni an und sie wollte schon vor dem ersten Tag zu einem normalen Tages- und Nachtrhythmus finden, um nicht schon ausgelaugt zu den ersten Vorlesungen zu gehen. Sie spürt, dass ihre Blase drückt.

Endlich hat Falk eine Stelle gefunden, wo er das Boot festmachen kann, einen Ast, der liegend ins Wasser ragt. Falk beherrscht den richtigen Knoten auch in der Finsternis, springt aus dem Boot und reicht Luna die Hand, damit auch sie an Land gehen kann. Hier ist es nicht mehr so unheimlich, im Sommer ist dies sicher eine verschwiegene kleine Badestelle, Lunas Füße stehen auf hellem nassem Sandboden, nachdem auch sie gesprungen und in

Falks Armen gelandet ist. Er scheint sich auszukennen. Sie schmiegt sich dicht an seinen Körper.

»Du zitterst«, stellt er fest und drückt einen Kuss auf ihr Haar. »Wir bleiben nicht lange. Aber diese Insel ist mein Lieblingsplatz, Luna. Ich wollte sie dir unbedingt zeigen.« Er nimmt ihre Hand und setzt sich in Bewegung, geht mit ihr ein Stück weiter nach innen, hier ist es noch dunkler. »Die Insel ist unbewohnt«, erklärt er. »Es gibt ein paar davon in Berlin, diese ist eine der größten, während die meisten anderen nur kleine Flecken sind und nicht einmal einen Namen haben. Anlegen und Betreten ist überall verboten, die kleinen Eilande stehen unter Naturschutz.«

»Du traust dich was«, stößt Luna hervor. »Im Sommer ist es hier sicher wunderschön.«

»Jetzt ist es noch schöner«, meint Falk und will sie weiterziehen, doch Lunas Füße gehorchen ihr nicht mehr, ihre Schritte werden immer kleiner, bis sie am Boden zu kleben meint. Ihre Blase drückt jetzt heftig, unmöglich kann sie warten, bis sie wieder in ihrer Wohnung ist. Als am Ufer ein Schwan mit seinen mächtigen Flügeln schlägt, schreit sie leise auf.

»Hast du Angst?«, erkundigt sich Falk, und selbst in der Dunkelheit erkennt sie das amüsierte Kräuseln seiner Mundwinkel.

»Es ist unheimlich«, gibt sie zu. »Bring mich nach Hause, Falk. Bitte.«

»Noch nicht«, erwidert er und zieht sie weiter. »Jetzt noch nicht, Luna.«

»Doch. Bitte, Falk.« Sie wimmert jetzt beinahe, dann hält sie es nicht mehr aus, gesteht ihm flüsternd ihr dringendes Bedürfnis, schämt sich, Falk ist schließlich nicht ihre Mutter, die früher immer in sicherer Entfernung dafür gesorgt hat, dass Luna beim Pinkeln im Wald nicht beobachtet wurde. Aber Falk nickt verständnisvoll und verspricht ihr ebenfalls, in der Nähe aufzupassen. Seine Schritte entfernen sich, bald ist er auch aus ihrem Gesichtsfeld verschwunden, Luna beeilt sich, es erscheint ihr endlos, bis sie ihm endlich folgen kann. Falk sitzt schon im Boot und hat die Ruder aufgenommen. Ein Schrecken durchfährt Luna, als sie bemerkt, dass er sich bereits vom Ufer entfernt, das Tau hat er säuberlich aufgewickelt, mit wenigen Zügen vergrößert er den Abstand zu ihr. Trotz ihres Entsetzens versucht sie zu lachen.

»Komm zurück!«, ruft sie und achtet darauf, dass sich ihre Stimme nicht überschlägt. Natürlich ist es nur ein Spaß, natürlich will er sie nur ein wenig necken. Trotzdem ruft sie noch einmal, wer weiß, was hinter ihr ist, Tiere vielleicht, Schatten, der Schwan von vorhin. Zu sehen ist er nicht mehr.

»Ich komme nicht!«, antwortet Falk. »Du bleibst jetzt dort wie eine verschleppte Königstochter! Hier kann dich kein anderer Junge finden und mir ausspannen, hier gehörst du nur mir allein! Ich komme jeden Tag her und versorge dich!« Dann lacht er, rudert noch ein paar Meter weiter weg. Ein Zweig streift Lunas Haar, erneut schreit sie auf. Sie sieht Falk sich entfernen, sieht Thore oben auf dem Felsen stehen, sieht wieder Falk, hört beide lachen, weit weg von ihr, was habe ich an mir, denkt sie, dass ich immer wieder verlassen werde, Thore ist für immer fort, Falk soll zurückkommen, soll bleiben, bei mir bleiben, ich bin doch sonst allein auf der Welt. Luna stößt einen verzweifelten kehligen Laut aus.

»Falk! Bitte, Falk, ich habe Angst! Komm zurück!«

Endlich ändert er den Kurs, Luna zählt stumm jeden Ruderschlag, bis sie das Boot im seichten Wasser auf Grund laufen hört. Gleich darauf ist Falk auch schon wieder bei ihr und schlingt seine Arme um sie.

»Du Dumme«, raunt er dicht neben ihrem Ohr und bedeckt ihr Gesicht mit Küssen, unendlich zärtlich und so warm, dass ihr Zittern nachlässt und sogar ganz aufhört. »Hast du wirklich geglaubt, ich würde dich hier zurücklassen? Das könnte ich niemals tun, Luna.« Er streichelt ihren Rücken. »Niemals.«

4.

Luna und Falk verbringen auch die Nacht zusammen, bis zum anbrechenden Morgen hält er sie umschlungen und sie genießt die Wärme seines Körpers neben ihrem, seine gleichmäßigen Atemzüge. So könnte es immer bleiben, denkt sie, Falk an meiner Seite, wir gehören zusammen, es ist so ein Wunder mit ihm, so unbeschreiblich.

»Fühlst du dasselbe wie ich?«, fragt er, als sie beide aufgewacht sind und der neue Morgen seine ersten Sonnenstrahlen durch Lunas Fenster schickt. »Wir beide sollten uns nie mehr loslassen. Du bist die Frau, auf die ich die ganze Zeit gewartet habe. Mein Gott, was habe ich nach dir gesucht ...« Sein Blick schweift ab, richtet sich in die Ferne. Um seine Lippen bildet sich ein bitterer Zug. Mit den Fingerspitzen streichelt Luna sanft seinen Nacken, verstärkt den Druck, massiert die verhärteten Muskeln zur Schulter hin, bis er seinen Kopf ruckartig wieder zu ihr wendet.

»Egal«, sagt er und legt seine Wange an ihre. »Jetzt bist du da, eine neue Zeit hat begonnen. Ab heute gibt es nur noch dich und mich, alles andere zählt nicht.« Um seine Worte zu bekräftigen, küsst er feierlich ihre Lippen.

Das ist wie ein Traum, denkt Luna. So etwas hat noch nie jemand zu ihr gesagt. Nie zuvor ist sie jemandem wirklich wichtig gewesen. Kein Mensch hat jemals gesagt, dass er sie nie wieder loslassen wolle. Gestern Abend am

See – da hat er nur wissen wollen, ob es sie wirklich zu ihm zieht. Hat sie prüfen wollen. Natürlich würde er sie nicht im Stich lassen. Die ganze Nacht lang hat sie seine Nähe und Wärme gespürt.

»Was du sagst, klingt schön«, antwortet sie und fährt mit dem Finger sein Profil nach, vom Haaransatz über die Nasenwurzel, gleitet über den geraden Rücken seiner Nase und über die längliche Kerbe darunter. Auf seinen Lippen hält sie an, Falk beißt spielerisch hinein.

»Hast du Hunger?«, witzelt Luna und schlägt ihre Decke zurück. »Dann ist es Zeit zu frühstücken.«

Sie spürt Falks Blicke auf sich ruhen, er sieht ihr vom Hochbett aus zu, wie sie den Couchtisch deckt, hohe Kaffeebecher und Teller aus dem Nachlass ihrer Großeltern, Vollkornbrot, Butter, Tilsiter und Marmelade, Honig, ein wenig Salami, Früchtequark, eine Obstschale mit Clementinen und Äpfeln. Aus der Küche strömt Kaffeeduft ins Zimmer, die Maschine gurgelt und faucht, wenig später trägt Luna die Glaskanne und einen Tetrapak mit fettarmer H-Milch herein.

»Du kannst kommen«, sagt sie. »Es ist zwar nicht wie im Luxushotel, aber alles da, was man braucht.«

»Es ist traumhaft«, widerspricht Falk und klettert vom Hochbett, setzt sich im T-Shirt und in Boxershorts neben Luna aufs Sofa. Während Luna ihm Kaffee einschenkt, blickt er sich in ihrem Zimmer um, als hätte er es noch nie gesehen.

»Wie eine Oase«, bemerkt er schließlich. »Gerade in der Bescheidenheit, in der Einfachheit hat deine Wohnung etwas ganz Besonderes. Hier ist es wie in einem Refugium, an einem abgeschiedenen Ort, einer Zufluchtsstätte. Bei dir zu Hause fühle ich mich, als ob mir niemand etwas anhaben könne. Hier ist alles gut.«

»Wer sollte dir etwas anhaben?«, fragt Luna und hört

auf, ihre Scheibe Brot zu bestreichen. Da ist es wieder, sein Geheimnis, irgendetwas hat er, denkt sie. Was immer es auch ist, ich will alles tun, damit er es vergisst, es überwindet, ich werde für ihn da sein, bis alle seine Wunden geheilt sind.

»Ach nichts. Niemand.« Falk wischt mit der Hand durch die Luft, als müsse er eine Fliege verscheuchen. »Ich meine nur ... den Stress, meinen ganzen Alltag. Den Beruf, den Ärger mit Käufern und Verkäufern, noch schlimmer sind die Banken ... du glaubst nicht, was an einer Immobile alles dranhängt. Manchmal gehört beispielsweise eine schöne alte Villa, die seit Jahren leer steht, einer Erbengemeinschaft, die auch noch untereinander zerstritten ist. Was da alles aufgedröselt werden muss, ist unglaublich. Dazu kommen noch die Wehwehchen meines Angestellten oder der Putzfrau. Es gibt so vieles, um das ich mich kümmern muss, weißt du.« Er nimmt ihre Hand. »Hier bei dir wirkt alles so unschuldig, so nach Neustart, so überschaubar. Hier ist kein Stress, hier kann ich mich einfach fallen lassen.«

»Kannst du«, bestätigt Luna und drückt seinen Arm. »Das ist auch so etwas Besonderes zwischen uns. Wir beschützen uns gegenseitig.«

✷

Die Tage, bis Luna zur Uni muss, verbringen Falk und sie wie in Trance. Wenn er von der Arbeit kommt, sind sie fast ununterbrochen zusammen, auch er zeigt ihr seine Wohnung, ein Dachgeschoss in einer Stadtvilla gar nicht weit weg von ihrer Wohnung, von der andere in Falks Alter kaum zu träumen wagen. Seine Zimmer sind geräumig, auf den ersten Blick erkennt Luna, dass Sarah nicht übertrieben hat, als sie sagte, Falk verdiene bereits gut, noch dazu hat er sich unter allen Immobilien die Beste ausgesucht. Die Einrichtung ist geschmackvoll und modern, seine Polstermöbel sind in hellen Farben gehalten, ebenso seine Teppiche. Die Schränke und die Regale sind aus dunklen edlen Hölzern gefertigt, seine Kerzenleuchter, Wandbilder und Glasvasen passen stilistisch so exakt zum Mobiliar, als hätte ein Innenarchitekt alles ausgewählt und aufeinander abgestimmt.

»Bald wohnen wir hier zusammen«, verkündet er, wartet nicht ab, was Luna dazu sagt. Ob sie das möchte. Luna ist beeindruckt von seiner Wohnung, insgeheim jedoch jedes Mal wieder froh, in ihrer zu sein, wo sie nicht, sobald sie sich setzt, die Befürchtung hat, etwas zu beschmutzen, mit ihrer Jeans, einem Krümel oder einem Kaffeefleck. Aber warm ist es hier, die hochwertigen Thermofenster und Falks Fußbodenheizung sorgen dafür, dass Lunas Körper sich sofort entspannt, sobald sie Falks Wohnung betritt, anders als bei sich, wo sie jetzt im Herbst immer Hausschuhe braucht und ihren Schal fast nur zum Schlafengehen ablegt. Wenn wir wirklich einmal zusammenziehen, denkt sie, werde ich zusehen, dass alles ein bisschen persönlicher wirkt, weniger perfekt vielleicht. Hier fehlen Gegenstände, die etwas von Falk erzählen, von seinem Leben, seiner Familie, von Erinnerungen. Vielleicht eines Tages auch von uns beiden. Sie stellt sich vor, wie sie Blumen verteilt, roten Mohn und Kornblumen im Frühsommer, Sonnenblumen im August, dazu noch gemeinsame Fotos, witzige Gegenstände, die sie zusammen im Urlaub auf Basaren erstehen werden. Wenn Luna erst ihre Möbel mitbringt, wird alles schon ganz anders aussehen, lebendiger. Aber damit eilt es ihr nicht. Zuerst möchte sie in Berlin richtig ankommen, sich an der Uni einleben, Leute kennenlernen, Abstand von allem gewinnen. Natürlich nicht von Falk. Ob sie zusammenwohnen oder nicht, ändert nichts an ihren Gefühlen für ihn, mit der Zeit wird er das verstehen. Sie umarmt ihn.

»Lass uns damit noch warten«, sagt sie. »Ich bin ja gerade erst in meine Wohnung gezogen, vorher habe ich immer bei meinen Eltern gelebt. Jetzt muss ich erst mal erwachsen werden. Das Studentenleben genießen, auf andere Gedanken kommen nach dem Tod meines Bruders. Bestimmt muss ich auch viel pauken, mich erst mal in der Uni zurechtfinden. Und die Wohnung kann ich auch nicht gleich wieder kündigen, das wäre doch jetzt nur Stress.«

Auf ihre letzten Sätze geht Falk nicht ein. Zum Glück drängt er nicht weiter, denkt Luna erleichtert. Es wäre wirklich noch viel zu früh.

»Das Studentenleben genießen«, sagt er schneidend. »Damit meinst du bestimmt andere Männer.«

»Wie kommst du darauf?« Luna schüttelt den Kopf. »An andere Männer habe ich überhaupt nicht gedacht.«

»Lüg nicht«, herrscht er sie an. »Was gibt es am Studium sonst schon zu genießen? Das Lernen an sich kann man wohl kaum als Freizeitbeschäftigung bezeichnen.«

»Nein, aber das Unileben, das ist schon etwas anderes als die Schule, stelle ich mir vor. Mich alleine orientieren, Arbeitsgruppen bilden, mit Kommilitonen abhängen, ohne dass meine Eltern wissen wollen, wann ich zum Essen nach Hause komme. Selbständig sein, Falk. Du bist da schon weiter, aber ich hatte das alles noch nie. Versteh mich doch, bitte.«

»Ich kann da nicht mitreden.« Er wendet seinen Kopf ab. »Ich habe nicht studiert.«

»Deswegen musst du doch keine Komplexe haben.« Luna streichelt seinen Arm. »Du hast doch einen tollen Beruf.«

»Komplexe?« Falk zieht die Augenbrauen zusammen

und rückt von ihr ab. »Du hast nichts kapiert, Luna. Es geht nicht um irgendeinen akademischen Abschluss, schon gar nicht bei dir als Frau. Es geht darum, dass ich dich sicher an meiner Seite wissen will.«

»Aber das bin ich doch«, versichert sie, und da ist es wieder, dieses verzweifelte Gefühl von schwindender Nähe, das sie aufhalten möchte, sie will die Harmonie zurück, sie wiederherstellen, und hat doch das Gefühl, an einer Marmorwand abzuprallen. »Ich bin doch an deiner Seite, Falk, ich bin immer da, auch wenn du mich nicht siehst. Auch wenn du bei deinen Kunden bist und ich in der Uni, und auch wenn wir jeder in unserer Wohnung sind. Andere Männer interessieren mich nicht. Vertrau mir doch bitte.« Ihre Arme zucken, sie möchte ihn festhalten, streicheln, all seine Schmerzen heilen, woher sie auch immer rühren mögen. Aber sie wagt es nicht, aus Angst, er könnte sie wegstoßen, ablehnen, verlassen.

Falk atmet hörbar ein.

»Vertrauen. Wie soll ich dir vertrauen, wo wir uns noch kaum kennen? Vertrauen muss man sich erst erarbeiten, Luna.«

»Aber du hast selbst gesagt, dass das mit uns etwas Besonderes ist«, versucht sie, ihn zu erinnern. »Und das ist es auch, Falk. Dieses Band zwischen uns – das löst sich doch nicht auf, nur weil ...«

»Genug.« Allein der scharfe Klang seiner Stimme schneidet ihr jedes Wort ab. Plötzlich jedoch schließt er seine Arme um sie, genau wie an jenem Abend auf der Insel, nachdem er mit dem Boot zu ihr zurück gekehrt war. Luna spürt, wie seine Muskeln sich wieder entspannen. »Entschuldige«, flüstert er. »Das alles ist nur, weil ich dich so liebe, Luna. Du bist der wichtigste Mensch in meinem Leben. Am liebsten möchte ich dich nie mehr loslassen.«

Luna hebt ihren Kopf. Falks Worte sind bis in ihr Innerstes vorgedrungen, sie spürt ihren Hals enger werden. In seinen Augen versinken, denkt sie; und mir um nichts Gedanken machen. Vielleicht bin ich diejenige von uns, die zu wenig vertraut.

»Du liebst mich?«, fragt sie leise. »Wie kannst du jetzt schon so sicher sein?«

»Frag nicht«, murmelt er und küsst ihren Hals, wandert mit den Lippen millimeterweise abwärts bis zum Schlüsselbein. »Ich habe es vom ersten Moment an gewusst.«

✱

Am Nachmittag darauf trifft sich Luna mit Sarah in der Stadt, um Schreibwaren für den Semesterbeginn einzukaufen.

»Und? Wie läuft es mit deinem Falk?«, fragt Sarah, als sie anschließend noch im Selbstbedienungsrestaurant des Kaufhauses sitzen und Milchkaffee trinken. Ihre Tüten haben sie auf die beiden freien Stühle an ihrem Tisch abgestellt, um zu vermeiden, dass sich jemand zu ihnen setzt. Durch das Stimmengewirr der vielen Menschen kann Luna die Worte ihrer Freundin nur knapp verstehen. Sie rührt nachdenklich in ihrer Tasse, lässt Zucker vom Löffel hineinrieseln, versucht zu erklären, warum es oft traumhaft schön mit ihm ist und dann wieder so schwierig. Erzählt von seiner Eifersucht, die ihn immer wieder überkommt, wegen Kleinigkeiten, sogar wegen einer unbedeutenden selbst gekauften billigen Blume. Sarah starrt sie an, scheint jedes Wort aufzusaugen, das über Lunas Lippen kommt.

»Ihr seid also fest zusammen?«, vergewissert sie sich. »Und Falk will am liebsten schon, dass du bei ihm einziehst, passt auf dich auf wie ein ... Luna, das ist der absolute Wahnsinn! Da musst du zugreifen, der Typ ist wie ein Sechser im Lotto und du hast ihn dir geschnappt! Mach das doch, deine Bude im Hinterhof ist nun wirklich nicht so toll, dass du da wer weiß wie lange dran kleben musst. Wenn einer wie Falk mich so was fragen würde ...«

»Warst du schon mal bei ihm?«

Sarah nickt.

»Irgendwann mal kurz, da hat er für ein paar Leute einen Brunch veranstaltet. Aber das ist doch alles ein Traum! Der Typ, die Wohnung ... Luna, du kommst nichts ahnend nach Berlin und greifst gleich den begehrtesten Typen der ganzen Szene ab. Ich wäre nicht so zögerlich, wenn sich mir so eine Chance bieten würde. Sei doch nicht blöd.«

Luna beugt sich vor. »Er hat sogar gesagt, dass er mich liebt«, verrät sie im Flüsterton. »Geht das nicht ein bisschen zu schnell? Vor knapp zwei Wochen wusste ich nicht mal, dass es ihn gibt.«

»Luna.« Sarah zieht sich die Lippen mit einem Pflegestift nach. »Bis Falk mal jemandem eine Liebeserklärung macht ... also ehrlich. Soweit ich weiß, hat er das noch nie getan. Den musst du dir warmhalten! Oder bist du nicht richtig in ihn verliebt?«

Luna überlegt. Sieht Falks Gesicht vor sich, fühlt wieder seine Arme um ihren Körper geschlungen, vernimmt seine zärtlich geflüsterten Worte an ihrem Ohr, fühlt seinen Atem, seine Küsse. Sie muss nicht heute entscheiden, wie es weitergehen soll. Einfach genießen, das Geschenk dieser Liebe annehmen, die über sie beide gekommen ist wie eine Erscheinung aus einer anderen Welt.

»Doch«, gesteht sie schließlich. »Doch, sehr sogar. Vielleicht machen wir uns deshalb alles ein bisschen kompliziert. Weil alles noch so neu für uns ist, so gewaltig. Eigentlich hast du recht. Es ist einfach nur schön mit Falk.«

✳

An Lunas erstem Tag an der Uni besteht Falk darauf, Luna mit dem Auto hinzufahren.

»Musst du nicht zur Arbeit?«, fragt sie ihn beim Frühstück in ihrer Wohnung, sie weiß, dass er normalerweise um neun Uhr ins Büro fährt. »Wegen mir sollst du nicht zu spät dran sein.«

»Das ist alles geregelt«, antwortet Falk. »Du bist wichtiger als die neuen Kanzleiräume für Herrn Rechtsanwalt von Hartenstein.«

Luna lächelt, weiß nicht, was sie antworten soll, schwankt innerlich zwischen Rührung und Verunsicherung. Als Falk im Bad ist, schickt sie rasch eine SMS an Sarah, um ihr Bescheid zu geben, eigentlich haben sie miteinander vereinbart, sich am Fehrbelliner Platz zu treffen und von dort aus mit der U3 gemeinsam zur Uni zu fahren. Durch den gemeinsamen Nachmittag in der Stadt ist ihr Sarah bereits etwas vertrauter geworden, und Luna verspürt Erleichterung bei der Gewissheit, wenigstens einen Menschen zu kennen in dem Dschungel aus Professoren, Tutoren, Assistenten, Kommilitonen, der ab heute ein Teil ihrer Welt sein wird, ein bedeutender Teil, der mehr von ihrer Zeit beanspruchen wird als Falk. Hoffentlich nimmt sie es mir nicht übel, denkt sie; zuerst mein plötzlicher Abgang mit Falk auf der Party bei Johannes, und jetzt lasse ich sie schon wieder hängen. Aber so wie Sarah immer über Falk spricht, hat sie bestimmt Verständnis.

Sarahs Antwort erhält sie im selben Moment, als Falk zurückkommt. Luna hat gerade begonnen, den Tisch abzuräumen, und bemerkt nicht sofort, dass ihr Handy auf dem Tisch vibriert und das Display aufleuchtet. Mit zwei raumgreifenden Schritten ist Falk zur Stelle und nimmt es auf.

»Mit wem schreibst du heimlich Nachrichten?«, fragt er

und hält das Handy so, dass Luna keinen Blick auf das Display erhaschen kann. Mit hochgezogenen Augenbrauen und abwartendem Blick sieht er sie an. Luna streckt ihre Hand nach dem Handy aus, doch Falk hält es fest umklammert.

»Wieso heimlich? Mit niemandem«, beeilt sie sich zu erklären und erzählt ihm von der Vereinbarung mit Sarah. »Ich muss wissen, was sie geschrieben hat, damit wir wenigstens vor dem Haupteingang aufeinander warten können! Komm, Falk, gib schon her.«

»Sarah, soso. Warum hast du ihr nicht geschrieben, als ich noch im Zimmer war?« Falk hält das Handy noch immer fest.

»Weil ich die Zeit überbrücken wollte. Solange du da warst, haben wir uns doch miteinander unterhalten. Bitte, Falk, ich muss wissen, was sie geantwortet hat. Vielleicht ist sie längst am Fehrbelliner Platz und wartet auf mich und hat jetzt gelesen, dass ich nicht komme – ich will sie nicht verärgern, das hätte sie nicht verdient.«

»Und wenn die SMS nicht von ihr ist?«

»Sie kann nur von ihr sein, alles andere wäre Zufall, aber dann kann sie auch höchstens von meiner Mutter oder einer von meinen Freundinnen aus Remscheid stammen. Gib mir jetzt bitte mein Telefon zurück.«

»Warum so dringend? Doch Geheimnisse?«

»Nein«, antwortet sie, verflucht sich insgeheim selbst dafür, dass sie nicht aufgepasst hat, nicht vorher angekündigt hat, an Sarah schreiben zu wollen. Allmählich müsste sie es besser wissen, sich auf ihn einstellen, wissen, was sie in seiner Gegenwart tun kann und was nicht. Sensibler werden. Er ist doch so empfindlich. Sie hätte sich denken können, dass Falk erneut wittert, sie könnte ihn hintergehen.

»Dann kann ich die Nachricht ja zuerst lesen.« Schon

ist Falk im Begriff, Sarahs SMS zu öffnen, er drückt wahllos ein paar Tasten, findet die Nachricht nicht sofort, stößt einen ungeduldigen Fluch aus. Luna lässt die Arme sinken, das kann jetzt nicht wahr sein, denkt sie; ich hätte besser nachdenken sollen, natürlich wird er misstrauisch, wenn ich ausgerechnet in seiner Abwesenheit Nachrichten verschicke.

Endlich hat Falk die Mitteilung geöffnet.

»Von Sarah«, sagt er, nachdem er sie gelesen hat. »Sie ist alleine weitergefahren und geht jetzt rein, weil sie mit ihrem Tutor sprechen will. Du sollst am Schwarzen Brett auf sie warten, sie holt dich dann ab.«

»Toll.« Luna steigt in ihre Sneakers und nimmt die Umhängetasche von der Garderobe. »Das hätten wir wirklich einfacher haben können, Falk.« Sie fühlt einen Kloß in ihrem Hals aufsteigen, schon der erste Tag an der Uni fängt schief an für sie, bestimmt wird sie Sarah nicht finden, wird ewig irgendwelche Gänge, in denen sie sich nicht auskennt, auf und ab rennen, um die Mensa zu finden, wird vielleicht zu spät kommen und Sarah verpassen, muss alleine nach dem Hörsaal suchen, in dem die Einführungsveranstaltung für die Erstsemester stattfindet. Falk kann ihr da nicht helfen, sie will es auch gar nicht, sie versucht, nicht vor Wut und Hektik zu weinen, nicht vor ihm, sie stürmt an ihm vorbei zur Garderobe und reißt ihre Jacke vom Haken.

»Wir haben noch Zeit«, versucht Falk, sie zu beruhigen, »mit dem Auto sind wir viel schneller, als du mit den Öffentlichen gewesen wärst. Und die wichtigen Räume in der Uni sind bestimmt gut ausgeschildert.«

»Das sagst du so einfach. Du musst ja nicht suchen. Du bist nicht neu in Berlin und musst überall von vorne anfangen. Wenn ich Sarah vergraule, habe ich an der Uni niemanden.«

»Du hast mich«, erinnert Falk sie. Er zieht seinen elektronischen Autoschlüssel aus der Hosentasche und lässt ihn aufschnappen wie ein Taschenmesser, gleichzeitig schlüpft auch er in seine Jacke, mustert Luna, sein Blick bleibt an ihrer schwarzen Jeans hängen, die besonders gut sitzt und ihre Figur zur Geltung bringt. Einen Moment lang glaubt sie, er würde gleich sagen, dass die Hose zu sexy sei und dass sie wohl die Blicke der Männer auf sich ziehen wolle, deshalb nimmt sie schnell ihren Hausschlüssel vom Haken und zieht die Wohnungstür auf, ist schon im Treppenhaus, ehe er erneut Streit anfangen kann. »Ich bin immer an deiner Seite, Luna, auch wenn du mich nicht siehst. Du brauchst keine Angst zu haben, das packst du schon alles.«

Im Auto reden sie nicht viel. Luna spürt ihr Herz schneller klopfen, je mehr sie sich der Freien Universität nähern. Jetzt ist es so weit, denkt sie, es gibt kein Zurück mehr, jetzt bin ich wirklich eine Studentin, ein neuer Lebensabschnitt beginnt. Sie versucht, ihre innere Unsicherheit zu verdrängen, um sich stattdessen zu freuen. Vor dem Gebäude sieht sie unzählige andere junge Leute, die sich begrüßen, miteinander reden und lachen, um gleich darauf gemeinsam hinter der Glastür zu verschwinden. Dazugehören, denkt Luna; eine von ihnen sein, wenigstens einen Teil von ihnen irgendwie kennen. Zusammen in den Hörsaal gehen oder einfach mal schwänzen, Arbeitsgruppen bilden, nächtelang über Gott und die Welt diskutieren, nach Hause gehen, wann ich will. Zu dumm, dass ich nicht doch gezielt versucht habe, über das Netzwerk im Internet noch ein paar mehr Bekanntschaften zu schließen, aus meinem eigenen Semester. Das mit Sarah war mehr aus Langeweile.

Unwillkürlich hält Luna nach Sarah Ausschau, kann sie jedoch nirgends entdecken. Falk hält in Doppelreihe und schaltet den Motor ab, sofort richtet Luna ihre Aufmerksamkeit wieder auf ihn.

»Ich werde dich vermissen«, sagt er. »Bis wir uns wiedersehen, sind es noch mehr als neun Stunden.«

»Schrecklich lange«, antwortet sie, bemüht, nicht abwesend und gehetzt zu klingen. Mit seinen Augen streichelt er ihr Gesicht.

»Wann hast du heute Schluss?«

Luna hebt die Schultern. »Ich will an mehreren Informationsveranstaltungen teilnehmen und mich danach noch ein bisschen von Sarah herumführen lassen. Vielleicht trinken wir einen Kaffee zusammen. Wie lange das alles dauern wird, hab ich noch keine Ahnung.«

Falk legt seine Stirn in Falten. »Das gefällt mir nicht«, sagt er. »Ich will genauer wissen, was du machst und mit wem du dich abgibst.«

Luna schließt die Augen. »Also gut«, seufzt sie. »Ich rufe dich an, wenn du Mittagspause hast, und auch noch einmal, sobald ich die letzte Veranstaltung hinter mir habe. Einverstanden?«

»Ich warte darauf. Sonst rufe ich dich an.«

»Du weißt doch nicht, wann es passt«, gibt Luna zu bedenken. »Mitten in der Vorlesung kann ich schlecht telefonieren.«

»Das überlass bitte mir.« Falk zieht sie an sich und gibt ihr einen Kuss auf die Stirn. »Ich habe dir gesagt, ich bin immer bei dir. Bis später, Luna.«

Luna steigt aus dem Auto und wirft die Tür hinter sich zu. Falk winkt ihr nach, doch sie erwidert seinen Gruß bereits etwas abwesend, weil sie das Unigelände nach Sarah absucht. Sie weiß nur, dass sie sich vor der »Rostlaube« treffen wollen, einem Gebäude, dessen Fassade durch eine spezielle chemische Eigenheit korrodiert war, vor einigen Jahren aber saniert worden ist. Die Rostlaube ist zum Glück schnell zu erkennen, doch Sarah ist draußen nirgends zu entdecken; ein Blick auf die Armbanduhr verrät Luna, dass in gut zehn Minuten ihre erste Informationsveranstaltung beginnt. Sie wirft einen Blick auf ihren Studienplan, um sich noch einmal der Raumnummer zu vergewissern, und betritt das Gebäude. Aber auch hier sucht sie alles vergeblich nach Sarah ab, sie kann überall sein, vielleicht hat sie längst Freunde getroffen. Luna könnte sie anrufen und mit ihr etwas für die Mittagspause vereinbaren, zusammen in der Mensa essen gehen, Sarah kann ihr bestimmt ein paar Leute vorstellen, und vielleicht sitzt auch Luna in der ersten Vorlesung schon neben einem Mädchen, dem sie sich ein bisschen anschließen kann, in einer größeren Gruppe ist es sicher interessanter als allein. Eilig greift sie in ihre Tasche, um das Handy hervorzuholen, findet es nicht sofort, hält die Tasche dicht vor ihren Bauch und beugt sich darüber, während sie weitergeht, durchwühlt den Inhalt, das Telefon muss doch da sein, dann fällt ihr ein, dass Falk es noch hat. Sein Misstrauen hatte Luna so aus der Bahn geworfen, dass sie nicht mehr daran gedacht hat, es von ihm zurückzufordern. Er muss es auch vergessen haben, denkt sie, es kann keine Absicht gewesen sein, sonst hätte er nicht darauf bestanden, dass sie telefonieren. Vielleicht wird es ihm erst auffallen, wenn er auf Lunas Anruf wartet. Gerade will sie sich umsehen, ob im Gang irgendwo ein öffentliches Telefon hängt, da stößt sie mit jemandem zusammen.

»Verzeihung«, keucht sie und umklammert ihre Tasche, beinahe wäre sie ihr heruntergefallen, ein Alptraum, den ganzen Inhalt auf dem Boden verteilt zu sehen und den Blicken der Leute ausgesetzt zu sein, deren Weg sie versperrt.

»Kein Problem«, sagt der Junge, in dessen Gesicht sie

jetzt schaut, er kommt ihr bekannt vor, dabei kennt sie außer Sarah und Falk niemanden in Berlin. Vielleicht hat sie ihn nur auf der Straße gesehen, in einem Geschäft oder bei der Party an ihrem ersten Abend in der fremden Stadt, auf der sie Falk kennengelernt hat.

Bei der Party. Natürlich, jetzt weiß sie es wieder. Es ist der Junge, der fast die ganze Zeit in der Küche am Tisch gesessen und Luna das Gefühl gegeben hatte zu stören. Der Junge mit dem auf links gedrehten Sweater, mit dem sie gern ins Gespräch gekommen wäre – bevor Falk da gewesen war. Danach hatte es nur noch Falk für sie gegeben.

»Du kommst mir bekannt vor«, sagt er, »und das soll kein plumper Anmachspruch sein. Aber ich glaube, aus der Uni kennen wir uns nicht – oder?«

Luna spürt, wie ihr das Blut ins Gesicht schießt, und blickt den Jungen scheu an. Er sieht anders aus als auf der Party, trägt die Haare kürzer, deshalb hat sie ihn nicht sofort erkannt. Man sieht jetzt, dass sie sich am Haaransatz und im Nacken ein wenig kräuseln. Luna betrachtet seinen Mund, die schmale Oberlippe mit der weichen Einkerbung in der Mitte, die blasse Haut, die hellbraunen Augen, mit denen er sie so warm ansieht, dass ihre innere Unruhe verpufft wie ein Luftballon, der beinahe zerplatzt wäre und aus dem nun die Luft herausgelassen wird. Sie sieht die gern getragene Jeans, die robusten Trekkingboots und entspannt sich. Das ist einer wie sie, bei ihm muss sie nicht aufpassen, das Richtige zu sagen, es ist alles in Ordnung.

»Aus der Uni nicht«, bestätigt sie. »Ich war neulich auf der Party von Johannes. Aber ich will dich nicht aufhalten, tut mir leid, dass ich dich fast umgerannt hätte. Ich muss jetzt weiter, meinen Hörsaal suchen, wahrscheinlich komme ich sowieso schon zu spät.«

»Hörsaal suchen?«, wiederholt er und setzt sich in Bewegung, vergewissert sich mit einem Blick, dass Luna ihm folgt. »Das klingt, als seist du neu hier.«

»Neu in Berlin, neu an der Uni«, bestätigt sie. »Dieser Campus hier ist ja wie eine ganze Stadt, erst mal total verwirrend. Ein bisschen viel auf einmal, aber das packe ich schon.«

»Das geht am Anfang jedem so«, lacht er. »Manche stöhnen nach Wochen noch. Das Gelände hier ist wirklich riesig, am liebsten mag ich den Park, der alle Gebäude miteinander verbindet. Auf dem Rasen lässt es sich im Sommer gut chillen«, meint der Junge. »Da vergisst man schon mal, dass man noch eine Vorlesung vor sich hat. Aber das dauert ja leider noch lange, bis es wieder warm genug ist. Zu welchem Raum musst du?«

Luna verrät es ihm. Der ist ja richtig nett, denkt sie. Ganz anders als auf der Party.

»Ich bring dich hin«, schlägt er vor und reicht ihr die Hand. »Ich heiße übrigens Jaron. Heute Abend findet eine Kneipenrallye durch die City statt, damit die Erstsemester und möglichst viele Ältere sich kennenlernen. In meiner Gruppe sind noch nicht so viele und weibliche Verstärkung ist immer willkommen. Wir starten um zwanzig Uhr, wo genau, das steht noch nicht fest. Bist du dabei?«

5.

Luna schwirrt der Kopf. Den ganzen Vormittag lang hat sie Dozenten und Tutoren zugehört, mitgeschrieben, versucht, sich Namen, Gesichter und Räume zu merken, hat erste flüchtige Bekanntschaften geschlossen und alle beneidet, die sich auf dem Unigelände schon bewegen, als wären sie dort zu Hause. Zweimal hat sie auch Jaron wiedergetroffen, in der Cafeteria und draußen in der Raucherecke, an der sie einige Male vorbeigegangen ist. Beide Male schien er sich zu freuen, als wären sie alte Bekannte, die einander lange nicht gesehen haben. Zu den zerschlissenen Jeans trägt er eine abgeschabte Jacke aus weichem hellbraunem Wildleder, und trotz seines neuen Schnitts sehen seine Haare auch heute wieder aus, als hätte er vergessen, sich zu stylen. Ganz anders als Falk, denkt Luna. Seltsam, dass beide demselben Freundeskreis angehören.

Mittags trifft sie endlich auf Sarah, die sie ebenfalls freudig begrüßt. Beim Mittagessen in der Mensa erzählt ihr Luna von Jaron und von der geplanten Kneipenrallye. Sarahs Augen leuchten auf.

»Wie toll, dass du mitkommst! Jaron ist ein ganz Netter, mit dem kann man wirklich Pferde stehlen, hast du sicher schon gemerkt. Und die Kneipenrallye haben wir vor einem Jahr auch gemacht, als wir im ersten Semester waren, das macht so viel Spaß! Himmel, was waren wir zum Schluss blau ... Bloß an den Kater am nächsten Tag will ich lieber nicht zurückdenken, der war fies.«

»Kann ich mir denken.« Luna spürt, wie sich eine Mischung aus Neugier und Scheu in ihr breitmacht. »Aber ich kann nicht. Falk wartet auf mich, wir sind heute Abend verabredet.«

»An deinem ersten Abend als Studentin? Das müsste er besser wissen. Am ersten Abend des Semesters macht man meistens was mit den Kommilitonen.«

»Das wusste Falk nicht, und ich auch nicht. Ich glaube kaum, dass ich ihm jetzt noch absagen kann.«

»Aber ihr seht euch doch fast jeden Tag, oder? Da kommt es auf einen Abend mehr oder weniger doch auch nicht an. Falk ist doch kein Typ, der abends nur herumsitzt und nichts mit sich anzufangen weiß.«

»Das nicht.« Luna probiert ihre Pasta, die sie an der Selbstbedienungstheke geholt hat, und denkt an die eleganten Abendessen mit Falk, natürlich kann man das nicht vergleichen. »Aber das mit uns ist noch so frisch ... Er hat sich heute früh so darauf gefreut, dass wir uns am Abend sehen.«

»Dann bring ihn mit«, schlägt Sarah vor. »Falk kann ruhig mal ein bisschen aus seinem Schneckenhaus rauskommen. Er gibt sich ja immer sooo geheimnisvoll!«

»Ich weiß nicht, wie er reagiert, wenn ich ihm das vorschlage. Ein anderes Mal vielleicht. Erst mal wollen wir möglichst viel Zeit zu zweit genießen.«

»Du willst es also nicht einmal versuchen?« Sarah schiebt sich eine Gabel von ihrem gemischten Salat in den Mund. »Ehrlich, Luna, große Liebe hin oder her. Die Kneipenrallye ist *die* Kontaktbörse überhaupt. Wenn du sie verpasst, jammer mir später nicht die Ohren voll, du würdest hier keinen Anschluss finden.«

»Ich weiß ja, dass du recht hast«, antwortet Luna. Ihr wird immer unbehaglicher zumute, dieser Abend wäre wirklich eine Gelegenheit, mit den Kommilitonen warm zu werden, die sich so schnell nicht wieder bietet. Nicht eine Sekunde zweifelt sie daran, wie wichtig es für sie wäre, daran teilzunehmen. Aber ihr ist auch nur allzu klar, wie Falk reagieren wird, wenn sie ihm eröffnet, heute Abend keine Zeit zu haben. Es geht einfach nicht. Sie weiß nicht, wie sie Sarah davon überzeugen kann, die nicht ahnt, wie eifersüchtig er ist, wie schnell die Stimmung kippen kann, wenn Falk auch nur entfernt die Gefahr wittert, Luna könnte ihn betrügen. Eine Kneipenrallye mit anderen Männern ist das Letzte, was er durchgehen lassen würde, egal wie viele Frauen dabei sind.

»Ruf ihn an.« Sarah deutet auf Lunas Tasche. »Dann können wir Zeit und Treffpunkt gleich zu dritt besprechen.«

»Zu viert«, hört Luna eine Stimme hinter sich. Sie zuckt zusammen und dreht sich um, für einen Augenblick hat sie gedacht, es wäre Falk. Aber es ist Jaron, der hinter ihrem Stuhl steht, so dicht, dass sein Pullover ihre Schultern berührt; die Wärme, die von ihm ausgeht, lässt sie erschauern. Jaron löst sich von ihr und setzt sich auf den letzten freien Stuhl am Tisch. Luna lächelt kaum merklich, als sie bemerkt, dass er die gleiche Pasta gewählt hat wie sie.

»Ihr kommt heute Abend also mit?«, vergewissert er sich. »Super, dann hole ich gleich die Aufgaben im Sekretariat ab und geb euch Bescheid, wo wir uns treffen.«

Luna entdeckt einen Nietnagel an ihrem Daumen und fängt an, daran zu zupfen. Sarah schlingt weiter an ihrem Salat. Jaron blickt verwundert von einer zur anderen. Schließlich ist es Sarah, die ihren Teller von sich schiebt und geradewegs in seine Augen blickt.

»*Zu viert* war nur ein Gedanke«, sagt sie. »So einfach ist das alles nicht.«

»Nicht?« Jaron runzelt die Stirn. »Jetzt macht aber nicht

schlapp, oder? Den Schönheitsschlaf könnt ihr Damen doch nachholen.«

»Darum geht es nicht, Süßer. Lunalein muss erst Falk um Erlaubnis bitten. Die beiden sind nämlich frisch zusammen und können keine Minute ohne einander sein, weißt du.«

Luna sieht, wie Jaron schluckt, sein Adamsapfel steigt und fällt, beinahe stößt er seine Cola um, als er danach greift.

»Falk?«, wiederholt er. »Ach so, du bist die Freundin von Falk ... wusste ich nicht, sorry. Ja dann ...«

»Wie, ja dann?«, fragt Sarah halsstarrig zurück. »Erzähl mir jetzt nicht, dass du vor Falk kapitulierst, Jaron! Er kann auch morgen noch mit Luna Händchen halten, oder? Feuertaufe als Studentin ist nur einmal im Leben.«

Jaron stochert in seinem Nudelteller herum.

»Ich weiß nicht«, bringt er schließlich hervor. »Mit Falk ist das nicht so einfach.« Dann hebt er seinen Kopf und fängt Lunas Blick auf. »Ist alles okay bei euch?«

»Sicher«, entgegnet sie und merkt selbst, wie sie ihren Stuhl ein paar Zentimeter zurückschiebt, die Stirn runzelt und die Augenbrauen zusammenzieht. »Warum auch nicht?«

Jaron antwortet nicht. Er steht noch einmal auf, zieht seine Jacke aus und hängt sie über den Stuhl, blickt sich wie gehetzt im Esssaal um, nimmt seinen Löffel auf. Luna spürt, dass er es vermeidet, sie anzusehen, sein Gesichtsausdruck ist jetzt derselbe wie auf der Fete, bemüht gleichgültig, belanglos, abweisend, die Gedanken sichtbar woanders. Sarah wirft ihr einen Blick unter hochgezogenen Augenbrauen zu und zuckt mit den Schultern; nicht einmal das scheint er zu bemerken. Schweigend essen sie zu Ende, dann steht Sarah auf und holt für jeden noch einen Kaffee.

»So bringt das nichts«, beschließt sie, als sie wieder sitzt. Luna und Jaron haben die ganze Zeit geschwiegen. »Nur weil Falk ein bisschen eigenbrötlerisch ist, soll Luna nicht versauern. Du bist neu in Berlin, Mädel, da muss er doch wissen, dass du was erleben willst! Meinst du nicht, Falk kann ruhig dabei sein, Jaron? Wär doch super, die anderen Frauen drehen bestimmt durch, wenn sie ihn sehen, unseren Schönling.«

Jaron zögert mit seiner Antwort. »Ehrlich gesagt glaube ich ... ach nein, ich will dir nicht die Freude verderben, Luna. Ruf ihn einfach an und biete ihm an mitzukommen. Schönen Gruß auch.«

»Ich kann ihn nicht anrufen«, gesteht Luna. »Heute früh habe ich mein Handy in seinem Auto vergessen.«

»Dann nimm meines«, bietet Sarah an und reicht Luna schon ihr Klapptelefon. »Falk ist eingespeichert, auch wenn wir nie telefonieren. Bin gespannt, was er sagt.«

Luna nimmt das Handy, klappt es auf, drückt ein paar Tasten, es funktioniert etwas anders als ihr eigenes, sie spürt, wie ihr Magen zusammensackt bei dem Gedanken an das, was ihr jetzt bevorsteht. Es kann nicht gut gehen. Sie weiß es und Jaron scheint es auch zu wissen. Sarah nicht.

»Ich gehe raus«, beschließt sie und ist schon aufgestanden, greift nach ihrer Jacke, die über dem Stuhl hängt. »Am besten, ich kläre das in Ruhe mit ihm, hier drinnen ist es einfach zu laut.« Sie nickt den beiden zu. »Bin gleich wieder da.«

»Du hast nicht mal aufgegessen!«, ruft Sarah hinter ihr her.

»Keinen Appetit«, gibt Luna zurück, stößt die Tür ins Freie auf und atmet erst einmal tief durch. Die Worte zurechtlegen. Ganz behutsam sein. Es ist nicht so einfach mit Falk, hat Jaron gesagt; vielleicht weiß er mehr, vielleicht kann er ihr sagen, was mit Falk los ist. Wer ihn so verletzt hat, dass er heutzutage so misstrauisch und eifersüchtig ist, wegen Kleinigkeiten die ganze Beziehung anzweifelt, sich zurückgesetzt fühlt, wo andere nicht einmal eine Missstimmung empfinden würden. Luna muss ihn gar nicht erst fragen. Falk wird nicht zulassen, dass sie an der Kneipenrallye teilnimmt.

Er hebt ab, noch ehe das erste Freizeichen verklungen ist. Lunas Stimme versagt, erst beim zweiten Versuch bringt sie ihren Namen heraus.

»Du?«, fragt er zurück, sie sieht ihn vor sich, die rechte Hand unter die linke Achsel geschoben, die Stirn gerunzelt, jede Tätigkeit wird sofort gestoppt. »Das ist nicht deine Handynummer, die auf meinem Display erschienen ist. Wo bist du?«

»Noch an der Uni«, antwortet sie. »Wir hatten doch vereinbart zu telefonieren, aber ich habe mein Handy vergessen. Sarah hat mir ihres geliehen.«

»Wer ist sonst noch bei dir?«, will Falk wissen.

»Ein paar Kommilitonen, die ich noch nicht näher kenne. Es ist gerade Pause. Wie war dein Tag bisher?«

»Viel zu tun, ich jage den ganzen Tag umher. Umso mehr freue ich mich auf heute Abend, wenn du wieder bei mir bist. Heute möchte ich, dass wir in meiner Wohnung sind. Ich besorge Anipasti von meinem Lieblingsitaliener, die musst du unbedingt probieren! Und ein Kunde brachte mir vorhin eine DVD über die Geschichte des Jazz von den zwanziger Jahren des vorigen Jahrhunderts bis heute mit, die könnten wir uns ansehen. Über den Plasmafernseher und die Stereoanlage wird das ein Genuss sein.«

Ich wusste es, denkt Luna. Ich kann ihn nicht fragen, es geht einfach nicht. Sarah und Jaron müssen es einsehen, und die Rallye wird nicht die einzige Gelegenheit bleiben, mit den Unileuten warm zu werden. Falk geht vor. Es würde ihr das Herz brechen, ihn jetzt zu enttäuschen, wo er sich so auf den gemeinsamen Abend freut. Antipasti mag Luna auch sehr gern.

»Du bist so still«, bemerkt Falk. »Stimmt etwas nicht?«

»Doch«, beeilt sie sich zu sagen, räuspert sich. Im selben Moment kommt Sarah nach draußen gestürmt.

»Ich brauch mein Handy wieder, ich muss noch telefonieren«, sagt sie und will es Luna schon aus der Hand reißen, merkt erst jetzt, dass diese noch spricht. Trotzdem hält sie ihre Hand weiter nach dem Telefon ausgestreckt. »Was hat er gesagt?«

Luna wedelt mit ihrer freien linken Hand, will sie zum Schweigen bringen, doch Falk hat alles gehört.

»Wer redet da?«, fragt er. Wieder diese Skepsis in seiner Stimme, alarmiert, als wittere er Gefahr.

»Nur Sarah. Sie braucht ihr Telefon, glaube ich.«

»Sie hat gefragt, was ich gesagt hätte. Ich habe alles gehört. Wozu soll ich etwas sagen, Luna?«

Luna zögert, wirft Sarah einen vorwurfsvollen Blick zu. »Nichts Wichtiges«, meint sie. »Hat sich schon erledigt. Ich komm dann also zu dir.« Schon will sie auflegen, doch Falk kommt ihr zuvor.

»Sag es mir«, fordert er. »Alles andere hat keinen Sinn, Luna, ich finde es heraus.«

Luna zögert, alles ist schiefgelaufen, denkt sie, der Abend mit Falk hätte gemütlich werden können, nur sie und er in seiner warmen, eleganten weißen Wohnung, wahrscheinlich hätte ihr nicht einmal etwas gefehlt, nur ab und zu hätte sie sich vorgestellt, was die anderen gerade tun, in sich hinein gelächelt bei dem Gedanken daran, wie Jaron vielleicht gerade eine Straßenlaterne umarmt, weil er nach drei oder vier Cocktails nicht mehr geradeaus gehen kann. Es ist nicht so wichtig. Nicht der Rede wert. Falk wartet trotzdem auf eine Antwort.

»Ach«, beginnt sie schließlich, »Sarah wollte mich heute Abend in die Stadt mitschleppen, ein bisschen um die Häuser ziehen, um den Semesterbeginn zu feiern. Aber das können wir immer noch machen, wir holen es nach. Ich bin dann um acht bei dir, spätestens.«

»Um die Häuser ziehen«, sagt er. »Und? Möchtest du das gerne?«

»Nein«, wehrt Luna ab, »Unsinn, wirklich nicht, Falk. Sonst hätte ich dich gefragt.«

»Du kannst ruhig mitgehen«, erwidert er.

Luna meint, sich verhört zu haben. Falk will sie gehen lassen?

»Das muss nicht sein«, beeilt sie sich zu sagen. »Wirklich nicht, Falk, mit dir war ich zuerst verabredet. Ich vermisse dich schon den ganzen Tag.«

»Mit wem du zuerst verabredet warst, spielt keine Rolle. Du entscheidest, was dir wichtiger ist.«

»Das ist doch keine Frage«, ereifert sie sich. »Natürlich bist du mir wichtiger.«

»Dann komm zu mir.«

Luna fühlt sich unbehaglich, zerrissen. Sarah verdreht die Augen, will, dass Luna sich entscheidet, will ihr Handy zurück. Verboten hat Falk nicht, dass Luna zur Rallye mitgeht, aber wenn sie es tut, fasst er es so auf, dass ihr dies wichtiger wäre als ein gemeinsamer Abend mit ihm. Sie holt tief Luft und gibt Sarah noch einmal ein Zeichen, noch kurz zu warten.

»Wichtiger bist du mir, natürlich«, bekräftigt sie erneut. »Andererseits – diese Kneipenrallye ist nur heute. Genau genommen einmal pro Jahr oder pro Semester. Wenn ich mitginge, dann nur, weil sie so selten stattfindet, und nicht, weil sie mir mehr bedeutet, als mit dir zusammen zu sein.«

»Ist schon klar«, antwortet Falk knapp. »Geh nur.«

»Sag ihm, er soll mitkommen«, drängt Sarah. Falk hört es und meint, dies hielte er für keine gute Idee.

»Warum nicht?« fragt Luna. »Die anderen haben gesagt, sie würden sich freuen.«

»Die anderen? Ich denke, du bist nur mit Sarah zusammen.«

»Es saßen noch ein paar Leute mit am Tisch, das habe ich doch erzählt. Was ist also, hast du nicht Lust? Mit dir zusammen wäre es viel schöner.«

»Ich habe es dir schon auf der Party gesagt: Ich finde größeren Gefallen an intensiven Gesprächen als an Partys. Kneipenrallyes gehören für mich zu den oberflächlichen Dingen, für die es sich nicht vor die Tür zu gehen lohnt. Eigentlich dachte ich, das wäre bei dir genauso.«

»Ist es doch auch, Falk. Es geht ja nur um diesen einen Abend, der hier an der Uni Tradition hat. Nicht, dass du denkst, ich würde jetzt jede Woche einen draufmachen wollen. Absolut nicht.«

»Schon gut«, sagt er. »Ich muss weiterarbeiten. Wir sehen uns also.« Mit diesen Worten legt er auf.

Luna zittert ein bisschen, als sie Sarah das Telefon zurückgibt.

»Was mache ich jetzt?«, fragt sie mehr sich selbst als ihre Kommilitonin. »*Wir sehen uns* kann alles bedeuten: dass Falk mich zu Hause erwartet oder dass er mitkommt. Oder dass er heute gar nicht mehr mit mir rechnet.«

»Du bist auf jeden Fall dabei«, beschließt Sarah für sie und hakt sich bei ihr unter. »Wenn du willst, kannst du ihn ja von der ersten Kneipe aus noch einmal anrufen. Bis dahin wird er sich beruhigt haben, schätze ich. Komm, gehen wir wieder rein, setzen dich auf die Liste für heute Abend und machen mit Jaron die erste Kneipe klar, um acht soll es losgehen. Du kannst also vorher noch mal nach Hause, vielleicht klärt sich dann auch mit Falk noch alles.«

❋

Den ganzen restlichen Tag hört Luna nichts mehr von Falk. Auf Sarahs Handy meldet er sich während der Mittagspause nicht mehr, und da beide am Nachmittag unterschiedliche Veranstaltungen besuchen, kann Luna ihn erst anrufen, als sie nach Hause kommt. Doch sooft sie es versucht, er hat sein Handy ausgeschaltet. Als sie unter die Dusche geht, nimmt sie das Festnetztelefon mit ins Bad, um seinen Anruf nicht zu verpassen, legt es auch danach immer in ihrer Nähe ab, während sie sich umzieht und schminkt. Sie wählt eine graue Jeans und einen schwarzen Pullover mit großem, locker fallendem Rollkragen, dazu flache schwarze Stiefel mit Fransen an den Seiten und unauffällige Silberohrringe. Ihre Haare sind frisch geföhnt, mit der Rundbürste hat Luna Glanz und Schwung hineingezaubert, die Augen betont sie nur mit Mascara, dafür heute die Lippen etwas stärker in einem bräunlichen Roséton. Zufrieden betrachtet sie ihr Spiegelbild, ehe sie den Schlüssel vom Haken nimmt und in ihre Jacke schlüpft. Falls Falk doch noch nachkommt, wird sie für ihn gut aussehen.

Die Kneipe am Potsdamer Platz, in der sich die Studenten verabredet haben, ist noch beinahe leer, als Luna eintrifft. Sie ist froh, Jaron an einem der kleinen Holztische zu entdecken, auch wenn er nicht allein dort sitzt, sondern bereits mit ein paar anderen Jungen und Mädchen, die Luna nicht kennt, in ein locker vor sich hin plätscherndes Gespräch vertieft ist. Sarah ist noch nicht zu sehen. Als Jaron Luna erblickt, steht er auf.

»Hi«, sagt er und legt ganz kurz seine Arme um ihre Schultern, nicht fest, mit vorsichtig gewahrtem Abstand, Luna bemerkt, wie weich er ist, beinahe zart, sein Ohr hat ihre Stirn gestreift, ihre Wange seinen Hals und sein Haar.

Er rückt ihr einen Stuhl zurecht, sein Gesicht ist leicht gerötet, als er sie mit einer Handbewegung bittet, sich neben ihn zu setzen.

»Sarah kommt gleich«, verspricht er, als müsse er sie beruhigen, »Sie hat die S-Bahn verpasst, aber es kommt ja nicht auf ein paar Minuten mehr oder weniger an. Möchtest du schon was trinken?«

Sarah blick sich auf dem Tisch um und bemerkt, dass alle anderen Cola vor sich stehen haben, also nickt sie und bestellt das Gleiche, als die Kellnerin erscheint und sie lächelnd nach ihrem Wunsch fragt. Dann stellt Jaron sie den anderen vor und umgekehrt.

»Katharina, Judith, Parviz, Ole«, sagt er und deutet auf die Gesichter zu den Namen. Die vier nicken Luna zu und reichen ihr die Hand, dann zieht Ole ein DIN-A4-Blatt aus seiner Umhängetasche. An einem weiteren Tisch sitzen vier Mädchen, die aussehen, als wären sie ebenfalls zu dieser Kneipentour überredet worden, scheinen genau wie Luna kaum jemanden zu kennen. Als Jaron sie fragend ansieht, stellen auch sie sich vor; Clara, Merete, Luise und Hanna, ebenfalls im ersten Semester. Sie lächeln Luna zu, alle fünf wissen nicht, was sie reden sollen, Luna hofft, dass sich später ein Gespräch ergibt.

»Hier stehen die Aufgaben drauf«, verkündet Jaron und hält sein Blatt hoch. »Als Nächstes müssen wir ins Oscar Wilde und herausfinden, wie die Liveband heißt, die dort am nächsten Wochenende spielt. Dann folgen noch vier weitere Kneipen und das Ziel ist das Hard-Rock-Café in der Nähe vom Ku'damm. Die Gruppe, die zuerst dort ist, hat gewonnen.«

»Ins Oscar Wilde müssen wir nicht extra fahren«, bemerkt Judith und wirft ihren glänzenden, exakt geschnittenen roten Bob nach hinten. »Ich kann mit dem Handy ins Internet, da finden wir den Namen der Band auch so raus.«

Alle anderen am Tisch stöhnen genervt, auch Luna findet, das sei zu einfach. Andererseits wäre die Tour schneller fertig, wenn sie eine Kneipe auf der Strecke auslassen, dann könnte sie vielleicht doch noch zu Falk fahren. Endlich taucht Sarah auf, und als alle ihre Cola ausgetrunken haben, gehen sie zusammen weiter. Sarah schließt sich Luna an und bleibt einige Schritte hinter den anderen zurück.

»Hat sich Falk gemeldet?«, fragt sie im Flüsterton. Luna schüttelt den Kopf.

»Auf meinem Handy auch nicht«, sagt Sarah bedauernd. »Aber lass nur, dein Schatz weiß, wie er uns erreichen kann, und wird es sicher auch versuchen, wenn er nachkommen möchte.«

Luna hebt die Achseln und schweigt, es ist gut, dass Sarah neben ihr geht. Genau so muss dieser Abend sein, denkt sie; andere Studenten, das Berliner Nachtleben. Trotzdem zieht es in ihrer Brust, richtig freuen kann sie sich nicht. Sarah blickt sie von der Seite an.

»Au weia«, bemerkt sie. »Dich hat's richtig erwischt, oder?«

Luna nickt. »Ich wollte ihm auf keinen Fall wehtun. Wenn er das nur begreifen würde.«

Sarah will etwas antworten, doch vor ihnen bleibt Jaron abrupt stehen und dreht sich um, läuft neben Luna her, fragt sie nach ihrem soeben überstandenen ersten Tag an der Uni, plaudert über Musik, fragt, was sie schon von Berlin gesehen habe. Sarah wird von Katharina in ein Gespräch verwickelt und achtet nicht mehr auf Luna, die vier Mädchen aus dem ersten Semester sind ein wenig hinter den anderen zurückgefallen, doch nach kurzer Zeit redet und lacht Luna mit Jaron, als würden sie einander schon lange kennen. Sie fühlt sich, als würde sie auf einem Schulausflug neben ihrem liebsten Klassenkameraden gehen.

»Jetzt müssen wir aber richtig anstoßen – nicht nur mit Cola«, meint Jaron wenig später, als sie alle ihre Getränke vor sich stehen haben. Luna hat ein kleines Bier bestellt, sie ist kaum Alkohol gewöhnt. Bei fünf weiteren Kneipen muss sie aufpassen.

»Willkommen bei uns, Luna«, sagt Jaron und hebt seinen halben Liter irisches Schwarzbier. »Du wirst sehen, das Unileben ist einfach super!«

»Ich finde es anstrengend«, meint Katharina. »Ist doch ganz schön viel zu pauken. Streu ihr mal nicht zu viel Sand in die Augen.«

»Ist schon gut«, erwidert Luna. »Das Seltsamste ist, dass man wieder zu den Jüngsten gehört, genau wie nach dem Wechsel aufs Gymnasium.«

»Daran denken wir heute nicht«, beschließt Sarah und hebt ihr Glas. »Heute feiern wir!«

Sie lachen und reden weiter miteinander, Luna versucht, den Gedanken an Falk zu verdrängen. Ganz gelingt es ihr nicht. Sie vermisst ihr Handy, sehnt sich danach, ihm eine zärtliche Nachricht zu schicken, ihm zu schreiben, wie sehr sie ihn liebe und dass er nicht böse sein solle. Ihm einen schönen Abend für morgen versprechen. Zweimal fragt sie Sarah leise nach ihrem Handy, doch von Falk ist keine Nachricht drauf. Ole fragt den Barkeeper nach der angekündigten Band, dann ziehen sie weiter, fahren mit der Straßenbahn in den Stadtteil Pankow und von dort weiter nach Norden, in eine Cocktailbar im Bezirk Reinickendorf. Auf der Straße schließt sich Jaron erneut an Luna an, geht eine Zeit lang neben ihr.

»Wenn du in der Uni mal Schwierigkeiten hast, kannst du dich immer an mich wenden«, bietet er an. »Ich bin nicht Doktor Allwissend, aber manches lässt sich gemeinsam besser lösen als allein.«

»Danke«, antwortet Luna. »Im wievielten Semester studierst du?«

»Drittes. Hab also schon ein Jahr auf dem Buckel. Man gewöhnt sich schnell an alles, aber ich habe ja auch schon immer in Berlin gewohnt und kannte von Anfang an ein paar Leute. Für dich ist es bestimmt nicht einfach – ganz neu und allein in der Stadt.«

»Deshalb wollte ich heute auch mitkommen. Ich wohne ja sogar allein.«

»Und was studierst du?«

»Englisch und Kunst auf Lehramt. Aber ob ich wirklich in dem Beruf arbeiten will, weiß ich noch gar nicht. Erst mal von zu Hause weg, das war das Wichtigste. Und meine Eltern finden es gut, wenn ich Lehrerin werde, also lasse ich sie erst mal in dem Glauben.«

»Lehrer ist nicht verkehrt«, entgegnet Jaron. »Es gibt fünf Gründe für den Beruf: Osterferien, Pfingstferien, Sommerferien, Herbstferien, Weihnachtsferien und Winterferien.«

»Das sind sogar sechs«, lacht Luna. »Ich habe mitgezählt.«

»Siehst du.« Jaron grinst. »Ist doch bestimmt ganz locker. Sonst machst du eben deinen Magister und siehst dich erst mal in der Welt um, ehe du dich festlegst. Ist doch furchtbar, wenn man mit zwanzig schon sein ganzes Leben vorausplant.«

»Finde ich auch. Und du – kommst du gut klar in eurer WG? Ich denke nämlich immer, für mich wäre das überhaupt nichts.«

»Geht so. Du glaubst nicht, wie spießig man wird – ich hätte nie gedacht, dass ich mal einen Kumpel anmotzen würde, weil er vergessen hat einzukaufen. Wie ein schlecht gelaunter Pascha.«

»Aber du hast immer jemanden zum Reden.«

»So wie du jetzt lebst – das hat auch was für sich«, wendet er ein. »Ein richtiger Neuanfang: keine Eltern, die immer beobachten, was du machst, obwohl du längst volljährig bist; keine Freunde, die dich vielleicht auch schon hier und da enttäuscht haben – du bist vollkommen frei. Vielleicht lernst du dich selber ganz neu kennen, so weit weg von allem.«

»So ähnlich denke ich auch manchmal darüber, zumindest wenn ich mich gerade besonders mutig fühle.«

»Aber du *bist* mutig!«, sagt Jaron schwärmerisch. »Du kannst deine eigenen Gedanken entfalten, und niemand ist da, der dich so gut kennt, dass er sie schon an deinem Gesichtsausdruck errät. Du kannst alles ausprobieren, ohne dass jemand dir davon abrät, weil er meint, besser zu wissen als du, was für dich gut ist. Jeden Tag kannst du allein entscheiden, wann und was du essen willst, mit wem du dich triffst, wie lange du abends wegbleibst, ob du Risiken eingehst oder ob du lieber vorsichtig bleibst. Ich finde das toll. Wenn ich es mir so recht überlege, würde ich sogar gern mit dir tauschen.«

Luna lächelt in sich hinein; Jarons Augen haben zu strahlen begonnen, während er wild gestikulierend weiterredet, fixiert er sie damit wie zwei Bühnenscheinwerfer, die gleich darauf wieder weiterschwenken, um alles auszuleuchten, was es zu sehen gibt.

»Tausch abgelehnt«, erwidert sie lachend. Ihr Blick schweift die Straße entlang, die Lichter der abendlich belebten Straßen, das Geruchsgemisch aus Autoabgasen, Herbstlaub und den vielen Imbissbuden mit Gerichten aus den verschiedensten Ländern, dazu die Menschen um sie herum vermitteln ihr das Gefühl, endlich ein Teil dieses pulsierenden Lebens zu werden. »Genau aus dem Grund bin ich in die Hauptstadt gekommen.«

Jaron geht jetzt so dicht neben ihr, dass sein Handrücken manchmal ihren streift. »Super Entscheidung! Und wenn dir in deiner Bude doch mal die Decke auf den Kopf fällt, komm einfach in der WG vorbei! Wir hocken nicht ständig aufeinander, aber freitags abends kochen wir oft zusammen und fast jeder von uns lädt noch jemanden mit ein.«

»Danke«, antwortet Luna. Er hat nicht gesagt, dass ich Falk mitbringen soll, denkt sie; für diesen Moment verdrängt auch sie den Gedanken an ihn, keiner von beiden erwähnt seinen Namen.

Schweigend setzen sie ihren Weg fort. Luna hängen in Gedanken noch Jarons Worte nach: *Du bist frei, du kannst jeden Tag selbst entscheiden, was du machst*; denkt an Falk, der gesagt hat: *Ich bin bei dir, ich sehe dich, wo immer du bist*. Verstohlen blickt sie sich um, fühlt sich plötzlich beobachtet, aber natürlich zeigt sich Falk nicht, sicher bildet sie sich alles nur ein. Besser, sie hält ein wenig Abstand zu Jaron.

Wenig später erreichen sie die Cocktailbar.

»Genau zur Happy Hour: zwei Cocktails zum Preis von einem!«, jubelt Jaron und will ihr um den Hals fallen, ganz nüchtern ist er nach den ersten Kneipen nicht mehr, er weiß doch, dass Luna Falks Freundin ist, am Vormittag war er deswegen noch so vorsichtig. Behutsam schiebt sie ihn von sich fort und setzt sich rasch auf den freien Barhocker neben Sarah, die bereits am Tresen Platz genommen hat und die Getränkekarte studiert.

»Wollen wir uns die Happy Hour teilen?«, fragt Luna sie leise. »Ein Cocktail für jede von uns genügt doch. Ich glaube, ich vertrage nicht mehr so viel.«

»Ach, das verträgst du schon«, widerspricht Sarah. »Wir nehmen *Sex On The Beach*, da ist nicht so viel Verschiedenes drin, schmeckt aber richtig lecker. Oder willst Du lieber einen Kir Royal, Cassis mit Sekt? Der hat's nicht so in sich. Wir bestellen Erdnüsse dazu, dann verträgst du es besser.«

Luna widerspricht nicht, will keine Spielverderberin sein. Doch als der zweite Cocktail vor ihr steht, merkt sie, dass es ihr schwummerig im Kopf wird, sie sieht nicht mehr klar, Sarahs Gesicht verschwimmt vor ihren Augen, gleichzeitig verspürt sie eine Leichtigkeit, die zuvor nicht da gewesen ist, denkt nicht mehr an Falk, nicht an Thore. Ole erzählt einen Blondinenwitz, den Luna schon mehr als einmal gehört hat, und doch fängt sie an zu lachen, kann nicht mehr aufhören, kichert zuerst in sich hinein und dann lauter, ungehemmt, ihr Zwerchfell kneift bereits und macht es nur schlimmer, sie bekommt keine Luft mehr, begegnet Jarons erstauntem Blick, als sie ihren Kopf an seine Schulter lehnt, bemerkt nur am Rande, dass er nicht mehr mitlacht, sondern sie besorgt anschaut, sanft von sich schiebt und dennoch nicht mehr aus den Augen lässt, auch dann nicht, als sie plötzlich doch wieder ernst wird und von ihrem Barhocker rutscht, um zur Toilette zu gehen.

Luna schwankt, als sie in der Kabine steht, mit beiden Armen muss sie sich an den Wänden abstützen, zum Glück ist es eng genug darin. In ihrem Magen rumort es, ich hätte zu Hause noch etwas essen sollen, denkt sie; in der nächsten Kneipe muss ich eine Kleinigkeit bestellen, wenigstens einen Burger. Sie öffnet ihre Hose und schafft es, sich hinzusetzen, lehnt ihren Kopf gegen die Wand hinter sich und schließt die Augen, das Drehen wird dadurch noch schlimmer, also öffnet sie sie wieder. Die anderen haben alle gesagt, zwei kleine Biere und zwei Cocktails wären nicht besonders viel; Luna hat noch nie so viel getrunken. Sie verspürt einen leichten Brechreiz, doch es kommt nichts, irgendwie schafft sie es, sich abzuputzen und wieder in den Waschraum zu treten, wo sie ihr Gesicht ausgiebig mit kaltem Wasser abspült und sogar ihre Arme bis zu den Ellbogen hineintaucht, danach fühlt sie sich besser. Die anderen haben inzwischen die Aufgabe gelöst, dieses Mal mussten die Namen des teuersten und günstigsten Cocktails aufgeschrieben werden, Luise von den Erstsemerstern hat die Lösungen gefunden. Sarah steht bereits vor dem Garderobenständer und sucht nach ihrem Mantel, Jaron bezahlt, Ole, Judith und Katharina amüsieren sich im Gang über den Kondomautomaten, wenig später wenden sich alle dem Ausgang zu.

»Kommst du auch, Luna?«, fragt Judith in ihre Richtung, doch Luna ist eingefallen, dass sie ihre Getränke noch nicht bezahlt hat, sucht in der Tasche nach ihrer Geldbörse, kämpft erneut mir einem leichten Schwindelgefühl. Neben ihr wartet die Kellnerin.

»Geht schon vor«, bittet sie die Gruppe, »ich bin gleich so weit.« Durch die Glastür sieht sie die anderen nach draußen treten, lauscht ihren Stimmen nach, Parviz lässt einen lockeren Spruch ab, Judith und Katharina lachen. Dann verschleiert das geriffelte Material der Glastür ihre Umrisse, bis sie verschwunden sind.

»Sechs Euro und fünfzig«, sagt die Kellnerin, Luna gibt ihr sieben Euro und bedankt sich, dann steuert sie ebenfalls den Ausgang an, späht kurz durch die Scheibe, ehe sie die Tür aufzieht; die anderen scheinen schon einige Meter vorausgegangen zu sein. Plötzlich nimmt Luna jedoch eine andere Bewegung wahr, die Silhouette einer einzelnen Person, zuerst ist es nur ein Schatten, dann meint sie, die Gestalt genau zu erkennen, die jetzt nur wenige Schritte entfernt vorbeigeht. Sie erstarrt, schaut noch einmal. Die große, schlanke Statur, der edel gewölbte Hinterkopf, das dunkelbraune, exakt geschnittene Haar, selbst jetzt in der nächtlichen Dunkelheit und durch das unebene Glas eindeutig erkennbar. Er kann nicht wissen, in welchem Lokal Luna zu diesem Zeitpunkt ist; vor wenigen Minuten hat Sarah erneut bestätigt, er habe sich nicht gemeldet. Dennoch ist sich Luna vollkommen sicher, und gerade diese Gewissheit, an der es nicht den leisesten Zweifel gibt, obwohl er nicht angekündigt hat zu kommen, lässt sie erstarren.

Die Gestalt, die soeben vorbeigegangen ist, ist Falk.

6.

Als Luna auf die Straße tritt, ist sie hellwach. Wie gejagt blickt sie sich um, entdeckt weder Falk noch die anderen Studenten; wenigstens das Schwindelgefühl ist fast weg. Ganz ruhig, beschwört sie stumm sich selbst; ganz ruhig, Luna, es ist nichts passiert, du hast mehr getrunken, als du verträgst, es kann auch eine Täuschung gewesen sein und der Mann hinter der Glasscheibe war nicht Falk. Aber gleichzeitig spürt sie mit untrüglicher Gewissheit, dass es keinen Sinn hat, sich etwas einzureden. Noch immer spürt sie Falks Nähe geradezu körperlich, er ist überall, Luna sieht ihn hinter jeder Litfasssäule, jedem Stromkasten am Straßenrand, jedem Busch in den jetzt im Herbst vernachlässigten Vorgärten der Mietshäuser. Luna weiß nicht, in welche Richtung sie gehen soll, soll sie nach Falk suchen oder versuchen, die Rallyegruppe zu erreichen? Instinktiv hastet sie auf die belebteste Straße zu, hier könnte es wenigstens eine Bushaltestelle geben, wenn sie niemanden mehr findet, könnte sie bis zur nächsten S- oder U-Bahnstation fahren und dort in aller Ruhe den Schienennetzplan studieren. Versuchen, einen klaren Gedanken zu fassen, und dann nach Hause fahren, spät genug ist es auf jeden Fall. Nach Hause oder zu Falk, der auf sie wartet. Aber sie weiß nicht, wie sie zu ihm gelangen kann, bisher hat Falk sie immer mit dem Auto abgeholt, wenn sie vorhatten, sich in seiner Wohnung aufzuhalten. Luna kennt nur die U-Bahnstation in der Nähe ihrer eigenen Wohnung.

Ein leichtes Frösteln überkommt sie, die feuchte Kälte des späten Oktoberabends kriecht unter ihre Kleidung und setzt sich zwischen ihren Schulterblättern fest. Unwillkürlich verkrampft sie, beschleunigt ihre Schritt, doch das macht es kaum besser, das Rauschen fahrender Autos auf regennasser Straße verschluckt die Geräusche, nach denen Luna lauscht. Schritte von hinten, Atemzüge in ihrem Nacken, das Knirschen von Straßenstaub unter Männerschuhen. Sie wagt nicht, sich umzublicken, sie greift sich an die Stirn, sie muss keine Angst haben; wenn Falk wirklich hinter ihr her läuft, dann ist er gekommen, um auf sie zu achten, er weiß, wie wenig Alkohol sie nur verträgt, er ist ihr Freund, hat gesagt, dass er sie liebe. Wenn er ihr gefolgt ist, dann aus Sorge, er will für sie da sein, spürt, dass sie ihn womöglich braucht. Falk lässt seine Freundin nicht nachts durch Berlin ziehen. Luna verdrängt das Gefühl von Furcht bei der Vorstellung, ihm jetzt unvermittelt zu begegnen.

Am Kurt-Schumacher-Platz ist noch ein Schnellrestaurant geöffnet, Luna strebt mit langen, eiligen Schritten darauf zu und späht durch die verglaste Wand ins Innere. Um diese Zeit sind nur noch wenige Gäste im Raum, sie erkennt ihre Kommilitonen sofort, drückt erleichtert die Tür auf und strebt ins Innere. Jaron, der an der Kasse gerade seine Bestellung aufgegeben hat, dreht sich um, routiniert, als habe er dies bereits in regelmäßigen Abständen getan. Seine Augen leuchten, als er Luna erblickt, eifrig winkt er sie zu sich heran.

»Du musst was im Magen haben«, sagt er und schiebt ihr sein Tablett hin, auf dem bereits zwei eingewickelte Burger und eine Tüte Pommes frites liegen. »Sonst wird dir noch schlecht. Wo warst du nur die ganze Zeit?«

Sarah schiebt sich zwischen sie beide. »Normalerweise würde ich glauben, sie hätte Falk angerufen und ihm süße Liebesschwüre ins Ohr geflüstert«, witzelt sie. »Aber ohne Handy ist das schwierig.«

Luna spürt, dass sie rot wird, sie will nicht so viel Aufmerksamkeit, will nichts erklären, nicht über Falk reden. Mit zwei Fingern nimmt sie sich ein Kartoffelstäbchen und beißt hinein, es ist heiß und salzig, sie spürt, dass es ihr guttut.

»Ich dachte, ihr wartet auf mich«, erwidert sie und versucht, keinen Vorwurf in ihrer Stimme durchklingen zu lassen. »Ich war nur länger auf dem Klo, weiter nichts.«

Sie bestellt sich ebenfalls einen Imbiss. Jaron wartet neben ihr am Tresen, während die anderen bereits einen Tisch ansteuern.

»Alles okay bei dir?«, erkundigt er sich mit gedämpfter Stimme. Luna zuckt zusammen, versucht, ihren Schrecken zu verbergen, er kann nichts wissen, kann nicht ahnen, wie durcheinander sie ist oder was ihr durch den Sinn gegangen ist, als sie allein durch die Straßen gelaufen ist. Sie versucht, sich zu beruhigen, es war nicht lange, sie hat alles richtig gemacht und ihre Gruppe schnell wieder gefunden, ist wieder aufgenommen in ihrem Kreis, aufgenommen von Jaron, der neben ihr stehen bleibt, bis auch sie ihr Essen bekommen hat. Luna ertappt sich bei dem Gedanken, was Falk sagen würde, wenn er dies sehen könnte; die anderen Studenten am Tisch, Jaron immer noch an ihrer Seite. Sie sieht ihn vor sich, wie er auf sie zusteuert, sieht sein angespanntes, verzerrtes Gesicht, vernimmt die Schärfe in seiner Stimme, hört seine bohrenden Fragen. Verstohlen blickt sie immer wieder durch die Glaswände, fühlt sich beobachtet; jede Bewegung, die sie wahrnimmt, lässt sie sekundenlang erstarren. Erst als Jaron und sie bei den anderen Platz genommen haben, beginnt sie allmählich, sich wieder zu entspannen, mit jedem Bissen ihres Hamburgers scheint sie mehr in der Wirklichkeit anzukommen, mit jedem Schluck aus ihrem Halbliterbecher Cola sieht sie klarer. Falk kann ihr nicht gefolgt sein, bestimmt wäre er sonst hereingekommen und hätte sie zur Rede gestellt. Viele Jungen und Männer haben ungefähr seine Größe und Statur und sie hat die Silhouette vor der letzten Kneipe nur undeutlich wahrgenommen. Falk kann ihr nicht gefolgt sein. Er vertraut ihr, natürlich kann er ihr vertrauen. Vielleicht fährt Luna später doch noch zu ihm. Sie ist zu müde, um schon jetzt zu entscheiden.

»Noch zwei Lokale«, verkündet Katharina und blickt in die Runde. Luna hat das Gefühl, an ihr würde sie vorbeischauen, es muss nicht mit Absicht sein. »Welches ist das nächste, Ole?«

Ole zieht den Aufgabenzettel aus der Tasche seiner Cargohose und faltet ihn auseinander.

»Bald kann man nichts mehr lesen«, witzelt er, »der hat unterwegs ganz schön gelitten. Die vorletzte Station ist der Pfefferberg in Friedrichshain, da ist jetzt sogar noch Live-Musik! Wir sind also bestimmt nicht vor zwei Uhr zurück am Ku'damm.«

»Cool«, meint Judith und beginnt auf ihrem Stuhl zu wippen, als höre sie jetzt schon einer Rockband zu. Luna spürt Jarons Blick von der Seite auf sich ruhen, kannst du noch, fragt er stumm, sie lächelt ihm zaghaft zu. Katharina steht auf und blickt sich in der Runde um, ungeduldig, aber Ole verkündet noch, dass sie im Pfefferberg den Titel des letzten Songs der Band dieses Abends aufschreiben müssen, es wäre also keine Eile und sie solle mal Rücksicht auf Luna nehmen, die später gekommen sei und noch nicht aufgegessen habe. Parviz, Judith und Jaron murmeln Zustimmung, die Mädchen aus dem ersten Semester nicken ebenfalls, doch Luna bemerkt aus dem Augenwinkel, dass Sarah leicht die Augen verdreht. Katharina wirft ihre Haare zurück und stößt einen verächtlichen Laut aus.

»Was habt ihr nur alle mit Luna?«, stößt sie hervor. »Eure Hilfsbereitschaft in allen Ehren, aber jeder von uns war mal Erstsemester. Wurdet ihr da vielleicht so gepampert? Nein. Also, Luna, iss auf und dann geht's weiter. Ich will von der Band noch was haben, der Schlagzeuger soll ganz süß sein, hab ich gehört.«

»Du bist es wirklich gewöhnt, dass alle nach deiner Pfeife tanzen Rina«, kritisiert Parviz, der sich bisher nur wenig geäußert hat. »Man merkt, dass Papi dir alles zahlt und du dich noch nie wirklich nach anderen richten musstest.«

Katharina stemmt die Hände in die Hüften.

»Was hat das jetzt damit zu tun?«, fragt sie und zieht ihre Augenbrauen zusammen. Katharina sieht schon aus wie eine reifere Frau, denkt Luna; der figurbetonte Wollmantel hat bestimmt ein kleines Vermögen gekostet, aber sie bewegt sich darin, als stünde er ihr ganz selbstverständlich zu. Wahrscheinlich ist es besser, sich nicht mit ihr anzulegen, eine wie Luna kann dabei nur verlieren.

»Lass nur, ist schon gut«, beeilt sie sich zu sagen und schluckt den letzten Bissen ihres Cheeseburgers hinunter, das gummiartige Brötchen klebt an ihrem Gaumen, sie versucht, es zu lösen, ohne den Mund öffnen zu müssen, spürt die Blicke der anderen auf sich, während sie schlingt. »Ich bin sowieso fertig, wegen mir müsst ihr euch nicht streiten.« Schon steht sie auf und greift nach ihrem Schal, den sie gerade erst über einen Stuhl gelegt hat, zieht noch einmal an ihrem Strohhalm, ihre Cola ist nicht einmal halb leer. Katharina zuckt mit den Schultern und steuert den Ausgang an, die anderen folgen ihr.

»Mach dir nichts daraus«, raunt Jaron Luna zu, als auch sie sich in Bewegung setzen. »Katharina tut immer so affektiert, kann aber auch ganz nett sein. Was das Getue um den Schlagzeuger soll, weiß ich auch nicht, eigentlich steht sie mehr auf smartere, elegantere Typen.«

Ehe sie nach draußen treten, kommt Sarah auf Luna und Jaron zu und tippt Jaron an die Schulter, ehe sie Luna mit einem entschuldigenden Blick zu verstehen gibt, dass sie und Jaron einen Augenblick lang allein sein wollen. Luna schließt sich der Gruppe an, versucht aber, die beiden durch die Glasscheibe zu beobachten. Sarah scheint auf Jaron einzureden, gestikuliert wild mit den Händen, er jedoch wirkt verärgert, schüttelt den Kopf, zieht seine Augenbrauen zusammen und winkt ab, will zur Tür gehen, doch Sarah versucht, ihn zurückzuhalten, redet weiter. Dies wiederholt sich einige Male, bis sich Jaron schließlich losreißt. Als er wieder bei Luna angelangt ist, sieht er noch immer verwirrt aus, bewegt seine Lippen, als argumentiere er noch immer.

»Wenn ich dir irgendwie helfen kann, sag's mir«, bittet Luna, sie wagt nicht zu fragen, ob Jaron und Sarah über sie geredet haben, aber eigentlich ist sie sich sicher. Jaron winkt ab.

»Quatsch«, faucht er und beschleunigt seinen Schritt, blickt stur auf den Gehweg zu seinen Füßen. »Irgendwie spinnen sie heute alle. Beeilen wir uns, damit wir noch was vom Abend haben.«

Luna ist froh, als sie am Pfefferberg angekommen sind. Katharina stellt sich sofort ganz vorne an den Bühnenrand und beachtet niemanden mehr, sondern sieht nur noch der Band zu, die so laut spielt, dass auch von den anderen kaum mehr jemand spricht. Jaron entdeckt zwei freie Sitzplätze an einer Wand gegenüber der Bühne und führt Luna hin, bleibt kurz an ihrer Seite, dann holt er an der Theke Bier, einen halben Liter für jeden von ihnen. Luna trinkt mit tiefen, durstigen Zügen ihr Glas gleich zu zwei Dritteln leer, nach dem Essen und der kalten Luft draußen fühlt sie sich beinahe wieder nüchtern. Jaron beobachtet sie, blickt besorgt, schaut dann schnell wieder weg, auch er bleibt wortkarg und scheint nur noch der Musik zu lauschen, deren Genre Luna nicht einzuordnen vermag, Bass und Schlagzeug dröhnen in ihrem Kopf und vermischen sich zu einem brüllenden Chaos, sie lehnt ihren Kopf gegen die Wand und schließt die Augen, Thore hat solche Musik gemocht, schrill und wild, oft hat er dazu Luftgitarre gespielt und seine langen Haare hin und her geworfen, als stünde er selbst auf der Bühne. Luna spürt plötzlich Tränen hinter ihren geschlossenen Lidern aufsteigen, wie gern würde sie jetzt allein sein, fort von hier, es ist alles zu viel, die neuen Bekannten, das Berliner Nachtleben, der Alkohol, Jaron, diese Musik, die sie an ihren Bruder erinnert. Falk würde wahrscheinlich sofort das Lokal verlassen, sie mitnehmen, komm, würde er sagen; hier müssen wir nicht bleiben.

Falk. In Lunas Kopf schwirrt und schwimmt es, der Alkohol von den Cocktails kann noch nicht abgebaut sein, das Bier hätte sie nicht so hinunterstürzen dürfen, sie merkt, wie es erneut in ihrem Magen rumort. Nur ganz leicht öffnet sie die Augen, um unter den Wimpern hindurch nach Jaron zu sehen, der noch immer geradeaus zur Bühne starrt, hier und da an seinem Bierglas nippend, das sicher mit der Zeit warm wird, dann steigt es noch schneller in den Kopf, Luna hat es schon richtig gemacht und Jaron soll nicht so tun, als wäre er ihr Aufpasser, zumindest nicht, wenn er nicht mehr mit ihr reden will. Sarah kommt nicht mehr in ihre Nähe, sie hat sich ebenfalls in die Fangemeinde zu Füßen der Musiker eingereiht und scheint jeden Song zu kennen, singt mit und jubelt, wenn wieder ein letzter Ton verklungen ist und der Gitarrist den nächsten Titel ankündigt. Lunas Augen schließen sich ganz von allein wieder, gern würde sie sich ausstrecken, schlafen, Müdigkeit überkommt sie und lässt sie gleichgültig werden. Sie spürt eine leichte Gereiztheit, sie weiß nicht, was sie Jaron getan hat, irgendetwas muss Sarah gesagt haben, das ihn stört, aber Luna kann nichts dafür, sie haben sie vorher weggeschickt, jetzt fühlt sie sich zu müde, um darüber nachzudenken. Gerade ist sie am Wegdämmern, da rüttelt Jaron an ihrer Schulter.

»Der letzte Song, Luna!«, ruft er dicht an ihrem Ohr, sie erschrickt, hat die Musik nicht mehr gehört, nichts wahrgenommen, muss wirklich sekundenlang eingeschlafen sein. Ruckartig richtet sie sich auf und starrt Jaron an, ihr Kopf schmerzt, sie muss sich erst orientieren, vielleicht hat sie geträumt, die meisten Träume dauern nicht annähernd so lange, wie sie dem Schläfer erscheinen. Inzwischen hat sich der Saal etwas geleert, neben Luna sind jetzt noch mehr Plätze frei, auf die sich niemand setzt, sie fröstelt leicht. Jarons Hand liegt noch immer auf ihrer Schulter, vorn dreht sich Sarah nach ihnen um, gibt beiden mit einer Handbewegung zu verstehen, dass sie den Songtitel aufschreiben sollen, die vorletzte Aufgabe ist dann gelöst. Luna versucht, sich zusammenzureißen, wach zu werden, wühlt in ihrer Tasche nach einem Stift, den Aufgabenzettel hat Jaron hervorgekramt.

»Warte doch noch«, schlägt sie vor. »Wenn sie eine Zugabe spielen, ist es noch nicht das letzte Lied.«

»Es gibt keine Zugaben«, widerspricht Jaron und probiert auf der Rückseite aus, ob sein Kugelschreiber noch funktioniert, tut so, als habe er den Fineliner in Lunas Hand nicht bemerkt. »Jede Band hat genau eine halbe Stunde Spielzeit, danach muss sie von der Bühne, egal wie erfolgreich ihr Gig ist.«

»Die letzte Band auch?«

»Für die werden keine Ausnahmen gemacht. Garantiert hören die nach diesem Song auf, weil sowieso kaum noch jemand da ist.«

Luna nickt und redet weiter, um ihre Müdigkeit zu überspielen, fragt etwas, macht ein paar Bemerkungen über die Lichtanlage, die Bar, das Publikum. Jaron notiert den Songtitel auf seinem Zettel, dann steht er auf und winkt die anderen zum Ausgang, wartet auf Luna, die als Letzte nachkommt, legt seinen Arm um ihre Schulter, ganz kurz nur, sie weicht ihm aus.

In der U-Bahn zum Ku'damm schläft Luna erneut ein. Auch den Fußweg zur letzten Kneipe des Abends bekommt sie kaum noch mit, nur undeutlich nimmt sie wahr, dass Jaron auch jetzt wieder unablässig an ihrer Seite geht, er und Sarah haben sie untergehakt, keiner von ihnen redet mehr viel, ihnen voraus gehen Ole, Katharina, Judith und Parviz, die laut lachend und singend durch die nächtlichen Straßen ziehen. Clara, Luise, Merete und Hanna haben sich verabschiedet und sind in den Nachtbus gestiegen.

»Im Hard-Rock-Café scheint sich die ganze Stadt versammelt zu haben«, bemerkt Luna.

»Zumindest die ganze Uni; hier wird nachher noch die Siegergruppe gekürt und danach ist Party bis zum Abwinken angesagt«, kontert Jaron grinsend. Vergeblich sieht sich Luna nach einem Sitzplatz um, es ist vollkommen aussichtslos. Sämtliche Stühle sind besetzt, selbst an der Bar stehen die Leute so dicht gedrängt, dass es bestimmt eine halbe Stunde dauern würde, bis sie etwas zu trinken bekäme. An einem Tisch neben dem Toilettenbereich rückt ein junger Mann auf seinem Stuhl so, dass er die Sitzfläche nur noch halb ausfüllt, und winkt; Katharina ist mit wenigen schnellen Schritten bei ihm und lässt sich nieder, bedeutet anderen am Tisch, ebenfalls Platz für die Neuankömmlinge zu machen, einige lassen sich darauf ein, wenig später sitzt auch Sarah. Lachend nimmt sie sich das Bierglas eines etwas älteren Studenten und nippt daran, mit gespielter Entrüstung erobert er es zurück, schon ist Sarah mitten im Geschehen. Sie scheint überhaupt nicht müde zu sein, denkt Luna; vielleicht lerne ich das auch noch, wenn ich erst länger in Berlin lebe.

»Ich hol dir einen Kaffee, Luna«, sagt Jaron. »Warte hier.« Ganz kurz umarmt er sie, Luna spürt die weiche Haut seines Ohrläppchens an ihrer Wange, nur den Hauch einer Sekunde lang, warum tut er das, fragt sie sich, er soll das nicht machen, doch schon versucht er, sich einen Weg durch die Menge in Richtung Theke zu bahnen. Luna bleibt stehen und denkt, dass sie dies alles nicht will, nicht hier stehen, nicht warten und keinen Kaffee, sie will nach Hause, in ihre Wohnung und allein sein, schlafen, oder bei Falk sein. Jarons Umarmung hat sie verwirrt, er hat sich so zart angefühlt, wie ein Bruder, nicht wie Thore, der muskulöser gewesen war, dafür umso anrührender, den kleinen flatternden Schmetterling in ihrer Magengegend verscheucht sie. Wieder taucht Falks Silhouette in ihren Gedanken auf, unwillkürlich sucht sie das überfüllte Lokal ab, hier könnte er nach ihr suchen, ohne bemerkt zu werden, jedes Gesicht versucht Luna mit den Augen zu scannen, aber Falk ist nicht darunter oder er versteckt sich geschickt. Inzwischen hat sie selbst Jaron aus ihrem Blick verloren, vielleicht ist es ihm gelungen, bis zur Theke vorzudringen; kurz darauf erblickt sie ihn, mit jemandem, den Luna nicht kennt, in ein Gespräch verwickelt. Den Kaffee hat er vergessen, denkt sie; den ganzen Abend lang hat er sich viel zu sehr um mich gekümmert, gern hat er es nicht getan, sonst wäre er zwischendurch nicht so abweisend gewesen.

Ohne lange zu überlegen, schließt sie ihre Jacke und steuert den Ausgang an, weg von hier, es bringt nichts mehr, sie war lange genug dabei, hat den Willen gezeigt, mit den Kommilitonen in Kontakt zu kommen, jetzt ist es genug. Sie hätte gleich mit den anderen Erstsemestern aus ihrer Gruppe fahren sollen, im Bus noch ein bisschen mit den vieren reden, sich für die Mittagspause am nächsten Tag in der Mensa verabreden sollen. Das war es doch, was sie eigentlich wollte, Leute kennenlernen, die dieselben Vorlesungen besuchen wie sie. Gegen Mädchen hätte Falk wahrscheinlich nichts einzuwenden.

Nach Hause, denkt sie; ins Bett. Morgen zu Falk, irgendwie erkläre ich ihm schon alles, er muss nicht eifersüchtig sein, nicht auf diesen Abend, der nichts bedeutet hat, morgen bleibe ich bei ihm, koche, richte alles schön her, damit er sich freut und sich wohlfühlt, wenn er von der Arbeit kommt. Jetzt nur nach Hause, nur hinlegen.

Am Stuttgarter Platz ist es ruhig, Luna denkt an den Abend nach dem Ausflug zum See, zu der Insel vor wenigen Tagen, genau hier hatte Falk sie abgesetzt. Noch immer rieselt ihr ein Schauer über den Rücken, wenn sie daran zurückdenkt, sie will nicht daran denken, nur schlafen, morgen ist ein neuer Tag. In der Tasche kramt sie nach ihrem Schlüssel, findet ihn nicht sofort, er kann nur in dem inneren Reißverschlussfach sein, dort steckt sie ihn immer hinein, immer. Lange vor dem Aufschließen holt sie ihn schon heraus, jedes Mal, wenn sie nach Hause kommt. Den Schlüssel schon in der Hand zu spüren, noch ehe sie die Haustür erreicht hat, verleiht ihr ein Gefühl von Sicherheit, ihr Vater hat ihr das schon vor Jahren eingeschärft: *Wenn du den Schlüssel schon bereithältst und nicht erst im Dunkeln lange danach suchen musst, bist du schneller im Haus, für den Fall, dass dich jemand verfolgt.* Lunas Freundinnen in Remscheid haben oft über diese Marotte gelacht, die Luna nie hatte ablegen können. *Wenn dich jemand bis zur Haustür verfolgt, hast du ohnehin keine Chance.*

Von der Straßenecke her vernimmt Luna ein Geräusch und zuckt zusammen, geht schneller, endlich ist sie an ihrer Wohnung angelangt. Mit zitternden Händen schiebt sie den Schlüssel ins Schloss, es ist etwas schwergängig, müsste geölt werden, manchmal hat sie das Glück, dass die Haustür abends noch angelehnt ist. Heute ist sie geschlossen, so spät nachts ist das kein Wunder, niemand will, dass Fremde einfach so ins Haus eindringen können, in der Nähe soll ein Drogenumschlagplatz sein, hat ihre alte Nachbarin neulich gesagt.

Luna drückt gegen die Tür, versucht erfolglos, den Schlüssel zu drehen, da vernimmt sie Schritte hinter sich. Vielleicht kommt doch noch ein Nachbar, der ihr helfen kann, dessen Schlüssel vielleicht besser passt, versucht sie sich zu beruhigen, aber Lunas Herz klopft. Ist ihr jemand vom U-Bahnhof aus nachgegangen? Sie wagt nicht, sich umzublicken. Da spürt sie jäh das Gewicht einer Hand auf ihrer Schulter. Sie fährt zusammen.

»Ich bin es«, tönt Falks Stimme über ihr. »Endlich bist du zurück.« Er dreht sie zu sich herum, Luna hebt ihren Kopf, um ihn anzusehen, sucht in seinen Augen nach Spuren von Zorn. Er zieht sie an sich und hält sie umschlungen, lange stehen sie so, ohne ein Wort zu reden. Lunas Herz schlägt wild und stolpernd gegen ihre Brust, noch kann sie sich nicht ganz fallen lassen, so gern sie sich auch gegen seine Brust lehnen würde, weich und warm werden und nur noch genießen, wieder bei ihm zu sein. Sie *hat* sich erschrocken, viel zu plötzlich war er da, er muss sie beobachtet haben, wer weiß, wie lange schon, vielleicht war er es doch, den sie vor der Cocktailbar wahrgenommen hatte, oder hat er hier vor dem Haus in seinem Auto gewartet? Er hätte mich doch rufen können, denkt sie, von der Straße aus, statt so heimlich aufzutauchen, ich hätte mich gefreut, in seinem Auto ist es bestimmt warm, vielleicht hat Falk dort Musik gehört. Es gelingt ihr nur langsam, sich zu beruhigen, es ist Falk, versucht sie sich einzureden, Falk ist bei mir, mein Freund, ich bin in Sicherheit, alles ist in Ordnung. Er beginnt, ihre Schultern zu massieren, selbst durch die dicke Jacke spürt sie seine geschickten Griffe, anfangs läuft noch ein Schauer über ihren Rücken, der noch von dem Schrecken herrührt, sie denkt an Jaron, der vielleicht im Hard-Rock-Café nach ihr gesucht hat, verdrängt seine aufmerksamen, besorgten Blicke, auch er würde sich wundern, wo Falk jetzt herkommt, wenn er sie beide sehen könnte.

Falk nimmt Luna den Schlüsselbund aus der Hand.

»Komm«, sagt er. »Gehen wir rein, du zitterst ja.« Mühelos sperrt er die Tür auf und schaltet das Licht im Treppenhaus ein, das er mit zielstrebigen Schritten durchmisst, gleich darauf stehen sie in Lunas Flur, Falk hilft ihr aus dem Mantel und hängt ihn auf.

»Leg dich hin«, fordert er sie sanft auf, begleitet sie bis zum Sofa, hebt ihre Beine an, als sie sitzt, schlingt ihre Fleecedecke um sie, sorgsam darauf achtend, dass kein Luftzug ihren Körper weiter auskühlen kann. Anschließend macht er sich in der Küche zu schaffen, Luna hört das anschwellende Rauschen ihres Wasserkochers, das Öffnen einer Pappschachtel, ehe Falk zwei Teebeutel herausfischt und in ihre Glaskanne hängt. Mit dem fertigen Tee und zwei Bechern kehrt er zurück, setzt sich zu ihr auf die Sofakante, schenkt ein, prüft die Temperatur mit seinen Lippen, ehe er Luna einen Becher reicht, massiert ihre Füße.

»Besser?«, erkundigt er sich nach einigen Minuten, ein Lächeln fliegt über sein Gesicht, als Luna nickt. Seine

Augen blicken warm, denkt sie; er ist mir nicht böse. Erst jetzt breitet sich wirklich Wärme in ihr aus, sie spürt, wie auch ihr Herzschlag sich verlangsamt.

»Bleibst du?«, fragt sie, die Augen drohen ihr zuzufallen, jetzt in der plötzlichen Wärme spürt sie ihre Müdigkeit doppelt. Falk richtet sich auf und schüttelt den Kopf.

»Ich wollte nur sichergehen, dass du heil nach Hause kommst«, erwidert er. »Du hast morgen Uni, ich muss zur Arbeit. Lass uns am Nachmittag treffen, so früh wie möglich.«

»Um drei müsste ich fertig sein«, verspricht Luna und unterdrückt ein Gähnen.

»Schön«, meint er. »Dann mache ich zur selben Zeit Feierabend.« Er beugt sich herab und drückt Luna einen Kuss auf die Stirn, seine Lippen fühlen sich warm und locker an, er löscht das Deckenlicht. »Schlaf gut, bis morgen.«

Dann hört Luna die Wohnungstür zuklappen, lauscht seinen Schritten, als er vom Hauseingang auf die Straße tritt und seinen Wagen ansteuert, verfolgt das Starten des Motors, das Knirschen der Reifen beim Ausparken auf dem schmutzigen Asphalt, sieht die Scheinwerfer ein letztes Mal die Fassade streifen. Ich kann so noch nicht schlafen, denkt sie; in meiner Kleidung, mit ungeputzten Zähnen, habe nicht einmal meine Hände gewaschen oder war auf der Toilette. Er hat mich nicht gefragt, wie es heute war, es war einfach zu spät zum Reden. Sie weiß nicht, wie lange sie auf dem Sofa verharrt, so wie Falk sie gebettet hat; erst als ihr vom Tee die Blase drückt, schlägt sie die Decke zurück, steht auf und geht ins Bad. Morgen, denkt sie; morgen sehe ich ihn wieder. Er hat keine Fragen gestellt. Liebe kann alles überbrücken.

7.

An der Uni begegnet Luna am nächsten Tag weder Sarah noch Jaron. Sie versucht, sich ganz auf die Vorlesungen zu konzentrieren, wieder hat sie das Gefühl, sich nicht auszukennen, kommt sich vor wie ein Kind kurz nach der Einschulung. Mittags geht sie nicht in die Mensa, sondern spaziert allein über das Unigelände, um sich alles weiter einzuprägen, trinkt Milchkaffee aus einem Pappbecher mit Deckel, die frische Luft hilft ihr, wieder klar zu denken, zu sehr spürt sie noch immer den Alkohol im Blut. Zweimal ist sie versucht, auf ihr Handy zu schauen, vielleicht hat Sarah eine Nachricht geschickt, vielleicht sogar Jaron, irgendwann zwischendurch hat er gestern Abend sein Handy gezückt, nach Lunas Nummer gefragt und sie gleich gespeichert. Doch ihr Telefon ist noch immer bei Falk. Die Stimmung am Campus wirkt wie die am zweiten Schultag nach den Sommerferien, die Wiedersehensfreude mit den Freunden ist dem Alltag gewichen, alle sind ruhiger, konzentrierter, das Lernen hat wieder begonnen, es bleibt wenig Zeit, sich um Neue zu kümmern. Luna braucht Zeit, um ihre Gedanken zu sortieren, versucht, sich allein zurechtzufinden, immerhin kommt sie zu allen Vorlesungen pünktlich, hat begriffen, wie sie die Hörsäle und die Gruppenräume findet.

Am Nachmittag fühlt sie sich besser. Mit Bahn und Bus fährt sie zu Falk nach Hause, hat unterwegs eingekauft, Garnelen, Rucola und dünne Bandnudeln; ein selbst gekochtes Essen wird ihm zeigen, dass sie nach dem Abend mit den Kommilitonen wieder ganz bei ihm ist, dass es ohne Bedeutung war, nur Spaß, nichts, was die Nähe zwischen Falk und ihr zerstören könnte.

Als er ihr öffnet, fällt Luna sofort seine legere Kleidung auf, die ungewohnt auf sie wirkt. Falk trägt einen weichen weiten grauen Sweater und abgewetzte Jeans, durch ein Loch in Kniehöhe sieht Luna etwas von seiner leicht behaarten Haut an den Beinen, stellt sich vor, mit dem Finger durch diese Lücke im Stoff zu fahren und ihn zu streicheln, bis sie beide mehr wollen, noch anziehender als sonst erscheint er ihr jetzt, wo er sich auf ihre Ebene begeben hat, statt sich mit seinen teuren Designerhosen von ihr abzuheben. Falk muss gerade geduscht haben; seine Haare sind noch feucht und stehen in alle Richtungen ab, als habe er aufgehört, sie mit dem Handtuch trocken zu rubbeln, als er sie klingeln hörte. Sie legt ihre Arme um seinen Hals und küsst ihn auf den Mund, genießt das Gefühl seiner warmen Lippen auf ihren und die von winzigen Bartstoppeln raue Haut, heute wirkt er wie einer von ihrer Clique, mit der sie gestern unterwegs war, wie einer unter vielen Studenten, Lunas Freund, der bestaussehende junge Mann von allen.

Falk lächelt, als er den Einkaufskorb sieht.

»Genau richtig«, lobt er sie. »Du musst gespürt haben, worauf ich heute Appetit habe.« Er nimmt Luna den Korb ab und geht ihr voraus in die Küche, stellt zwei Tassen unter die Espressomaschine, drückt auf den Schalter, sofort steigt frischer Kaffeeduft in ihre Nase. Falk stellt den Einkaufskorb auf einen Stuhl, schäumt Milch auf, füllt sie in die Tassen und reicht Luna eine.

»Gehen wir ins Wohnzimmer«, bestimmt er, noch immer lächelnd. »Sicher hattest du mindestens einen so anstrengenden Tag wie ich.«

Luna setzt sich neben ihn auf sein helles Sofa und nippt vorsichtig an ihrem Kaffee, bei Falk schmeckt er besonders aromatisch, auch die Crema schmilzt auf ihrer Zunge wie Sahneeis, er bestellt immer eine spezielle Sorte, die er im Urlaub in Italien kennengelernt hat. Mit jedem Schluck, den Luna trinkt, spürt sie, wie ihre anfängliche Unsicherheit verfliegt. Die verhaltene Furcht, Falk könnte ihr doch übel nehmen, dass sie gestern nicht für ihn da gewesen ist, obwohl er es bisher nicht gezeigt hat, weicht einem sich langsam ausbreitenden Gefühl von Geborgenheit und Wärme, sie kommt an bei ihm, fühlt sich schon etwas heimischer als zu Beginn, lässt ihren Blick durch Falks Wohnung schweifen, die vanillegelbe Tapete, die Pinienmöbel in der Essecke, die hohen, schlanken Grünpflanzen, die silbern gerahmten Aquarelle an den Wänden, die klar geschnittenen Lampen, die Falk heruntergedimmt hat, sodass sie ein beruhigendes, sanftes Licht spenden. Es hat etwas für sich, dass alles hier so aufgeräumt ist, denkt sie. Das Auge kommt zur Ruhe. Falk hält ihre Hand, erneut spürt sie seine weiche, gepflegte Haut, fährt mit der Fingerkuppe seinen glatt gefeilten Daumennagel nach. Vielleicht wäre es doch richtig, schon in naher Zukunft mit ihm zusammenzuziehen, er ist ihre Insel, ihre Oase. Lunas Blick fällt auf ihr Handy, das halb verdeckt von einem flachen Stapel Zeitungen auf dem Couchtisch liegt, auch seines ragt darunter hervor. Ein leiser Stich durchfährt ihren Körper, schon ist sie versucht, nach ihrem Telefon zu greifen, hindert sich jedoch selbst daran. Wenn Falk kein Misstrauen zeigt, muss sie es auch nicht tun. Wenn sie wieder nach Hause oder morgen früh zur Uni geht, wird sie es einfach mitnehmen. Mit einem kleinen Seufzer lehnt sie ihren Kopf an seine Schulter und schließt die Augen. Eine ganze Weile sitzen sie so und reden, das Gespräch zwischen ihnen hat etwas

Leichtes, Vertrautes, plätschert vor sich hin, zwischendurch stellen sie ihre Tassen ab, um sich zu küssen. Dann wieder schweigen sie, Falks Finger fahren durch ihr Haar, sanft streicht er sie hinter ihren Ohren zurück. Er ist einfach bei ihr und sie bei ihm, keiner von ihnen scheint mehr zu brauchen als dies hier, sie genügen einander.

Beinahe wäre Luna eingeschlafen, noch immer fehlen ihr einige Stunden Schlaf, als Falk sich räuspert.

»Erzähl doch mal«, beginnt er. »Wie war der Abend so, waren die anderen nett zu dir?«

Luna wiegt ihren Kopf hin und her.

»Geht so«, antwortet sie schließlich. »Wenn du dabei gewesen wärst, hätte ich mich noch wohler gefühlt. Ich hab dich vermisst.«

»Jetzt sind wir ja wieder beieinander. Warum hast du dich unwohl gefühlt? War jemand dabei, der dir nicht gutgetan hat?«

Luna sieht Katharina vor sich, ihren genervten Blick, sobald Luna den Mund aufgemacht hat oder Jaron etwas zu ihr sagte. Jarons Umarmung ganz zum Schluss, warum hat er das nur getan, Luna hat das Gefühl, Falk würde ihr ansehen, woran sie denkt, wessen Augen sie unsichtbar betrachten. Vielleicht denkt Jaron auch an sie.

»Ich kenne sie alle noch nicht richtig«, weicht sie aus. »Mit manchen wird man schneller warm, mit anderen dauert es länger. Wirklich befreundet bin ich noch mit niemandem.«

Falk krault ihren Nacken.

»Ich kann mir gar nicht vorstellen, dass jemand lange brauchen könnte, um mit dir warm zu werden«, meint er.

»Sag das nicht. Dann wäre das mit uns doch nichts Besonderes mehr.«

»Jeder, der dich sieht, muss spüren, dass du jemand Besonderes bist.«

»Bin ich nicht. Und wenn, dann will ich das nur für dich sein.«

Luna spürt, wie sich Falks Brust ganz leicht strafft.

»Ich meinte damit nicht nur Männer«, bemerkt er. »Du wirst hoffentlich vor allem jede Menge guter Freundinnen finden. Ich staune, dass du dabei an Männer denkst.«

»Tu ich doch nicht«, beeilt sich Luna zu sagen. »Das war ... einfach nur so, es tut mir leid.« Verflixt, denkt sie; ich hätte aufpassen sollen, darauf achten, was ich sage, es war dumm, auf mögliche Gefühle anderer Jungs anzuspielen, auch wenn es eigentlich nicht so gemeint war. Ihr Hals fühlt sich heiß an und ihre Handflächen beginnen zu schwitzen, so unauffällig wie möglich reibt sie sie an ihrer Baumwollstrumpfhose ab, die sie heute zu ihrem wollenen Minirock trägt.

»Bestimmt finde ich Freundinnen«, fährt sie rasch fort. »Mädchen untereinander achten nicht so sehr darauf, ob die andere irgendwie speziell ist. Man muss sich sympathisch sein, ähnliche Einstellungen haben, ein paar gemeinsame Interessen. Dann freundet man sich meist schnell an, hat einfach Spaß miteinander und kann auch mal Probleme wälzen, ohne dass die Freundin das nervt. Andernfalls kratzt man sich entweder gegenseitig die Augen aus oder geht sich aus dem Weg. Gestern waren vier Mädchen aus meinem Semester dabei, die ganz nett zu sein scheinen, aber auch etwas schüchtern, und ich bin auch nicht die große Betriebsnudel. Aber das wird schon noch.«

Falks Augen verraten, dass er ihren Worten nicht gefolgt ist, nicht zugehört hat, was sie sagte. Mit schmalen Pupillen fixiert er sie, ein Blick, der in ihren Magen sticht und sich festsetzt wie ein Dorn.

»Wer war außer Sarah und den vier Mädchen noch dabei?«

»Eine Judith, eine Katharina ... und die Jungs hießen Ole, Parviz und ... einer war da noch, dessen Namen ich immer nicht verstanden habe.«

»Du hast nicht nachgefragt?«

»Wozu?« Luna spürt die Hitze jetzt auch in ihrem Gesicht aufsteigen, sie beugt sich herunter, um sich am Knöchel zu reiben, zum Glück habe ich Jarons Namen nicht verraten, denkt sie, wenigstens das war geschickt, wer weiß, was Falk sonst eingefallen wäre. »Die meiste Zeit war es einfach zu laut und er hat genuschelt. Irgendwann werde ich in der Uni schon mitbekommen, wie er heißt, und wenn nicht, geht die Welt davon auch nicht unter. Du kennst ihn vielleicht, er war auch auf der Party, wo wir uns zum ersten Mal getroffen haben.« Sie lehnt sich wieder an seine Brust, lässt ihre Finger auf seinem Oberschenkel ruhen, vermeidet es, ihm ins Gesicht zu sehen.

»Ich wusste nicht, dass dir da auch noch andere Kerle aufgefallen sind«, bemerkt er. Luna knetet ihre Finger, weiß nicht, was sie erwidern soll. Sie kommt sich vor wie in einer mündlichen Prüfung; falls die Silhouette, die sie durch die getrübte Glasscheibe in der Cocktailbar gesehen hat, wirklich Falk war, hat es keinen Sinn, zu untertreiben, was Jaron betrifft – dann weiß er längst alles, hat vielleicht jedes Wort zwischen ihnen mitgehört, jede Berührung beobachtet. War er es nicht, ist es sicherer, nichts über Jaron zu sagen.

»Das war vorher, Falk. *Bevor* du mich angesprochen hast. Und ich habe ihn nicht mal wiedererkannt, jedenfalls nicht gleich.«

»Und die anderen Jungs? Was waren das für Typen?« Falk spricht leise, doch Luna spürt genau den forschenden Unterton darin, jetzt ist es an ihr, auf jedes Wort zu achten, um die Stimmung zwischen ihnen nicht zu zerstören, seine Eifersucht nicht noch weiter zu entfachen. Sie hebt die Schultern.

»Du wirst doch mal neben einem von ihnen gesessen haben«, beharrt Falk.

»Die meiste Zeit habe ich mich an Sarah gehalten«, berichtet sie. »Und habe versucht, mit Judith und den anderen Mädchen ins Gespräch zu kommen. Die Jungs haben zu viel getrunken und die meiste Zeit herumgealbert. Auf mich machten sie keinen sehr reifen Eindruck.«

»Ah ja.« Falk klingt so, als ob er ihr kein Wort glaubt, wartet ab, reibt mit der Hand an seinem Kinn, wippt mit dem Fuß.

»Das mag ich ja an dir so sehr«, fährt Luna fort. »Deine Überlegenheit, die Ruhe, die du ausstrahlst. Dass du anders bist als die anderen.«

»Schön«, gibt er knapp zurück. »Und wann unternehmt ihr wieder etwas zusammen?«

»Keine Ahnung. Am liebsten verbringe ich meine Zeit mit dir.«

Falk schlägt mit der flachen Hand auf die Armlehne des Sofas.

»Lüg nicht«, stößt er hervor. »Wenn das stimmen würde, hättest du auch den gestrigen Abend mit mir verbracht, stattdessen hast du dich auf der Straße und in billigen Kaschemmen herumgetrieben wie jedes gewöhnliche Mädchen. Noch dazu aufgebrezelt und aufgedonnert, als wolltest du halb Berlin aufreißen.« Er verzieht das Gesicht, als wollte er jeden Moment vor Luna ausspucken, dreht sie an den Schultern zu sich herum und zwingt sie, ihn anzusehen. »Für wen hast du dich geschminkt, wenn ich nicht dabei war?«

Luna erstarrt; bleib ruhig, versucht sie, sich einzureden, du kennst ihn mittlerweile, wenn er erst weiß, dass er dir wirklich vertrauen kann, wird alles besser, er muss dann nicht mehr alles hinterfragen, kann sein Misstrauen ablegen.

»Du hast mich doch später gesehen«, erinnert sie ihn deshalb. »Ich war nur ganz dezent geschminkt, anders fühle ich mich nicht wohl. Ich dachte, du kommst vielleicht nach, ich wollte hübsch aussehen für dich.«

»Unsinn. Gib zu, du hast das für andere getan. Aber das hört jetzt auf«, bestimmt Falk. »Sowie du ohne mich das Haus verlässt, bleibst du ungeschminkt.«

Luna schweigt.

»Wie haben die Jungs darauf reagiert?«, bohrt er weiter. »Hat dich jemand angebaggert, so wie du es beabsichtigt hast?«

»Ich wollte mich nicht anbaggern lassen. Und ich habe dir doch erzählt, wie sich Parviz und Ole verhalten haben. Ohne mein Make-up oder auch mit mehr Schminke wäre das nicht anders gewesen. Ich habe nichts damit beabsichtigt.«

»Da war noch jemand Drittes, versuch nicht, dich herauszureden. Und ihr habt die Lokale nicht exklusiv für euch gemietet.«

»Falk, das ist lächerlich. Es hat doch nicht jeder Mann in den Kneipen ausschließlich mich angestarrt.«

»Was hattest du an?«

»Das weißt du doch. Jeans und einen warmen Pullover.«

»In einer Cocktailbar?«

»Draußen war es kalt.« Luna nimmt sich zusammen, beschwört sich selber, nur kein falsches Wort zu sagen. Unter den Zeitungen vibriert ihr Handy, sie sieht es genau, es bewegt sich und schnarrt auf der Holzplatte. Wenn man abgelenkt ist, hört man es nicht.

»Ich fange jetzt an zu kochen«, verkündet sie und steht

auf, wartet darauf, dass auch Falk sich erhebt, seine Gedanken in eine andere Richtung lenkt, nach dem Tag im Labor muss auch er Hunger haben. »Es dauert nicht lange. Garnelen mit Rucola sind schnell gar, die Nudeln sowieso. Lass uns nicht streiten, Falk.« Sie umarmt ihn erneut, vergräbt ihre Nase in seiner Halsbeuge, er riecht so gut, sein Parfum entfacht ihre Sehnsucht nach ihm wieder neu, doch als sie merkt, dass seine Arme schlaff an seinem Körper hängen, weicht auch sie entmutigt zurück. Warum bewacht Falk sie nur so, warum nur wagt sie es nicht, sich ihr Telefon zu nehmen, es gehört doch ihr, er hat kein Recht darauf, und doch weiß sie, was auf sie zukommt, wenn sie jetzt einfach danach greift. Sie versucht es noch einmal.

»Wir essen zusammen, und dann machen wir es uns gemütlich, ich habe mich so auf dich gefreut. Hast du Chilischoten im Haus? Damit bekommt das Gericht eine schöne exotische Schärfe, genau das Richtige für uns.« Sie will ihn küssen, doch er stemmt seine Arme gegen ihre Schultern, verhindert, dass sie sich an ihn schmiegen kann.

»Dein Telefon hat vibriert«, sagt er. »Willst du nicht nachsehen, von wem da was gekommen ist?«

Luna schüttelt den Kopf. Also hat er es doch gemerkt. »Das hat Zeit bis später«, bekräftigt sie. »Jetzt ist erst mal Genuss angesagt. Also – hast du Chilischoten? Oder Zitronengras?«

Ohne zu antworten, schiebt Falk den Papierstapel beiseite, nimmt Lunas Handy und schiebt es auf.

»Willst du es wirklich nicht wissen?«, fragt er.

»Ich sehe nachher nach«, wiederholt sie und ist schon auf dem Weg in die Küche, hört von hinten, dass Falk ihr nachkommt. Ein wenig kennt sich Luna hier schon aus, sie findet den Schubkasten mit der Pfanne, einen Topf für die Nudeln, nimmt ein Schneidebrett vom Haken, zieht ein Messer aus dem hölzernen Block. Sie spürt Falks Körper dicht hinter sich, die ganze Zeit; jeden ihrer Schritte in der Küche geht er nach, erst als sie im Kühlschrank die richtigen Kräuter gefunden hat, diese auf dem Brett auslegt und sie zu hacken beginnt, lehnt er sich gegen das Fensterbrett und drückt weiter auf der Tastatur ihres Handys herum.

»Du scheinst zu glauben, du könntest warten, bis du allein bist, damit du ohne mich deine Nachrichten lesen kannst«, sagt er. »Aber ich werde dir zeigen, was alles eingegangen ist«, verkündet er. »Nicht nur gestern Abend – nein, heute ging es weiter, den ganzen Vormittag lang in großem Stil. Eine Kurznachricht nach der anderen. Willst du sie hören?«

Nicht Jaron, fleht Luna innerlich, bitte nicht er, ich hab ihm zwar gestern meine Nummer gegeben, aber er muss doch wissen, dass Falk möglicherweise noch immer Lunas Handy hat. Falk räuspert sich.

»*Hey, Luna, bist du noch da?*«, liest er vor. »*Warte hier mit einem heißen Cappuccino auf dich, der wird dir guttun. J.*« Er blickt sie kalt an, dann tritt er auf Luna zu und packt sie an den Oberarmen, ihr fällt das Messer aus der Hand und landet auf ihrem Fuß, dunkelrotes Blut quillt aus dem Spann, es tut nicht sehr weh, nur der Schreck lässt sie leise aufschreien. Sie hebt das Messer auf, um es auf die Arbeitsplatte zu legen, ihre blickdichte Strumpfhose ist am rechten Fuß durchgeblutet, sie braucht ein Pflaster. Falk gibt sich ungerührt, mit verzerrtem Gesicht starrt er sie an.

»Heißer Cappuccino«, wiederholt er. »Was war da noch alles heiß, hm? Sicher nicht nur der Kaffee. Du verrätst mir jetzt augenblicklich, wer J. ist.«

Luna starrt weiter auf ihre blutende Wunde, ihr Kopf

fühlt sich an wie aus Watte, gut, dass Jaron seinen Namen nicht ausgeschrieben hat, denkt sie; trotzdem, was sage ich jetzt, mir muss etwas einfallen. Etwas, das ihn beruhigt.

»Judith«, entfährt es ihr plötzlich, sie sieht ihm ins Gesicht und erzählt von dem Gedränge an der Bar im Hard-Rock-Café, nur mit Judith statt Jaron an ihrer Seite. »Habe ich dir doch erzählt, dass wir ein bisschen geredet haben. Hast du ein Pflaster im Haus?«

Falk überhört erneut, was sie sagt.

»Judith«, bemerkt er mit einem zynischen Unterton. »Dann hat sie wohl auch das hier geschrieben, gleich heute früh: *Mache mir Sorgen, weil du so plötzlich weg warst. Melde dich bitte oder sei um 12h in der Mensa, muss dir was sagen. J.*«

»Falk.« Luna strafft ihren Körper, obwohl sie spürt, dass sie zu zittern beginnt, das Blut pulsiert aus der Wunde, nicht mehr lange wird der Stoff ihrer Strumpfhose es aufsaugen können, ein wenig hat sie schon auf dem gefliesten Boden verschmiert. Zudem macht es ihr Angst, Angst auch vor Falk, vor diesem Auf und Ab der Gefühle, eben ist er noch so zärtlich gewesen, das kann doch nicht nur gespielt gewesen sein.

»Ich hatte mein Telefon nicht dabei, das hat sie nicht gewusst, deshalb hat sie so oft geschrieben. Hilfst du mir jetzt bitte?«

Falk nimmt sie beim Arm und führt sie ins Badezimmer, auf dem Wannenrand lässt sich Luna nieder, ihr ist schwindlig, seit Thores Tod passiert ihr das jedes Mal, wenn sie Blut sieht, aber sie will nicht vor Falk in Ohnmacht fallen, muss sich zusammenreißen, zu groß ist die Angst in ihr, er könnte sich in seinem Misstrauen bestätigt fühlen, wenn sie jetzt Schwäche zeigt. Wortlos nimmt Falk aus seinem Medizinschrank Mullverband, Schere und Pflaster, Luna schafft es irgendwie, die blutgetränkte

Strumpfhose abzustreifen und hinter sich in die Wanne zu werfen, verdeckt ihre Augen mit der Hand, während Falk sich an ihrem Fuß zu schaffen macht. Er geht geschickt und behutsam vor, handelt schnell, reinigt die Wunde, drückt blutstillende Watte darauf, tauscht sie zur richtigen Zeit gegen einen festen Mullverband aus, bindet den Fuß ein und fixiert alles mit Pflasterband. Das Badezimmerfenster ist gekippt, von draußen weht kalte Herbstluft herein, die bei Luna sofort eine Gänsehaut verursacht. Sobald das Schwindelgefühl verschwunden ist, steht sie auf, dreht am Waschbecken den Kaltwasserhahn auf und versucht, das Blut aus der Strumpfhose zu waschen. Ich muss Zeit gewinnen, überlegt sie; vielleicht verraucht Falks Wut wieder, vielleicht legt er mein Handy ab und ich kann es mir später nehmen, unauffällig, wer weiß, was Jaron noch alles geschrieben hat, es war nichts zwischen uns, absolut nichts, was über eine kleine unverfängliche Sympathie hinausgeht, die vielleicht zur Freundschaft werden könnte. Das sich mit Blut vermischende Wasser erinnert sie wieder an Thores Unfall, sie dreht den Wasserhahn weiter auf, mit kaltem Wasser löst sich frisches Blut schnell auf, bald darauf wringt sie die Strumpfhose aus und hängt sie über einen beheizten Handtuchhalter, den sie an der Wand entdeckt. Noch immer fällt zwischen ihr und Falk kein Wort. Luna weiß nicht, was sie tun soll, geht schließlich in die Küche zurück, um mit dem Kochen fortzufahren, sucht die Arbeitsplatte mit den Augen vergeblich nach ihrem Mobiltelefon ab. Ihre Hände zittern, als sie das Küchenmesser in die Hand nimmt, um Chilischoten und Zitronengras in dünne Streifen zu schneiden, die blutende Wunde hat sie in einen Schockzustand versetzt, Falk scheint es nicht zu merken oder aber er will es nicht bemerken.

Rasch spült sie es ab und widmet sich ihrer Arbeit, konzentriert und ohne Falk anzusehen.

»Willst du mehr hören?«, bohrt er erneut nach. »*Luna, bitte melde dich, du fehlst mir, J.*«

Luna antwortet nicht, sucht in den Schubkästen nach Topf und Pfanne, findet dabei auch das Speiseöl zum Anbraten der frischen Zutaten. Er hat alles gelesen, denkt sie; es ist ganz egal, ob ich mein Telefon zurückbekomme oder nicht, Falk hat es gefilzt, nicht eine Nachricht und kein einziges Foto wird mehr darin gespeichert sein, das er nicht ganz genau kennt. Aber Jaron, er darf nichts von Jaron erfahren, Falk würde rasen vor Wut, wenn er von ihm wüsste, es genügt, dass er ein Mann ist. Sie muss Jaron schützen, und dazu muss sie ihm schreiben, dass er sich still verhalten, ihr keine SMS mehr schicken soll.

»*Du schweigst … hoffentlich ist nichts passiert. Bin jetzt zu Hause und muss immer an dich denken. Bis morgen? J.* –

Da läuft doch was, Luna. Mach mir nichts vor.«

»Ich mache dir nichts vor. Die Nachrichten sind von Judith.« Sie stellt den Herd an und gibt die frischen Gewürze in die Pfanne, nicht, Jaron, fleht sie innerlich; bitte nicht noch mehr, bring uns nicht in Gefahr.

»Es sind noch mehr Nachrichten drauf«, beharrt er. »Mit Jungs als Absender, Nachrichten älteren Datums.«

»Das sind frühere Klassenkameraden, zu denen ich hier keinen Kontakt mehr habe. Also niemand von Bedeutung.«

»Dann möchte ich, dass du ihre Telefonnummern aus deiner Kontaktliste löschst.«

»Und wenn ich mal wieder in Remscheid bin und mit jemandem einfach mal eine Cola trinken will? Um mehr geht es doch gar nicht, Falk. Das sind einfach nur Kumpels aus meiner Vergangenheit.«

»Vergangenheit. Wozu brauchst du sie dann noch?«

»Ich brauche sie nicht.«

»Dann lösche sie.«

»Falk, das ist albern.«

»Du willst sie also behalten. Wahrscheinlich, damit du noch oft Nachrichten bekommst wie diese hier: *Danke für alles, es ist noch mal gut gegangen. Lieb dich, Till.*«

»Ach, der Till.« Luna lächelt in sich hinein. »Dem hab ich eine Zeit lang in Englisch geholfen, sonst hätte er sein Abi nicht geschafft. Er war mir wirklich dankbar, seine Freundin übrigens auch.«

»Und deshalb schreibt er *Lieb dich*.«

»Das ist nur eine Redensart, damit ist mehr Sympathie gemeint.«

»Lösche ihn.«

Luna verdreht die Augen und lässt sich das Handy geben, blättert ihr Adressbuch durch, löscht die Nummer von Till aus Remscheid, mit dem sie außer dem Nachhilfeunterricht wirklich nicht viel gemeinsam hatte. Seine Freundin Nele hatte im Deutsch-Leistungskurs neben ihr gesessen.

Falk nimmt ihr das Handy wieder ab, überprüft, ob sie Till wirklich gelöscht hat, drückt die Taste mit dem roten Hörer, verzichtet darauf, weitere Nachrichten vorzulesen. Dann gibt er es Luna zurück. »Du musst mir nichts gestehen, Luna, denn ich weiß, was du machst. Ich sehe dich. Immer.«

Etwas in Luna krampft sich zusammen. In der Pfanne zischt und brodelt das Öl. Mit zitternden Händen wirft sie die Garnelen aus der geöffneten Packung, greift nach einem bereitliegenden Holzlöffel, ohne ihr Telefon aus der Hand zu legen.

»Aperitif?«, fragt Falk, nun wieder in zufriedenem, freundlichem Ton. Luna nickt, er verschwindet im Wohnzimmer, um nach den richtigen Gläsern zu suchen, hat die Stereoanlage eingeschaltet, etwas lauter, als es angenehm für sie ist. In ihrer Hand vibriert lautlos ihr Handy. Jaron hat geschrieben.

8.

Beim Essen weint Luna, die ganze Zeit, lautlos, wortlos, unfähig, ihre Tränen zu stoppen. Sie hat nichts getan, was Falks Ausbruch gerechtfertigt hätte, und weiß nicht, wie sie es ihm erklären soll. Jaron ist nur ein Kommilitone, der sie unverbindlich zur Kneipenrallye eingeladen hat, rein freundschaftlich, und er hat am Abend zuvor nicht einmal diese Anziehung in ihr ausgelöst, wie sie sie selbst jetzt Falk gegenüber empfindet, selbst jetzt noch, wo er sie so mit seinem Misstrauen verletzt hat. Sie ist ihm doch treu gewesen! Falk weiß nicht einmal, dass es Jaron gibt, es gibt ihn nicht so, wie er es glauben würde, wenn er von ihm wüsste. Er sitzt ihr gegenüber und trinkt mehr, als er isst, sein Blick beginnt aufzuweichen. Luna isst, den Kopf tief gesenkt, die vielen Schluchzer schütteln sie beim Kauen und die Tränen laufen unablässig über ihr Gesicht, sie kann sie nicht stoppen. Ohne Falk anzusehen, führt sie ihre Gabel zum Mund, wieder und wieder, isst hastig und fast ohne zu kauen und etwas zu schmecken, ohne aufzuschauen, sieht nur seine Hände mit den langen, gepflegten Fingern, in die sie sich so verliebt hat, sieht ihn bedächtig eine Garnele aufspießen, etwas Rucola dazu, mit seinem Messer streicht er etwas Sauce darauf. Bis er diesen Vorgang wiederholt, hat Luna schon drei Gabeln voll zu sich genommen, lange vor ihm wird sie fertig sein, weiß nicht, was sie dann tun soll, sie kann ihn nicht ansehen, nicht so. Luna fühlt sich, als ob sie in einen Abgrund stürzt; das kann doch nicht die Liebe sein, denkt sie, er weiß, wie unerfahren ich bin, dass ich vor ihm keinen Freund hatte, niemanden, mit dem mich eine tiefe Liebe verbunden hätte. Beide waren sie doch wie im Rausch nach ihrem ersten gemeinsamen Abend, der ersten zusammen verbrachten Nacht, es war doch so schön, so unglaublich, es kann doch noch nicht vorbei sein, sie sind sich so sicher gewesen, dass ihre Begegnung schicksalhaft ist, dass nichts und niemand sie wieder trennen kann. Vielleicht hätte sie bei ihm bleiben sollen, gestern Abend, um ihm zu beweisen, wie ernst sie es mit ihm meint. Vielleicht ist es nicht normal, bereits nach wenigen Wochen mit anderen auszugehen, ich hätte das nicht tun dürfen, fleht sie ihm stumm entgegen, noch immer ohne ihm in die Augen zu sehen; noch dazu, wo ich weiß, dass es dich verletzt und verunsichert.

Ihren letzten Bissen spült Luna mit einem großen Schluck Weißwein nach; danach ist ihr Glas beinahe leer, sie überlegt, ob sie aufstehen und gehen soll, wo Falk sie doch nicht mehr will, wo er doch so sehr an ihrer Liebe zweifelt. Alles in ihr wehrt sich dagegen, aber so geht es nicht weiter, so ist sie ihm sicher nur lästig. Vor ihr hatte er bestimmt andere Freundinnen, elegante junge Frauen mit gesellschaftlichem Schliff, die es zu schätzen wussten, ihn an der Seite zu haben und nie auf die Idee gekommen wären, einen Kneipenabend unter Studenten seiner Gesellschaft vorzuziehen. Dann gehe ich eben, durchfährt es sie; ich bin nicht imstande, auf die Menschen zu achten, die ich liebe; auf Thore nicht, und auch nicht auf Falk, kein Wunder, dass sie mich beide verlassen, wenn auch jeder auf eine andere Art. Mit der rechten Hand dreht Luna ihr Glas auf der Tischplatte hin und her, in der Linken hält sie noch immer ihre Gabel, die zerknüllte Serviette droht ihr vom Schoß zu fallen, sie hat sie als

Taschentuchersatz benutzt, ein paar mal vergeblich versucht, ihre Augen zu trocknen. Ihre Nase ist vollkommen verstopft, sie will aufstehen und ins Bad gehen, um sich zu schnäuzen und ihr Gesicht zu waschen. Doch dann ist es Falk, der sein Besteck auf den Tellerrand legt. Behutsam langt er über den Tisch und greift nach ihrer Hand.

»Luna«, sagt er. Seine Stimme wie Samt, die Haut seiner Hände warm und glatt, langsam und zärtlich streicht er mit dem Daumen über die weiche Stelle zwischen ihrem Daumen und Zeigefinger. »Nimm es dir nicht so zu Herzen, Luna. Es tut mir leid, wenn ich mich vorhin etwas zu hart ausgedrückt habe. Hör doch bitte auf zu weinen.«

Luna krallt ihre Finger um seine.

»Ich kann nicht«, stößt sie hervor. »Mir tut es auch leid, Falk. Ich mache das nicht mehr, wirklich nicht. Ich muss mich nicht abends mit den Kommilitonen treffen, wenn du das nicht willst. Ich könnte ...«

»Schon gut.« Falk steht auf, geht um den Tisch herum und stellt sich neben Lunas Stuhl, drückt ihren Kopf an seinen muskulösen Bauch, streichelt ihr Haar. Luna schließt die Augen, es tut so gut, so gut, endlich ist sie wieder geborgen bei ihm, alles war nur ein Missverständnis, das kann vorkommen, wenn man sich noch nicht lange kennt. Für alle Zeiten möchte sie so sitzen bleiben, seinem Herzschlag lauschend, und sich unter seinen zärtlichen Händen beruhigen, allmählich ebbt ihr Schluchzen ab, mit jedem Streicheln wird es weniger, nur die Tränen laufen noch, jetzt lässt sie es zu, denn auch das wird gleich vorbei sein, sie weint jetzt nur noch aus Erleichterung. Sie und Falk haben sich wieder. Endlich.

Als Luna sich ganz beruhigt hat, breitet sich eine grenzenlose Müdigkeit in ihr aus. Ihr Gesicht fühlt sich geschwollen an wie das eines gerade entbundenen Babys, ihre Augen brennen vom Weinen so stark, dass sie Mühe hat, sie wieder zu öffnen.

Irgendwann rappelt sie sich hoch, bestimmt will Falk nicht ewig so stehen bleiben. Sie strauchelt leicht, er fängt sie auf, hält sie mit beiden Armen umschlungen, Luna spürt seinen Atem an ihrem Ohr, ihrem Hals.

»Es ist wieder gut«, raunt er, »alles ist wieder gut, Luna. Dein Weinen hat mir gezeigt, dass ich dir etwas bedeute. Wenn ich so außer mir bin, dann doch nur aus Angst, dich zu verlieren.«

»Die hab ich doch auch«, flüstert sie in seinen Sweater, der bestimmt nass ist von ihren Tränen, er fühlt sich so weich an, so vertraut, auch Thore hatte solche lässigen, gemütlichen Baumwollpullover. Falk küsst sie, dann geht er leicht in die Knie und hebt Luna auf seine Arme, trägt sie ins Schlafzimmer, wo er sie sachte wie ein schlafendes Kind auf seinem breiten Bett ablegt. Zuerst deckt er sie zu bis ans Kinn, leise lacht sie auf, amüsiert über seine Fürsorglichkeit, der Schmerz ist vorbei, seine weiße Bettdecke duftet noch nach Waschmittel, vielleicht hat er sie extra für sie frisch bezogen. Falk legt sich neben sie und stützt seinen Kopf auf die Hand, um sie anzusehen, in seinem Blick ist jetzt nichts Misstrauisches mehr, ernst und entschlossen sieht er in ihre Augen und beginnt sie zu streicheln, mit sanftem Druck fährt seine Handfläche über ihren Körper, dringt seine Zunge in ihren Mund. Dann fängt er an, Lunas Körper in Besitz zu nehmen, jede Berührung, jede Bewegung lässt keinen Zweifel daran, dass er derjenige ist, der bestimmt, was geschieht. Wann immer Luna ihm zeigen will, was ihr gefällt oder was ihr Unbehagen bereitet, umfasst er ihre Handgelenke und macht weiter, weiter, nur er ist hier der Aktive, er allein, bis er schließlich erschöpft zusammensackt und sie das volle Gewicht seinen Körpers auf ihrem fühlt. Sie wagt nicht, ihn von sich zu schieben, wagt nicht, sich überhaupt zu regen. Sie harrt aus und starrt an die Zimmerdecke, bis er schließlich, bereits halb eingeschlafen, auf die Seite rollt. Luna liegt wach, bis sie von der fernen Hauptverkehrsstraße her die ersten Lastwagen und Autos hört.

✳

An den folgenden Tagen versucht Luna, sich weiter in der Uni einzuleben, und konzentriert sich aufs Lernen. Sorgsam achtet sie darauf, in den Hörsälen immer einen Platz neben einem Mädchen zu ergattern, spricht auch nur Mädchen an, wenn sie eine Frage hat, meist jedoch sitzt sie mit nach vorn zum Dozenten gerichtetem Blick in ihrer Sitzbank, einen Ringbuchblock auf den Knien, und schreibt mit, was vorn erzählt wird oder was der Beamer an die Leinwand projiziert. Am Morgen nach dem Streit mit Falk hat sie sowohl Jaron als auch Sarah eine SMS geschickt, es gehe ihr gut, sie sei aber im Stress und wolle sich erst mal in Ruhe ans Unileben gewöhnen. Seither hat sie von beiden nichts mehr gehört, hat selbst die Plätze gemieden, an denen sie Sarah oder Jaron vermutete: die Cafeteria, die Mensa, das Foyer. Auch anderen Kommilitonen gegenüber verhält sie sich zurückhaltend, wechselt nur belanglose Halbsätze mit Luise, Hanna, Merete und Clara, steht nach den Vorlesungen immer schnell auf und verlässt den Raum, um irgendwo allein ihre mitgebrachten Brote zu essen und mit Falk zu telefonieren. In jeder Pause ruft er sie an, Luna hat es aufgegeben, sich zu fragen, woher er stets genau weiß, wann sie Vorlesungen besucht und wann nicht. Er weiß es immer, nicht nur, weil er das Semesterverzeichnis gründlicher studiert hat als sie. Er ruft sie auch an, wenn eine Vorlesung ausfällt und sie dies erst am selben Vormittag erfahren hat. Meldet er sich nicht, wählt sie seine Nummer und erstattet Bericht darüber, was sie getan hat und mit wem sie zusammen war. Ob es wirklich stimmt, dass er über alles, was sie tut, informiert ist, weiß Luna nicht. Doch allein seine Behauptung, es wäre so, genügt, dass sie sich rund um die Uhr beobachtet fühlt.

Nach einiger Zeit beginnt sie, den Kontakt zu den vier Mädchen aus dem ersten Semester zu intensivieren. Mit ihnen vergleicht sie ihre Notizen, ergänzt, was noch fehlt, sie helfen sich gegenseitig, Literatur für die ersten Hausarbeiten zu sichten. Falk gegenüber hat sie diese Freundschaften als bereichernder beschrieben, als sie sie wirklich empfindet, sie verrät ihm nicht, dass sie nicht warm wird mit ihnen, dass sie das Gefühl hat, zwischen ihr und den anderen stünde eine unsichtbare Mauer, weil sie einander nur wenig Persönliches erzählen, selten lachen, es geht immer nur um den Lernstoff. Aber zu ihnen lässt Falk sie gehen, die Bekanntschaft mit dem »Streberkleeblatt«, wie Luna die vier insgeheim nennt, verschafft ihr die Möglichkeit, ab und zu nachmittags unterwegs zu sein, in Buchhandlungen, Bibliotheken, Cafés, Pizzerien. Sofern Luna glaubhaft versichern kann, sie sei mit den vier Kommilitoninnen in der Stadt, bricht Falk zumindest keinen Streit vom Zaun. Sarah und Jaron meidet sie, obwohl sie sich nach ihnen sehnt, nach der Leichtigkeit, die sie gespürt hat, als sie während der Kneipentour an Jarons Seite gewesen ist. Einige Male hat sie Jaron von Weitem gesehen, er hat ihr zugewunken, doch sobald er einige Schritte auf sie zugegangen ist, hat sie sich umgedreht und eine andere Richtung eingeschlagen, sich im Gewühl zwischen anderen Studenten versteckt, so getan, als hätte sie ihn nicht bemerkt. Seit mehr als einem Monat hat sie weder mit ihm noch mit Sarah geredet, und je mehr Zeit verstreicht, desto weniger wagt sie, noch auf einen von ihnen zuzugehen. Beide haben sie vom ersten Tag an in ihren Kreis aufgenommen und ihr den Start in der neuen Stadt und in der Uni erleichtert – und nun lässt sie sie hängen. Bestimmt haben sie es längst aufgegeben, noch mit Luna zu rechnen.

Wenn sie nicht mit ihren Kommilitoninnen lernt, vertieft sich Luna zu Hause in ihre Bücher und Notizen, liest und schreibt, recherchiert im Internet über die Themen, die in den Vorlesungen behandelt werden. Wartet auf den Abend, wartet darauf, dass Falk Feierabend hat. Termine mit Kaufinteressenten seiner Immobilienfirma können zu jeder Zeit stattfinden. Zwischendurch ruft er sie an, manchmal kommt er auf einen Sprung vorbei, auf einen Kaffee, eine schnelle Mahlzeit, die Luna mit ihren wenigen Mitteln, so gut sie kann, für sie beide zaubert: Omelette mit Tomaten; Sandwichs; Broccolicremesuppe, Süßspeisen. Das sind die Stunden, in denen Falk wieder der ist, in den sie sich verliebt hat, mit seiner Freude, sie zu sehen, seinem Lob für ihre geschickt zubereiteten Snacks, dem von ihm abfallenden Stress, sobald er ihre Wohnung betritt. Während dieser Stunden bemüht auch Luna sich, ihm alles recht zu machen, Falk keinen Grund für Misstrauen zu geben, ganz für ihn da zu sein. Versucht zu entspannen, sie und Falk kennen sich noch nicht gut, Liebe braucht Zeit, um zu wachsen.

Luna versucht zu verdrängen, dass sie jedes Mal durchatmet, wenn Falk wieder gegangen ist. Dass sich ihr Herzschlag verlangsamt und ihre Schultern weicher werden, sobald seine Schritte vor dem Haus verklungen sind. Dass sie ihre eleganteren Kleidungsstücke gegen den lässigen Freizeitlook eintauscht, in dem sie ihm garantiert nicht gefallen würde, ihre Pumps in die Ecke schleudert, in denen er sie sehen will, auch wenn sie nur zu Hause sind. Manchmal reißt sie sogar ihre Fenster auf und füllt ihre Lungen mit frischer, klarer Luft wie ein Asthmapatient nach einem Anfall, anschließend wirft sie sich meist auf ihr Sofa, langt auf den Tisch daneben und nimmt eine Zeitschrift auf oder einen Roman, Zeit für sich haben, sie selbst sein, keine Erwartungen erfüllen müssen.

✷

An einem Spätnachmittag Ende November, den sie ebenfalls auf diese Art verbringen will, bis Falk zurückkehren wird, klingelt es unerwartet an der Haustür. Luna erstarrt, Falk ist doch gerade erst gegangen, denkt sie; wenn er jetzt schon hier ist, ohne dass sie sich erneut auf ihn vorbereiten konnte, wird er Vorwürfe erheben, sie würde sich gehen lassen, hätte sich wohl hinter seinem Rücken mit jemandem getroffen, der auf schlampige Outfits steht. Hastig zieht sie ihr hellgraues Sweatshirt aus, unter dem sie immerhin ein modisches, figurbetonendes Shirt trägt, fährt sich mit dem Finger durch die Haare und geht, um zu öffnen.

»Jaron«, stößt sie hervor, als sie sieht, wer vor der Tür steht, beinahe schießen ihr Tränen in die Augen, so sehr freut sie sich, ihn zu sehen. Erst jetzt spürt sie mit voller Wucht, wie sehr sie ihn vermisst hat. Jaron lächelt, als er Luna sieht, sie spürt seine Verlegenheit, mit der rechten Schuhspitze scharrt er auf dem Straßenpflaster, die Hände hat er in die Taschen seiner warm gefütterten, abgeschabten Lederjacke geschoben. Seine Rechte nimmt er jetzt heraus, reicht sie Luna beinahe förmlich.

»Hallo«, sagt er und errötet leicht. »Ich wollte mal nach dir schauen. An der Uni laufen wir uns ja kaum noch über den Weg.«

Luna nickt, doch ihre Augen wandern ruhelos umher, natürlich ist es noch zu früh für Falk, der zu einem Loft in einem anderen Stadtteil unterwegs ist. Aber die Angst, gesehen zu werden, ist immer da.

»Woher hast du gewusst, wo ich wohne?«, fragt sie mit gedämpfter Stimme, ein leichter Sprühregen hat eingesetzt und lässt sie in ihrem T-Shirt frösteln. Auch Jaron schlägt den Kragen seiner Jacke höher und verbirgt das Kinn in seinem dicken, grob gestrickten Schal.

»Von Sarah«, antwortet er. »Sie hat dich doch schon mal hier abgeholt und hat mir deine Adresse aufgeschrieben.«

Luna nickt, erneut blickt sie sich um, unruhig, gehetzt. Jaron tritt von einem Bein aufs andere. Zögernd tritt sie einen Schritt zur Seite, damit er in den Hausflur kommen kann. Hier kann uns keiner sehen, fährt es ihr durch den Kopf; aber wenn Falk doch noch auftaucht, wird es schwierig. Sehr schwierig.

Das Licht im Treppenhaus erlischt, sie stehen fast im völligen Dunkel, an das Lunas Augen sich nur langsam gewöhnen.

»Ich würde dich gerne ganz reinlassen«, entschuldigt sie sich im Flüsterton. »Aber bei mir sieht es chaotisch aus, außerdem muss ich gleich weg. Es tut mir leid.«

»Schon okay.« Jaron nickt. »Wir können ja auch hier quatschen.«

Ein paar Sekunden lang schweigen sie, um sie herum ist alles still, Luna spürt, dass Jaron darauf wartet, dass sie etwas erklärt, ihm sagt, weshalb sie ihn und Sarah gemieden hat. Sie ringt nach Worten, versucht, sich einen Satz zurechtzulegen, findet keinen Anfang. Kann nicht von Falk erzählen, von seinen Unterstellungen, seinem Misstrauen, den Regeln, die er ihrer Beziehung aufdrückt, der ständigen Rechenschaft, die er von Luna einfordert. Jaron ist so anders, sie spürt, dass er nie so mit einem Mädchen umgehen würde. Wahrscheinlich könnte er nicht einmal verstehen, warum Luna das mit sich machen lässt.

»Ich hatte viel zu tun«, beginnt sie schließlich. »Die ersten Scheine, überhaupt der ganze Betrieb in der Uni, und in meiner Wohnung ist auch noch nicht alles fertig. Außerdem habe ich mich erst mal mehr an die Leute aus dem ersten Semester gehalten, damit ich mich in den Vorlesungen nicht so alleine fühle. Wir mussten uns schon nach einer Schule umsehen, die uns für das erste Hospitationspraktium nimmt, das hat auch gedauert, ich kenne mich ja in Berlin noch nicht aus, und wo hier Schulen sind, weiß ich erst recht nicht. Ich hoffe, du bist nicht sauer deswegen.«

»Quatsch.« Jaron schüttelt den Kopf. »Sauer nicht, ich hab mich nur gewundert. Bei der Kneipenrallye hatten wir ja einen coolen Abend zusammen.«

»Auf jeden Fall«, versichert Luna. »Hat mir auch Spaß gemacht.«

»Dann kann man das ja vielleicht mal wiederholen. Solche Touren machen wir öfter. Johannes will nächstes Mal auch unbedingt mitkommen, und noch ein paar Leute, die auch auf seiner Fete waren. Und Katharina, Judith, Sarah und die Jungs sowieso. Die lassen nichts aus. Schade, dass Falk da nicht so drauf steht.«

»Katharina«, wiederholt Luna gedehnt. »Ich glaube, die mag mich nicht sonderlich. Aber du kannst mir trotzdem Bescheid sagen, wenn wieder was geplant ist. Ich werde sehen, was sich machen lässt.«

»Hast du denn eine Schule für dein Praktikum gefunden? Sonst könnte ich mal in meiner alten Schule fragen. Meine frühere Klassenlehrerin ist bestimmt noch da, ich kann gerne ein gutes Wort für dich einlegen.«

»Das wäre super. Meinst du, sie kennt dich noch?«

»Wir hatten sie drei Jahre lang. An ein paar meiner Schandtaten wird sie sich bestimmt noch erinnern.«

»Dann komme ich gerne darauf zurück«, sagt Luna und

lacht leise. »Wenn sie meine Mentorin wird, kann ich sie ausfragen, was du so angestellt hast.«

»Wehe!« Auch Jaron lacht jetzt und versucht, Luna in der Taille zu kitzeln, sie jedoch weicht rechtzeitig aus und hechtet ein paar Treppenstufen hoch, er holt sie schnell ein und packt sie am Handgelenk, viel zu dicht stehen sie einander gegenüber, beide atmen so heftig, als wären sie ein längeres Stück gerannt, Lunas Herz schlägt heftig gegen ihre Brust, bis in die Halsschlagader fühlt sie ihren Puls. Sie erkennt gerade mal Jarons Umrisse, das Weiße in seinen Augen, spürt seinen Atem und den Duft, der seiner nassen Lederjacke entströmt, ganz anders als Falks elegantes, sportliches Herrenparfum. Jaron riecht nach sich selbst. Ganz leicht legt er seine Hand auf ihren Unterarm.

»Ich geh dann mal jetzt«, sagt er leise. »Bei dir ist also alles im Lot?«

»Alles im Lot«, versichert Luna lächelnd und hebt drei Finger zum Schwur. »Bei dir auch?«

Jaron überhört ihre Frage.

»Auch mit Falk – alles im grünen Bereich?«, erkundigt er sich.

Luna legt die Stirn in Falten. »Warum fragst du?«

»Entschuldige.« Er winkt ab und geht bereits ein paar Schritte in Richtung Haustür. »Das geht mich nichts an, ich weiß. Vergiss es einfach, Luna, es war nicht so gemeint.«

»Schon gut«, beschwichtigt sie ihn. »Falk und ich mussten uns ziemlich zusammenraufen, wir haben ja einen völlig unterschiedlichen Hintergrund. Ich bin gerade erst mit der Schule fertig, er verdient mit seinen Häusern und Wohnungen schon richtig Kohle. Auf seine Welt musste ich mich erst mal einlassen. Aber ich glaube, jetzt sind wir über den Berg.«

Jaron nickt. »Du musst mir das nicht erzählen. Ich hätte nicht so bohren sollen.«

»Aber was ist mit dir?«, will Luna wissen. »Hast du eigentlich 'ne Freundin?«

Jaron schüttelt den Kopf. »Schon lange nicht mehr«, sagt er, sieht ihr in die Augen und grinst ein wenig schief, Luna bemerkt es selbst in der Dunkelheit.

Irgendwo in einer der oberen Etagen wird eine Tür geöffnet, gleich darauf geht das Licht an. Luna und Jaron blinzeln einander an, als hätte man sie aus einem Traum geweckt, der Zauber ist vorbei. Luna lauscht nach draußen, horcht angespannt auf jedes Geräusch, in der Helligkeit ist jeder Schritt, jedes Knarren viel schwieriger wahrzunehmen und zu deuten als in der Dunkelheit, die alle Sinne schärft.

Falk. Falk kann jeden Moment kommen, er hat einen Riecher dafür, was Luna macht. Er darf Jaron nicht erwischen, nicht hier. Auf keinen Fall. Das J. hieß noch nie *Judith*. Vielleicht ahnt Falk das sogar, weiß es längst. Beobachtet sie beide die ganze Zeit. *Ich sehe dich, was immer du tust.*

»Nett, dass du gekommen bist«, sagt Luna steif. »Wir sehen uns an der Uni.«

Jaron steigt die Treppe hinunter, es sind nur drei Stufen.

»Sag Bescheid, wenn du irgendwas brauchst«, gibt er zurück. »Und wegen der nächsten Kneipentour reden wir noch.«

Noch einmal hebt Jaron die Hand zum Gruß, dann ist er hinter der schweren Eingangstür in den Abend verschwunden. Luna kehrt in ihre Wohnung zurück, setzt sich aufs Sofa, reibt mit der Hand über ihre Stirn. Was war das denn, denkt sie; Jaron hier, bei mir im Haus, wie aus dem Nichts ist er aufgetaucht und es war schön. Wir waren uns nah wie Geschwister – nein, anders, nicht wie mit Thore. Anders. Jarons Lederjacke, sein Duft, die Berührung, als er sie gekitzelt hat, die prickelnde Spannung und das Herzklopfen danach. Er hat sich die Mühe gemacht, ihre Adresse herauszufinden, aber nicht, um ihr nachzuspionieren. Nicht, um Vorwürfe auf sie niederprasseln zu lassen wie schmerzende Hagelkörner. Jaron wollte sie sehen. Wollte wissen, wie es ihr geht und ob alles in Ordnung ist. Ob sie an der Uni klarkommt und ob sie glücklich ist mit Falk.

Bin ich nicht, denkt Luna. Bin ich nicht. Vielleicht werde ich es eines Tages sein, wenn ich mich anstrenge. Mit Jaron war es eben gar nicht anstrengend. In spätestens einer Stunde kommt Falk, und ich werde wieder in jeder Minute mein eigenes Verhalten überwachen, jedes Wort, das ich sage, jede Geste, die mir entfährt. Falk wird mich beobachten.

In ihrem Zimmer wirft sie sich wieder auf ihr Sofa. Aufs Lesen kann sie sich nicht mehr konzentrieren, nicht einmal auf die bunten Bilder in der neben ihr liegenden Zeitschrift. Jaron wollte mich sehen, denkt sie immer wieder und spürt dem leisen, leichten Glücksgefühl nach, das sich in ihr ausbreitet wie warmer Kakao nach einem langen Winterspaziergang. Er hat sich nach meiner Adresse erkundigt und ist extra gekommen. Er wollte mich sehen. Einfach nur mich.

9.

Falks glatt rasierte Wange an Lunas Gesicht. Sie lacht leise in sich hinein, denkt an Jaron, wie er sie kitzeln wollte, sieht ihn als Schüler vor sich, der seine Lehrer in den Wahnsinn treibt, eigentlich ist er nicht so, vielleicht hat er ein bisschen angegeben. Der Gedanke an ihn macht auch das Zusammensein mit Falk leichter, Luna hat gute Laune, vielleicht kann sie ihn damit anstecken. Falk nimmt vieles oft einfach zu ernst, zeigt so wenig Humor, vielleicht liegt das auch nur an diesem nasskalten Spätherbst, der bald in den Winter übergehen wird, viele Leute draußen verhalten sich mürrisch und unfreundlich, oft wegen Nichtigkeiten wie einem Einkaufswagen, der den Gang zwischen den Regalen im Supermarkt versperrt, oder einem schreienden Kleinkind. Luna selbst hat so lange nicht mehr gelacht, dass es ihr jetzt vorkommt, als hätte man sie aus einem zu engen, dunklen Zimmer befreit. Sie schafft es sogar zu denken: Jaron hätte Thore gefallen. Er hätte sich für mich gefreut, dass ich ihn kennengelernt habe. Wenn ich mit ihm lache, muss ich kein schlechtes Gewissen haben. Natürlich vermisse ich meinen Bruder trotzdem.

»Du strahlst heute so«, bemerkt Falk. An diesem Abend hat sie sich überreden lassen, ihn in einen Jazzkeller zu begleiten, obwohl sie die Musik nicht mag; Luna erkennt keine Melodien, keinen Rhythmus im Free Jazz, nach einer Weile bekommt sie Kopfschmerzen davon. Heute nicht. Am Nachmittag hat sie die Gliederung für eine Hausarbeit in Pädagogik geschafft und sogar die Einleitung und den ersten Unterpunkt entworfen. Morgen will sie versuchen, dem »Streberkleeblatt« etwas mehr zu entlocken als nur die neuesten Lerntipps und die aktualisierte Literaturliste zum Thema der nächsten Englischklausur. Wer von ihnen einen Freund hat, zum Beispiel. Wo sie einkaufen gehen, wenn sie etwas zum Anziehen brauchen. Vielleicht trifft sie Jaron in der Pause. Ein paar belanglose, heitere Worte sind nicht verboten.

»Möchtest du mir nichts dazu sagen?« Falks Stimme reißt sie aus ihren Gedanken, reflexartig strafft sie ihren Körper und schaltet das Lächeln aus, das eben noch ihre Lippen umspielt hat.

»Was – ach so, ich strahle? Ist mir nicht aufgefallen. Ich find's einfach schön hier mit dir, das ist alles.«

»Du hast aber nicht zu mir geschaut«, beharrt Falk. »Sondern regelrecht durch mich hindurch, Luna. Und jetzt erzählst du mir, an wen du dabei gedacht hast.«

Luna schweigt. Kommt sich vor, als sei ihr Kopf aus Glas und Falk könne durch ihre Schädeldecke bis in ihr Gehirn schauen, jede einzelne Windung erforschen, in ihr Innerstes vordringen. Sie hat an Jaron gedacht und dieser Gedanke hat ihre Augen zum Glänzen und ihren Mund zum Lächeln gebracht. Sie hat das nicht gewollt. Falk ist der Mann, mit dem sie zusammen ist, Jaron hat ihr nur ein Minimum an Lebensfreude zurückgebracht, ein harmloses Schweben, hat sie daran erinnert, dass sie jung und in Berlin ist und dass das Leben weitergeht. Dass Wunden nicht wirklich heilen können, aber dass selbst schlimmste Narben mit der Zeit ein wenig geschmeidiger werden, wenn man sie pflegt, Rücksicht auf sie nimmt, sobald sie wieder schmerzen, aber dass sie kein Grund sind, sich ihretwegen fortwährend einzuschränken.

»Antworte«, fordert Falk scharf.

»Ich habe an nichts Bestimmtes gedacht, an niemanden!«, ereifert sich Luna. »Vielleicht ist mir ein uralter Witz durch den Kopf gegangen, ich weiß es nicht einmal mehr, so unbedeutend war es. Die Saxophonistin da vorn auf der Bühne hat mich beeindruckt, sie scheint echt gut zu sein, so wie sie abgeht.«

»Sie spielt miserabel«, widerspricht Falk. »Absolut dilettantisch. Ich war schon drauf und dran zu gehen.«

»Okay, okay.« Luna hebt beide Hände. »Ich verstehe nichts vom Jazz. Meist spielen ja Männer Saxophon, ich finde es einfach gut, wenn auch mal eine Frau ...«

»Genug. Ich sehe dir doch an, dass du lügst. Ab jetzt schaust du entweder auf die Tischplatte vor dir oder zu mir. Ich dulde nicht, dass meine Freundin wild in der Gegend herumflirtet wie ein billiges Flittchen. Und sieh zu, dass du deinen Wein austrinkst. Mir ist die Freude an der Musik vergangen.«

Luna schluckt, aber sie weiß, es hat in solch einem Moment wenig Zweck, Falk zu widersprechen. Also gehorcht sie, setzt sich so gerade auf ihrem Stuhl zurecht, dass sie sich fühlt, als hätte man sie in ein Korsett gezwängt, legt eine Hand an ihr Weinglas, die andere auf die Tischplatte. Blickt auf die Tischdecke, dann zu Falk, wieder auf den Tisch. Wieder zu Falk, der sich nun zu entspannen scheint, sich auf seinem Stuhl zurücklehnt, erneut der Musik lauscht, Luna glaubt ihm nicht, dass ihm die Band nicht gefällt.

Als das letzte Stück verklungen ist, ertönt Musik vom Band. Luna wartet darauf, dass Falk sich erhebt und gehen will, wie er es angekündigt hat, doch nun bleibt er sitzen, nippt an seinem Glas, streichelt Lunas Hand, bestellt eine Käseplatte mit Oliven für sie beide. Beginnt zu plaudern, erzählt von Immobilienbesitzern mit horrenden Preisvorstellungen für regelrechte Bruchbuden, von Interessenten, die sich hochherrschaftlich aufführen, obwohl sie nur kleine Angestellte sind, beschreibt Häuser und malt Luna aus, wie es sein könnte, eines Tages zusammen in einer Villa mit Garten zu leben und Kinder zu haben. Erzählt von dem großen Geländewagen, den er sich dann kaufen will. Fragt nach, wie ihr Tag in der Uni war, Luna bemerkt, wie sehr er sich bemüht, seine Stimme auch bei dieser Frage entspannt klingen zu lassen.

»Ganz normal«, antwortet sie. »Ein paar Vorlesungen, Mittagessen in der Mensa – so langsam blicke ich durch, wie der Betrieb läuft.« Sie überlegt, was sie Falk noch erzählen kann, ihr will partout nichts Interessantes einfallen, sie lässt nun doch ihren Blick durch den Raum schweifen, glaubt, ein bekanntes Gesicht zu erblicken. »Guck mal«, sie deutet hinüber zur Bar auf einen jungen Mann, der mit einem Bierglas in der Hand davor steht und nur im Halbprofil zu sehen ist, »dort drüben, ist das nicht Johannes? Ruf ihn doch her, er kann mit an unserem Tisch sitzen!«

Falks Pupillen verengen sich.

»Das ist nicht Johannes«, sagt er knapp. »Er verabscheut Free Jazz. Warum hast du an die Bar geschaut?«

Luna starrt ihn an.

»Das war Zufall, weiter nichts«, versichert sie. »Auf der Bühne passiert ja gerade nichts, ist es nicht normal, sich dann ein wenig im Raum umzusehen? Das macht doch jeder, das kannst du mir nicht ernsthaft verbieten.«

»Du hast nach anderen Männern geschaut«, beharrt Falk. »Gib es ruhig zu, ich sehe es sowieso an deinen Augen.«

»Das ist absoluter Unsinn, Falk«, widerspricht Luna. »Die Männer in diesem Lokal interessieren mich nicht, aber ich kann doch nicht die ganze Zeit nur auf einen

Fleck starren. Vielleicht ist mein Blick zur Bar geschweift, weil ich kurz überlegt habe, ob ich noch etwas zu trinken haben möchte. Mein Glas ist fast leer.«

»Du hast nicht an die Bar zu gucken«, fährt er sie an. »Weder lechzt du an meiner Seite nach Alkohol noch nach anderen Kerlen. Und auch sonst schaust du nirgendwo hin. Deine Augen sind auf die Tischplatte oder auf mich gerichtet. Haben wir uns verstanden?«

»Falk, das ist albern, wo leben wir denn? Du kannst mir in einer ganz normalen Kneipe keine Scheuklappen aufsetzen wie einem Kutschpferd. Ich dachte, du freust dich, wenn ich deinen Cousin entdecke und er sich zu uns setzt.«

»Was willst du von ihm, he? Ihm schöne Augen machen? Du bist also an ihm interessiert?«

Luna hebt die Schultern. »Es hat keinen Zweck«, meint sie. »Du glaubst mir sowieso nicht.« Sie kann Falk nicht mehr ansehen, so tief verletzt sie sein Verhalten, sein Misstrauen, also versucht sie, so knapp an ihm vorbeizusehen, dass er es nicht bemerkt.

»Die Augen zu mir«, fordert er dennoch erneut. »Oder auf die Tischplatte. Alles andere existiert für dich nicht.«

Luna gibt auf. Sie senkt ihren Blick und gehorcht, nippt an ihrem Wein, beachtet niemanden mehr, aber auch Falk nicht. Das ist alles nicht wahr, denkt sie; Jaron, wenn du wüsstest, was sich hier abspielt und was ich mit mir machen lasse, würdest du mich nicht mehr für normal halten. Ich zweifle ja schon selbst an meiner Wahrnehmung. Aber du warst da, Jaron. Du warst da und hast mich gekitzelt und wir haben miteinander geredet und gelacht. Mein Kopf ist nicht aus Glas und Falk kann meine Gedanken nicht lesen, ich muss nur auf meine Mimik achten, die darf mich nicht verraten.

Luna hält sich fest an der Erinnerung an die wenigen

Minuten mit ihm, zieht sich darin zurück wie in einen schützenden Kokon; jetzt nur nicht die Nerven verlieren. Weitermachen. Irgendwann wird auch dieser Ausbruch Falks vorbei sein.

»So ist es gut«, bemerkt Falk nach einer Weile und lehnt sich zurück. »Jetzt kann der Abend doch noch schön werden. Du musst es nicht als Strafe empfinden, wenn ich so reagiere, Luna. Eines Tages wirst du es verstehen. Du bist der wichtigste Mensch in meinem Leben, mein Ein und Alles. Nur deshalb könnte ich es nicht ertragen, auch nur deinen Blick mit einem anderen zu teilen. Was möchtest du haben? Noch ein Glas toskanischen Pinot Grigio?«

Während Falk sich entspannt, verharrt Luna in ihrem Kokon, bis er den Aufbruch bestimmt. Nur zu gern wäre sie jetzt allein in ihrer Wohnung, doch Falk steuert die Straße an, in der sein Penthouse liegt.

»Ich möchte gleich schlafen«, sagt Luna. Der Abend hat sie mehr Kraft gekostet als der gesamte Tag, sie meint die Erschöpfung in jedem einzelnen Knochen zu spüren. Falk gibt sich aufgeräumt, schlägt ihr die Bettdecke zurück, geht in die Küche, um ihr ein Glas Wasser für die Nacht zu holen. Als er zurückkommt, ist Luna gerade dabei, ihre Bluse aufzuknöpfen, das Sleepshirt liegt schon auf ihrem Kopfkissen. Falk bleibt dicht vor ihr stehen, das Wasserglas noch in der Hand.

»Diese tiefen Ausschnitte hören auch auf«, bestimmt er, sagt es nicht in barschem Tonfall, sondern eher wie die Feststellung einer Tatsache, wie eine Nachricht. Freundlich, distanziert, mit einem Lächeln von oben nach unten. »Und du erzählst mir jetzt nicht, dass du das auch in der Uni anhattest.«

Luna schüttelt den Kopf, jetzt ist sie wieder hellwach. »Ich habe mich abends für dich umgezogen. Kurz bevor du mich abgeholt hast.«

»Was hattest du tagsüber an?«

»Eine andere Bluse. Mehr wie ein weites Hemd geschnitten. Darüber eine lange Strickjacke.«

»Wie tief war der Ausschnitt?«

»Ich habe nicht nachgemessen. Falk, ich bin wirklich müde. Und ich gehe nicht zur Universität, um weibliche Reize zur Schau zu stellen.«

»Danach habe ich nicht gefragt«, erwidert er, noch immer beherrscht, noch immer ruhig. »Ich weiß längst, dass du darunter nicht dasselbe verstehst wie ich. Bis wohin war dein Dekolleté zu sehen?«

Luna zeigt einen Bereich etwa eine Handbreit unter dem Kehlkopf.

»Das hört auf«, wiederholt Falk und stellt das Glas an seinen Platz. »Morgen ziehst du etwas Hochgeschlossenes an, an allen folgenden Tagen ebenso. *Ich* bin der Mann, für den du dich hübsch machst. Nicht der halbe Campus in Dahlem.« Er wendet sich zum Gehen. »Das gleiche gilt übrigens auch für dein Make-up. Gute Nacht, Luna.«

Wie ein Geschäftsmann bei einem Vertragsabschluss, denkt Luna, nachdem Falk das Licht gelöscht und die Tür hinter sich geschlossen hat. Wahrscheinlich spricht er so mit seinen Immobilienkäufern. Er, der Makler, stellt die Bedingungen. Verhandelt mit Käufern und Verkäufern so, dass vor allem für ihn selbst das Beste dabei herauskommt.

✷

In den folgenden Wochen bemüht sich Luna, ihre Lebensgewohnheiten Falks Bedürfnissen noch stärker als zuvor anzupassen. Wenn sie sich ganz nach seinen Wünschen richtet, so hofft sie, wird alles gut werden zwischen ihnen, wird Falk merken, dass sie ganz zu ihm steht, und sein Misstrauen aufgeben. Wenn Falk sonntags zu Besichtigungsterminen unterwegs ist, schlendert sie über Flohmärkte, um sich neu einzukleiden, immer auf der Suche nach Oberteilen mit halsnahem Ausschnitt und Hosen, die nicht zu viel von ihrer Figur preisgeben. Mit der Zeit entwickelt sie ein ihr eigenes Geschick darin, Kleidungsstücke aufzustöbern, die neuwertig, aber billig sind und zumindest zu einem geringen Teil auch ihrem eigenen Geschmack entsprechen. Inzwischen hat der erste Frost eingesetzt, sodass Luna oft dankbar ist, warm gekleidet zu sein. Wenn sie sich mit Falk unterhält, ist sie dazu übergegangen, ihm die Antworten zu geben, die er hören will; sind sie gemeinsam unterwegs, verhält Luna sich stets so, dass sie es vermeidet, sein Missfallen zu erregen. Sie konzentriert sich allein auf ihn und auf die jeweilige gemeinsame Aktivität, sie weicht aus, wenn sie nur von Weitem Bekannte wahrnimmt, vermeidet jegliche Begegnung mit anderen Männern. Immer häufiger schafft sie es, sich einzureden, sie vermisse nichts, die Aufmerksamkeit des männlichen Geschlechts schon gar nicht, aber auch nicht die Gesellschaft von Freunden, da sie in Berlin noch kaum wirklich tiefere Bekanntschaften geschlossen hat. Eine einzige intensive Bindung, so sagt sie sich, ist wichtiger als viele oberflächliche Bekanntschaften. Im Gegenzug führt Falk sie in Boutiquen, um sie auszustatten für die Tage und Abende, wenn sie an seiner Seite unterwegs ist.

»Schließlich möchte ich mit dir angeben«, sagt Falk während einer dieser Shoppingtouren und hält ein Kleid vor ihren Körper, das ihm gefällt, aus weißem Satin mit einem großflächigen verschiedenfarbigen Blumenmuster darauf. »Probier es an«, fordert er sie auf.

Luna verschwindet in der Umkleidekabine, ihre alten Sachen wirken abgetragen und unmodern, ein wenig beschämt legt sie sie auf den bereitstehenden Hocker. Auf ihrem Rücken und unter ihren Brüsten spürt sie, wie verschwitzt sie ist, während sie in den kühlen glatten Stoff des neuen Kleides schlüpft. Vor dem Spiegel ordnet sie ihr Haar und stellt sich auf die Zehen, um Schuhe mit höheren Absätzen zu simulieren. Dreht sich von einer Seite zur anderen, lächelt ihr Spiegelbild an, streckt ihm die Zunge heraus, betrachtet sich ausgiebig. Das Kleid ist von einer Qualität, wie Luna sie sich niemals selbst leisten würde, und kostet so viel wie eine Monatsmiete ihrer Wohnung. Es wirkt elegant, aber nicht sexy.

Das bin ich nicht, denkt sie. Verdammt, Falk. Ich will zurück in meine Welt. Im selben Moment jedoch ruft Falk sie von draußen und sie schiebt den Vorhang zur Seite, tritt mit kleinen, langsamen Schritten auf ihn zu. Neben ihm steht eine Verkäuferin. Ihr Lippenstiftlächeln verbietet Luna jeden Zweifel an der Richtigkeit dieser Kleiderwahl. Auch Falk nickt, dann lächeln die beiden sich an, Luna bemerkt den bewundernden Blick der Verkäuferin, der einen Moment länger in Falks Gesicht verharrt, als es nötig gewesen wäre.

»Perfekt«, meint Falk. »Das Kleid nehmen wir. Oder was meinen Sie? Ihr geschultes Auge kann selbstverständlich viel besser beurteilen, ob eine solche Kostbarkeit überhaupt etwas für ein Mädchen ist, das gerade erst sein Studium begonnen hat.«

»Auf jeden Fall ist es das«, antwortet die Verkäuferin. »Mit einem so charmanten Herrn neben sich kann sich die junge Dame gar nicht schick genug machen. Ziehen Sie sich schnell um und geben Sie mir das Kleid heraus, junge Frau. Dann kann ich mit Ihrem Bekannten schon zur Kasse gehen.«

Zu Hause verschafft sich Falk Einblick in alle Besitztümer Lunas, in alle persönlichen Erinnerungen. Auf sein Geheiß hin zeigt sie ihm ihre Fotoalben, von der frühen

Kindheit an bis zum letzten Sommer. Von jedem Jungen, der auf den Bildern zu sehen ist, verlangt er den Namen zu erfahren, dazu genaue Informationen über Zustandekommen und Intensität der Bekanntschaft – auch dann, wenn Luna auf einem Bild mit einem kleinen Jungen im Sandkasten sitzt oder unter mehreren Kindern bei einer Geburtstagsfeier fotografiert wurde. Er verlangt zu erfahren, was aus der Freundschaft geworden sei, ob noch Kontakt bestehe, wo der Junge jetzt lebe. Was Luna heute für ihn empfinde. Ob er ihr lieber sei als Falk. Anfangs begehrt Luna noch auf, mit der Zeit jedoch geht sie dazu über, einfach zu antworten, knappe Auskunft in unbeteiligtem Ton zu geben, zu berichten, bis Falk besänftigt ist und keine weiteren Fragen mehr stellt. Hatte sie kurz nach ihrem Einzug einige Erinnerungsfotos in ihrem Zimmer aufgehängt – Familienbilder, Klassenfotos, Urlaubsbilder –, so nimmt sie nun eines nach dem anderen von den Wänden und ersetzt sie durch belanglose Drucke mit Blumen und Stillleben.

Ähnliches erwartet Falk von Lunas Umgang mit den persönlichen Gegenständen, die sie zur Dekoration aufgestellt hat. Auch hier zerrt er die Geschichte eines jeden Stückes aus ihr hervor, will wissen, woher es stammt, wer es ihr geschenkt hat, ob es ihr etwas bedeutet, womöglich sogar mehr als die Geschenke, die Falk ihr bisher gemacht hat. Wann immer Luna dazu etwas erzählt, das seine Eifersucht aufkeimen lässt, entfernt er den Gegenstand von seinem Platz und wirft ihn in eine Tüte, um später alles an einem unbekannten Ort zu entsorgen. Wirft CDs weg, die sie auf früheren Klassenfesten gehört hat, zerstört DVDs von Popgruppen, für die sie im späten Grundschulalter schwärmte. Ebenso verfährt er mit Lunas Büchern; eines nach dem anderen zieht er aus dem Regal, um es nach Widmungen und Glückwünschen zu durchsuchen, wie man sie manchmal hineinschreibt, wenn man einen Roman zum Geburtstag oder zu einem anderen Anlass verschenkt.

Sogar Lunas Bibel durchsucht Falk. Luna ist keine regelmäßige Kirchgängerin, doch nach Thores Tod hat sie einige Tage lang nach Texten gesucht, die ihr Antworten geben sollten auf die unzähligen Fragen, die in ihrem Kopf kreisten und sie fast um den Verstand brachten; Trost hatte sie finden wollen und ein wenig innere Ruhe, manche Texte waren schön gewesen. Thore war kirchlich bestattet worden und Luna hatte seinen Beerdigungsspruch herausgesucht und die Bibelstelle für den Pfarrer herausgeschrieben. Die Eltern hatten sich in ihrem Schmerz nicht dazu in der Lage gesehen. Falk blättert, vertieft sich in die Schriften. Plötzlich rutscht ein Foto in seine Hände, Lunas Konfirmationsbild von vor vier Jahren, sie steht darauf neben Thore, der damals knapp siebzehn war. Lächelnd hat er den Arm um seine Schwester gelegt. Falk starrt auf das Bild, schüttelt den Kopf, hält es dichter vor seine Augen. Luna bemerkt, wie sich sein Körper strafft, sie kennt diese Bewegung und weiß, was sie bedeutet. Dieser Angriff noch, denkt sie. Dann ist ohnehin nichts mehr übrig von dem, was zwischen uns war.

»Wer ist das?«, fragt er da auch schon. Luna gibt ihm Auskunft.

»Lüg mir nicht die Ohren voll«, herrscht er sie an. »Ich erkenne deinen Bruder nicht, auf den anderen Bildern sah er anders aus.«

»Das liegt sicher an seinem Styling.« Luna versucht, ruhig zu bleiben. »Mit siebzehn hatte er mal ganz kurze Haare, aber das gefiel ihm dann doch nicht. Mein Konfirmationsalbum ist bei meinen Eltern geblieben, sonst könnte ich dir die anderen Fotos auch zeigen. Wir stehen alle brav vor der Kirche oder sitzen am Kaffeetisch, nur wir vier und noch ein paar Verwandte. Weiter nichts.«

»Du kannst also nicht beweisen, dass dies dein Bruder ist.«

»Wenn du genau hinsiehst und sein Gesicht mit dem auf den anderen Familienbildern vergleichst, die du gesehen hast, müsste ich das auch nicht.«

»Du kannst es also nicht beweisen, nein?« Falk hält das Bild in die Höhe und tritt einen Schritt auf Luna zu. »Dann ist es dein Liebhaber.«

»Nein, es ist mein Bruder.«

»Dein Liebhaber, Luna. Gib es zu. Du betrügst mich.«

»Ich betrüge dich nicht und der Junge auf dem Foto ist Thore.«

»Ich glaube dir nicht«, entgegnet er. Wieder sein beherrschter, ruhiger Ton, gegen den sie sich so machtlos fühlt. »Und deshalb verschwindet auch dieses Bild. Genau wie alle anderen. Es existiert nicht mehr, ebenso wenig wie der Mistkerl darauf noch existiert.« Mit diesen Worten reißt er das Foto der Länge nach durch, Luna schreit auf und will es ihm aus der Hand reißen, doch Falk hält es so hoch, dass sie nicht darankommt, zerfetzt es über seinem Kopf in winzige Stücke und nicht eines davon segelt zu Boden, sodass sie es aufheben könnte.

»Alles klar?« Falk wendet sich erneut dem Bücherregal zu, nachdem er das zerrissene Bild in seiner Hosentasche versenkt hat. »Dann kann es also weitergehen.«

Erst nachdem Falk das letzte Buch aus ihrem Regal zerfetzt und die Schnipsel in den Paperkorb gebracht hat, sieht er Luna zufrieden an.

»So muss es sein«, beschließt er. »Jetzt ist alles richtig. Sieh dich nur um, Luna; wirkt der Raum jetzt nicht erheblich ordentlicher? Um nicht zu sagen, erwachsener?«

Luna spürt, wie Tränen in ihre Augen schießen, doch

sie unterdrückt sie, es hat keinen Sinn zu weinen. Konnte sie Falk anfangs noch damit berühren, scheint nun ausschließlich sein Wille zu zählen. Was sie empfindet, während er seinen Stacheldraht immer enger um sie spannt, sie gefangen nimmt, wie ein Schaf oder eine Ziege sich in einem Dornengestrüpp verirren, zählt nicht mehr.

»Es sieht aus wie jedes Zimmer«, bemerkt sie Achsel zuckend. »Meine Vergangenheit ist ausgelöscht, Falk.«

»Du hast es erfasst. Nun sind wir endlich ganz zusammen, ohne dass uns jemand dabei stört.« Er legt den Arm um sie und will sie küssen, Luna schafft es nicht rechtzeitig, ihm ihre Lippen zu entziehen. »Du brauchst keine Vergangenheit, Luna. Hast du mir nicht selbst erzählt, wie schmerzlich sie für dich ist? Vergiss alles, was vorher war. Für dich gibt es jetzt nur noch mich. Nur wir beide – das ist es, was zählt.«

»Falk, ich möchte, dass du gehst«, hört Luna sich selbst sagen und erschrickt über ihre eigenen Worte, aber jetzt hat sie sie gesagt, jetzt kann sie nicht mehr zurück, auch wenn sie sich noch so sehr fürchtet vor dem, was gleich passieren wird, vor seinem Zorn, seiner Weigerung, dem weiteren, noch härteren Steigern seiner Kontrolle. Sich fürchtet sich davor, dass er brüllen, gewalttätig werden könnte. »Geh bitte. Ich kann das so nicht mehr.«

Über Falks Gesicht jedoch zieht sich nur ein schmales Lächeln.

»Das werde ich nicht tun«, erwidert er. »Ich habe unsere Beziehung begonnen, also bin ich auch derjenige, der sie beendet, wenn für mich der Zeitpunkt gekommen ist. Aber das ist er nicht und er wird auch nicht kommen, Luna. Also bleibe ich.«

✲

Später im Bett liegt Luna lange wach, ausgelaugt, verzweifelt, kann nicht einschlafen neben Falk. Es hat keine Versöhnung gegeben, kein sehnsuchtsvolles Aneinanderkuscheln, keine glättenden Worte erneuter Übereinkunft. Falk liegt neben ihr, Luna kann nicht schlafen, sie starrt an die Decke und fragt sich, weshalb sie das alles mit sich machen lässt, nicht selbst gegangen ist. Überlegt, wie es weitergehen soll. Eigentlich muss ich mich trennen, überlegt sie. Durch Jaron habe ich angefangen zu erahnen, wie es mit einem Jungen sein kann, leicht, normal, ein bisschen verrückt, aber positiv dabei, witzig, nicht so durchgeknallt, dass man nur noch den Kopf schütteln kann. Falk spinnt doch, sich einzubilden, nur ihm stünde es zu, die Beziehung zu beenden.

Zurück nach Remscheid gehen. Vielleicht ist die Hauptstadt nicht das Richtige für sie, vielleicht ist Luna nicht gemacht, in solchen Extremen zu leben, wie sie sie mit Falk erlebt, vielleicht hat sie sich zu viel zugemutet mit ihrer Idee, nach dem schlimmen Schicksalsschlag ganz allein nach Berlin zu ziehen. Doch sie will nicht zurück. Die Eltern haben genug durchgemacht, Luna will ihnen nicht noch mehr Kummer bereiten.

Sie malt sich aus, wie sie erneut versucht, die Trennung auszusprechen, und merkt, dass der Gedanke sie erneut in Angst versetzt. Angst vor Falk, Angst vor dem Alleinsein. Vielleicht hat Jaron nicht dasselbe gefühlt wie sie, vielleicht ist sie für ihn nichts weiter als eine nette Kommilitonin. Ganz allein weiterzumachen, traut sie sich nicht zu. Falk hat ihr Sicherheit versprochen. Wenn sie sich seinen Regeln unterwirft, wird ihr niemals Gefahr drohen.

Schlafen kann sie trotzdem nicht. Luna liegt wach, bis am Morgen der Wecker sie in einen neuen Tag schickt.

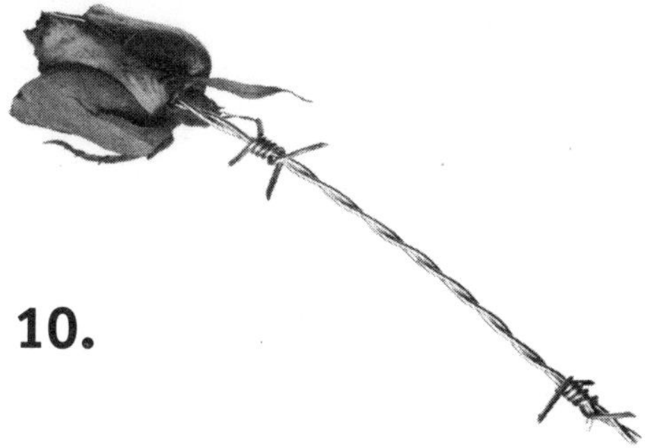

10.

Irgendwann in der zweiten Dezemberwoche kommt Schneeregen auf. In den Pausen zwischen den Vorlesungen kann Luna immer seltener nach draußen gehen, stattdessen hält sie sich in der Bibliothek oder im Flur auf, spricht mit dem »Streberkleeblatt« die letzten Vorlesungen durch oder holt sich am Automaten einen Becher Kaffee. An einem dieser Tage blickt sie sich suchend nach den vier Kommilitoninnen um, als ihr plötzlich jemand von hinten die Augen zuhält. Sie fährt zusammen, denkt sofort an Falk, der nicht davor zurückschrecken würde, ihr auch hierher zu folgen, doch er hat gesagt, er wäre den ganzen Tag mit einer Grundsteuergeschichte beschäftigt. So kurz vor den Weihnachtsfeiertagen, hatte er erklärt, wollten alle ihre Schäfchen ins Trockene bringen, um die Vergünstigungen des laufenden Jahres noch zu nutzen.

»Sarah?«, fragt sie, viel zu lange haben sie einander nicht mehr gesehen, plötzlich verspürt Luna Lust, mit ihr Neuigkeiten auszutauschen, zu erfahren, was Sarah in den letzten Wochen erlebt hat, wie es in ihrem eigenen Studium vorangeht. Doch die Hände in ihrem Gesicht fühlen sich anders an, breiter und kräftiger, trotzdem weich, es kann nur Jaron sein, schon vernimmt sie sein leises Lachen und erschrickt, als sie bemerkt, wie sehr es ihr gefehlt hat. Seit dem Abend in ihrem Hausflur haben sie sich bestenfalls von Weitem zugewunken, mehr hat

Luna nicht zugelassen. Sie ist ihm ausgewichen, doch jetzt hat er sie gefunden. Jaron lässt sie los und dreht sie zu sich herum.

»Hier bist du also«, bemerkt er, sein Gesicht hell und weit, als würde eine lang gehegte Angst von ihm abfallen. Dann greift er in seinen Rucksack und holt ein Buch heraus, das er ihr überreicht.

»Seit Wochen schon schleppe ich das schon mit mir herum und will es dir die ganze Zeit geben«, sagt er. »Am Anfang wollte ich auch Pauker werden, da haben meine Eltern mir das gleich geschenkt. Aber jetzt studiere ich ja Sozialpädagogik und brauche es nicht mehr. Da dachte ich an dich.«

Luna betrachtet den Titel, es scheint ein Standardwerk zu sein, sie meint, es auch auf der Literaturliste im Vorlesungsverzeichnis gesehen zu haben.

»Dein Fach ist meinem doch ein bisschen verwandt«, wendet sie ein. »Meinst du nicht, du kannst es vielleicht doch noch gebrauchen?«

»Kaum«, meint er. »Und wenn, dann habe ich wenigstens einen Grund, dich anzuquatschen.«

Bei diesen Worten zuckt Luna zusammen, niemand darf sie anquatschen, am allerwenigsten Jaron, in dessen Nähe sie sofort wieder dieses Schweben spürt, diese unbändige Fröhlichkeit, sie muss sie unterdrücken, zu übermächtig darf sie nicht werden, sonst ist die Wirklichkeit nachher umso schmerzhafter. Jaron folgt ihrem gehetzten Blick, mit dem sie die Umgebung abtastet wie ein Suchscheinwerfer.

»Sarah kommt übrigens gleich nach«, erklärt er, ohne seinen Blick von ihr zu wenden. »Sie hat sich auch schon gewundert, wo du die ganze Zeit steckst. Bist du irgendwie sauer auf einen von uns?«

»Nein, wieso?« Luna bemüht sich um einen erstaunten

Gesichtsausdruck, als wäre es Zufall, dass sie einander so lange nicht gesehen haben, als hätte es nichts damit zu tun, das ihr selbst jetzt die Angst im Nacken sitzt, Falk hätte ihre harmlose, freundschaftliche Begrüßung beobachtet. »Ich habe mich auch schon gewundert, warum ich euch so selten treffe. Geht es dir gut?«

»Das wollte ich dich gerade fragen.«

Sarah kommt hinzugeeilt und fällt Luna ebenfalls um den Hals, begrüßt sie laut und vor Freude fast kreischend. Hinter ihr schlendert Katharina heran und bleibt ebenfalls stehen, verzieht jedoch keine Miene.

Jaron mustert Luna. »Du siehst blass aus«, bemerkt er. »Sag doch mal, ist alles okay bei dir?«

Sarah winkt ab, ehe sie sich auf einen Heizkörper setzt und Luna am Arm neben sich lotst.

»Das ist bei uns Frauen manchmal so«, meint sie. »Wenn du mich fragst, hat Luna nur vergessen, sich zu schminken, sonst malt sie sich doch immer Strahleaugen, habe ich Recht, Luna? Wenn ich morgens nicht dazu komme, sehe ich auch aus wie ausgespuckt.«

»So ungefähr war es«, bestätigt Luna, trinkt einen Schluck Kaffee, stellt ihren Becher vor sich auf dem Boden ab und tut, als müsse sie in ihrer Tasche etwas Wichtiges suchen, schiebt Jarons Buch hinein, vermeidet es, Jaron anzusehen, der sich an ihre andere Seite gesetzt hat.

Katharina stößt einen verächtlichen Laut aus.

»Luna sieht doch immer scheiße aus«, zischt sie. »Ich weiß gar nicht, was Falk an ihr findet, er ist viel zu toll für sie.«

»Spinnst du?«, fragt Jaron und zieht Luna hoch. »Du hast kein Recht, so zu reden, Luna hat dir nichts getan. Geh weiter und zick woanders rum, niemand hat dich nach deiner Meinung gefragt.«

Anstatt einer Antwort stöhnt Katharina nur verächtlich, dann dreht sie sich um und geht. Als sie außer Sichtweite ist, legt Jaron seinen Zeigefinger sanft unter Lunas Kinn, wendet ihren Kopf so, dass sie ihn ansehen muss und auch er sie noch genauer betrachten kann.

»Ich glaube nicht, dass es nur an der fehlenden Schminke liegt«, beharrt er. »Wenn du irgendwelche Schwierigkeiten hast, sag es nur, Luna. Vielleicht können wir dir helfen.«

»Quatsch«, erwidert sie und schiebt seine Hand weg, obwohl sie nichts lieber täte, als sie festzuhalten. Sie will diesen Augenblick festhalten. Jaron ist wieder da und löst sofort wieder dieses Gefühl in ihr aus, das sie in seiner Gegenwart hat, dieses Gefühl, stark zu sein und die ganze Welt stemmen zu können. Wenn es Falk nicht gäbe.

Aber es gibt Falk. Es hat keinen Sinn, sich vorzumachen, sie könnte die Begegnung mit Jaron genießen. Besser, sie lässt sich gar nicht erst zu sehr darauf ein.

»Es ist alles in Ordnung, wirklich«, beteuert sie. »Macht euch keine Sorgen, vielleicht bin ich nur ein bisschen müde. Es ist ja alles noch ziemlich neu hier für mich, auch nach mehreren Wochen noch.«

Aber Jarons Blick verrät, dass er nicht überzeugt ist, er wendet seinen Blick nicht von Luna, deshalb entgeht ihm auch nicht, dass sie sich fortwährend umschaut.

»Wartest du auf jemanden?«, erkundigt er sich.

Luna schüttelt den Kopf. »Nein, wieso? Wie kommst du darauf?«

Jaron winkt ab, Sarah meint, er solle mal aufhören, so zu bohren, wenn Luna einen Aufpasser bräuchte, würde sie sich schon äußern. Beim Stichwort *Aufpasser* jedoch zuckt Luna zusammen und verschluckt sich an ihrem Kaffee, der inzwischen fast kalt geworden ist. Jaron nickt, als wolle er sagen: Alles klar. Versucht nur weiter, mir etwas vorzumachen.

»Ist es also wieder so weit«, murmelt er. »Falk. Ich hätte es gleich wissen müssen.«

»Was ist mit Falk?« Sarah, die eben ihr Handy gecheckt hat, horcht auf. »Also ich beneide dich ja immer noch, Luna. Dass du den geknackt hast, diese harte Nuss, und noch dazu offensichtlich ohne allzu große Anstrengung.«

»Nichts ist mit Falk«, weicht Luna aus. »Wirklich, ich habe nur nicht gut geschlafen und hatte keine Zeit mehr, mich zurechtzumachen.«

Jaron mustert Luna so gründlich, dass es ihr beinahe unangenehm ist. »Du bist auch ohne Wimperntusche hübsch«, stellt er fest. »Trotzdem, Luna. Du wirkst bedrückt. Ich kenne dich noch nicht gut, aber ich mag dich und habe von Anfang an das Gefühl, dass etwas nicht stimmt. Du wirkst immer wie auf der Flucht, schreckst bei jeder Kleinigkeit zusammen, gehst nicht ans Handy, beantwortest keine Nachrichten oder schreibst ausweichende Antworten. Das ist ...«

»Falk hält dich ganz schön auf Trab, wie?«, unterbricht Sarah ihn und wirft ihre Haare zurück. »Aber so ist das, wenn man mit dem angesagtesten Boy der Stadt zusammen ist. Wenn du dir den warmhalten willst, musst du dich anstrengen.«

Luna schweigt. Sie müsste jetzt Falk anrufen, sie hat es ihm versprochen, sich spätestens in der Pause zu melden, gleich wird er anrufen, wenn sie es jetzt nicht tut. Er wird spüren, dass Luna nicht allein ist, und Jaron wird begreifen, dass er mit seiner Vermutung richtig liegt. Sie senkt den Kopf. Wenn sie gleich mit Falk telefoniert, erfahren sie sowieso zumindest einen Teil der Wahrheit.

»Falk hat es nicht so gern, wenn ich mich schminke«, gesteht sie leise.

Sarah scheint diese Nachricht nicht zu überraschen.

»Er will eben nicht, dass du anderen auch gefällst«, erwidert sie achselzuckend. »Ein Zeichen seiner Liebe zu dir. Ich find das romantisch.«

Jaron jedoch nickt langsam, als wolle er sagen: Genau das habe ich mir gedacht. Luna friert plötzlich, jetzt ist es heraus, sie kann nicht mehr zurück, nun muss sie noch mehr erklären. Vielleicht ist es gut so, denkt sie; mit irgendjemandem muss ich reden, Jaron ist ein netter Typ, vielleicht hilft es, mal eine männliche Sichtweise erklärt zu bekommen. Mit Thore sprechen kann sie nicht mehr.

»Er ist ziemlich eifersüchtig«, beginnt sie. »Deshalb konnte ich auch nicht schreiben oder anrufen. Ich muss immer aufpassen, dass ich nichts sage, was ihn misstrauisch machen könnte.«

»Hast du deswegen so komische Klamotten an?«, will Sarah wissen. Luna blickt an sich herunter und errötet leicht, tatsächlich trägt sie heute ihren ältesten Rollkragenpullover, eine ausgeleierte Cordhose und flache Stiefel. An der Uni fällt das zum Glück nicht so auf, manche Studentinnen kleiden sich ähnlich, um ein Zeichen gegen jeglichen Modekult zu setzen. Aber eben längst nicht alle. Luna hat sich früher in ihren preiswerten, aber geschickt zusammengestellten Outfits wohler gefühlt, mehr wie sie selbst, stimmiger. Neben Sarah in ihrer neuen Bluse und der gut sitzenden Jeans fühlt sie sich wie ein unförmiges Mauerblümchen. Dennoch bemerkt sie, dass Zärtlichkeit in Jarons Augen aufflackert, gleich darauf jedoch stellt er seinen Blick wieder auf normal, blickt an ihr vorbei, wickelt ein Eukalyptusbonbon aus und schiebt es sich in den Mund.

Sarah steht auf und umarmt Luna.

»Ich muss los«, verkündet sie. »Lass dich nicht verrückt

machen von deinem Superlover, ja? Er muss ja nicht gleich übertreiben, du liebst ihn doch und das weiß er. Ihr könnt so stolz auf eure Liebe sein, alle beide. Eifersucht stört da nur.«

Dann hängt sie sich ihre Tasche um und geht, Luna bleibt mit Jaron allein zurück, und sofort ist es wieder da, das Gefühl, beobachtet zu werden. Sie muss Falk anrufen, immer noch, steht auf und will nach draußen eilen, doch jetzt hält Jaron sie am Arm fest. Komisch, denkt Luna, dass mein Handy nicht klingelt. Ich bin bestimmt schon zehn Minuten über der Zeit.

»Luna«, sagt Jaron leise, zögert erneut, blickt sich um, dann gibt er sich einen Ruck. »Eigentlich wollte ich es noch nicht tun, aber ich glaube, es geht nicht mehr anders.« Er schluckt. »Ich muss mit dir reden.«

Luna sieht ihn an, begreift nicht sofort, begreift doch. Nein, denkt sie, nein. Sag nichts, es zerstört doch nur alles, auch wenn es so schön wäre, so unendlich schön und ich nichts auf der Welt lieber hören würde.

»Gleich«, antwortet sie, »ich muss mich nur kurz bei Falk melden, er wartet –«

»Um ihn geht es«, unterbricht Jaron sie. »Bitte, Luna, hör mir erst zu. Es ist wichtig.«

Sie bleibt sitzen. Die Studenten um sie herum beginnen, wieder in ihre Hörsäle zu strömen, nach und nach leert sich der Flur. Jetzt könnte Falk uns sehen, denkt Luna angstvoll, vielleicht ruft er nicht an, weil er längst irgendwo hier ist. Uns beobachtet, alles genau sieht. Dennoch wartet sie ab, was Jaron zu sagen hat, spürt instinktiv, dass er keinen Aufschub dulden, sich nicht abwimmeln lassen würde.

»Gehen wir raus?«, fragt Jaron, nun ist er es, der aufstehen will, sie schüttelt heftig den Kopf, um Himmels willen, denkt sie; draußen sind wir erst recht nicht sicher. In ihrem Magen breitet sich ein flaues Gefühl aus, sie schluckt, irgendwas kommt jetzt, denkt sie; irgend etwas, das ich nicht will, das ich aufhalten will, alles ist durcheinander. Jaron nimmt ihre Hand.

»Seit dem ersten Tag hier an der Uni bist du mir nicht mehr aus dem Kopf gegangen, Luna. Ich denke immer an dich, und wenn du in meiner Nähe bist, geht es mir einfach gut.«

Luna sieht ihn an, nickt, natürlich, ihr geht es ja genauso, an Jarons Seite kann sie ganz sie selbst sein, weiß sicher, dass sie so gemocht wird, wie sie ist, egal wie sie sich kleidet, egal mit wem sie spricht. In seiner Nähe kann sie entspannen, immer, ohne auf jedes Wort achten zu müssen, das sie sagt, ohne sich bei jeder Geste, jedem Satz zu fragen, ob es richtig war. Ihr Herzschlag beschleunigt sich, sie weiß nicht, ob das eben eine Liebeserklärung von Jaron war, nur das nicht, denkt sie; bitte nicht. Sie antwortet nicht, sieht ihm nur in die Augen, kann nichts sagen, doch in dem Blick, mit dem Jaron ihren festhält, erkennt sie, dass er versteht.

»Meine Gefühle für dich spielen aber jetzt erst mal keine Rolle. Ich weiß, dass du mit Falk zusammen bist, und das auch noch frisch«, fährt er fort, ohne ihre Hand loszulassen, ganz sachte streichelt er ihre Finger. »Aber vorhin hast du seine Eifersucht erwähnt. Deshalb wollte ich mit dir reden.« Er wirkt jetzt nervös, beißt auf seine Unterlippe und scharrt mit dem Fuß auf dem Boden. Doch dann gibt er sich einen Ruck. »Er hat es dir wahrscheinlich noch nicht gesagt, aber Falk hat vor ungefähr zwei Jahren seine Freundin verloren. Sie hieß Teresa.«

Luna stutzt. »Falks Freundin? Ich dachte, keine kam bisher an ihn ran. Das hat Sarah jedenfalls gesagt.«

»Sarah ist erst später in unsere Clique gekommen, sie hat sie gar nicht mehr kennengelernt und die anderen haben auch kaum noch von ihr geredet. Jedenfalls war Falk seit Teresas Tod mit keinem Mädchen mehr zusammen – bis du kamst. Und jetzt scheint alles wieder von vorne loszugehen. Als ich dich vorhin gesehen habe, zum ersten Mal seit längerer Zeit, ungeschminkt und in unscheinbaren Sachen – da war es mir, als ob jemand die Zeit zurückgedreht hätte. Zurück auf Null, und alles beginnt noch einmal von vorn.«

»Moment.« Luna starrt ihn an. »Du hast gesagt, Falks Freundin wäre gestorben? Jetzt wird mir vieles klar. Falk klammert so, weil er Angst hat, mich auch noch zu verlieren, nicht durch den Tod, aber durch einen anderen Typen! Deshalb hat er ständig Angst, ich könnte ihm untreu werden!« Sie schüttelt den Kopf. »Dabei habe ich doch ganz Ähnliches durchgemacht, warum mauert er nur so, ich verstehe ihn doch!« Schon tastet sie in ihrer Tasche nach dem Handy, will ihn anrufen, ihm schreiben, ihm irgendwie vermitteln, dass alles wieder gut werde. Aber Jaron drückt ihre Hand fester.

»Luna«, sagt er eindringlich. »Sieh mich an, bitte. Teresa war in unserem Alter, da stirbt man nicht einfach so.«

»Was willst du damit sagen?«

»Ich kannte Teresa, wir auf demselben Gymnasium und haben gemeinsam für die Schülerzeitung gearbeitet. Sie war im Jahrgang über mir, war das begehrteste Mädchen der Schule, fast immer super drauf, sexy angezogen, selbstbewusst, beliebt und total hübsch. Ihr Abi hat sie mit einem Notendurchschnitt von 2,1 gemacht, da gab es also auch keine großen Probleme. Bis Falk auftauchte. Johannes brachte ihn zum Abiball mit, und Teresa verliebte sich wahnsinnig in ihn – so wie du, so wie fast alle Mädchen, die ihn einmal sehen.«

»Jaron ...«

»Vom ersten Tag an gab es für Teresa nur noch Falk. Sie

traf ihre Freunde nicht mehr, ging nicht mehr abends weg oder wenn, dann nur mit ihm, brach fast alle Kontakte von früher ab. Schließlich wurde sie gar nicht mehr von uns eingeladen – sie kam sowieso nie. Deshalb fiel es zunächst auch niemandem auf, als sie überhaupt nicht mehr gesehen wurde. Alle glaubten, sie würde schon wieder auftauchen, wenn der erste Liebesrausch verflogen wäre.« Jaron gibt Luna einige Atemzüge lang Zeit, das Gehörte sacken zu lassen, ehe er fortfährt.

»Dann die Nachricht von ihrem Tod.« Jaron blickt zu Boden. »Teresa war aus einem Hochhaus gestürzt. Alles deutete auf einen Suizid hin, obwohl es keinen Abschiedsbrief gab. Die Polizei hat einige Zeit lang ermittelt, aber man fand keine Spuren, die darauf hindeuteten, dass es etwas anderes als ein Selbstmord gewesen sein könnte. Falk wirkte völlig gebrochen. Aber mir kam das alles von Anfang an sehr komisch vor. Ich kannte Teresa durch die Schülerzeitung ganz gut. Sie war kein Mädchen, das sich etwas antut. So war sie einfach nicht, Luna. Im Nachhinein haben wir aus der Clique uns immer wieder gefragt, was eigentlich los war mit Teresa in den Monaten vor ihrem Tod. Warum keiner sie mehr zu Gesicht bekam, seit sie mit Falk zusammen war. Jetzt, wo du von seiner Eifersucht erzählst, wird mir einiges klar.« Er atmet tief durch. »Ich hatte von Anfang an das Gefühl, dass Falk etwas mit ihrem Tod zu tun hat, aber alle, auch Johannes, haben es mir auszureden versucht. Falk mag ein komischer Kauz sein, sagte Johannes immer, aber jemanden auf dem Gewissen haben – das traut er ihm nicht zu. Aber jetzt sitzt du neben mir, Luna, wie ein Abbild von Teresa, kurz bevor sie starb. Was ist also, wenn ich recht hatte?«

Lunas Augen weiten sich. »Du meinst, er könnte ...«

»Sie vielleicht sogar ermordet haben, ja. Denn kurz bevor sie starb, hatte sie einen ihrer Texte bei einem Wettbewerb eingereicht – und gewonnen. Sie hatte sich gegen mehr als dreitausend Konkurrenten durchgesetzt. Der Preis war ein zweiwöchiges Schnupperpraktikum bei einem angesagten Musikmagazin, da kommt man sonst nur über Beziehungen ran. Sie hat sich so wahnsinnig gefreut und wir alle in der Redaktion mit ihr. Ganz anders offenbar Falk, denn von da an begann Teresa, sich zurückzuziehen, und sie starb genau an dem Tag, an dem sie ihr Praktikum hätte antreten sollen. Wenn du mich fragst, hat er das verhindert, indem er sie aus der Welt schaffte, denn eigentlich war Teresa eine Kämpferin. Für dieses Praktikum hätte sie alles gegeben.«

Luna schweigt. Sieht Teresa vor sich wie sich selbst, völlig von Falk vereinnahmt, abgeschnitten vom Rest der Welt, mit fahlem, unbewegtem Gesicht wie eine Marionette durch die Zeit wandelnd, bis es nicht mehr ging. So weit wollte sie es nicht kommen lassen und hatte offenbar gegen Falk aufbegehrt. Und ich, denkt Luna; was kommt als Nächstes, denkt sie; und wie weit bin ich schon?

»Nach der Beerdigung zog sich Falk völlig zurück«, erzählt Jaron weiter, obwohl Luna genug hat, nichts mehr hören will, alles verarbeiten muss. Dennoch bleibt sie sitzen, spürt sich selber nicht mehr, hört nur noch zu, atemlos.

»Nicht einmal Johannes kam an ihn heran, sosehr er es auch versuchte. Aber irgendwann tauchte Falk wieder auf. Ernster, erwachsener als vorher, aber er war wieder da. Allen tat er leid nach dem Schicksalsschlag, jeder lud ihn ein; zu jeder Party, jedem Kinoabend wurde er mitgeschleppt, jeder bemühte sich um ihn, besonders die Mädchen. Den Rest kennst du.«

Luna nickt. *Keine Frau kommt an ihn ran*, hatte Sarah vor

der Party gesagt. Gerade eben noch hat Katharina nicht fassen können, dass er gerade auf Luna flog. Konnte nicht ahnen, dass sie vielleicht viel mit Teresa gemeinsam hatte. Seinem Beuteschema entsprach. So hübsch und begabt, wie Jaron Teresa beschrieben hat, sieht Luna sich selber nicht. Aber das sind nur Äußerlichkeiten.

»Niemand weiß, was vielleicht wirklich passiert ist. Für alle Mädchen ist Falk der geheimnisvolle, unnahbare, interessante Typ, den jede gern erobert hätte. Aber wenn du mich fragst: Er ist gefährlich, Luna. Ich habe keine Beweise dafür und werde wohl auch nie welche bekommen. Aber ich spüre es. Falk tut dir nicht gut. Du bist in Gefahr. Versprich mir, dass du auf dich aufpasst, Luna. Versprich es mir unbedingt.«

Luna nickt, ihre Gedanken wirbeln wild durcheinander, das kann alles nicht sein, Vielleicht irrt sich Jaron. Vielleicht kann sie mit Falk sprechen, er muss sich ihr anvertrauen, so wie sie auch ihm alles erzählt hat, vielleicht klärt sich alles auf. Teresas Tod kann ein Unfall gewesen sein, ein Selbstmord aus ganz anderen Gründen. Die Kripo hat sicher gründlich ermittelt.

»Luna, hör mich an«, beschwört Jaron sie erneut, legt seinen Zeigefinger unter ihr Kinn, zwingt sie, ihn anzusehen. »Egal, was passiert – du kannst immer zu mir kommen. Zusammen schaffen wir das. Ich lasse dich nicht allein.« Dann haucht er ihr einen Kuss auf die Wange, Luna spürt es wieder, dieses weiche, zarte Gefühl wie bei seiner letzten Umarmung, vertraut und liebevoll. Noch einmal sieht er sie eindringlich an, drückt ihre Hände, verabschiedet sich leise. Dann steht er auf und geht.

Luna atmet tief durch, schüttelt den Kopf. *Du bist in Gefahr, Luna.* Ich muss vorsichtig vorgehen, denkt sie; Falk darf keinen Verdacht schöpfen, darf nicht wissen, was ich weiß. Noch nicht. Am allerwenigsten darf er erfahren, von wem ich diese Informationen habe. Ich muss Falk sprechen. Ihn anrufen, als ob nichts wäre. Vielleicht irrt sich Jaron. Vielleicht hat er das alles nur gesagt, weil er in mich verliebt ist. Bei diesem Gedanken lächelt Luna unwillkürlich vor sich hin.

Dann steht sie auf, fischt ihr Handy aus der Tasche und wählt.

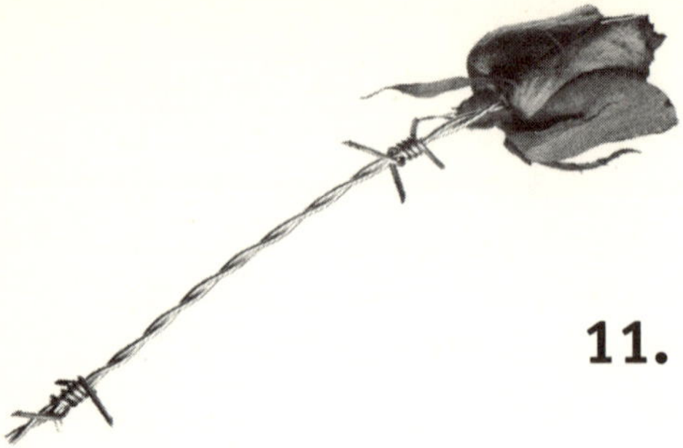

11.

Falks Nummer ist besetzt. Luna ist nach draußen gegangen und hat einen Spaziergang durch die Dahlemer Villengegend gemacht, um einen klaren Kopf zu bekommen. Nun überlegt sie, ob sie zurück zur Uni gehen soll, doch Jarons Worte haben sie aufgewühlt, auf keinen Fall kann sie sich jetzt auf eine Vorlesung konzentrieren. Eine Weile lang steht sie unschlüssig auf dem Unigelände, geht ein paar Schritte auf und ab, atmet die kalte Luft des beginnenden Winters ein, sieht Teresas gesichtslose Gestalt in die Tiefe stürzen, stumm, hört den dumpfen Aufprall auf dem Asphalt, sieht den zerschmetterten Körper liegen, verdreht, entstellt, lange Haare in einer Blutlache klebend. Sieht Falk, am Boden zerstört, verzweifelt, das kann er nicht gewollt haben, so ist er nicht, darf er nicht sein, sie kennt ihn doch anders, vielleicht hat er sich geändert. Luna überlegt, ob sie ihn heute Abend drauf ansprechen soll, ganz behutsam, verständnisvoll, und nicht bei ihm, sondern bei sich zu Hause, in ihrer kleinen Wohnung, von der er ganz am Anfang gesagt hat, sie wäre wie ein Zufluchtsort für ihn, alles Belastende würde von ihm abfallen, wenn er bei ihr in ihren bescheidenen, aber gemütlichen Räumen ist. Aus einer Parterrewohnung kann man nicht tief fallen. Dann wird sie ihm vorschlagen, zusammen etwas Schönes zu unternehmen; zusammen über den Weihnachtsmarkt bummeln zum Beispiel.

Luna steigt in die U-Bahn und fährt nach Hause, wieder

klemmt ihr Schlüssel ein wenig, doch bei Tageslicht macht es nichts, sie zieht die Tür kurz zu sich heran, dreht den Schlüssel, drückt mit dem Oberschenkel nach, dann ist sie drin.

In ihrer Wohnung bleibt sie stehen, noch in Jacke und mit ihrer Tasche um die Schultern gehängt, mehrere Tage ist sie schon nicht mehr hier gewesen, meist hat Falk erwartet, dass sie nach der Uni zu ihm kommt, sie hat nicht gewagt zu widersprechen, zuzugeben, dass sie gern einmal wieder ganz allein frühstücken würde, gemütlich an ihrem kleinen Klapptisch in der Küche, vor dem Radio oder mit einer Zeitschrift. Er hätte es nicht zugelassen. Selbst jetzt meint sie fast, seinen Duft einzuatmen, diese besondere Mischung aus Sandelholz, Moschus und Kiefernnadeln, die nur ihm anhaftet, wahrscheinlich duftet sie seit der letzten Umarmung selbst noch danach. Sie schnuppert am Halsausschnitt ihres Pullovers, bemerkt nichts, doch der Duft hängt weiter in ihrer Nase.

Eine müde Nachmittagssonne wirft von der Straße her schräge Strahlen durch das Fenster und bringt den Staub zum Vorschein, der sich in den letzten Tagen gebildet hat. So kann ich Falk unmöglich empfangen, denkt Luna, eilt zurück in den Flur, um ihre Sachen an der Garderobe zu lassen, danach holt sie aus dem Schrank unter der Küchenspüle das Möbelspray und ein Staubtuch und kehrt ins Wohnzimmer zurück. Sie beginnt mit dem Bücherregal, hebt Gegenstände an und wischt darunter, fährt mit dem Tuch über den CD-Player stellt ihn an und hört zum ersten Mal seit Langem wieder eine Scheibe mit Rockballaden, mit Musik macht das Putzen mehr Spaß, vielleicht ist ein Song dabei, den sie heute Abend mit Falk hören kann. Auch den Couchtisch wischt sie ab, geht in die Küche, um einen feuchten Lappen zu holen, bestimmt sind noch Ränder von ihrer Teetasse oder einem Saftglas darauf, doch sie findet nichts. Sie geht weiter zum Schreibtisch, auf dem das Notebook liegt, eigentlich könnte sie rasch ihre Mails lesen, viele werden es nicht sein. Luna setzt sich auf den Stuhl und will das Notebook aufklappen, auch auf seiner schwarz glänzenden Oberfläche liegt der Staub millimeterdick, bis auf die Fingerspuren, die sich deutlich dagegen abheben, anklagend, als hätte jemand absichtlich diese Spuren in den Staub gezeichnet, mahnend, so schmutzig darf es nicht sein.

Luna stutzt. Seit Tagen ist sie kaum hier gewesen, und schon gar nicht am Laptop. Trotzdem sind die Fingerspuren frisch, eindeutig, es hat sich noch fast kein Staub darauf gesenkt, sie können nur wenige Stunden alt sein.

Falk, denkt sie sofort und spürt, wie ihr Herz zu rasen beginnt. Falk war hier, in meiner Wohnung, dabei habe ich ihm noch gar keinen Schlüssel gegeben. Und er war an meinem Laptop, jemand anders kann es gar nicht gewesen sein.

In Lunas Kopf rauscht es, das kann nicht sein, denkt sie immer wieder, versucht, einen klaren Kopf zu behalten, es gelingt ihr nicht, es kann nicht sein, das kann er nicht machen! Er kann doch nicht einfach hier eindringen! Erst hat er mein Handy gefilzt, jetzt mein Notebook, Jaron hat recht gehabt, Falk geht zu weit, viel zu weit, das hat nichts mit Liebe zu tun und nicht mit Vertrauen, es kann nicht sein. Luna steht wieder auf, ihre Augen jagen durchs Zimmer, als würde Falk sich noch immer irgendwo verstecken, er kann überall sein, im Bad, in einem Schrank, vor dem Fenster, sie stellt sich vor, er habe eine Kamera installiert, ein Abhörgerät, damit es nichts mehr gibt, was sie unbeobachtet tun kann. Ihr ist kalt, obwohl sie die Heizung auch während ihrer Abwesenheit hat laufen lassen, ihre Beine zittern und an ihren Armen hat sich eine Gänsehaut gebildet. Ich muss was tun, denkt sie; jemanden anrufen, fragen, was ich jetzt machen soll, Sarah, Jaron, meine Eltern, nein, nicht die Eltern. Viel mehr Möglichkeiten gibt es nicht, vielleicht kann Falk alles hören, sie kann niemanden anrufen, sie ist allein auf sich gestellt.

Noch immer zitternd, sinkt Luna auf ihr Sofa, unfähig, sich zu bewegen, die schräg stehende Sonne versinkt hinter den Häusern, Luna merkt kaum, wie sich die Dunkelheit auch über ihr Zimmer senkt, bei Licht würde sie sich noch mehr bobachtet fühlen. Noch immer hängt Falks Duft im Raum, sein Duft, den sie so liebt, jetzt will sie ihn loswerden, sich befreien, doch selbst wenn sie das Fenster öffnet und die kalte Dezemberluft ins Zimmer lässt, ändert das nichts, sie ist gefangen. Das Notebook, sie will wissen, was er darin gesehen, was er gelesen hat. Zum Glück hat sie kaum jemanden, mit dem sie regelmäßig schreibt, kennt keine Mailadresse von Jaron. Sie hält kurz inne, weil Jarons Gesicht vor ihr auftaucht; Jaron, verliebt in sie. Jaron, der warmherzige, nette Kommilitone, der unbeschwerte Freund, der sie von Anfang an alles Schwere so leicht hat vergessen lassen. Sie selbst hat die Schmetterlinge verdrängt, die sie jedes Mal spürt, wenn sie in seiner Nähe ist, hat es verscheucht, dieses leise Flattern, das sich so gut anfühlt und das sie auch jetzt wieder spürt, ganz tief in ihrem Inneren breitet es sich aus und beruhigt sie, zaubert ihr ein Lächeln auf das Gesicht, wenn es auch längst keinen derartigen Sturm in ihr auslöst, wie Falk es immer wieder versteht, wenn er sich ihr zuwendet, ihr Liebe verspricht. Jaron, denkt sie, Jaron. Ich will auch für dich da sein, wenn du mich brauchst.

Ihren Eltern muss sie heute ohnehin schreiben, sicher warten sie schon, die Telefonate sind immer kurz und auf das Nötigste beschränkt, von Falk hat Luna noch nichts erzählt, vielleicht hat er das überprüft, wollte wissen, was sie erzählt hat, wird andere Mails durchsucht haben, um zu sehen, ob Luna ihn betrügt, wen sie vor ihm alles gekannt hat, was ihr noch an Kontakten geblieben ist, sie hat ihm alles erzählt, er glaubt ihr trotzdem nicht. Auf Zehenspitzen schleicht sie durch die ganze Wohnung, es ist gerade noch hell genug, um alles sehen zu können, Luna öffnet jeden Schrank, sieht im Bad nach, späht durch den Türspion, kann Falk nirgends entdecken. Atemlos setzt sie sich erneut an den Schreibtisch, vermeidet es, mit ihren Fingern Falks Spuren zu berühren, schaltet den Computer ein, lässt das System hochfahren, das Display erhellt das Zimmer ein wenig zusätzlich, gleich wird das Hintergrundbild erscheinen, an das ist sie gewöhnt, es bietet ein Stück elektronisches Zuhause, wo immer sie ist.

Doch statt des gewohnten Bildes, einem Sonnenaufgang am Meer, bleibt der Bildschirm schwarz, nein doch nicht, ein verdrehter Buchstabe schwirrt über die dunkle Fläche wie ein Raumschiff, ehe er in der Mitte stehen bleibt, nach links rückt, dann folgt ein weiterer, Luna starrt darauf, sieht zu, wie sich Buchstabe für Buchstabe, Wort für Wort zusammensetzen, das hat sie nicht eingerichtet, Falk war das, Falk. Nach wenigen Minuten ist der Satz vollständig, in großen neongrünen Buchstaben prangt er auf ihrem Display:

Ich weiß, wo du warst!

Luna sitzt wie erstarrt, kann ihren Blick nicht lösen. Sie spürt Falks Augen überall, im Nacken, im Gesicht, von der Seite. Die Buchstaben lösen sich auf, beginnen ihren Tanz von Neuem, wieder setzt sich Wort für Wort zusammen, Luna verharrt unbeweglich, kann nicht anders, kann es nicht begreifen, Falk ist da, ist aber nicht bei ihr wie jemand, der sie liebt, ist bei ihr wie ein Wächter, ein Aufseher, jederzeit bereit, zu richten und zu strafen.

Sie weiß nicht, wie viel Zeit vergangen ist, als Luna schließlich doch die Maus in die Hand nimmt, sich mit dem Internet verbindet und ihr Mailprogramm aufruft. Ihr Postfach meldet neun neue Nachrichten, Luna sieht gleich, dass sie alle von Falk sind, von ihren Eltern ist keine dabei. Neun Nachrichten mit einander ähnelnden Betreffzeilen:

Ich habe dich gesehen.
Du bleibst bei mir.
Du kannst nichts heimlich tun.
Ich finde dich, wo immer du bist.
Du ahnst nicht, was ich von dir weiß.
Niemand nähert sich dir ungestraft.
Ich sehe dich, wenn du mit anderen Männern sprichst.
Meine Augen verfolgen dich.
Ich wache über dich, egal was du treibst.

Die Mails dazu sind leer, kein Wort erklärt ihr etwas, kein versöhnlicher Satz lässt sie aufatmen, stattdessen schließt sich ein beklemmender Ring um ihre Brust, nimmt ihr die Luft, macht sie unfähig, etwas zu tun. Das ist nicht mehr normal, das kann er nicht ernst meinen, wie ist er nur hereingekommen, er muss sich heimlich ein Duplikat von ihrem Hausschlüssel anfertigen lassen haben! Luna versucht, nicht daran zu denken, dass er hier war, ohne ihr etwas davon zu sagen; dass er heimlich hier war, um ihren Computer zu manipulieren, wer weiß, was er noch alles gemacht hat. Ausgerechnet heute, wo sie so lange mit Jaron gesprochen hat, allein, er muss sie gesehen haben, sie sind leichtsinnig gewesen, als sie auf dem Heizkörper vor der verglasten Wand sitzen geblieben sind, jeder hat sie dort sehen können. Vielleicht wollte Falk sie abholen und hat beobachtet, wie Jaron sie berührt hat, hat zugehört, als Jaron ihr gestand, sie ginge ihm nicht aus dem Kopf. Vielleicht hat er alles belauscht, auch das, was Jaron über ihn geäußert hat, womöglich hat er den Kuss beobachtet, auch wenn es nur ein kleiner Kuss unter guten Freunden war. Luna versucht, diesen Gedanken auszublenden, versucht, so zu tun, als wäre das alles nicht passiert, scrollt mit der Maus weiter durch ihre Mails, es sind nur ältere darunter, nein doch nicht: Als sie ihren Spamordner öffnet, findet sie darin eine Nachricht ihrer Mutter, die gestern eingegangen ist, sie öffnet sie, überfliegt, was darin steht, viel ist es nicht, die üblichen Fragen nach der Gesundheit und dem Vorankommen im Studium; zu Hause sei alles beim Alten, letzte Woche habe sie Thores Grab winterfest gemacht.

Die Eltern als Spam, auch das hat es noch nicht gegeben, natürlich gehören sie in den Posteingang vertrauter Absender. Luna forscht weiter und öffnet ihr Adressbuch – alle gespeicherten Mailadressen sind gelöscht, sie kann niemandem schreiben, dessen Adresse sie nicht im Kopf hat, von wem hat sie das schon? Wenn sie den Namen weiß, fehlt ihr der Anbieter. In ihren Dateien hat sie ein paar Mails gespeichert, Beileidsbriefe nach Thores Tod, hier könnten noch einige Mailadressen ihrer Freunde stehen, doch auch die sind gelöscht, alles ist weg, der virtuelle Papierkorb geleert, nur Falks eigene Adresse prangt majestätisch in ihrem Adressbuch, außer ihm kennt sie niemanden mehr.

Meine Augen verfolgen dich.
Niemand nähert sich dir ungestraft.

Ich muss Jaron anrufen, denkt sie. Ihn warnen. Doch Jarons Handynummer hat sie nicht, nach dem Aufstand, den Falk nach der Kneipenrallye wegen seiner SMS veranstaltet hat, hat sie seine Nachrichten gelöscht und sich gehütet, seinen Namen im Handy zu speichern. Dann eben Sarah, denkt Luna, dann muss sie es ihm ausrichten, und ruft Sarah im Adressbuch auf, doch Sarahs Eintrag fehlt. Luna überprüft alle Funktionen, es sind keine Fotos mehr da, keine Kontakte, sämtliche Mitteilungen und Anrufprotokolle gelöscht, das Handy auf Werkseinstellungen zurückgesetzt, nur Falks Nummer ist gespeichert, genau wie im Laptop. Von ihrem Handy aus schickt sie eine SMS an ihre eigene Rufnummer – sie kommt nicht an. Also hat Falk ihre SIM-Karte getauscht, sie weiß nicht, wann er das getan haben kann, aber es besteht kein Zweifel.

Natürlich könnte sie ihre Eltern anrufen, die Nummer weiß sie auswendig, aber sie möchte sie nicht verstören, weiß auch nicht, ob sie begreifen würden, was gerade passiert. Luna legt ihr Handy auf den Couchtisch und verharrt unbeweglich. Ich bin gefangen, denkt sie; er hat mich im Griff, ich kann kaum einen Schritt mehr tun, ohne dass Falk mich kontrolliert, und ich kann mich niemandem anvertrauen, weil es niemanden gibt, niemanden außer ihn.

Das ist nicht mehr nur Eifersucht, fährt es ihr durch den Kopf. Falk will mich besitzen, ganz und gar.

Verzweifelt versucht Luna nachzudenken. Sie kann niemanden anrufen, niemandem schreiben. Nach einem romantischen Essen mit Falk ist ihr nicht mehr zumute. Wenn sie rausgeht und versucht, Jaron zu finden, sind sie beide vielleicht in Gefahr. Luna weiß, dass sie nichts Unüberlegtes tun, keinen übereilten Fehler machen darf. Sie muss langsam handeln. Darf Falk nicht weiter erzürnen. Ihr Handy klingelt, es ist Falk, der verkündet, er stünde vor der Tür, Luna ist nicht einmal verwundert, erschrickt nicht mehr. Sie öffnet ihm, in der Hand hält er einen Rosenstrauß, frische edle langstielige Blumen wie aus prallem Samt, vereinzelte Wassertropfen perlen von den Blüten auf ihre Hand, als sie sie entgegennimmt, in der Aufregung hält sie die Rosen etwas zu fest, ein Dorn sticht in ihren Handballen, sie saugt den austretenden Blutstropfen schnell auf, versichert Falk hastig, es sei nicht schlimm. Falk gibt sich besorgt, sucht in ihrem Badezimmer nach einem Pflaster, kennt sich aus, dennoch deutet nichts an seinem Verhalten auf das hin, was er getan hat, vor wenigen Stunden, vielleicht gerade erst, bevor Luna nach Hause kam.

»Lass uns zum Weihnachtsmarkt fahren«, bestimmt er. »Nach Mitte.«

»Meinst du den am Alex?«, fragt sie nach. »Der ist doch eher ein Rummelplatz als ein Weihnachtsmarkt. Was hältst du von einem romantischeren, kleineren Markt? Der in Lichtenrade soll sehr schön sein, oder der in Spandau.«

Falk schüttelt den Kopf. »Mir ist heute nach Trubel zumute. Außerdem will ich mit dir angeben.«

Während der Fahrt zum Alexanderplatz versucht sie, sich nichts anmerken zu lassen, auch er plaudert, als ob nichts sei, als wäre er nicht gerade erst eingedrungen in Lunas Refugium. Luna fühlt sich in ihn ein, gibt die Antworten, die er hören will, stellt Fragen, die ihr Interesse an ihm zeigen. An einem Stand kauft er ihr ein Lebkuchenherz, auf dem in dicker Zuckerschrift die Worte *»Nichts kann uns trennen«* stehen, und hängt es ihr um den Hals, Luna entgeht nicht sein triumphierender Blick, als er danach seinen Arm fest um ihre Schultern legt und sie weiter durch das Gedränge zwischen den Ständen und Fahrgeschäften lotst.

Vor dem Riesenrad bleibt er stehen.

»Mir dir über die Dächer Berlins schauen«, schwärmt

er, drückt Luna fester an seine Seite und blickt in den Abendhimmel, über den sich vereinzelte Sterne verteilt haben; es scheint eine klare, kalte Nacht zu werden. »Wäre das was?«

Luna versucht, ihr Schaudern zu verbergen, sie friert schon jetzt, auf dem Riesenrad ist es bestimmt noch eisiger. Aber Falk lotst sie schon zum Kassenhäuschen und kauft die Billets, gleich darauf schiebt er sie in eine Gondel, die so rasch nach oben steigt, dass Luna sich festklammern muss, an Falks Arm, an der Umrandung. Jedes Mal, wenn die Gondel wieder stehen bleibt, weil unten neue Gäste einsteigen, atmet Luna durch, doch es geht immer weiter nach oben, bis ihre Gondel die höchste von allen ist. Der Wind zerrt an ihren Haaren und kriecht unter ihre Jacke, Falk scheint die Kälte überhaupt nichts auszumachen, er trägt eine schwarze weiche Lederjacke, die innen mit Lammfell gefüttert ist.

»Jetzt sind wir die Größten«, scherzt er und steht auf, verlagert sein Gewicht mal auf das eine, dann das andere Bein, bis die Gondel zu schwanken beginnt, er hält sich nicht einmal an der Mittelstange fest, will Luna an der Hand hochziehen, sie jedoch krallt eine Hand noch immer um das Geländer, die andere um den Riemen ihrer Tasche.

»Hör auf, Falk«, bittet sie, bemüht, ihre Stimme gelassen klingen zu lassen. »Mir wird schwindlig dabei, wirklich. Tu mir den Gefallen und lass das sein.«

»Hast du Angst?« fragt er, lacht laut auf und verstärkt seine Bewegung, jetzt muss er sich doch an der Stange festhalten, um nicht zu stürzen. Warum tut er das, denkt Luna, er weiß doch, was eine solche Höhe für mich bedeutet, die schlimmen Erinnerungen. Aber Falk setzt sich jetzt wieder neben sie, und noch ehe Luna Erleichterung darüber empfinden kann, fängt er an, die Gondel zu drehen, nicht mal als Kind hat Luna das gemocht, auch Karussells hat sie immer gemieden, weil ihr so schnell unangenehm schwindlig wurde. Das Schwanken dauert fort und verstärkt Lunas Unbehagen, erneut bittet sie Falk aufzuhören, die Gondel fährt jetzt abwärts, hält unten nicht mehr an, da sie voll besetzt ist, viel zu schnell ist sie wieder oben, Luna schreit inzwischen, aus einer der Nachbargondeln hört sie jemanden schimpfen, es wäre lebensgefährlich, was der junge Mann da treibe. Falk jedoch tut, als höre er nichts.

»Vertraust du mir nicht?«, ruft er Luna zu, »Du weißt doch, dass ich dich nie gefährden würde! Stell dich nicht so an, ein Riesenrad ist kein Ohrensessel!«

»Ich kann das nicht, Falk, mir wird schlecht, hör auf!« Luna versucht, Falks Hände wegzureißen, sie erkennt die Umgebung nicht mehr, spürt nicht mehr, ob die Gondel gerade oben oder unten ist, alles dreht sich, die Stadt, der Himmel, die bunten Lichter unten fliegen an ihr vorbei, ihr Magen rebelliert, sie zittert. Falk reagiert nicht, er dreht und dreht, lacht immer lauter, schafft es schließlich doch, Luna zum Stehen hochzuziehen, schiebt sie gegen das Geländer und drückt sie nach vorn.

»Siehst du, wie klein alles ist?«, fragt er. »Siehst du das, Luna? Alles dort unten ist ganz und gar bedeutungslos. Wir beide hier oben, das ist das Leben. Nur du und ich.«

»Lass mich los, Falk.« Luna versucht, sich aus seinem Griff zu befreien, aus seiner Hand, die in ihrem Nacken liegt wie in dem einer Katze, die gleich am Fell hochgehoben werden soll. »Lass mich los, ich kann nicht nach unten sehen, ich habe Angst.«

Falk stößt ihren Kopf noch einmal leicht nach vorn, dann lässt er sie los, Luna sinkt in den Sitz zurück und betet, es möge bald vorbei sein, bald, schnell. Irgendwo unten schmettert eine Musikanlage alte weihnachtliche

Schlager, Luna versucht, sich innerlich an dem Text festzuklammern, sie schließt die Augen, ein Lied dauert vielleicht drei Minuten, viel länger wird auch das Riesenrad nicht mehr fahren.

Tatsächlich merkt sie kurz darauf, dass sich die Fahrt verlangsamt, einmal geht es noch bis ganz nach oben, dann werden die Gondeln am Boden gestoppt, damit die Fahrgäste aussteigen können. Nur raus hier, denkt Luna; fort von hier, sie hat Angst, sich übergeben zu müssen, will das nicht vor Falk. Als sie endlich wieder festen Boden unter den Füßen spürt, scheint sich noch immer alles um sie zu drehen, doch sie widersteht dem Impuls, sich an Falk zu lehnen, sie weiß, dass er sie nicht halten, sondern nur umklammern würde, wer weiß, was er sich noch einfallen lässt, sie will weg. Im Gedränge nimmt sie plötzlich eine Lücke in einer kleinen Menschentraube vor einem Imbissstand wahr, Falk ist einen Moment lang unaufmerksam, sein Handy klingelt, sicher ein Kunde. Während er es aus der Hosentasche zieht und auf das Display sieht, schiebt sie sich an den Leuten vorbei und vergewissert sich, dass sich die Lücke hinter ihr wieder schließt, dann rennt sie los, schlängelt sich zwischen den Ständen weiter, kommt nur langsam voran, weil es überall eng ist, wagt nicht zurückzuschauen, Falk wird längst gemerkt haben, dass Luna nicht mehr neben ihm geht. Erst als sie sich sicher ist, dass er sie aus den Augen verloren haben muss, wagt sie es, das Weihnachtsmarktgelände zu verlassen, stürmt weiter, die Winterluft sticht in ihrer Lunge, das Lebkuchenherz hängt schwer um ihrem Hals und das Band schneidet in ihre Haut ein, sie weiß nicht, wie weit sie gerannt ist, als eine Straßenbahn wenige Meter vor ihr hält. Luna zwängt sich an Wartenden vorbei, deren Murren überhörend, hält dem Fahrer ihre Monatskarte vor das Gesicht, kämpft sich bis in die Mitte des Waggons, nur weg von hier, weg, warum steht die Bahn so lange, aber Falk kann sie nicht gesehen haben, es ist so gut wie unmöglich, dennoch spürt sie seine Augen auf sich, obwohl sie einen Gangplatz ergattern kann und ihr Gesicht vom Fenster abwendet. Endlich geht ein Ruck durch die Straßenbahn, gleich darauf setzt sie sich in Bewegung, Luna versucht, an der alten Dame neben ihr vorbei nach draußen zu spähen, Falk ist nirgends zu entdecken. Dennoch gelingt es ihr kaum, sich zu entspannen, weiß nicht, wohin sie fahren soll, nach Hause kann sie nicht, weil Falk ihr dort sicher auflauern wird. Sarahs Adresse hat sie nicht im Kopf. Zu Jaron, denkt sie; das Haus, in dem seine WG ist und damals die Party war, würde sie noch erkennen, auch die Straße weiß sie noch. Aber in Jarons Wohnung lebt auch Johannes, Falks Cousin. Es geht nicht. Die Straßenbahn fährt und hält an, fährt weiter und hält an. Irgendwann steigt Luna aus. Findet einen U-Bahnhof, geht hinunter zum Informationskasten, studiert die Straßenkarte des Bezirks, in dem sie sich befindet, und das Schienennetz. Sie ist näher am Weihnachtsmarkt, als sie vermutet hatte. Ihr Handy vibriert in ihrer Tasche, sie zieht es heraus, natürlich sind bereits sieben verpasste Anrufe drauf und vier SMS. Dann ist er plötzlich wieder da. Falk packt sie wortlos am Arm, so hart, dass es schmerzt. Strebt auf seinen Wagen zu, öffnet ihn mit der Fernbedienung des Schlüssels, stößt Luna auf den Beifahrersitz.

»Du ziehst zu mir«, bestimmt er, während er den Motor startet. »So schnell es geht.«

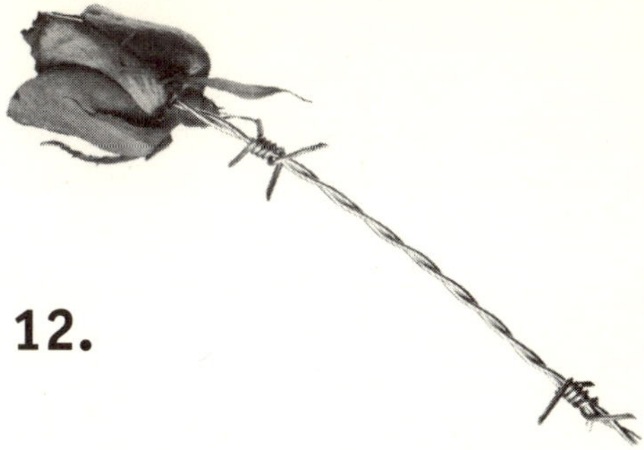

12.

Lunas Eltern schreiben, sie könnten nicht kommen, um beim Umzug zu helfen, besonders der Vater habe kein Verständnis dafür, dass seine Tochter sich nur wenige Wochen, nachdem er ihr unter großen seelischen und körperlichen Anstrengungen eine Wohnung gesucht und eingerichtet habe, bereits an einen Mann binde. Noch dazu an einen, den sie ihnen nicht einmal vorgestellt habe. Daraufhin schreibt Falk ihnen selbst. Erzählt von sich und seinem Beruf als Immobilienmakler, berichtet, wie er Luna kennengelernt habe und warum er sie so liebe. Lädt beide ein, im Frühjahr zu ihnen nach Berlin zu kommen. Im Anhang schickt er ein Foto von ihm und Luna mit, das er mit seiner Digitalkamera per Selbstauslöser geschossen hat, eigens für diesen Zweck. Sie stehen auf seiner Dachterrasse, hinter ihnen die Kronen der Straßenbäume mit dem ersten spärlich gefallenen Schnee dieses Winters überzuckert, aufgenommen bei Sonnenuntergang, der inzwischen bereits lange vor 17 Uhr einsetzt. Luna trägt darauf zu ihrem Wintermantel einen neuen Kaschmirschal, den er ihr in einer Boutique gekauft hat und dessen himbeerrote Farbe ihrem Gesicht einen frischen Ton verleiht, und Falk hält sie eng umschlungen.

Nur wenige Stunden vergehen, bis die Antwort auf Falks Mailaccount eingeht, Lunas Eltern bedanken sich sehr herzlich und freuen sich, dass ihre Tochter in der Hauptstadt einen so beeindruckenden jungen Mann kennengelernt habe, nur seien sie aufgrund der Weihnachtsvorbereitungen und des anstehenden Skiurlaubs zeitlich so eingespannt, dass sie noch nicht sagen könnten, wann an eine Reise nach Berlin zu denken wäre.

»Der Schal steht dir hervorragend«, stellt Falk fest, als er noch einmal das gemeinsame Foto betrachtet. »Man sieht nicht einmal, dass du krank bist.«

Tatsächlich leidet Luna unter einer hochfiebrigen Erkältung, die sie sich vermutlich bei dem Besuch auf dem Weihnachtsmarkt zugezogen hat. Ihre Stimme ist fast völlig verstummt, noch dazu quält sie ein trockener Husten. Auch im Magen ist ihr nicht gut, das flaue Gefühl, das von ihr Besitz ergriffen hat, als Falk die Gondel hat schwanken und drehen lassen hat, ist auch nachher nicht vollkommen verschwunden. Mehrere Male hat sie sich übergeben müssen, froh, sich danach wieder hinlegen zu können, doch für das Foto hatte Falk verlangt, dass sie sich anziehen, frisieren und schminken solle. Um zu zeigen, wie glücklich sie miteinander sind.

Mehr als eine Woche lang kann Luna nicht zur Uni gehen. Falk bleibt ebenfalls zu Hause, als Selbständiger könne er sich das leisten, meint er. Besichtigungstermine mit Immobilienkäufern und Eigentümern hat er verschoben, telefoniert andauernd, regelt so viel wie möglich über das Internet, während Luna in seinem Schlafzimmer immer wieder in einen unruhigen Fieberschlaf fällt. Manchmal stellt Falk ihr eine kleine Schale mundgerecht geschnittenen Obstes auf den Nachttisch, exotische Früchte, Luna genießt die saftigen, kühlen Mangoscheiben, die sich in ihrem Mund fast von selbst auflösen, die festen Ananasstücke, die erfrischenden Melonenwürfel. Manchmal steht sie auf, um zur Toilette zu gehen, Falk stützt sie, begleitet sie anschließend wieder ins Bett. Die meiste Zeit sitzt er neben ihr und arbeitet am Laptop.

Als das Fieber fast auf normale Körpertemperatur gefallen ist, denkt Luna wieder an die Uni. An Jaron, der sich gewiss Sorgen um sie macht, in der Uni nach ihr sucht, vielleicht hat er versucht, sie anzurufen, ihr SMS geschickt, die erneut alle unbeantwortet geblieben sind. Er weiß noch nicht, dass sie eine neue Handynummer hat, die sie selbst nicht kennt, dass sie zu Falk ziehen wird, schon fast bei ihm wohnt; jetzt wo sie krank ist, kann sie nicht weg. Sie fürchtet sich davor, es Jaron zu sagen, hofft, er werde sie verstehen, begreifen, dass sie keine andere Wahl hat. Jetzt, wo es ihr allmählich besser geht und sie nicht mehr so viel schläft, sehnt sie sich in ihrem Fieberschweiß nach ihrer Wohnung zurück, nach den kühlen Altbauwänden, nach ihren eigenen Sachen, auch wenn sie nicht so kostbar sind wie alles, womit Falk sich umgibt, auch wenn ihre wirklich wichtigen Dinge nicht mehr da sind. Luna will auf ihrem Hochbett liegen und Fernsehen, am Schreibtisch sitzen und sich am Laptop beschäftigen, immer wieder kurz aufstehen, um sich kleine, leichte Mahlzeiten zuzubereiten, Toast mit Halbfettmargarine und Käse, Naturjogurt mit Honig, sie will Pfefferminztee aus ihren eigenen Bechern trinken, von denen einige schon etwas angeschlagen sind, nicht immer aus Falks edlem Porzellan im kühlen, schlichten Design, bei dem sie jedes Mal aufpassen muss, nichts zu zerkratzen oder gar fallenzulassen. Nur ein paar Wochen noch, denkt sie; dann werde ich nie wieder die Möglichkeit haben, in meinen eigenen Räumen zu sein, werde alles auflösen. Als das Fieber ganz gesunken ist und sie wieder aufstehen kann, verspürt Luna den Wunsch, für die Uni zu lernen, ihre Notizen aus den letzten Vorlesungen durchzusehen, ins Reine zu schreiben, um sich den Stoff wieder zu vergegenwärtigen. Sie will Sarah anrufen, die Themen der Vorlesungen, die sie durch ihre Krankheit versäumt hat, zumindest im Internet recherchieren, sich einen langen, ruhigen Nachmittag lang in der Bibliothek aufhalten. Und Jaron wiedersehen. Beinahe hat Luna Angst, Falk könnte ihre Gedanken erraten.

»Ich möchte wieder zur Uni«, verkündet sie deshalb eines Morgens, am neunten Tag nach ihrem plötzlichen Fieberanstieg. »Sonst verpasse ich zu viel. Im Januar muss ich unbedingt meine ersten Scheine machen.«

Falk runzelt die Stirn. Er hat sich nach dem gemeinsamen Frühstück mit seiner Kaffeetasse aufs Sofa gesetzt und die Speicherkarte seiner Digitalkamera in das Lesegerät seines Laptops geschoben, um das Exposé für ein Zweifamilienhaus zu erstellen.

»Meinetwegen musst du das nicht«, antwortet er, ohne aufzusehen.

»Du hast dich wirklich lieb um mich gekümmert«, betont Luna, setzt sich neben ihn und schmiegt ihren Kopf an seine Schulter. »Danke, Falk. Aber es geht mir wieder gut, wirklich. Ich habe viel nachzuholen und möchte wenigstens für ein paar Stunden hin. Wenn mir wieder flau wird, komme ich zurück, versprochen.«

Falk nimmt die Hände vom Touchpad und wendet ruckartig seinen Kopf zu ihr.

»Du hast mich nicht verstanden«, bemerkt er. »Ich meine nicht, dass du *heute* nicht zur Universität zu gehen brauchst. Du gehst überhaupt nicht mehr hin. Ich verdiene genug für uns beide.«

»Wie bitte?« Luna weicht zurück. »Das geht nicht ... Ich brauche doch einen Beruf! Wozu habe ich Abitur gemacht, ich will doch nicht jetzt schon als Hausfrau leben! Es war gar nicht so leicht, an diesen Studienplatz zu kommen, mein Vater rastet aus! Erst die Nachricht, dass ich umziehe, dann soll ich das Studium aufgeben ...«

»Schon gut.« Falk wendet sich wieder seiner Arbeit zu.

»Wenn dir deine Karriere wichtiger ist als unsere Liebe, dann geh nur.«

»So ist es doch gar nicht, Falk. Von Karriere kann überhaupt keine Rede sein, ich habe gerade erst angefangen zu studieren! Du kannst doch kein Dummchen an deiner Seite wollen, gerade du doch nicht!« Sie steht auf und weist mit einer ausladenden Handbewegung durch den Raum. »Eine Wohnung wie diese, dein Beruf ... Wenn wir zusammen irgendwo hingehen, muss ich doch zu dir passen, Falk! Stell dir vor, wir sind auf einem Empfang, vielleicht bei einem wichtigen Kunden von dir, und jemand fragt mich nach meiner Tätigkeit. Was soll ich dann sagen, wenn ich nichts gelernt habe?«

»Du kannst mir bei den Büroarbeiten zur Seite stehen. Das genügt vollkommen und würde in meinen Kreisen auch von jedermann akzeptiert werden.«

»Mir genügt das aber nicht«, ereifert sich Luna. »Wirklich, Falk, das kann ich auch abends tun, in den Semesterferien und am Wochenende, wenn ich nicht zu viel büffeln muss. Dann helfe ich dir gerne. Aber mein Studium muss ich durchziehen, schon meinen Eltern zuliebe.« Luna spürt, dass ihn allein dieses Argument halbwegs besänftigen wird; nie würde Falk akzeptieren, dass sie selbst davon träumt, eines Tages erfolgreich und unabhängig zu sein, auf eigenen Beinen zu stehen, auch finanziell.

»Gut.« Falk stellt das Notebook ab und steht auf. »Wenn du unbedingt etwas tun willst, dann komm mit, ich zeige dir, was du fürs Erste machen kannst.«

Na gut, denkt sie; vielleicht sollte ich mich ein wenig dafür revanchieren, dass er die ganze Zeit bei mir geblieben ist, während ich krank war. So kann ich Zeit gewinnen, mir überlegen, wie ich ihn überzeugen kann, dass ich weiterstudieren muss. Wie ich es schaffe, dass Falk sich endlich öffnet. Über Teresa hat er noch immer kein Wort verloren, und sie war zu schwach, um zu fragen.

Falk ergreift Lunas Hand und führt sie beinahe grob in den hinteren Bereich seiner Wohnung, hier ist sie noch nie gewesen, Falk öffnet eine Tür, die sie bislang nicht einmal wahrgenommen hat. Dahinter betreten sie einen quadratischen engen Flur, von dem zwei Türen abgehen. Noch mehr Zimmer, denkt Luna; warum hat er mir die vorenthalten, noch dazu wo er will, dass ich hier einziehe? Vielleicht will er mir ein Zimmer zeigen, das meines wird, wenn es so weit ist. Der Gedanke gefällt ihr; mit einem eigenen Raum in Falks Wohnung würde sie sich schneller heimisch fühlen können. Eigentlich überhaupt nur dann, inzwischen kennt sie Falk gut genug, um zu erahnen, dass er Lunas bescheidene Besitztümer kaum zwischen seinen eigenen Designerstücken dulden würde.

Falk zögert kurz, dann öffnet er eine der beiden Türen. Luna erstarrt; vor ihr breitet sich ein großes, helles Zimmer aus, mit breiten Fenstern, von denen eines bis zum Boden reicht und auf einen weiteren kleinen Balkon führt. Der Raum ist größer als Lunas Wohnzimmer, und trotz seiner Nordlage fühlt sie sich sofort behaglich darin, so hell und gut geschnitten ist er, nur müsste er gelüftet und anschließend beheizt werden. Das Tageslicht fällt auf einen breiten Schreibtisch aus massivem Mahagoni mit passendem Lederstuhl, der gewiss ein Familienerbstück ist; sonst ist das Zimmer mit Ausnahme einiger Bücherregale und einem antiken Vertiko fast unmöbliert. Dafür türmen sich auf dem Fußboden unzählige Stapel von Tageszeitungen, Fachzeitschriften und Broschüren. Ein vertrockneter Ficus Benjamini verrät, dass der Raum schon lange nicht mehr betreten, geschweige denn aufgeräumt oder geputzt worden ist, offenbar nicht einmal von Falks

Haushaltshilfe. Auf der Schreibtischlampe entdeckt Luna eine Staubschicht von mehreren Millimetern.

»Dein Arbeitszimmer?«, fragt Luna, nachdem sie sich gefangen hat. »Es ist wunderschön. Warum benutzt du es nicht?«

Falk räuspert sich.

»Es liegt mir zu abgelegen«, gesteht er abwinkend »Wenn ich allein zu Hause bin, fühle ich mich einsam darin, und wenn du hier bist, will ich in deiner Nähe sein.«

»Wir sollten das Zimmer in unser Leben einbeziehen«, überlegt Luna laut. »Den Flur offen lassen, vielleicht Halogenstrahler an der Decke anbringen, Bilder aufhängen. Dann wirkt es nicht mehr abgelegen. So wie jetzt ist der schöne Raum doch …«

»Ich will ihn nicht einbeziehen, verdammt!«, unterbricht Falk sie, ballt die Fäuste vor seiner Brust, schüttelt den Kopf und starrt vor sich hin, minutenlang, Luna erschrickt, weil er plötzlich so außer sich ist. Einige Minuten vergehen, ehe er sich so unter Kontrolle hat, dass er imstande ist weiterzureden.

»Das Finanzamt hat mir eine Betriebsprüfung auf den Hals gehetzt«, erklärt er, noch immer ist sein Gesichtsausdruck vom Widerwillen verzerrt. »Nächste Woche kommen sie und sehen sich das Zimmer an, weil ich es bei der Steuererklärung als Büro absetze. In dem Zustand kann ich natürlich keinen Beamten hineinlassen.«

»Dann räumen wir es auf!« Luna tritt ein paar Schritte hinein, blickt sich um. »Ist es das, was du meintest, wobei ich dir helfen soll?«

Falk nickt. »Die vielen Papiere muss ich selber sortieren, aber du kannst inzwischen die Fenster putzen, Staub wischen, dich um die Pflanze kümmern und mir helfen, den Müll zu entsorgen. Heute ist Donnerstag – um 17 Uhr habe ich einen wichtigen Notartermin zur Kaufvertragsunterzeichnung mit einem Kunden. Am Wochenende werde ich wieder mehrere Besichtigungstermine mit Interessenten haben. Der Finanzbeamte kommt irgendwann am Montag. Besser, wir schaffen vorher so viel wie möglich.«

Luna nickt. Wenn ich meine Sache gut mache, denkt sie, besänftigt ihn das vielleicht und er lässt mich doch wieder zur Uni gehen; dass er zu Besichtigungen fahren wird, ist schon mal gut.

»Von mir aus können wir gleich anfangen«, schlägt sie vor. »Wär doch gelacht, wenn wir diesem Beamtenhirn nicht zeigen, was ein korrektes Arbeitszimmer ist.«

Schon will sie sich auf den Weg zurück in den vorderen Teil der Wohnung machen, in der Besenkammer nach Putzmitteln suchen, heißes Wasser in einen Eimer laufen lassen. Das Gefühl, in dieser Wohnung etwas tun zu können, lässt erneut die Hoffnung in ihr aufkeimen, dass sie sich eines Tages doch heimisch fühlen wird, vielleicht lässt Falk sie noch mehr gestalten, wenn er erst ihr Geschick dabei registriert. Falk dirigiert sie, zeigt ihr, wo alles steht, was sie zum Saubermachen braucht, kehrt mit ihr zurück ins Arbeitszimmer, zögert erneut, ehe er es betritt. Luna schleppt den Wassereimer bis vor das Fenster, stellt fest, dass es abgeschlossen ist, dass alle Fenster in diesem Zimmer und auch die Balkontür Schlösser haben und verschlossen sind. Warum das so ist, traut sie sich nicht zu fragen, will Falk nicht unnötig verärgern, bittet ihn einfach, die Fenster aufzusperren und ihr eine Leiter zu bringen. Ohne eine Miene zu verziehen, tut er beides, ehe er einen Stapel Zeitschriften vom Stuhl nimmt, um sich daraufzusetzen. Luna klettert auf die oberste Sprosse, den nassen Wischlappen in der Hand, und putzt das Fenster zunächst von innen, erst die Scheibe, dann wischt sie den Rahmen aus, putzt erneut die Scheibe, zieht das Wasser mit einem Gummiwischer ab, poliert mit einem trockenen Tuch nach, bis sie sicher ist, dass keine Streifen zurückgeblieben sind. Sie spürt, das Falk sie beobachtet, immer wieder, während er Zeitschriften durchblättert, jetzt öffnet sie einen Fensterflügel, um die Scheiben von außen zu reinigen, nicht nach unten sehen, nur nicht. Bereits nach kurzer Zeit ist das Wasser schmutzig, mit leicht zitternden Knien steigt Luna von der Leiter und geht, um es gegen frisches auszutauschen, sie will schnell fertig sein, in der kalten Luft werden ihre Finger schnell klamm und immer wieder stellt sie sich vor zu fallen, in die Tiefe zu stürzen, spürt das immer schnellere Fallen, das Entsetzen in der Sekunde, wo einem klar wird, dass man nicht mehr zurück kann, den Aufprall …

Nicht zu viel nachdenken, sagt sie stumm zu sich selbst und will den Wischer wieder in den Eimer tauchen.

»HAB ich dich!«, schreit Falk plötzlich dicht hinter ihr, sie hat ihn nicht herantreten hören, der Schreck lässt sie straucheln, ein wenig Wasser schwappt auf die Leitersprossen, sie muss sich festhalten, rutscht mit einem Fuß ab, droht zu fallen. »Kleiner Scherz, mein Fräulein«, sagt er, packt sie an der Hüfte und hält sie, bis sie wieder sicher steht. »Wir wollen ja nicht, dass dir die Arbeit langweilig wird, nicht wahr?« Wortlos setzt Luna ihre Arbeit fort. Sie putzt zügig, um fertig zu werden, nicht nach unten sehen, beschwört sie sich selbst und lauert innerlich darauf, dass Falk sie noch einmal erschreckt. Er jedoch rührt sich nicht, und mit der Zeit lässt Lunas Aufregung nach, sie kann kurz darauf die Fenster wieder schließen, fest, bis der Riegel hörbar einrastet.

Nach den Fenstern nimmt sie sich die wenigen Möbel vor, sprüht ein Staubtuch mit Möbelpolitur ein, wienert die Regale, nicht ohne jedes Buch darin anzuheben und auch darunter zu wischen, bis alles glänzt, so wie Falk es gern hat. Mit dem Staubsauger beginnt sie, Spinnweben von Decke und Wänden zu saugen. Falk schneidet Artikel aus seinen Fachzeitschriften aus und heftet sie in einem Ordner ab, er kommt nur langsam voran. Luna atmet auf, als er sein Mobiltelefon aus der Hosentasche zieht und etwas in die Tastatur tippt. Kurz darauf spricht er, trifft eine Verabredung.

»Ich sehe, du kommst zurecht«, bemerkt er anschließend. »Ich muss jetzt los und bin sicher einige Stunden weg, der Notartermin ist in Kleinmachnow. Sieh bitte davon ab, mich anzurufen, ich muss absolut ungestört sein. Eventuell gehe ich mit dem Kunden anschließend noch essen.«

»Lass dir Zeit.« Luna eilt auf ihn zu, legt ihre Arme um seinen Hals und lächelt ihn an, amüsiert; sonst ist er immer derjenige, der hinter ihr her telefoniert. »Diese Aktion fängt an, mir richtig Spaß zu machen. Soll er nur kommen, der Finanzbeamte.«

»Spaß«, schnaubt Falk kopfschüttelnd und schiebt Luna von sich. »Du hast Ansichten. Wir sehen uns später.«

Mit zügigen Schritten durchmisst er den Flur, lauter als gewöhnlich schlägt er die Wohnungstür hinter sich zu, Luna hört seine Schritte im Treppenhaus verhallen. Als alles still ist, setzt sie sich auf Falks Drehstuhl. Ruhig bleiben, denkt sie, nicht überstürzt handeln, nur nicht. Die Gedanken sortieren, obwohl ihr Herz wummert und ihre Hände zittern. Zum ersten Mal seit langer Zeit hat Falk sie allein gelassen, zum ersten Mal überhaupt in seiner Wohnung. In der Tasche ihrer Jeans spürt sie ihr Handy, das sie nur wenig beruhigt, seit Falk es manipuliert hat, noch immer ist keine Nummer darin gespeichert außer seiner eigenen, noch immer kennt sie ihre eigene neue Rufnummer nicht, kann sie niemandem geben. Falk ist weg. Sie könnte ebenfalls das Haus verlassen, in ihre Wohnung gehen, könnte untertauchen, die Eltern haben Geld überwiesen, für ein paar Tage in einer Jugendherberge würde es reichen. Sie könnte bei Falk alles durchsuchen, wie er es getan hat, nach Hinweisen stöbern, versuchen, etwas herauszufinden über ihn und Teresa, in Falks früher Vergangenheit wühlen, untersuchen, warum er geworden ist, wie er ist. Kein Mensch wird mit einem krankhaften Kontrollzwang geboren, vielleicht ist ihm etwas zugestoßen, was diese Verlustangst ausgelöst hat, vielleicht gibt es eine Lösung, einen Weg für sie beide.

Ruhig, Luna, sagt sie zu sich selbst. Nichts übereilen, nichts Unüberlegtes tun. Erst das Zimmer. Wenn Falk nach Hause kommt, wird sie ihn damit überraschen, ihm zeigen, wie schön es sein kann. Vielleicht hat Jaron sich geirrt, es kann, es muss ein Unfall gewesen sein, und der hat Falk das Herz gebrochen, seitdem sind seine Gefühle eingekapselt, seitdem verhält er sich rätselhaft. Vielleicht ist es noch nicht zu spät.

Luna steht auf und blickt sich um, viel ist nicht mehr zu tun. Sie legt die Zeitschriften und die Papiere, die Falk zuvor durchgesehen hat, auf einen Stapel und schreibt »*erledigt*« auf ein Blatt, das sie oben drauflegt; so kann er selbst entscheiden, ob er die Papiere entsorgt oder behält. Auf den Stapel, den er noch nicht angerührt hat, schreibt sie »*noch durchsehen*«. Zwischen all den Heften und Zeitungen findet sie alte Reklamebeilagen, die können auf jeden Fall weg, Luna klemmt sich einen Stapel davon unter den Arm, findet am Schlüsselbrett neben der Wohnungstür einen Zweitschlüssel zur Wohnung, geht hinunter zur Altpapiertonne und kehrt zurück nach oben, bleibt im Türrahmen stehen, um erneut das Zimmer zu betrachten.

Es ist zu kahl, denkt sie. Hier fehlen Bilder an den Wänden, ein Deckenfluter, der den Raum abends in ein sanftes Licht taucht, Pflanzen, eine farbige Gardine aus Organzastoff, Kerzen, schöne Steine. Und plötzlich weiß sie, was sie zu tun hat. Luna dreht sich um und läuft zur Garderobe im Flur, schlüpft in ihre Stiefel und ihre warme Jacke, sie wird Falk sagen, dass sie frische Luft brauchte nach den Tagen der Krankheit. Zählt ihr Geld, nimmt ihre Tasche. Bis Falk wiederkommt, ist sie längst zurück.

Mit Bus und U-Bahn fährt sie zur Fußgängerzone in der Wilmersdorfer Straße, hier kennt sie sich bereits ein wenig aus, weil es nicht weit von ihrer Wohnung liegt, einige Sachen hat sie hier schon besorgt. Zuerst kauft sie Dinge, die sich gut transportieren lassen, zu Falks Möbeln im Arbeitszimmer passen blaue und weiße Kerzen, ein Stuhlkissen in Blau- und Grautönen, das perfekt damit harmoniert, dazu besorgt sie das berühmte Poster »Lunchtime atop a skyscraper«, da kann man nichts falsch machen, denkt sie; das Bild finden die meisten Jungs und Männer cool.

»Bei mir hängt das auch überm Bett«, sagt plötzlich eine vertraute Stimme hinter ihr. »Ist es für Falk?«

Luna fährt zusammen und wendet sich um. Jaron! Wie kommt das, es kann doch gar nicht sein, dass Jaron hier auftaucht, er wohnt doch in einem ganz anderen Stadtteil! Aber er ist es wirklich, er strahlt sie an aus seinen warmen hellbraunen Augen, nimmt ihr das zusammengerollte und in Cellophan verpackte Bild aus der Hand, ohne ihre Antwort abzuwarten, und schiebt es in das Regalfach zurück, aus dem sie es entnommen hat.

»Nicht das«, sagt er mit sanfter Stimme. »Du weißt schon, warum. Immer kannst du nicht daran denken, aber glaub mir: Nimm es lieber nicht.«

Die Tiefe unter dem Stahlträger auf dem Bild. Teresa. Thore. Lunas eigene Angst auf dem Riesenrad und beim Fensterputzen. Ich muss völlig neben mir stehen, denkt Luna; sonst wäre ich nie auf die Idee gekommen, gerade dieses Bild auszuwählen. Jaron muss mich für vollkommen unsensibel halten.

»Was machst du hier Jaron?«, fragt sie und ärgert sich selbst über diese unfreundliche Begrüßung.

Er jedoch lächelt sie fröhlich und warmherzig an wie immer. »Ich jobbe hier dreimal in der Woche, wusstest du das nicht? Meine Eltern haben nicht so viel Kohle, da ist ein Nebenverdienst ganz gut.« Jaron schlägt ein Poster nach dem anderen um, über dem Regal sind sie alle in Rahmen präsentiert, die man umblättern kann wie ein überdimensionales Buch. Etwas Geeignetes ist nicht dabei.

»Vergiss es«, meint er schließlich. »Falk kauft seine Bilder normalerweise auf Vernissagen befreundeter Künstler, den kannst du mit Postern nicht beeindrucken. Hat er Geburtstag?«

Luna schüttelt den Kopf und erzählt ihm, was sie vorhat. Jaron nickt, hört zu, schlendert mit ihr durch den Laden, nimmt dies und das in die Hand. Luna kauft zwei Kerzenhalter in altrömischem Stil, denen man nicht ansieht, wie preiswert sie waren, austauschen kann Falk sie später immer noch, erst mal geht es nur darum, ein Arbeitszimmer vorweisen zu können.

»Ich bin in fünf Minuten fertig mit meiner Schicht«, sagt Jaron, nachdem Luna alles bezahlt hat. »Magst du solange warten? Dann können wir noch ein bisschen durch die Gegend bummeln. Ich freue mich so, dich zu sehen.« Kurz denkt Luna, sie sollte lieber Nein sagen. Was, wenn Falk sie mit Jaron sieht? Was, wenn er schon wieder zu Hause ist und auf sie wartet? Aber er hat ja gesagt, er wäre länger weg, und es wäre so schön, noch ein bisschen mit Jaron zusammenzusein.

Also gibt sie sich einen Ruck.

»Gern«, sagt sie leise.

✱

Nachdem Jarons Schicht zu Ende ist, laufen sie durch die Einkaufsstraße, erstehen in einem Schreibwarenladen Stifte und Ablagekörbe, danach bleiben sie vor einem Blumengeschäft stehen.

»Pflanzen«, sagt Luna. »Pflanzen müssen auf jeden Fall sein. Hilfst du mir tragen?«

»Kauf, was du willst.« Jaron hebt die Schultern und grinst breit. »Mein Auto steht gleich um die Ecke.«

»Du hast ein Auto?«

»Kein so schickes wie Falk, aber ein paar Blumentöpfe kann man damit schon transportieren.«

Sie kaufen eine Bananenpflanze und einen neuen Ficus Benjamini, Jaron trägt die Töpfe auf seinen Armen bis in die Schillerstraße und stellt sie auf der Motorhaube eines alten Kombi ab. Gemeinsam verfrachten Luna und er sie in den Laderaum, ebenso die Tüten mit den anderen Sachen, dann kehren sie zurück in die Einkaufsstraße. Einmal das Denken ausschalten, sagt Luna im Stillen zu sich selbst, nicht grübeln, ob Falk sie vielleicht sieht, einfach nur genießen, Jaron und sie tun nichts Schlimmes. In einem Elektromarkt hören sie CDs über Kopfhörer, in einem Billigladen kaufen sie sich die gleiche Mütze und streiten sich lachend, wem sie besser steht. Jaron besorgt Weihnachtsgeschenke für seine Schwester und Luna berät ihn dabei, sucht ein gebatiktes Seidentuch in sonnigen Farben aus, findet passende Ohrringe dazu. Sie bemerkt ein paar weihnachtlich nach Zimt duftende Buden und zieht Jaron zu einem Stand mit gebrannten Mandeln und Marzipankartoffeln, wenige Meter weiter trinken sie Glühwein aus Plastikbechern, reden und lachen miteinander, Luna denkt, dass sie sich schon lange nicht mehr so ausgelassen gefühlt hat.

»Da hinten ist Katharina«, bemerkt Luna plötzlich. »Dort drüben auf der anderen Seite, sie kommt gerade aus dem Schnellrestaurant.«

»Scheiße!«, flüstert Jaron, springt hinter einen Stromkasten und zieht Luna mit sich in die Hocke.

»Was hast du?«, fragt Luna und lacht. »Ich bin zwar auch nicht gerade ein Fan von ihr – dazu hat sie mich schon zu oft angezickt. Aber verstecken müssen wir uns nicht.« Dann wird sie plötzlich ernst. »Oder? Warum machst du das, Jaron, was ist mit ihr?«

»Katharina steht auf Falk«, antwortet er knapp. »Aber er nicht auf sie. Deshalb ist sie auch so komisch zu dir. Es ist besser, wenn sie uns nicht zusammensieht.«

Als Katharina um die Straßenecke verschwunden ist, nimmt Jaron Luna leicht am Ellbogen und führt sie in den Haupteingang eines Kaufhauses, in dem vorweihnachtlichen Einkaufsgewühl können sie gut untertauchen. Sie stromern ein wenig durch die Süßwarenabteilung, dann blickt Luna auf ihr Uhr und bekommt einen Schreck. Es ist spät geworden, sie muss unbedingt nach Hause, ehe Falk zurückkehrt! Jaron schlägt sofort den Weg zurück zu seinem Auto ein.

»Du solltest auch den Führerschein machen«, sagt er. »Wenn du ein Auto hast, bist du frei. Du kannst überall hinfahren, und wenn er dich verfolgt, riegelst du von innen ab, und niemand kann dir etwas anhaben.«

»Den Führerschein habe ich«, korrigiert Luna. »Aber für ein Auto fehlt mir das Geld.«

»Mir eigentlich auch.« Jaron lacht leise. »Aber mit dem BAföG und meinem Nebenjob geht es gerade so. Wenn du willst, kann ich ja mal in meinem Laden fragen, ob die noch jemanden brauchen können.«

Luna nickt, ohne sein Angebot anzunehmen. Einen Job haben, eigenes Geld verdienen, auf niemanden angewiesen sein, nicht auf die Eltern, nicht auf Falk. Frei sein. Beinahe wird ihr schwindlig vor Sehnsucht danach.

Doch plötzlich ist Falk wieder gegenwärtig, der dies nie

zulassen würde, mit hastigen Worten bittet sie Jaron, sie zurückzubringen, nach Hause zu Falk.

»Mach ich«, sagt Jaron, und während sie nebeneinander zu seinem Wagen gehen, sieht sie ihn immer wieder verstohlen von der Seite an, spürt das leise, köstliche Flattern in ihrem Bauch und wehrt sich nicht dagegen, nicht jetzt. Nachher kommt die Wirklichkeit sowieso, aber jetzt gibt es nur Jaron und sie, es muss gar nichts zwischen ihnen passieren, es genügt, dass er da ist, dass er so ist, wie er ist, dass er dieses zarte, schöne Gefühl in ihr auslöst, immer und immer wieder, und sie auch in ihm, ganz sicher ist sie sich dessen, er muss es nicht noch einmal sagen, sie weiß es, spürt es auch so.

Als sie wieder bei seinem Auto sind, schließt er auf, beeilt sich, schnell nach ihr einzusteigen, es ist fast ganz dunkel und sie stehen zwischen zwei Straßenlaternen, von denen eine nur ein spärliches Licht abgibt und die andere ausgefallen ist, niemand kann sie sehen. Als hätten sie beide es verabredet, als würde Falk nicht spätestens am Abend auf sie warten, klappt Jaron die Sitze nach hinten, er muss sich über Lunas Körper beugen, um den Hebel zu erreichen, dann nimmt er sie in die Arme, behutsam, als könnte er sie verletzen, seine Wange streicht sachte über ihre, und als er merkt, dass sie nicht zurückweicht, tastet er mit den Lippen von Lunas Hals über ihr Kinn bis zu ihrem Mund, und der Kuss fühlt sich an, als hätte es nie etwas anderes gegeben, nicht für ihn, nicht für sie, es passt einfach alles.

»Wir sollten das nicht tun«, murmelt er, ohne mit dem Küssen aufzuhören. »Es ist leichtsinnig, naiv. Gefährlich. Aber ich kann nicht anders, Luna.« Er hebt seinen Kopf und tastet mit seiner Zungenspitze nach ihrer. »Ich kann nicht anders.«

13.

Luna weiß nicht, wie viel Zeit vergangen ist, als sie sich endlich voneinander lösen.

»Ich muss los«, flüstert sie, und Jaron nickt, sagt nicht, dass sie doch jetzt mit ihm zusammen sei, dass Falk keine Rolle mehr spiele. Er lässt die Rückenlehnen wieder hochklappen und will den Motor starten, hält inne, um Luna noch einmal zu küssen, dann fährt er los. Unterwegs sagt er ihr seine Handynummer so oft vor, bis sie sie auswendig weiß, damit sie ihn erreichen kann, meint er. Den Rest der Fahrt schweigen beide, Luna hat das Gefühl, noch nie in ihrem Leben so glücklich gewesen zu sein wie jetzt, glücklich und vollkommen verwirrt; jetzt sitze ich hier mit Jaron, denkt sie, und hinten in seinem Auto sind die Sachen für Falk, gemeinsam haben wir sie gekauft, um ihm eine Freude zu machen, ihn zu besänftigen, schlimmer noch: um ihn zu täuschen. Falk soll nicht merken, was heute geschehen ist, darf es auf keinen Fall mitbekommen, Luna steht jetzt zwischen zwei Männern, kann den einen nicht verlassen, ohne Schaden anzurichten, den anderen aber nicht haben, ohne genau dies zu tun. Sie wird sich entscheiden müssen, irgendwann, bald, nicht sofort, sie muss Zeit gewinnen, alles überlegt angehen, jetzt mehr denn je. Zeit gewinnen.

Die Straßen in der Innenstadt sind dicht befahren, wie immer in der Vorweihnachtszeit, doch sie brauchen nur wenige Minuten bis zur Straße, in der Falk wohnt. Jaron küsst sie erneut an jeder roten Ampel, schüttelt den Kopf, als sie ihn bittet, bereits an der Ecke zu halten, aus Angst, Falk könnte etwas mitbekommen.

»Du kannst nicht alles allein tragen«, meint er. »Wenn Falk in dem Moment kommt, wo du die Bananenpflanze schleppst, aber die anderen Sachen noch an der Ecke stehen, denkt er erst recht nichts Gutes. Sollte er wirklich vorfahren, solange ich noch da bin, kann ich immer noch schnell mit dem Auto abhauen.«

»Ich will nicht, dass er dich erwischt«, sagt Luna, sie ist als Erste ausgestiegen, in Jarons Auto war es gerade erst warm geworden, nun umfängt sie die Kälte des Abends und lässt ihre Zähne aufeinanderschlagen, vielleicht auch vor Angst.

»Geh du schon mit den ersten Sachen vor, ich pass auf, dass er nicht kommt, dann bring ich den Rest schnell ins Treppenhaus », verspricht Jaron, steigt ebenfalls aus und öffnet den Kofferraum. »Hochbringen musst du die Sachen dann allein. Wenn Falk uns im Haus zusammen sieht, reißt er uns den Kopf ab.«

Luna nickt, schließt auf, bei Falks Haustür klemmt nichts, alles geht wie von selbst, glatt, hochwertig, modern, Luna stellt den Topf mit der Bananenpflanze davor, um sie offen zu halten, baut die Einkäufe neben dem Fahrstuhl auf, Jaron, der ihr nun doch ins Haus gefolgt ist, hilft ihr beim Beladen, zum Glück passt alles hinein.

»Also dann«, sagt sie leise. »Danke für alles, Jaron.«

»Warte«, flüstert Jaron und greift nach ihrem Arm, führt sie in eine Nische unter der Treppe, küsst sie noch einmal so zärtlich, dass ihr beinahe schwindlig wird, er darf das nicht, nicht hier, auf keinen Fall, aber er soll auch nicht aufhören, eine Sekunde noch, und noch eine. Dieser Moment soll nicht vorbei sein, Lunas Herz hämmert, es ist so schön, so schön, Jaron fühlt sich so gut an, so vertraut, jemand aus ihrer eigenen Welt, sie muss auf nichts achten, braucht einfach nur zu lieben.

Lieben. Jaron lieben?

Da hört sie, wie die Tür geht, jemand kommt von draußen ins Treppenhaus. Ein Schrecken durchfährt Luna, sie sind schon viel zu weit gegangen, wenn das Falk ist, bringt er uns um! Vorsichtig lugt sie um die Ecke, doch es ist nur ein unbekannter Nachbar, der kopfschüttelnd die geöffnete Fahrstühltur betrachtet und dann missmutig die Treppe hinaufstapft. Hastig drückt Luna Jarons Körper noch einmal an sich und verabschiedet sich flüsternd, er versteht sofort, hält sie nicht mehr fest, aber sein Blick, als sie in den Fahrstuhl steigt, strahlt Zuversicht aus, wir schaffen das, Luna; nimm dir die Zeit, die du brauchst, wofür auch immer. Luna möchte noch so viel sagen, doch dann hebt sie nur einmal kurz die Hand zum Gruß, drückt den Knopf zum obersten Stockwerk. Lautlos schließt sich die Fahrstuhltür hinter ihr, leise und schnell surrt die Kabine nach oben, Luna legt ihr Ohr gegen die Tür, dahinter scheint alles still zu sein. Es kommt ihr vor, als wäre sie tagelang fort gewesen, dabei waren es nur gute drei Stunden, Falk kann noch gar nicht zurück sein, wenn er irgendwo am anderen Ende der Stadt weilt. Oben angekommen schließt Luna die Wohnungstür auf und bringt die Sachen in den Flur, tatsächlich ist alles dunkel, nicht einmal Falks Anrufbeantworter blinkt. Vielleicht kommt er erst in ein oder zwei Stunden, sie vermeidet es, auf ihr Handy zu sehen, trägt erst alles hinüber in das neue Arbeitszimmer. Geht ins Bad, auf die Toilette, wäscht sich anschließend Gesicht und Hände, obwohl sie Jarons Kuss nicht abwaschen möchte, den Duft seiner Haut und seiner Haare, den sie immer noch zu spüren meint, sie muss sich zusammenreißen, wenn Falk kommt, darf er ihr nichts anmerken.

Im Arbeitszimmer sperrt Luna die Fenster auf, öffnet die Flügel und lässt die kalte, klare Luft hereinströmen, endlich friert sie nicht mehr. Dann fängt sie an zu arbeiten, schnell, konzentriert, sortiert, ordnet weiter Papiere und Gegenstände, die Tätigkeit hilft ihr, Abstand zu gewinnen, Abstand zu dem, was sie gerade erlebt hat, hilft ihr, noch ein wenig in Ruhe an Jaron zu denken und doch wieder zurück in die Wirklichkeit zu finden. Als sie den Boden frei geräumt hat, saugt sie noch einmal durch, dann stellt sie die neuen Pflanzen vor das Fenster, verteilt Kerzenhalter und Dekorationsstücke, legt neues Papier in Falks Drucker, obwohl sie nicht sicher ist, dass er noch funktioniert; Falks Laptop hat einen integrierten Drucker, den er immer benutzt. In seinen Stiftehalter stellt sie ein paar frisch gespitzte Bleistifte, ein neues Lineal und Fineliner in vier verschiedenen Farben, wischt noch einmal feucht über die Tischplatte. Falk hat einen Pullover achtlos in ein Regalfach geknüllt, Luna nimmt ihn heraus und legt ihn glatt über den Drehstuhl, schaltet die Schreibtischlampe und den Deckenfluter ein. Schließlich tritt sie zurück in den Türrahmen, um ihr Werk zu begutachten.

So schön war das Zimmer vielleicht noch nie, denkt sie. Falk wird sich freuen. Es ist wirklich toll geworden, und niemand wird merken, dass es bis vor wenigen Stunden mehr einer Rumpelkammer glich als alles andere. Noch einmal streift sie durch den Raum, fährt mit den Fingern über die frischen Blätter der Zimmerpflanzen, lächelt vor sich hin, es wird Falk gefallen, es muss einfach. Sie wirft einen Blick auf ihr Handy, Falk hat nicht geschrieben, keine Drohung, er wisse, wo sie gewesen sei. Tief durchatmend versucht sie, sich zu entspannen, vielleicht geht alles gut.

Wenige Augenblicke später das Geräusch seines Schlüssels in der Wohnungstür. Unwillkürlich strafft sie ihren

Körper, streicht ihre Haare glatt, wirft einen hastigen Blick in den Spiegel im Bad, eilt nach vorn, um ihn zu begrüßen.

Aber Falk kommt ihr zuvor.

»Der Zweitschlüssel hängt nicht an seinem Haken«, bemerkt er. »Wo warst du?«

Luna schluckt. Der Schlüssel liegt noch in ihrer Tasche, zu dumm, dass sie vergessen hat, ihn zurückzuhängen. Aber gleich hätte Falk ohnehin erfahren, dass sie außer Haus war. Es kann nichts passieren, sagt sie sich im Stillen. Flucht nach vorn.

»Ich habe eine Überraschung für dich«, verkündet sie, nachdem Falk seine Jacke aufgehängt und sich die Hände gewaschen hat. »Komm mit.« Sie greift nach seiner Hand und lächelt ihm verheißungsvoll zu, lotst ihn zum Arbeitszimmer, öffnet die Tür. Die Lichter hat sie extra nicht gelöscht; der indirekte Schein der Lampen lässt den Raum besonders einladend und behaglich wirken.

Falk bleibt einen halben Meter hinter dem Türrahmen stehen, zieht sich aus Lunas Griff, verschränkt die Arme vor der Brust. Luna geht ihm voraus.

»Komm doch rein«, sagt sie. »Es ist schön geworden, nicht wahr? Und wirkt absolut glaubwürdig. Wie das Arbeitszimmer eines viel beschäftigten jungen Mannes.«

Falk schweigt. Atmet, schweigt. Tritt nicht näher, bewegt sich nicht. Aus dem Augenwinkel bemerkt Luna seine unbewegte Miene, seinen erstarrten Körper, seinen eingefrorenen Mund.

»Was ist denn?«, fragt sie leise, er kann nichts bemerkt haben, versucht sie, sich selbst zu beschwören, Jaron ist rechtzeitig weggefahren, mindestens eine halbe Stunde war ich allein hier, eher länger, aber vielleicht waren sie zu leichtsinnig, haben verdrängt, was Falk immer wieder verdeutlicht hat: *Ich sehe dich, was immer du tust.* Vielleicht weiß er alles, hat sie beobachtet, hat gesehen, wie Luna schwebte, als sie an Jarons Seite war, hat ihre Fröhlichkeit verfolgt, die heimlichen Küsse beobachtet. Sie sind so dumm gewesen.

Luna spürt, wie eine kalte Hand nach ihrem Herzen greift, hat das Gefühl, aus ihrem Körper zu treten, das hier passiert nicht wirklich, denkt sie; und während er sie mit hartem Griff am Oberarm packt, fühlt sie, dass etwas in ihr aufsteigt, das sie nicht aufhalten kann, das sie nicht gewollt hat, Angst, Panik, doch wie eine Beobachterin von außen wartet sie ab, was nun passiert, unbeteiligt, gestaltlos. Falks Finger bohren sich in Lunas Fleisch, mit der anderen Hand greift er in ihre Haare, reißt ihren Kopf zurück, ihre Augen streifen sein verzerrtes Gesicht, mit einem zornigen Aufschrei stößt er sie in das Zimmer, eine ihrer Fußspitzen bleibt an der Türschwelle hängen, sie strauchelt und fällt zu Boden, bleibt liegen, das ist alles nicht wahr, denkt sie, das bin nicht ich, es ist gleich vorbei, das bin nicht ich, das hier sind nicht wir, es gibt gar kein *wir* zwischen mir und Falk.

Erst jetzt spürt sie, dass ihr rechtes Handgelenk schmerzt, sie hat sich ungünstig abgefangen, vorsichtig hebt sie den Kopf, sieht Falks Schuhe, seine Hosenbeine, die links und rechts von ihrem Kopf aufragen, noch immer steht er starr, hoch über ihr sein heftiges Atmen.

»Du behauptest, du liebst mich, ja?«, keucht er, Verachtung in seiner Stimme, Schmerz, Vorwurf. »Ich habe mich in dir getäuscht, Luna. Wenn du mich wirklich lieben würdest, hättest du ein Gefühl dafür gehabt, dass ich mit diesem Zimmer nichts zu tun haben will. Dass es mir zuwider ist und ich es verabscheue. Du hättest spüren müssen, dass ich es am liebsten aus meinem Leben streichen will.«

Luna setzt sich auf, es kommt ihr grotesk vor, vor Falk am Boden zu kauern, dennoch wagt sie nicht ganz aufzustehen, aus Angst, er könnte sich noch einmal vergessen, sie stoßen oder gar schlagen.

Aber jetzt regt sich etwas in ihr, plötzlich weiß sie, dass sie sich nicht wieder entschuldigen kann, nicht erneut klein beigeben, um Falk zu besänftigen.

»Was heißt das: Ich hätte es spüren sollen«, gibt sie zurück. »*Du* wolltest, dass wir dieses Zimmer aufräumen, hast mich fast alles allein machen lassen. Ich habe eingekauft, geputzt, geschleppt, alles so hergerichtet, dass jedes Finanzamt der Welt dir das Arbeitszimmer glauben würde. Und jetzt stellst du dich hin und sagst, ich hätte irgendwas spüren sollen? Was denn, bitte?«

Falk bückt sich. Mit einer einzigen Bewegung reißt er Luna hoch, packt sie an den Schultern und schüttelt sie, schleift sie hinter sich her bis zur Wand, drückt sie mit dem Rücken gegen die kalte weiße Raufasertapete, ich hätte den Heizkörper aufdrehen sollen, denkt Luna. Beim Arbeiten habe ich nicht gemerkt, wie kalt es hier ist.

»Sieh dich um«, keucht Falk. »Das hier war früher mein Schlafzimmer. Mein Schlafzimmer mit meiner Exfreundin Teresa. Es ist voller hässlicher Erinnerungen, die ich nie wieder hochkommen lassen wollte. Nie wieder, hörst du? Und du hast geglaubt, du könntest eine Puppenstube daraus machen mit deinen albernen Kerzenhaltern und der dämlichen Bananenpflanze.« Abrupt lässt er Luna los, geht zum Fenster und versetzt dem Blumentopf einen Tritt, dass er umkippt, die frisch gegossene schwarze Erde fällt in groben Brocken heraus und die Blätter der Pflanze neigen sich zum Boden. »Du verstehst nichts, Luna. Du hast nicht die geringste Ahnung von mir. Nicht den leisesten Funken Gefühl. Ganz davon abgesehen, dass du das Haus verlassen hast; sicher, um dich mit jemand zu treffen. Wer war es?«

»Ich war deinetwegen unterwegs«, erinnert ihn Luna.

»Aber gut, ich habe zwei Leute aus der Uni getroffen. Da ist nichts dabei, Falk. In der Innenstadt können einem immer Bekannte über den Weg laufen.«

»Leute aus der Uni«, wiederholt Falk und schiebt seine Hände in die Hosentaschen; Luna sieht, dass er sie zu Fäusten geballt hat. »Es war ein Kerl dabei, sonst hättest du gesagt, dass es Mädchen waren. Du sagst mir sofort seinen Namen.«

Luna schüttelt den Kopf. »Das ist albern, Falk. An der Uni gibt es unzählige Jungs. Was nützt es dir, wenn ich dir von jedem, mit dem ich auch nur ein Wort gewechselt habe, den Namen nenne?«

»Ich finde es heraus«, sagt er, stößt sie von sich, sodass ihr Kopf hart gegen die Wand prallt, und beginnt, im Zimmer auf und ab zu gehen wie ein eingesperrter Tiger. »Du kannst dich darauf verlassen, Luna. Früher oder später finde ich heraus, mit wem du dich herumtreibst.« Mit einer einzigen Handbewegung fegt er einen der blauen Kerzenhalter vom Schreibtisch, dann den zweiten, der auf dem Vertiko steht, geht wieder zurück, reißt das Fenster auf und schließt es wieder, schaltet die Deckenlampe ein und die indirekten Lichter aus, schlägt mit der Faust gegen den Pfosten eines der Bücherregale. Dann geht er von Fenster zu Fenster, sperrt eines nach dem andern zu. Neben der Tür bleibt er abrupt stehen, den Fensterschlüssel in der einen, die Klinke in der anderen Hand.

»Du hintergehst mich nicht mehr«, bestimmt er. Mit einem einzigen Schritt verlässt er das Zimmer und wirft die Tür hinter sich zu, Luna steht noch immer am selben Fleck und reibt sich den Hinterkopf, der mehr schmerzt, als sie im ersten Augenblick wahrgenommen hatte. Dann hört sie, wie sich ein Schlüssel im Türschloss dreht und sich Falks Schritte entfernen, sie eilt zur Tür und drückt die Klinke herunter, nichts regt sich, vielleicht klemmt sie, denn das kann er nicht getan haben, er hat sie bestimmt nicht eingesperrt, sie rüttelt noch einmal daran, zieht und drückt, klopft. Nichts.

Sie versucht, ruhig zu bleiben. Falk wird sich beruhigen, überlegt sie; meistens entschuldigt er sich nach einer Weile, wenn sein Zorn verraucht ist. Sie legt ihr Ohr gegen die Tür und versucht, an den Geräuschen zu erkennen, was er macht, doch alles ist still; sie vermutet, Falk sitzt im Wohnzimmer auf der Couch und starrt vor sich hin, noch immer aufgebracht. Sie geht zum Heizkörper und dreht den Regler hoch, bleibt davor stehen und spürt, wie er langsam wärmer wird, drückt ihre Handflächen dagegen. Hebt die Bananenpflanze wieder auf und stellt sie an ihren Platz, sammelt die Erde auf und gibt sie zurück in den Topf, so gut es geht, ein wenig bleibt auf dem hellen Teppichboden zurück. Die Kerzenhalter sammelt sie auf und stellt sie nebeneinander an eine unauffälligere Stelle, vielleicht hat Falk recht, es sollte das Zimmer eines Mannes bleiben, darf nicht zu sehr neu eingerichtet wirken, nicht zu harmonisch dekoriert. Danach stellt sie ein wenig von der ursprünglichen Unordnung wieder her, um den Raum benutzter aussehen zu lassen. Von dem langen Nachmittag und der Arbeit schmerzt ihr der Rücken, gern würde sie sich auf den Schreibtischstuhl setzen, wagt es jedoch nicht, aus Angst, Falk könnte hereinkommen und sie dort sehen, bestimmt würde es seine Wut verstärken, wenn er den Eindruck hätte, Luna würde seinen Platz einnehmen, sich in seinem Zimmer noch weiter ausbreiten, als sie es ohnehin schon getan hat, egal, wie negativ seine Gefühle diesem Raum gegenüber sind.

Falks Schlafzimmer mit Teresa. Luna versucht, sich vorzustellen, wo das Bett gestanden haben könnte, sieht die beiden darin, Teresa nur schemenhaft, wegen ihres Praktikums streitend, verzweifelt, sieht sie weinen, sieht sie erstarrt neben ihm liegen, die Augen an die Decke gerichtet, die halbe Nacht lang keinen Schlaf findend. Sieht ihre Kleider über einem Stuhl liegend, achtlos darübergeworfen, auf dem Nachttisch keinen Schmuck, den sie abgelegt hat, nichts, worauf sie sich hätte freuen können, es an einem der nächsten Tage wieder zu tragen. Luna lehnt ihre Stirn gegen die Fensterscheibe, vielleicht war es sogar dieses Fenster, aus dem Teresa gestürzt ist, sich gestürzt hat, aber Luna glaubt es nicht, Jaron hat Falks Wohnung nicht erwähnt, hat nur von einem Hochhaus geredet. Sie fragt sich, ob sich in diesem Zimmer noch irgendetwas von Teresa befindet, Spuren von ihr, die längst nicht mehr sichtbar sind und es vielleicht nie waren, Haare, Fingerabdrücke, die letzten Reste wird Luna selbst weggewischt haben, gründlich genug hat sie geputzt.

Noch einmal horcht sie an der Tür, noch immer ist alles ruhig. Luna hat keine Armbanduhr um, ihr Handy liegt noch in der Tasche im Flur, die Uhr auf Falks Schreibtisch ist sicher vor Monaten stehen geblieben, sie hätte an neue Batterien denken sollen. Eine Stunde bin ich jetzt bestimmt schon eingesperrt, denkt sie und spürt Zorn in sich aufsteigen. Was für eine Frechheit, so über mich zu verfügen, denkt sie; er wirft mir vor, ihn nicht richtig zu lieben, aber ist das hier vielleicht Liebe?

✷

Die Zeit vergeht nicht. Luna spürt, dass sie müde wird, spürt es in den Knochen, sie hat einen langen Tag hinter sich, jetzt merkt sie auch, dass sie noch nicht ganz gesund ist, die Gliederschmerzen kommen zurück, nicht so heftig wie vor dem Fieberanstieg, aber dennoch, sie hustet auch wieder leicht. Auf die Dauer ist auch Falks gepolsterter Arbeitsstuhl nicht bequem genug, lieber möchte sie liegen.

Falk kommt nicht.

✷

Luna schätzt, dass weitere zwei Stunden vergangen sind, als sie zu frieren beginnt, die Müdigkeit lässt ihren Kreislauf absinken. Der Gedanke an ihr Bett erscheint ihr übermächtig, sich ausstrecken können, schlafen, ihre weiche Daunendecke über sich. Die Augen zumachen. Sie zieht ihre Strickjacke enger um sich, viel hilft es nicht. Es könnte auf Mitternacht zugehen.

✷

Luna hämmert mit der flachen Hand gegen die Tür.

Nichts passiert.

✷

Kurz ist Luna eingenickt, wird aber gleich darauf von dem Druck auf ihre Blase wach, hämmert erneut gegen die Tür. Sie hört Falks Schritte näher kommen.

»Du kannst zur Toilette gehen«, sagt er. Sieht sie nicht an dabei. Dennoch spürt sie seinen Blick in ihrem Rücken, während er ihr bis vors Badezimmer folgt.

Luna drückt die Spülung, damit er nichts von ihr hört, es ist so entwürdigend.

»Ich möchte mich hinlegen«, sagt sie hinterher mit einer viel helleren, leiseren Stimme, als sie beabsichtigt hatte. Wortlos holt Falk eine Wolldecke aus dem Schlafzimmer, wirft sie ihr hin wie einen alten Sack, schiebt Luna ins Zimmer zurück, schließt erneut hinter ihr ab.

»Falk!«, ruft sie, jetzt empört, aber er ist schon wieder weg.

✷

Sie hat sich nicht die Zähne geputzt, hat es vergessen. Der Geschmack in ihrem Mund wird schal, der Gaumen trocken. Sie spürt, wie ihr Magen vor Hunger zu schmerzen beginnt, mit Jaron hat sie nur Glühwein getrunken und ein paar Süßigkeiten probiert, seitdem hat sie nichts gegessen. Warten. Nicht gleich wieder klopfen. Luna breitet die Decke auf dem Boden aus, legt sich auf eine Hälfte, schlägt die andere Seite über ihren Körper. Nach wenigen Minuten schmerzt ihr der Nacken, sie legt ihren Kopf auf den Arm, liegt auf der Seite, auf dem Rücken. Was anfangs eine Erleichterung war im Vergleich zum Sitzen, fühlt sich schnell hart an.

✳

Der Durst wird schlimmer. Sie hätte ihren Zahnputzbecher mitnehmen sollen, in kleinen Schlucken hätte er die Nacht über genügt. Bevor Falk schlafen geht, muss sie etwas trinken. Sie klopft und ruft. Falk lässt sie warten.

✳

Die volle Blase am nächsten Morgen, der Geschmack im Mund sind unerträglich, vor allem aber der Durst, der Durst. Im Winter dauert es lange, ehe es hell wird; es kann vier Uhr sein, als sie endgültig wach ist, aber auch schon sieben, sie hofft, dass es schon sieben Uhr ist. Lunas Jeans drücken nach der langen Nacht, nur ab und zu ist sie in einen leichten Schlaf gefallen, sie möchte duschen, sich umziehen, etwas essen und trinken. Trinken. Auf der Decke macht sie jetzt Gymnastikübungen, die sie aus der Schule kennt. Sie denkt an Jaron.

✳

Zum Frühstück lässt er sie raus, hat den Tisch gedeckt. Lunas Kräfte sind noch nicht so weit aufgebraucht, dass sie dafür jetzt dankbar wäre. Den Kaffee trinkt sie gierig, starrt beim Essen auf ihren Teller, zwischen ihr und Falk fällt kein Wort, aus dem Augenwinkel sieht sie, dass auch er übernächtigt aussieht. Er weiß etwas, hämmert es in Lunas Kopf; irgendetwas weiß er, sonst hätte er das nicht getan. Jaron und sie.

Falk steht auf und schiebt seinen Stuhl zurück an den Tisch.

»Ich muss los«, sagt er. »Komm.«

Luna erstarrt in der Bewegung. »Was meinst du damit, du musst los?«, fragt sie. »Was hast das mit mir zu tun?«

»Das weißt du genau. Steh auf, du bist doch fertig. Ich bringe dich da hin, wo du hingehörst.«

Einen Moment lang glaubt Luna, er wolle sie nach Hause bringen, in ihre eigene Wohnung. Die Trennung aussprechen. Sagen, dass er enttäuscht von ihr sei und sie nicht mehr sehen wolle, nie mehr. Beinahe erschrickt sie, als ihr klar wird, dass sie bei diesem Gedanken nicht nur Hoffnung empfindet, sondern auch, tief in ihrem Inneren, Angst. Angst vor dem Alleinsein, trotz all dem Schlimmen, das er ihr gerade antut. Doch Falk packt sie an der Schulter und führt sie mit festem Griff nach hinten.

»Hier bleibst du«, bestimmt er und stößt sie erneut ins Arbeitszimmer. »Ich lasse mich von dir nicht hinters Licht führen. Du bleibst so lange hier drinnen, bis du zur Vernunft gekommen bist. Bis du begriffen hast, was es bedeutet, wenn man fest zusammen ist. Als meine Freundin kannst du nicht tun und lassen, was du willst, Luna. Du wirst dich nicht mehr mit anderen Kerlen herumtreiben, du wirst nicht durch die Straßen ziehen, ohne mich vorher zu fragen. Meine Partnerin ist kein billiges Flittchen, das mit anderen Typen gesehen wird.«

»Aber ich muss zur Uni!«, schreit Luna, versucht, sich aus seinem Griff zu winden, stolpert, fällt gegen die Tür, die mit lautem Knall gegen die Wand donnert; vielleicht hören die Nachbarn etwas, vielleicht kommt gleich jemand und fragt, was hier los sei. Sie fängt sich schnell wieder. »Ich will duschen, muss mich fertig machen; das ist albern, was du da redest, du kannst mich nicht einsperren wie ein Tier! Wie eine Sklavin! Ich gehöre dir nicht!«

Falk steht im Türrahmen, breitbeinig, die Arme vor der Brust verschränkt, Luna denkt, es passt nicht zu ihm, so zu stehen, er sieht lächerlich aus, trotz seiner Schönheit, so stehen Muskelprotze, wenn sie jemanden einschüchtern wollen, nicht elegante, kontrollierte Männer wie Falk, aber er ist nicht mehr der Falk, den sie kennengelernt hat, sein Gesicht sieht anders aus, die Nasenflügel und seine Mundpartie aufgebläht, die Augen kalt und starr auf sie gerichtet, alle Wärme aus ihm gewichen wie der letzte Atemzug vor dem Tod.

»Ob ich dich einsperre oder nicht, entscheide immer noch ich«, sagt Falk mit eisiger Stimme. »Ich glaube, du hast mich sehr wohl verstanden. Sobald du zur Vernunft gekommen bist, gibt es vielleicht auch wieder mehr Freiheiten.« Ehe Luna noch etwas entgegnen kann, ist er fort und die Tür verschlossen.

14.

Dieses Mal verharrt Luna nicht untätig, wartet nicht ab, ruft nicht nach Falk, damit er ihr öffne. Eine Weile steht sie im Zimmer und blickt sich um, aufzuräumen gibt es nichts mehr, sie überlegt, was sie tun kann. Ein Blatt Papier nehmen und etwas schreiben, Briefe an ihre alten Freundinnen zu Hause, die sie in den letzten Monaten so vernachlässigt hat. Falks Zeitschriften durchblättern, doch er hat nur Fachzeitschriften herumliegen und für Immobilien interessiert sie sich nicht, ebenso wenig für die Fachbücher in seinem Regal. In den alten Tageszeitungen stöbern? Besser als nichts.

Falks Schlafzimmer mit Teresa. Lunas Blick fällt auf den Vertiko, ein antikes Möbelstück, ein Schrank mit Geschichte, wer weiß, in wie vielen Wohnungen er schon gestanden hat und was alles in ihm gelagert wurde. Sie berührt sein dunkles Holz mit ihrer rechten Hand und bemerkt, dass seine Türen nicht verschlossen sind, auch fehlt der Schlüssel. Luna öffnet den Schrank, beinahe fällt ihr alles entgegen, was sich darin verborgen hatte. Mit beiden Händen fängt sie einen Stapel Briefe auf, der nur von den Schranktüren daran gehindert wurde herauszurutschen, ein paar fallen auf den Boden. Luna will die Briefe nicht lesen, sie sind an Falk adressiert, als Absender steht auf fast allen Umschlägen Renate Wolter. Falks Mutter. Luna legt den Stapel wieder zusammen, will ihn zurücklegen, doch im Inneren des Schranks sind noch andere Dinge von ihrem Platz gerutscht, die nur durch die Enge der hineingepferchten Sachen Halt gefunden hatten. Dieser Schrank passt gar nicht zu Falk, denkt Luna. Vorne in der Wohnung ist alles modern, puristisch und unpersönlich eingerichtet; sein ganzes Privatleben scheint Falk hier in diesem Vertiko abgelegt zu haben. Es kann nicht nur Teresa gewesen sein, die er hinter sich lassen will. Renate Wolter. Luna nimmt noch einmal einen der Briefe in die Hand, betrachtet die Handschrift, die eng und wie kleine gezeichnete Türme aufwärts ragt, sehr kontrolliert wirkt, sogar der Rest einer wegradierten Linie ist noch zu sehen, auf der Falks Mutter offenbar ihren Namen geschrieben hatte.

Luna richtet sich auf und legt die Briefe auf den Schreibtisch, sie muss sie nicht sofort lesen, der Tag ist noch lang. Vom Kaffee fühlt sie wieder ihre Blase drücken, schüttelt den Kopf über Falk, er muss sich doch denken können, dass sie in seinen Sachen herumwühlt, sie muss sich schließlich ablenken, sonst hält sie es nicht aus.

Die Briefe. Die gestochene Handschrift von Falks Mutter. Luna muss etwas tun, sie nimmt erneut eines der Kuverts auf und zieht den darin liegenden Briefbogen heraus, innen die gleichen Buchstaben, sie faltet den Brief auseinander, überfliegt ihn mit flatterndem Herzen, will das alles gar nicht wissen, klappt ihn rasch wieder zu. Renate Wolter hat geschrieben, es wäre lächerlich, dass Falk ihr die alten Geschichten noch vorwerfe, andere Kinder bekämen ebenfalls Stubenarrest, wenn sie etwas ausgefressen hätten.

»*Ebenso wenig verstehe ich deine Vorwürfe, du hättest zu wenig Liebe bekommen*«, schreibt sie weiter. »*Es hat dir an nichts gefehlt, du hattest ein eigenes Zimmer, jeden Tag eine warme Mahlzeit oder auch zwei, wenn du das so wolltest. Wir haben dir jeden Wunsch von den Augen abgelesen, erinnere dich nur daran, dass man kaum in dein Zimmer hereinkam, so viele Spielsachen hattest du. Und die Gebühren für die Sportvereine, die mussten wir ja auch irgendwoher nehmen. Für lange Kuschelabende blieb eben keine Zeit mehr, weil der junge Herr so viele Sonderwünsche hatte.*«

Weiter unten: »*Komm mir doch nicht immer damit, du wärst traumatisiert. Schließlich warst du noch ein Baby, als der Papa und ich dich in dem Pappkarton fanden, der morgens in der Toreinfahrt gestanden hat, gerade als Papa zur Arbeit fahren wollte. Du warst nur ganz leicht unterkühlt, du hast maximal zwanzig Minuten da draußen gelegen und geschrien, und ich habe auch sofort Babynahrung besorgt, wo sollte denn da bitte schön ein Trauma herkommen? Dankbar sein solltest du uns, deinen Adoptiveltern, andere Findelkinder werden von einem Heim ins andere gereicht. Und bilde dir bitte nicht ein, es wäre immer leicht mit dir gewesen! Wir mussten viele Entbehrungen hinnehmen, um dich durchbringen zu können. Das mit der Pendeluhr, gut, das hätte nicht sein müssen, das war vielleicht ein bisschen hart als Bestrafung, aber du hast an jenem Nachmittag im Januar so getrotzt, nicht mehr auszuhalten war es ...*«

Luna lässt den Brief sinken. Falk, ausgesetzt. Falk, ein Adoptivkind, gefunden in einem Pappkarton. Falk als Kind, ein kleiner Junge, dessen Schicksal in seiner neuen Familie vielleicht nicht viel glücklicher verlaufen ist, als es bei seiner leiblichen Mutter der Fall gewesen wäre, von der er offenbar nichts weiß. Die er nicht kennt. Luna sieht eine gestärkte weiße Tischdecke vor sich, dunkle Möbel vor einer abblätternden Tapete, die Standuhr mit Pendel, das gespenstisch langsam hin und her schwingt, mit einem tiefen, zögernden, lauten Gong die halbe und volle Stunde verkündet, in einem dunklen Raum, Falk als kleiner Jungen davor, eingesperrt wegen einer kindlichen Verfehlung, schreiend vor Angst, die Hände auf die Ohren gepresst. Ungehört.

Mehr will Luna nicht wissen. Ihre Hände zittern, als sie den Brief wieder in seinen Umschlag schiebt, ihn auf den Stapel legt, den Stapel zurück in den Schrank presst, die Türen zuwirft, schnell; mit gehetztem Blick sieht sie sich um, als hätte man sie beobachtet. Als hätte Falk sie beobachtet. Ich bin schon fast wie er, denkt sie; wühle hier in seinen Sachen herum. Vielleicht sind wir stärker miteinander verwoben, als ich dachte.

Das Bild von Falk als verstörtem kleinem Jungen lässt sie nicht los, auch das Baby im Pappkarton sieht sie vor sich. Wie sollte es dankbar sein, wenn es nie so etwas wie Grundvertrauen kennengelernt hat, woher sollte Falks Vertrauen in sie kommen, wenn seine Eltern nichts davon in seiner Seele verwurzelt haben?

Sie setzt sich auf den Schreibtischstuhl, um klare Gedanken zu fassen. Eingesperrt sein, das kennt Falk also auch. Die Angst, die man dabei fühlt, die Bedrohung, wenn niemand kommt und einen befreit. Vielleicht ist das der Grund, weshalb er so klammert, alles kontrollieren will, Panik bei dem Gedanken bekommt, er könnte verlassen werden.

Ich habe so vieles versucht, denkt Luna. Mit ihm zu reden, Verständnis zu zeigen. Lieber sperrt er mich ein, als sich mir anzuvertrauen.

Sie weiß nicht, wie lange sie dort gesessen hat. Jedes Gefühl für die Zeit scheint ihr verloren gegangen zu sein. Dass sie bereits wieder mehrere Stunden gefangen ist, merkt sie am Hunger und am Durst; auch der Drang, zur Toilette zu gehen, meldet sich erneut. Um sich abzulenken, steht sie wieder auf, versucht, ganz unten am Schrank eine Schublade zu öffnen, die sich über die gesamte Breite des Möbelstücks erstreckt, es gelingt ihr nicht gleich, das dunkle Holz hat sich verzogen und klemmt. Sie zerrt und ruckt an dem schmiedeeisernen Griff, endlich schafft sie es doch, durch einen Spalt späht sie vorsichtig hinein, noch immer respektvoll, noch immer mit Schuldgefühlen und der Angst, beobachtet zu werden. Viel kann sie auf den ersten Blick nicht sehen, einige schwarze Kabel und Stecker, offenbar bewahrt Falk hier Elektrogeräte auf, ausrangierte vielleicht, doch noch funktionstüchtig, zu schade, um sie zu entsorgen. Vielleicht ist ein Radio dabei oder ein MP3-Spieler, mit dem Luna sich etwas die Zeit vertreiben kann. Noch einmal zieht sie am Griff, dann hat sie die Schublade auf und findet tatsächlich ein Mini-Radio mit Kopfhörern, sie selbst hat einmal so eines besessen, es hatte als kostenlose Beilage in einer Frauenzeitschrift gelegen, nichts Hochwertiges also. Luna nimmt es heraus, steckt sich einen der Ohrhörer an und drückt die Abspieltaste, das Radio bleibt jedoch stumm. Vielleicht sind noch Batterien da oder ein anderes Gerät, doch viel Hoffnung hat sie nicht. Sie versucht, beim Wühlen keine lauten Geräusche zu machen, schleicht ab und an zur Tür, um nach Falk zu lauschen, setzt sich im Schneidersitz auf den Fußboden, wühlt erneut in der Schublade. Findet einen alten Discman, drei verstaubte Fernbedienungen, eine billige Kamera ohne Display, ein Handy.

Ein Handy. Vielleicht geht es noch. Sie kann Jaron anrufen, gut, dass sie die Nummer gestern im Auto auswendig gelernt hat, anstatt sie in ihrem Handy einzuspeichern. Danach das Protokoll löschen, sofort.

Luna zerrt die verschiedenen Kabel hinaus, die in der Schublade liegen, ineinander verworren und verschlungen, versucht, sich zu fangen, beim Entwirren darf sie nicht nervös sein, muss planvoll vorgehen. Wenig später hält sie das Ladekabel des alten Mobiltelefons in der Hand, der Anschluss passt in das Gerät, Luna zieht den Stecker der Schreibtischlampe aus der Steckdose und steckt den des Handys hinein, wartet ab, das Telefon mit ihrem Blick fixierend. Einige Sekunden lang geschieht nichts, schon will sie es wieder ausstöpseln und in die Schublade zurücklegen, da leuchtet doch noch das Display auf, das Symbol einer durchlaufenden Sanduhr dreht sich um seine eigene Achse. Die PIN, denkt sie; ohne die PIN kann ich das Gerät nicht benutzen, doch dann ist sie plötzlich im Mobilfunknetz, die Pinabfrage scheint deaktiviert zu sein, Luna erkennt das Firmenlogo eines preiswerten Drittanbieters für Prepaidkarten. Vielleicht stammt das Telefon noch aus Falks Ausbildungszeiten, auch er, das weiß sie jetzt, hat sich nicht immer alles leisten können.

Jaron anrufen, damit er kommt und sie hier herausholt. Vielleicht ist noch etwas Guthaben auf der Karte drauf, heutzutage verfällt es nicht mehr, auch wenn es lange nicht angetastet wurde. Lunas Daumen rutschen immer wieder ab, als sie die Zahlenfolge von Jarons Handynummer in die Tastatur tippen will, ungeduldig wischt sie ihre feuchten Handflächen am Ärmel ihres Pullovers ab. Die letzten beiden Ziffern sind die 0 und die 5, denkt sie. Ganz ruhig. Oder war es doch die 50? Gestern noch konnte sie die gesamte Nummer fehlerlos aufsagen, jetzt will sie ihr nicht mit hundertprozentiger Sicherheit einfallen.

Ruhig bleiben. Überlegen, was sie Jaron überhaupt sagen will. Sie schafft es nicht, die richtige Nummer scheint wie weggefegt zu sein, Luna muss warten, bis sie ihr wieder in den Sinn kommt, bis dahin etwas anderes tun, sie darf sich nicht verrückt machen. Sie muss überlegen, wie Jaron ihr helfen kann, sich zu befreien, immerhin sind unter ihr noch vier Stockwerke und Falk kann jederzeit kommen. Sie versucht, zu einem ruhigen, gleichmäßigen Atem zurückzufinden, und drückt auf der Tastatur herum, diese Tätigkeit ist ihr vertraut und beruhigt sie, hier kennt sie sich aus, das Telefon entstammt derselben Marke wie ihr eigenes, ist nur ein anderes, älteres Modell, aber die Tastenbelegung ist fast dieselbe. Mit der Menütaste gelangt sie zu den Mitteilungen, vielleicht sind noch Kurznachrichten gespeichert. Luna scrollt zu den empfangenen Mitteilungen, öffnet die letzte und hält den Atem an.

ICH SEHE DICH, liest sie. Schleudert das Telefon weg wie eine auf ihre Hand gekrabbelte Spinne, erstarrt, blickt sich um, hat das Gefühl, ihre Halsschlagader drohe zu reißen, so heftig geht ihr Puls darin. Falk. Er beobachtet sie auch jetzt, sieht Luna in jeder Sekunde, vielleicht hat er Kameras installiert, Wanzen, vielleicht beobachtet er sie vom Fenster in einer der Wohnungen auf der anderen Straßenseite aus. Sieht, wie sie hier seine Sachen durchwühlt, darauf wartet, befreit zu werden. Es kann nicht sein, Falk ist doch bei der Arbeit, vielleicht auch bei seiner Weiterbildung zum Immobiliengutachter oder bei einem Banktermin, Luna schwirrt der Kopf, sie will weg hier, weg, aber wo könnte sie hin, wenn Falk überall ist, jeden einzelnen ihrer Schritte genau kennt, sie verfolgt, wo immer sie sich aufhält. Sie kann nicht fliehen.

Ihre Blase drückt jetzt noch mehr, sicherlich hat die Aufregung das verstärkt. Luna steht auf, wandert im Zimmer umher, springt auf und ab, versucht ein paar Atemübungen, die sie im Sportunterricht am Gymnasium gelernt hat, viel bringt es nicht und kann nur ein Aufschub sein. Ihr Blick kehrt wie von selbst immer wieder zum Handy zurück, Jarons Worte fallen ihr wieder ein, die er neulich an der Uni zu ihr gesagt hat. *Du sitzt neben mir wie ein Abbild von Teresa, kurz bevor sie starb. Du bist in Gefahr, Luna.*

Teresa. Vielleicht hat die SMS gar nicht mir gegolten, denkt sie; ich habe nicht einmal das Datum registriert, an dem sie gesendet wurde. Sie nimmt das Telefon wieder auf, mit wild klopfendem Herzen blickt sie noch einmal auf das Display, auf dem die Nachricht noch immer geöffnet ist. Sie ist im Dezember vor zwei Jahren verschickt worden, auf die Jahreszahl hatte Luna nicht geachtet, deshalb hat sie sie für eine an sie selbst gerichtete SMS gehalten. Falk hat an seine Exfreundin die gleiche Art von Nachrichten geschickt wie an sie, jedes Wort wiederholt ihre Geschichte, auf einmal ist es Luna, als wäre Teresa hier, genau wie Falk, beide sind in ihrer Nähe, greifen nach ihr, flüsternd, unheimlich. Ich will hier weg, denkt sie; raus hier, zurück in mein normales Leben, zur Uni, zu Jaron und den anderen, meinetwegen auch nach Remscheid zu meinen Eltern, zumindest nur für ein Wochenende, Hauptsache allein, Hauptsache ohne Falk. Das Elternhaus wiedersehen, mein altes Zimmer, die Küche, in der sich seit vielen Jahren nichts verändert hat, das Wohnzimmer, in dem sich der ganz spezielle Geruch unserer Familie festgesetzt hat, in den Möbeln, der Tapete, in jedem Sofakissen, jedem Teppich, egal ob gerade gelüftet worden ist oder nicht. Einfach nur alles sehen will ich, es riechen, allein, um festzustellen, dass das normale Leben noch existiert, dass ich noch nicht wahnsinnig geworden bin. Dann wieder zurück nach Berlin, aber nicht mehr hierher. Niemals. Nur raus hier.

Aber Luna kann nicht raus. Sie wagt es nicht einmal, an der Türklinke zu rütteln, jeder Versuch, den Falk bemerkt, würde nur dazu führen, dass er noch unnachgiebiger reagieren, sie noch länger eingesperrt lassen würde. Sie schätzt, dass sie schon gut fünf Stunden lang eingesperrt ist, irgendwann muss Falk kommen und sie wenigstens zur Toilette lassen, wenigstens das hat er beim letzten Mal getan.

*

Das Handy. Immer wieder schweift Lunas Blick in seine Richtung. Sie will hier raus, doch Jarons Nummer fällt ihr nicht ein,und selbst wenn, was sie ihm sagen könnte, weiß sie nicht. Sie muss sich bewegen. Ihre Kehle fühlt sich an wie Sandpapier, vielleicht bekommt sie eine Erkältung, sie müsste trinken, der Gedanke an Flüssigkeit beginnt, den an die unheimliche Nachricht auf dem fremden Display zu verdrängen.

✷

Falk kommt nicht. Luna presst ihre Stirn gegen die Fensterscheibe, dankbar für die Kühlung, die sie ihr verschafft, zu dem Durst sind Gliederschmerzen hinzugekommen, sie versucht, sich nicht fortwährend Tee oder kühle Saftschorle vorzustellen, beobachtet den Straßenverkehr. Wartet darauf, Falks Auto auf die Auffahrt rollen zu sehen, sehnt sich aber nicht nach ihm, im Gegenteil.

Sie muss unbedingt trinken, unbedingt.

✷

Trinken. Allein das Wort lässt Luna aufstöhnen, immer wieder fährt sie mit ihrer trockenen Zunge über die Lippen, im Mund hat sich ein gammeliger Geschmack ausgebreitet, den sie nicht los wird, sie hat sich am Morgen nicht die Zähne putzen, sich nicht duschen, sich nicht umziehen können. Draußen ist es noch taghell, es kann nicht später als zwei, drei Uhr am Nachmittag sein, Falk wird noch lange nicht zurückkommen. Jarons Nummer. Luna setzt sich an Falks Schreibtisch und schreibt alle Zahlenkombinationen auf, die ihr möglich erscheinen. In ihrem Hals brennt es, sie weiß nicht, ob das vom Durst kommt oder von einer beginnenden Halsentzündung, Nachwirkungen der letzten Erkältung. Sie schluckt, lutscht am Kugelschreiber, schafft es, auf diese Weise ein wenig Speichel zu sammeln, viel hilft es nicht. Sieben Telefonnummern hat sie aufgeschrieben, greift zögernd nach dem Handy. Falk sieht mich, denkt sie und legt es vor sich auf den Tisch. Er beobachtet jede Bewegung meiner Finger. Dennoch wählt sie die erste Nummer auf der Liste, hört auf einem fremden Anrufbeantworter die Stimme einer älteren Dame. Streicht die Nummer durch. Ihre Blase droht zu platzen. Luna nimmt die Bananenpflanze aus dem Übertopf und hockt sich darüber, kann nicht mehr anders, es ist ihr egal, was Falk sagen wird, sollte er es später bemerken. Es hat ihn auch nicht interessiert, wie sie das Zimmer verschönert hat. Ihr Urin ist dunkelgelb gefärbt, sein beißender Geruch steigt ihr in die Nase, wenn sie könnte, würde sie das Fenster öffnen und den Übertopf auf den Balkon stellen. Um Hilfe rufen, es gehen immer Leute auf der Straße entlang. Aber die Schlüssel zu den Fenstergriffen und der Balkontür hat Falk. Wenigstens ist die Blase leer.

✷

Gegen Abend bekommt Luna Schüttelfrost und wickelt sich in die Wolldecke ein, in der sie auch letzte Nacht geschlafen hat. Ihr Kopf fühlt sich an wie in einen Eisenring gezwängt, es fällt ihr schwer, ihre Gedanken sortiert zu halten, dabei möchte sie doch planen, möchte konzentriert bleiben; je länger ihre Gefangenschaft dauert, desto mehr spürt sie, dass sie einen Weg rausfinden muss. Dass es kein Zurück mehr gibt. Kein Zurück mehr zu Falk, zu dem, was einmal ihre Liebe gewesen ist. Sie legt sich auf den Boden, wickelt die Decke fest um ihren Körper und fällt in einen unruhigen Fieberschlaf, die Kopfschmerzen hindern sie daran, tief zu schlafen, zu entspannen. Luna träumt von Tee, von einem großen Bottich voller kaltem, klarem Wasser; davon, ihr Gesicht hineinzutauchen, um es abzukühlen und zu trinken, zu trinken, bis sich ihr Bauch prall und hart anfühlt und ihr Gaumen wieder glatt und geschmeidig. Als sie aufwacht, weint sie vor Durst, zwingt sich jedoch, sich zu beruhigen, um nicht noch mehr Flüssigkeit zu verlieren. Immerhin hat der Schüttelfrost aufgehört, dann steigt das Fieber wohl nicht mehr.

✷

Sie träumt von Teresa. Sieht sie an Falks Seite, sieht sich selbst. Hört das Handy klingeln, schreckt auf und schaut nach, doch das Display weiß nichts von einem verpassten Anruf. Später weiß Luna nicht mehr, ob sie wirklich nachgeschaut hat. Das Telefon liegt neben ihr. Sie greift danach und richtet sich auf, hält sich die hämmernde Stirn, steht auf und geht zum Tisch, um die Liste mit den Nummern zu suchen, will alle Telefonnummern dazuschreiben, die ihr einfallen, die der Eltern, von alten Freundinnen, ein paar hat sie noch im Kopf, vertraute Menschen, mit denen sie länger nicht gesprochen hat, manche haben seit Jahren nicht ihre Telefonnummer gewechselt. Irgendjemanden wird sie anrufen, sich anvertrauen, ihre Not schildern, um Rat fragen, was sie tun soll. Erst alles aufschreiben, um nicht kopflos irgendeine Nummer zu wählen und das Guthaben aufzubrauchen. Ihr Fuß stößt gegen eine Gießkanne, warum hat sie sie nicht schon eher bemerkt, der Boden ist noch mit Wasser bedeckt, vielleicht einen Millimeter hoch, gierig setzt sie die Tülle an die Lippen, behält den kleinen Schluck lange im Mund, ehe sie ihn ihren stechenden Hals hinabrinnen lässt. Ein Tropfen in der Sahara. Dann öffnet sie die Mitteilungen im Handy. **DU KANNST NICHT FLIEHEN.**

✷

Das Gesicht an der kalten Fensterscheibe. Falks Schritte im Flur. Luna versteckt das Handy, ehe sie an die Zimmertür klopft. Hört, wie er stehen bleibt.

»Falk«, sagt sie und bemüht sich um einen ruhigen Tonfall. »Ich bin krank geworden, Falk, ich habe Fieber mit Hals- und Kopfschmerzen. Lass mich raus oder bring mir wenigstens was zu trinken.«

Falks Schritte entfernen sich. Luna bleibt an der Tür stehen, zwei Minuten, fünf, zehn, zwanzig. Er sucht nicht im Bad nach Medikamenten, kommt nicht mit einem Getränk zurück. Es wird Nacht.

✷

Der Durst und das Fieber verwirren Lunas Gedanken und die Bilder in ihrem Kopf. Sie ist Teresa, angekettet von Falk, kontrolliert, eingepfercht, hat aufgegeben, sieht keinen Ausweg mehr, stößt gegen Wände, egal wohin sie strebt. Sieht Jarons Gesicht und kann ihn nicht erreichen. Sieht Thores leblosen, zerschellten Körper am Strand liegen, er kann ihr nicht mehr helfen und sie ihm nicht. Sieht Teresa, die lieber nicht mehr leben wollte als so – oder aber von Falk umgebracht worden ist. Vielleicht hat er sie vorher auch eingesperrt, vielleicht ist ihr eine Flucht geglückt und dann hat er sie irgendwo aufgespürt, außer sich vor Zorn und Eifersucht. *Teresa war kein Mädchen, das sich etwas antut. So war sie einfach nicht.* Sie hat noch keine Ruhe gefunden, denkt Luna zwischen zwei Phasen leichten Schlafs. Sie ist überall, in diesem Handy, hier im Raum, in Falk, in Jaron, in mir. In mir am meisten.

Vielleicht lässt mich Falk nie mehr hier raus. Bis man verdurstet, dauert es kaum mehr als drei Tage. Wie lange dauert es bei Fieber, wenn der Körper noch mehr nach Flüssigkeit verlangt? Was hat Falk mit Teresa gemacht?

✷

Die Nacht erscheint ihr endlos. Lunas Gedanken kreisen unaufhörlich, sind noch düsterer als bei Tageslicht, Wut und Verzweiflung wechseln einander ab. Ein paar Mal weint sie, wälzt sich auf dem Boden, schlägt mit den Fäusten in die zusammengeknüllte Decke, zerwühlt ihr Haar. Der Durst, der Durst. Wie viele Stunden noch?

✸

Den Samstag verbringt Luna in einer Art Dämmerschlaf. Ein Rest Tageslicht fällt noch durch das Fenster, als sie wach wird. Am Boden neben der Tür findest sie ein Trinkglas, knapp zur Hälfte mit Wasser gefüllt, lauwarm und kaum groß genug, ihren Durst löschen zu können. Sie trinkt es in kleinen Schlucken, obwohl sie versucht ist, alles auf einmal hinunterzustürzen und nach mehr zu schreien, gegen die Tür zu hämmern, sich dagegen zu werfen, bis sie aufspringt oder Falk die Nerven verliert und sie befreit, aber er wird es nicht tun, er lässt sie spüren, wie abhängig sie von ihm ist, jetzt ist er Herr über sie, über ihr Leben, verdursten kann sie auch, wenn er ihr geringste Mengen Flüssigkeit zuteilt, es dauert nur länger. Das Fieber scheint etwas gesunken zu sein, auch wenn die Kopfschmerzen kaum nachgelassen haben.

Luna will raus aus diesem Zimmer, das bisschen Wasser hat ihr erst recht gezeigt, wie dringend sie raus muss, in welcher Gefahr sie schwebt. Was Jarons Telefonnummer betrifft, hat sie ein Blackout, sie muss jemand anderen anrufen. Sarahs Nummer weiß sie nicht auswendig, ebensowenig die von Hanna, Luise, Carla und Merete, und ihre alten Freundinnen in Remscheid können ihr nicht wirklich helfen, es ist auch keine dabei, von der sie behaupten könnte, sie würde ihr alles anvertrauen. Keine, wegen der sie vielleicht in ihrer Heimatstadt geblieben wäre. Nach Thores Tod haben sie sich zurückgezogen, haben es vermieden, Luna anzurufen, nachdem eine von ihnen es versucht hatte; Lunas Mutter hatte abgehoben und gesagt: »Wir haben Trauer im Haus.« Seit Luna in Berlin ist, hat sie sich bei keiner von ihnen mehr gemeldet, sie haben nicht einmal Lunas neue Adresse, wissen nichts von Falk, von ihrem neuen Leben hier in Berlin.

Eine freundliche Automatenstimme weist Luna darauf hin, dass sie nur noch über einen Euro und zwanzig Cent Guthaben verfüge. Sie muss sorgsam damit umgehen, sie für den Moment aufheben, wo sie nicht mehr anders kann, als sich Hilfe zu holen. Ein bisschen noch durchhalten. Im Schrank sucht sie nach einer Aufladekarte, vielleicht hatte Falk immer gleich mehrere gekauft, auf Vorrat, und sie dann Teresa zugeteilt. Tatsächlich findet sie einen Umschlag mit dem Logo des Mobilfunkanbieters, schon aufgerissen, viel Hoffnung hat sie nicht, doch sie nimmt ihn an sich und schaut hinein. Erstarrt. Lauter Papierschnipsel liegen darin, die einzelnen Teile eines zerrissenen Fotos. Lunas Kopf dröhnt, als sie sich an den Schreibtisch setzt und das Bild wie ein Puzzle zusammenfügt, Stück für Stück, sie braucht nicht lange dazu, und sie weiß, wer darauf zu sehen ist, noch ehe das Mädchen ihr entgegenlächelt. Teresa. Ihr Name hat jetzt ein Gesicht, und für Luna ist es, als blicke sie in einen Spiegel. Falks Opferschema, denkt sie und kann nicht aufhören, das Foto anzustarren. Teresa sah aus wie ich, der gleiche Typ, sie hätte meine Schwester sein können. Längere dunkle Haare, zierliche Figur, volle Lippen. Ein Kleid, das sie sich niemals selbst hätte leisten können. Es macht sie auf befremdliche Art älter.

Falk hat ihr Bild zerrissen, genau wie das Foto von Thore. Beide sind tot.

Irgendwann am Nachmittag hört Luna, dass jemand bei Falk klingelt. Sie stürzt an die verschlossene Zimmertür, um zu lauschen; wenn es an der Wohnungstür war, kann sie sich durch Rufen und An-die-Tür-schlagen bemerkbar machen, würde endlich, endlich befreit werden – vorausgesetzt, Falk ist zu Hause und öffnet. Luna hört nichts, keine Schritte, keine Stimmen im vorderen Korridor. Kurz darauf wird Sturm geklingelt, einmal, dann mehrmals hintereinander, ausdauernd, schrill. Wieder passiert nichts.

✷

Schlafen, Kräfte zurückgewinnen. Abwarten. Noch den Sonntag durchstehen, vor dem ihr jetzt schon graut, der Samstag vergeht schon so quälend langsam. Überleben. Immerhin hat sie jetzt das Gefühl, fieberfrei zu sein.

Es kommt Luna absurd vor, so zu denken; wenn man selbst Schlimmes erlebt, hält man es für weniger dramatisch, als wenn es jemand erzählt oder man davon liest, Bilder im Fernsehen sieht. Man lebt damit. Dennoch weiß sie, dass Falk ihr Leben bedroht. Der Durst kommt schneller zurück als erwartet. Teresa ist tot. Luna lebt noch.

✷

Irgendwann schafft sie es, Teresas Handy weiter zu durchforsten. Sie könnte Jarons Nummer gespeichert haben, damals, vielleicht war es schon dieselbe wie heute, warum ist sie nicht gleich draufgekommen. Immerhin kannten sie sich von der Redaktion ihrer Schülerzeitung, da hat man öfter miteinander zu tun. Doch auch Teresas Adressbuch enthält nur Falks Telefonnummern, aber jetzt sucht Luna weiter, will mehr wissen, vielleicht hat Jaron recht mit seiner Vermutung, Falk habe Teresa auf dem Gewissen, auch wenn er das nicht ganz deutlich gesagt hat. Die Nachrichten. Kurzmitteilungen. Luna öffnet den Ordner »Gesendet«, er ist jedoch leer, Teresa muss den kompletten Inhalt gelöscht haben aus Angst, er könnte sie kontrollieren. Nur seine Nachrichten sind noch drauf, zwei hat Luna schon gelesen, hatte Angst vor dem, was sie außerdem noch finden könnte, aber jetzt kann sie nicht mehr anders, wie von selbst blättern ihre Finger den Ordner durch. Die Texte ähneln einander, ähneln dem, was Falk auch ihr immer wieder schreibt, auch in der äußeren Form; in Blockbuchstaben schreit er Teresa an.

DU GEHÖRST MIR.
DU WEISST NICHT, WO ICH ÜBERALL AUGEN HABE.
NICHTS, WAS DU TUST, BLEIBT MIR VERBORGEN.

Wie bei mir, denkt sie und blättert weiter; Teresa ist ich und ich bin sie. Erneut kriecht die Angst in Lunas Nacken hoch, dies alles könnte eine Täuschung sein und das Handy habe nicht Falks früherer Freundin gehört, sondern wäre seines, mit dem er jetzt sie terrorisiert, vielleicht sitzt er nebenan und schickt Luna all diese Botschaften, die Buchstaben verschwimmen vor ihren Augen, sie spürt die Erschöpfung, zu den Halsschmerzen hat sich ein trokkener Husten gesellt, der sie immer wieder schüttelt, nicht verrückt werden, nicht. Die nächsten SMS sind älteren Datums. Nicht an Luna gerichtet.

MEINE PRINZESSIN, liest sie. **FÜR DICH GIBT ES NUR MICH UND FÜR MICH NUR DICH. DU UND ICH ZUSAMMEN, MEHR BRAUCHEN WIR NICHT. DU KANNST DEN HIMMEL AUF ERDEN HABEN, WENN DU NUR MIR GEHÖRST. ICH BETTE DICH AUF ROSEN. FALK**

Und in einer anderen Nachricht:
DU BIST AUSERWÄHLT; MEINE PRINZESSIN. DU BIST BEI MIR FÜR

DEN PREIS DEINER FREIHEIT, DOCH DIE BRAUCHST DU AB JETZT NICHT MEHR. ICH HABE AUFGEHÖRT, DER LIEBE HINTERHERZURENNEN, DER LIEBE MEINER ELTERN, DER VERWANDTEN, DIE NICHT MEINE SIND, DER MÄDCHEN. JETZT HABE ICH DICH, UND ICH WERDE DICH BESITZEN UND NACH MEINEN WÜNSCHEN FORMEN, DU WIRST MIR GEHÖREN. ICH MACHE DICH ZU DEM, WAS ES HEISST, MEINE FRAU ZU SEIN, DU BIST MEIN LEBEN, UND FÜR DICH GIBT ES AUCH KEIN LEBEN MEHR AUSSER AN MEINER SEITE.
FALK

Teresa in einem Rapunzel-Turm. Falk ist krank, denkt Luna und blickt auf das Datum. Die Nachrichten müssen wenige Wochen vor Teresas Tod versendet worden sein. Falk hat sie formen, sie an sich ketten, nach und nach jede eigene Regung, jedes Interesse, das von seiner Person abweicht oder darüber hinausgegangen wäre, auslöschen wollen. Die blumigen Worte hat er sich später erspart, die Nachrichten wurden kürzer, bedrohlicher. Bei Luna schließlich hat er ganz auf seine Versprechen verzichtet, sie niemals *Prinzessin* genannt. Es gibt kein Umwerben mehr. Es gibt nur noch Kontrolle.

✷

Luna will telefonieren, mit irgendjemandem sprechen, um nicht durchzudrehen und um nicht allein nach einer Möglichkeit suchen zu müssen, hier herauszukommen. Das restliche Guthaben auf Teresas Handy ist noch nicht verbraucht, sie wird ihre Eltern anrufen, wird ihnen schildern, wie sich alles mit Falk entwickelt hat. Dass es aus ist. Da sie ihn nicht kennen, von seiner einzigen E-Mail abgesehen, würden die Eltern deshalb keinen großen Aufstand machen, binde dich nicht zu früh, hat die Mutter immer schon gesagt. Um Hilfe bitten, um Rat fragen. Sie wählt die Nummer, atmet auf, als sie das Freizeichen hört, legt sich die Sätze zurecht, in kurzer Zeit muss sie möglichst genau schildern, was passiert ist, muss es so vermitteln, dass sie glaubhaft wirkt, obwohl sie selbst fast meint, verrückt zu werden, so etwas wie das hier erlebt niemand wirklich, noch immer hat Luna Angst, sich alles nur einzubilden, zu übertreiben.

Niemand hebt ab. Nach dem achten Klingeln springt der Anrufbeantworter an, die Stimme ihres Vaters verspricht, er werde später zurückrufen. Luna hinterlässt Teresas Handynummer, sie erschauert dabei. Teresa ist tot. Luna stellt das Anrufsignal auf lautlos, damit Falk es nicht hört, wenn die Eltern zurückrufen, dann fällt ihr ein, dass sie sie vielleicht auf dem Handy erreichen kann. Der Vater hat seines meistens ausgeschaltet, will nicht rund um die Uhr erreichbar sein, nur einmal am Tag schaut er nach, ob Anrufe eingegangen sind, doch bei ihrer Mutter könnte sie mehr Glück haben. Viermal Klingeln, dann die Mailbox. Luna spricht drauf.

Ihr fällt ein, dass sie vielleicht schon in den Skiurlaub gefahren sind. Seit sie und Thore klein waren, haben die Eltern das vorgehabt. Langlauf in Skandinavien, endlose weiße Weite, rustikale Möbel in einem Blockhaus mit Kamin und ohne Telefonanschluss. Für das erste Weihnachten allein bietet es sich an, sich diesen Wunsch zu erfüllen, den sie sich zu zweit eher leisten können als früher mit den Kindern. Ihre Handys haben die Eltern schon immer nur im Notfall benutzt; der schlimmste alle Notfälle vom letzten Sommer kann nicht mehr übertroffen werden, jetzt denken die Eltern an sich, jetzt ist ein Tapetenwechsel vonnöten. So lassen sich das erste Weihnachtsfest, der erste Jahreswechsel ohne den Sohn leichter ertragen. Vielleicht hatten sie Luna noch Bescheid sagen wollen, konnten sie jedoch nicht erreichen, weil Falk ihr Handy immer wieder an sich genommen hatte.

Zwei Stunden später ein weiterer Versuch auf dem Festnetz, dann wieder die polierte, künstliche Stimme: »Ihr verfügbares Guthaben ist aufgebraucht. Bitte laden Sie einen neuen Betrag auf, ehe Sie wie gewohnt weitertelefonieren können. Sie können dies von zu Hause aus über unsere Homepage tun oder wenden sich an den Fachhandel. Ihre Verbindung wird nun getrennt.«

Luna stampft mit dem Fuß auf. Verdammt, offenbar wurde jedes Mal, wenn sie eine Verbindung zum Anrufbeantworter hatte, eine volle Minute abgerechnet; mit einem Euro kommt man da nicht weit, vermutlich hatte Teresa noch einen alten Prepaid-Tarif für 29 Cent pro Minute. Erreichbar ist sie trotzdem. Teresa ist erreichbar. Vielleicht melden sich die Eltern nicht, weil die fremde Nummer sie misstrauisch macht. Vielleicht melden sie sich doch.

15.

Am Sonntag geht es Luna schlechter. Der Husten hat sich verschlimmert, bei jedem Atemzug fühlt sie einen Schmerz in der Lunge, als ob diese zu reißen droht. Wiederholt schlägt sie mit der flachen Hand gegen die Tür, ruft nach Falk. Bittet, droht. Will raus, unbedingt raus, erträgt es nicht mehr, immer dieselben Möbel und Gegenstände zu sehen, will etwas essen, ihr ist schwindlig vor Hunger; nachdem der Durst und das Fieber die schmerzende Leere in ihrem Magen eine Zeitlang verdrängt haben, ist sie nun wieder da, nagender und qualvoller als zuvor, alles fühlt sich leer an, der Magen, der Kopf. Sie schreit, sie ruft. Mehrere Stunden vergehen vom Morgen an, ehe Falk die Tür einen Spaltbreit öffnet, um ihr erneut etwas zu trinken zu bringen, zu wenig, um sich besser zu fühlen. Er spricht nicht mit Luna, antwortet nicht auf die Fragen, die sie ihm durch die verriegelte Tür hinterherruft. Luna beginnt zu ahnen, wie sich Patienten in der geschlossenen Abteilung einer Nervenklinik fühlen müssen, oder Obdachlose; würde sie jetzt die Straße betreten, so wie sie ist – seit Tagen ungewaschen, ungekämmt, mit einem Rest verschmierten Augen-Make-ups im Gesicht, hustend und mit fiebrigen Augen, zerknitterter, schweißgetränkter Kleidung und verwirrt, ziellos, vielleicht in die Wolldecke gehüllt –, man würde die Polizei rufen, mit etwas Glück nur einen Krankenwagen, und Luna irgendwohin bringen, wo sie nicht auffiele, verwahrt wäre, niemanden störe.

Die Polizei rufen, mit Teresas Handy. Dazu bräuchte sie nicht einmal ein Guthaben auf der Prepaid-Karte. Sie würden kommen, den ahnungslosen Falk herausklingeln, ihm vorwerfen, er habe eine junge Frau in einem Zimmer seiner Wohnung eingesperrt. Mit seiner eisglatten Art würde Falk jeden Verdacht zerstreuen, als lächerlich darstellen, mindestens den Beamten glaubhaft versichern, es handele sich um ein Missverständnis. Danach würde er Luna doppelt bestrafen, noch gemeiner, noch schlauer, würde sie noch enger an sich ketten, sie keinen Schritt mehr ohne ihn tun lassen. Sie verwirft die Idee wieder.

✷

Der Rest des Tages schleppt sich unerträglich zäh dahin, noch zäher als die Tage davor. Falk lässt sie nicht raus, es kommt Luna vor, als wäre sie bereits seit Wochen eingesperrt. Wasser teilt er ihr weiterhin in kleinen Mengen zu, schiebt ein Glas durch einen schmalen Türspalt, einmal versucht sie, sich dazwischenzudrängen, sich in die Tür zu werfen, um sie weiter zu öffnen, doch sie bekommt ihre körperliche Unterlegenheit zu spüren, er stößt sie ins Zimmer zurück, wo sie liegen bleibt, benommen vor Schmerz, nur ganz allmählich in der Lage, wieder klare Gedanken zu fassen. Es muss eine Möglichkeit zur Flucht geben! Luna tritt erneut ans Fenster und schlägt mit der flachen Hand gegen die Scheiben, fragt sich, wie Einbrecher vorgehen, wenn sie nahezu lautlos Fensterscheiben aus den Rahmen drücken, um unbemerkt in ein Haus zu gelangen. Sie blickt sich im Zimmer um, weiß aber auch so, dass sie hier nichts hat, woran sie sich abseilen könnte, es ist zu hoch, auch der Blick auf die Straße verschafft ihr keine neuen Ideen. Die Scheibe einschlagen, um Hilfe schreien. Der Erste, der kommen würde, wäre Falk.

✵

Er kann sie nicht hier sterben lassen, irgendwann würde ihre Leiche zu riechen beginnen; selbst wenn er anschließend untertauchte, fände man ihn schnell.

Der Finanzbeamte, denkt Luna, während sie sich am Abend erneut auf die harte Auslegware des Zimmers legt. Er will das Zimmer sehen, gleich morgen früh. Falk wird wollen, dass vorher alles in Ordnung ist, sauber, spurenlos, ein Gefängnis kann er schlecht als Büro präsentieren. Bis dahin muss sie durchhalten, ausharren, ruhig bleiben. Es würde nichts nützen, erneut an die Tür zu klopfen, zu schreien, zu toben, ihn anzuflehen. Falk wird sie nicht freilassen. **FÜR DICH GIBT ES KEIN LEBEN MEHR AUSSER AN MEINER SEITE.** Vielleicht war er es doch, denkt sie. Vielleicht hat er sie umgebracht. Lieber sollte Teresa gar nicht leben als ohne ihn. Und jetzt hat er sich Luna als Opfer ausgesucht, Luna, die außer Sarah niemanden in Berlin kannte, als sie herzog; Luna, die seit dem Tod des Bruders unsichtbar für ihre Eltern geworden ist, die verlernt hat, eigene Bedürfnisse in den Vordergrund zu stellen, die dankbar war, dass Falk ihr zugehört hat, auch wenn sie längst weiß, dass sein Interesse nur geheuchelt war, gespielt, ein Trick, um sie an sich zu binden, sie gefügig zu machen, Dankbarkeit verpflichtet.

Aber noch ist es nicht zu spät, denkt sie. Noch lebe ich, ich atme, denke, kann meine Flucht vorbereiten. Ich kann es versuchen, es ist noch nicht zu spät. Ehe ich hier verdurste, schreie ich doch um Hilfe, ein kleiner Rest an Kraft ist noch da.

✵

Aber auch am Montagmorgen wartet Luna vergeblich. Liegt wach in die Wolldecke gehüllt, lange bevor es hell wird, setzt sich auf, geht ein paar Schritte im Zimmer auf und ab, um den Kreislauf in Gang zu bringen. Setzt sich an den Schreibtisch, steht erneut auf. Legt Teresas Handy zurück in den Schrank, ebenso das Ladekabel, achtet darauf, dass auch die Briefe, die sie gelesen hat, wieder genau so im Schrank liegen wie zuvor. Fährt sich mit den Fingern durchs Haar, massiert ihre Schläfen, vor Hunger und Durst wird sie nicht richtig wach, fühlt sich wie benebelt, fast wie nach einer durchzechten Nacht, sie kann sich nur langsam bewegen, benutzt noch einmal den Übertopf als Toilette, wehrt sich gegen das Schwindelgefühl, das sie übermannt. In Gedanken spielt sie immer wieder verschiedene Möglichkeiten durch, wie sie fliehen kann, sobald Falk die Tür öffnet. Bis zum Mittag tut sich nichts.

Noch einmal fällt Luna in einen leichten Dämmerschlaf, als das Geräusch eines sich im Schloss drehenden Schlüssels sie aufschreckt. Falk steht im Türrahmen, sein Duft nach Duschgel und Aftershave, den sie so geliebt hat, lässt sie jetzt schwindlig werden vor Sehnsucht nach eigener Sauberkeit, nach gewaschenem Haar und frischer Kleidung, nach geputzten Zähnen, nie hat sie sich erniedrigter, schmutziger gefühlt als in diesem Augenblick, bestimmt stinke ich, denkt sie, aus dem Mund, unter den Achseln, überall. In weißem Hemd und eleganter Markenhose baut er sich vor ihr auf, die Haare noch feucht, doch perfekt sitzend, Luna stellt fest, dass sie nichts mehr fühlt angesichts seiner Attraktivität. Sie hat in sein Innerstes geschaut, er hat sie leiden lassen, so sehr, wie sie es nie für möglich gehalten hätte, dass jemand dazu fähig wäre. Sie sieht ihm lange ins Gesicht, direkt in seine Augen, so stellst du dir unsere Beziehung also vor, du als edler, überlegener, smarter Herr, ich als dein Besitz, deine Dienerin, die du auf Händen trägst oder am Boden kriechen lässt, wie es dir gerade gefällt. Nicht mit mir, Falk. Nicht mehr. Das ist keine Liebe. Wenn du eine Frau auf Rosen bettest, wird sie nur den Schmerz der Dornen in ihrem Fleisch und deine Arme wie Stacheldraht um sich spüren, nicht den Duft und die Schönheit der Blüte genießen können.

»Beeil dich«, sagt Falk. »Der Finanzbeamte kommt gleich. Ich will, dass du anständig aussiehst.«

Es sind die ersten Worte, die sie von ihm hört, seit er sie eingesperrt hat, sie fragt sich, wie er es ausgehalten hat, sie in diesem Zimmer zu wissen, das ganze Wochenende lang, krank, durstig, allein. Staunt, dass er das konnte und auch jetzt keine Schwierigkeiten hat, Luna so zu sehen, wie er sie jetzt sieht, nicht begreift, dass dies nichts mit Liebe zu tun hat, im Gegenteil.

Luna schaut weg, schiebt sich an ihm vorbei ins Badezimmer, riegelt sich ein, dreht den Kaltwasserhahn am Waschbecken auf und beugt sich darüber, trinkt, trinkt, trinkt, kann nicht genug bekommen, zwischendurch muss sie Luft holen, trinkt weiter, ich saufe wie ein Tier, denkt sie, schaufelt das kalte Wasser mit beiden Händen in ihr Gesicht, trinkt erneut. Danach fühlt sie sich etwas besser, klarer, näher zurück am Leben, das Schwindelgefühl ist fast weg. Um noch mehr zu Kräften zu kommen, müsste sie jetzt frühstücken, beim Gedanken an Brot mit Marmelade und Käse wird ihr beinahe schwarz vor Augen. Aber es geht nicht, Falk hat gesagt, sie solle sich schnell fertig machen, und das will sie auch, geduscht und angezogen sein, bereit zur Flucht.

Das warme Wasser auf ihrer Haut umfängt sie wie ein Sommerregen, ein wohliger Schauer überläuft ihren Körper, Luna ist versucht, lange unter dem Strahl stehen zu bleiben, ihn auszukosten. Das Shampoo verteilt sich nur schwer in ihren Haaren, sie muss sie zweimal waschen, um die Spuren des Fieberschweißes herauszubekommen. Als sie ihren Körper einseift, merkt sie, dass sie an Gewicht verloren hat, sie war vorher schon zierlich, aber jetzt spürt sie ihre Rippen, die Beckenknochen, selbst die Knie fühlen sich schmaler an, auch wenn das nach drei Tagen nicht viel mehr als Wasserverlust sein kann. Schnell raus, etwas essen, Kräfte sammeln. Luna zittert, nachdem sie das Wasser abgedreht hat, schlingt sich in ein Handtuch und bindet aus einem weiteren einen Turban, eilt ins Schlafzimmer, die Seite, auf der sie immer neben Falk geschlafen hat, liegt unberührt neben seinem ungemachten Bett, Decke und Kissen wohlgeordnet, steril, nicht mehr zu ihr gehörend. Es erscheint Luna, als wäre sie seit Monaten nicht mehr in diesem Raum gewesen, das fremde Gefühl hält auch noch an, als sie in dem Fach, das Falk ihr in seinem Kleiderschrank freigeräumt hat, nach frischen Sachen sucht. Luna hat gerade ihre Wäsche übergestreift, da klingelt es an der Tür, schnell schlüpft sie in ein T-Shirt, im Flur hört sie Falks Schritte, dann den Summer, mit dem er den Besucher unten die Haustür öffnen lässt. Den Fahrstuhl, der sich mit einem Ruck in Bewegung setzt.

»Zieh dir bitte ein Kleid an«, ruft Falk durch die halb geöffnete Zimmertür, aber Luna findet kein passendes, es sind nur das neu gekaufte aus der Boutique, das viel zu sommerlich ist, und einige wärmere Röcke da, die dem unscheinbaren Stil entsprechen, den Falk ihr verordnet hat, wenn sie ohne ihn das Haus verlässt. Einen von denen zieht sie an, dazu blickdichte schwarze Strumpfhosen, findet keinen dazu passenden Pullover, das Schlammbraun ihres verwaschenen T-Shirts beißt sich mit dem Dunkelgrün des Rocks, jetzt hat sie andere Sorgen. Der Haarturban rutscht ihr vom Kopf und legt ihre nassen Strähnen frei, aus denen noch immer Wasser rinnt, über ihre Schultern, das T-Shirt durchnässend. Sie hört, dass der Fahrstuhl oben angekommen ist, hört Falk die Wohnungstür öffnen, tritt eilig neben ihn, noch spielt sie mit. Er mustert sie stirnrunzelnd, für eine Erklärung wegen der Kleidung ist keine Zeit mehr, es klingelt an der Wohnungstür, Falk öffnet. Eine höfliche, distanzierte Begrüßung, Falk vermittelt allein durch seine Körperhaltung, durch die vor der Brust verschränkten Arme, das Gesicht immer ganz leicht abgewandt, dass er den Besuch des Finanzbeamten lächerlich findet, selbstverständlich benötigt ein Immobilienmakler ein Arbeitszimmer, schließlich arbeitet er auch viel am Wochenende und abends, da kann er nicht immer in sein Büro fahren. Er setzt sich in Bewegung und will dem Finanzbeamten voraus durch den Flur nach hinten gehen, Luna fällt ein, dass es dort bestimmt noch nach ihrem Fieberschweiß riecht, sicherlich liegt die Wolldecke ebenfalls noch am Boden und der Pflanzenübertopf steht auf dem äußeren Fensterbrett, fast zur Hälfte mit Urin angefüllt, es sei denn, Falk hätte es noch bemerkt und alles weggeräumt. Sie stellt sich Falk in den Weg, blickt zu ihm auf, hofft, dass er begreift. Falk bleibt stehen und zieht die Augenbrauen zusammen. Der Finanzbeamte lächelt ihr zu.

»Die Lebensgefährtin, nehme ich an«, meint er und reicht Luna die Hand, er muss nicht hinzufügen, dass eine Frau in diesem Aufzug wohl kaum die Bürokraft von Herrn Wolter sein kann. Er darf sie nicht anlächeln. Nicht einmal er.

»Ich wollte gerade Kaffee kochen«, beeilt sich Luna zu sagen, ohne auf seine Frage einzugehen. »Mögen Sie auch eine Tasse? Nehmen Sie doch solange mit Herrn Wolter im Wohnzimmer Platz, ich bringe auch sofort die Steuerunterlagen.«

»Sehr gern«, antwortet der Beamte, Luna sieht, dass sich Falks Blick verfinstert, es steht Luna nicht zu, das Geschehen in die Hand zu nehmen, doch er kann wenig dagegen tun, er selbst hätte diesen Gedanken haben müssen, um Luna Zeit zu geben, das Arbeitszimmer in Ordnung zu bringen. Er selbst hat sie darin eingesperrt, es in ein unwirtliches Nachtlager verwandelt.

Luna geht in die Küche, Falks benutzte Tasse vom Frühstück steht noch in der Spüle, auf der Arbeitsplatte liegt eine Bäckertüte, Luna befühlt sie, zwei Brötchen sind noch darin. Erneut spürt sie Wut in sich aufsteigen, ohnmächtige Wut. Falk hat nicht mir ihr gefrühstückt, auch heute früh nicht, er hat sie hungern lassen! Nur schwer kann sie den Impuls unterdrücken, gegen den Küchenschrank zu treten, viel zu lange behält sie schon die Nerven, aber jetzt kommt es auf jede Sekunde an, auf jede Bewegung, sie darf keinen Fehler machen. Sie befüllt die Espressomaschine mit Wasser, füllt Pulver ein, genau abgemessen für die richtige Tassenanzahl, schaltet sie ein. Aus dem Wohnzimmer vernimmt sie Falks Stimme, noch immer angespannt, noch immer provozierend, dazwischen beschwichtigende Worte des anderen Mannes, vorsichtiger formulierte Fragen. Als die Espressomaschine zu fauchen beginnt, eilt sie an den Männern vorbei ins Arbeitszimmer, sucht im Regal nach einem Ordner mit der Aufschrift »Steuer«, zieht ihn heraus, eilt zurück ins Wohnzimmer, legt ihn wortlos vor die Männer auf den Sofatisch, verschwindet erneut in der Küche. Lauscht hinüber und hört das Rascheln der Papiere, die Stimmen, jetzt gedämpft, konzentriert, kurz darauf Falk, der sich über irgendetwas ereifert, lauter wird. Luna klappert mit Tassen und Untertassen, um beschäftigt zu wirken, lauter, als es nötig wäre.

Jetzt. Jetzt ist der Moment. Der Augenblick ihrer Flucht.

Auf Zehenspitzen schleicht Luna aus der Küche zur Wohnungstür, schafft es, sie geräuschlos zu öffnen, greift ebenso still ihre Sneakers von der Schuhablage. Will auch ihre Tasche mitnehmen, die sie ganz sicher an der Garderobe hat stehen lassen, aber sie ist nicht mehr da, Falk muss sie weggenommen haben, sie kann jetzt nicht danach suchen. Sie schleicht hinaus, nimmt nicht den Fahrstuhl, sondern stürmt die Treppe hinunter, leise, vorsichtig, noch immer in Strumpfhosen, sie darf nicht ausrutschen und fallen, das wäre zu laut und sie käme nicht weiter, die Tür hat sie offen lassen müssen, um nicht durch das Geräusch des Zuschlagens Falks Aufmerksamkeit zu erregen.

Der Weg ins Erdgeschoss erscheint ihr endlos, dritter Stock, zweiter, erster, als sie endlich unten ist, stößt sie im Eingang beinahe gegen den Postboten, zwängt sich an ihm vorbei, hastet nach draußen, ziellos, die Schuhe in der Hand. Der Asphalt ist gefroren, Luna beißt die Zähne zusammen, weit kommt sie so nicht, sie muss die Schuhe anziehen, einen Ort finden, wo sie sich verstecken kann, in wenigen Minuten wird Falk bemerken, dass sie fort ist, und er wird nicht warten, bis der Finanzbeamte meint, es sei Zeit zu gehen.

Die vornehme Wohnstraße ist beinahe menschenleer, Luna schafft es, in eine kleine Grünanlage einzubiegen und sich hinter einer dicht gewachsenen Eibe zu verstecken. Ihre Füße sind bereits nahezu steifgefroren, sie hat Mühe, in ihre Schuhe zu steigen, zerrt an den Schnürsenkeln, an der Lasche, endlich hat sie sie weit genug auf, blickt sich gehetzt um, als sie sie angezogen hat und bereit ist weiterzurennen. Sie rennt los, ziellos, planlos, nur immer weiter weg von Falks Wohnung, durch Nebenstraßen, in denen er sich nie aufhält. Der leere Magen und der noch kaum überstandene fiebrige Infekt sorgen dafür, dass sie langsamer werden, Pausen machen muss, Pausen, in denen sie sich erneut versteckt. Langsamer geht sie weiter Richtung U-Bahnhof Olympiastadion, atmet aus, versucht, ihren Herzschlag zu beruhigen. Je mehr sie sich dem U-Bahnhof nähert, desto mehr Passanten begegnen ihr, Luna bemerkt, dass sie angestarrt wird, auffällt. Auffallen – nur das nicht. Sie blickt an sich herunter, Natürlich, das ist es, sie hat keine Jacke an, im T-Shirt jagt sie an Menschen vorbei, die die Windschutzscheiben ihrer Autos vom Eis frei kratzen, auch ihr Haar ist noch nass und ungekämmt, im Laufen tastet sie danach und spürt ihre Strähnen wie Eiszapfen zwischen ihren Fingern.

Auf der anderen Straßenseite sieht sie einen Mann von Falks Größe und Statur und ihr wird eiskalt. Hat er sie etwa schon eingeholt, kommt er jetzt, um sie wieder zurückzuholen? Ohne sich noch einmal umzublicken, läuft sie weiter in Richtung U-Bahn, nimmt die Treppe zum Gleis in mehreren Stufen auf einmal, fleht, dass schon ein Zug da sei oder gleich kommen möge, aus dem Tunnel ist bereits das ferne Grollen der herannahenden Bahn zu hören, dann fährt sie ein, es erscheint Luna wie eine Ewigkeit, bis die automatischen Türen mit einem Zischen aufspringen und sie hineinhechten kann; fahr doch, betet sie stumm, fahr doch endlich los, nur weg von hier. Sie hat einen Sitzplatz gefunden und lehnt sich tief nach hinten, damit Falk sie nicht auf den ersten Blick sehen kann, falls er das eben war, falls er jetzt gleich auf den Bahnsteig gestürmt kommt. Dann der Signalton zum Schließen der Türen, der Ruck, der den Zug in Bewegung setzt, zunächst langsam und keuchend, dann schneller. Eintauchen in den Tunnel, fort von hier. Erst ganz allmählich wird sie innerlich ruhiger. Im Waggon ist es warm, allmählich hört sie auf zu zittern, Falk ist ihr nicht gefolgt oder er hat sie nicht gefunden. Von den anderen Fahrgästen scheint niemand besondere Notiz von ihr zu nehmen.

Nachdem der Zug einige Stationen hinter sich gelassen hat, überlegt Luna, wo sie hinfahren kann. Zu Jaron? Das Haus würde sie sicher wiederfinden, Warschauer Straße, er hat gesagt, ein paar Häuser weiter wäre ein Gebäudekomplex mit mehreren Hinterhöfen, in dem sich ein Musikgeschäft, ein Studio und Proberäume für Bands befänden. Aber bei Jaron kann sie auf Johannes treffen, der Falk näher steht als ihr. Also doch besser zu Sarah? Noch ist es Vormittag, wahrscheinlich sind alle in der Uni, dort kann sie nicht hin, weil Falk sie dort als Erstes vermuten würde. Luna sieht ihn vor sich, wie er über das Gelände jagt, Gänge durchforstet, die Türen der Hörsäle aufreißt, um nach ihr zu suchen, Leute in der Mensa nach ihr ausfragt. Es geht nicht.

Inzwischen ist der Hunger übermächtig, in der Eile hat sie kein Geld mitgenommen, nicht einmal an Falks übrig gebliebene Brötchen gedacht, die sie ohne Schwierigkeiten hätte schnappen können. Jaron. Vielleicht arbeitet er heute; manchmal schwänzt er die Vorlesungen für seinen Job, hat er erzählt, Luna schickt Stoßgebete zum Himmel, dies möge heute der Fall sein. Wilmersdorfer Straße, das war die U-Bahn-Station, Luna studiert den im Waggon hängenden Plan und stellt fest, dass sie ganz in der Nähe ist, steigt an der nächsten Station aus, den Rest kann sie zu Fuß gehen, dann muss sie nicht umsteigen, schließlich fährt sie gerade schwarz. Unter einem Zigarettenautomaten findet sie eine Euromünze, die jemand verloren hat. In einer Bäckerei kauft sie ein Stück Kuchen vom Vortag und muss sich zwingen, es nicht so hastig herunterzuschlingen, dass ihr Magen rebelliert, sie zwingt sich, langsam zu kauen, jeden Bissen zu genießen, jedes Fruchtstück, jeden Streusel im Mund zergehen zu lassen, als wäre es der Letzte in ihrem Leben. Danach erscheint es ihr, als hätte sie sich nie besser gefühlt. Sie beginnt zu laufen, um die Kälte weniger zu spüren, ab und zu dreht sie sich um, vergewissert sich, nicht verfolgt zu werden, auch auf der vor ihr liegenden Fußgängerzone versichert sie sich immer wieder, dass keiner von den Menschen, die ihr entgegenkommen, Falk ist.

Vor dem Geschenkeladen blickt sie sich noch einmal um, ehe sie eintritt, ihr Herz beginnt zu wummern, vor Angst und auch vor Aufregung, ihn vielleicht gleich wiederzusehen, seine sanften Augen, die dunkelblonden weichen Locken, sein Mund, aus dem sie noch nie ein verletzendes Wort gehört hat. Sie entdeckt ihn nicht gleich, will wieder gehen, weil sie merkt, dass andere Kunden sie befremdet mustern, wahrscheinlich sehe ich aus wie ein Monster, denkt sie. Im nächsten Augenblick jedoch schiebt sich Jaron durch eine schmale Tür am hinteren Ende des Ladens, einen Karton mit Kerzenhaltern auf den Armen. Er erblickt sie sofort.

»Luna«, stößt er hervor. Stellt den Karton neben seinen Füßen ab, nimmt ihr Gesicht in beide Hände und küsst sie hungrig, lässt jedoch gleich wieder von ihr ab, greift nach ihrer Hand und zieht sie durch die Tür, aus der er gerade gekommen ist, ohne sich um die Ware oder die Kundschaft zu kümmern, schlingt beide Arme um sie und küsst sie erneut, als habe er sich jahrelang nach ihr gesehnt. Erst dann nimmt er einen dicken Kapuzenpullover von einem Stuhl und reicht ihn Luna, die ihn sofort anzieht. Sie erschauert vor Wonne über die plötzliche Wärme an ihrem Körper und drängt sich an ihn, ist so froh, ihn zu sehen, zu spüren, so froh.

»Ich gehe nicht mehr zurück«, sagt sie.

16.

Sie stehen lange so da, eng umschlungen, den Herzschlag des anderen an der eigenen Brust spürend. Ich bin angekommen, denkt Luna; ich bin zu Hause. Ich muss mich nicht verstellen, nicht vorgeben, etwas zu sein, was ich nicht bin, nicht mehr verkrampft jedem Wort nachlauschen, das ich sage, aus Angst vor dem nächsten Krach, der nächsten Bestrafung. Jaron ist bei mir und ich bin bei ihm, von nun an kann alles nur noch besser werden. Sie hebt den Kopf an, um ihn anzusehen; Jaron hält die Augen geschlossen und lächelt still in sich hinein. Er also auch. Es ist nicht nur Luna, für die endlich alles gut zu werden scheint.

Jaron streichelt Lunas Wange.

»Ich hab am Wochenende wieder bei dir geklingelt«, sagt er leise, »aber du warst nicht da. Was hat er mit dir gemacht?«

»Mich eingesperrt«, berichtet sie, spürt, wie der Druck von ihr abfällt, die Verzweiflung, die Angst. Die Angst noch nicht ganz. »Das ganze Wochenende, in dem Zimmer, das der Finanzbeamte sehen will und das ich extra dafür hergerichtet habe. Erst heute mittag konnte ich abhauen.«

»Warum hast du mich nicht angerufen? Ich hätte alles versucht, um dich da rauszuholen!«

»Es ging alles so schnell, mein Handy lag noch in meiner Umhängetasche neben der Eingangstür. Dann habe ich das alte von Teresa in Falks Schrank gefunden.« Sie erzählt Jaron von den SMS und davon, dass sie immer mehr das Gefühl beschlichen hat, ihr Leben würde sich mit dem von Teresa zu vermischen beginnen. Dass sie ihn anrufen wollte, seine Nummer aber nicht mehr exakt im Kopf hatte. Wie schnell das Guthaben aufgebraucht war. Und dass sie nicht weiß, wohin.

Jaron blickt sich im Zimmer um, Luna folgt seinen Augen. Ein kleines Sofa steht darin, ein niedriger Tisch, ein Wasserkocher, ein alter Küchenschrank mit etwas Geschirr, ein Zugang zum Keller, in dem sich das Lager befindet. Ein schmales Fenster.

»Kann ich vielleicht hierbleiben?«, fragt Luna. »In so einem Raum vermutet er mich vielleicht nicht.«

Jaron zögert, dann schüttelt er den Kopf. »Ich fürchte, das geht nicht. Wenn das der Chef mitbekommt, bin ich meinen Job los. Aber mach dir keine Sorgen. Ich kenne in Berlin genug Leute, bei denen du untertauchen kannst. Am besten, du wechselst deine Bleibe öfter mal, bis uns etwas Richtiges einfällt. Dann findet er dich nicht so leicht.«

»Am liebsten würde ich bei dir bleiben. Aber das ist keine gute Idee, ich weiß.«

Jaron nickt. »Es wäre das Gefährlichste, was wir tun können. Ich bin sicher, Falk weiß von uns. Das ganze Wochenende lang hatte ich anonyme Anrufe, immer wieder. Jemand mit einer unterdrückten Rufnummer klingelte mich an, und wenn ich mich gemeldet habe, legte er auf. Manchmal sofort, manchmal erst nach ein paar Sekunden oder Minuten. Ich glaube nicht, dass es jemand anders war.«

»Er hat damals schon wegen deiner SMS Terror gemacht. Auch wenn du nur mit J unterzeichnet hast.«

Jaron nickt. »Bisher hat er mich in Ruhe gelassen, aber

irgendwoher weiß er, wie wir zueinander stehen. Und jetzt spielt er ein Spiel mit uns. Es nur eine Frage der Zeit, bis er mir genauso nachstellt wie dir.«

Luna umklammert seine Arme. »Er darf dir nichts tun.«

»Vor allem aber dir nicht«, erwidert Jaron. »Hast du den Schlüssel zu deiner Wohnung dabei?«

»Ist alles bei Falk geblieben. Du siehst ja, wie ich gekommen bin. Aber nach Hause kann ich sowieso nicht. Bestimmt steht er mit seinem Luxusauto schon davor und lauert.«

»Es ging auch nur darum, schnell ein paar Sachen zu holen, aber das ist nicht so wichtig. Ich rufe erst mal Sarah an. Wenn sie da ist, fahren wir gleich nach meiner Schicht zu ihr, dort kannst du dir bestimmt ein paar Sachen leihen. Bleib einfach hier und ruh dich aus, ich bin in einer Dreiviertelstunde hier fertig, dann können wir losfahren. Ich sehe zu, dass in der Zwischenzeit keiner hier ins Zimmer kommt.«

»Bei Sarah wird Falk mich allerdings auch suchen. Ich war doch damals mit ihr auf Johannes Party.«

»Wir bleiben nicht lange, das verspreche ich dir. Zu dritt können wir besser überlegen, wie es weitergehen soll. Wir schaffen das irgendwie, Luna, hab keine Angst. Jetzt sind wir zusammen. Ich lasse dich nicht im Stich, aber wir müssen verdammt aufpassen.«

Luna nickt, Jaron küsst sie erneut, dann kehrt er zurück in den Geschäftsraum. Luna setzt sich auf das Sofa und versucht zu entspannen, ganz gelingt es ihr nicht. Bei jedem Geräusch, jedem hörbaren Schritt vor dem Fenster zuckt sie zusammen, vermutet Falk dahinter, er kann überall sein, voller Wut, voller Eifersucht, wild entschlossen, Luna zurück zu holen.

Eine knappe Stunde später erscheint Jaron, nimmt Luna in seine Arme und verkündet, sein Auto stehe schon im

Hof bereit und sie könnten durch einen Hintereingang hinaus.

»Ich habe mit Sarah telefoniert«, sagt Jaron, nachdem Luna neben ihm Platz genommen hat. »Wir haben Glück – ihre Eltern sind schon im Weihnachtsurlaub und sie ist nicht im Studentenwohnheim, sondern passt auf ihre Wohnung in Kreuzberg auf. Sie meinte, wir sollten dort einfach vorbeikommen, Falk wird sicher nicht so schnell da aufkreuzen.« Jaron startet den Motor und steuert den Wagen langsam, aber sicher durch den Stadtverkehr. Zunächst blickt sich Luna unruhig um, voller Angst, dass sie neben oder hinter sich Falks Auto erblicken könnte, bereit, sich jederzeit so klein zu machen, dass sie für Falk nicht auszumachen wäre, aber nirgends ist ein Zeichen von ihm zu sehen. Allmählich beruhigt sich Luna etwas, es ist gut, neben Jaron zu sitzen, seine Nähe zu spüren. Das Rütteln auf dem Pflaster macht sie schläfrig, erst jetzt merkt sie, wie erschöpft sie ist. In einem weichen Bett schlafen ohne Angst, ohne das ständige Gefühl, beobachtet zu werden, erscheint ihr wie ein unerreichbarer, paradiesischer Zustand. Sie schließt die Augen und fällt in einen oberflächlichen Halbschlaf, bis das Motorengeräusch plötzlich erstirbt. Luna schreckt hoch.

»Wir sind da.« Jarons Lächeln drückt das Bemühen aus, Zuversicht zu vermitteln. »Ich sehe nach, ob die Luft rein ist, und klingle bei Sarah. Setz dir am besten die Kapuze von meinem Pullover auf, nur für alle Fälle.«

Da kommt Sarah schon aus dem Haus gestürmt, sie umarmt Luna, zieht sie in die Wohnung, so schnell sie kann, nimmt im Wohnzimmer ein paar Bücher und Zeitschriften von der Couch und legt sie auf den Tisch, damit Luna und Jaron sich hinsetzen können.

»Mannomann«, stößt sie hervor. »Der Typ muss echt einen an der Klatsche haben, das hätte ich nicht gedacht.

Sei bloß froh, dass du da weg bist. Ich hab Spaghetti Carbonara gekocht, wollt ihr was mitessen?«

Luna hat Mühe, sich zurückzuhalten, das Plunderstück unterwegs hat gerade ausgereicht, um den schlimmsten Hunger auszuschalten, und das ist lange her. Jetzt erscheint es ihr, als hätte sie seit Wochen keine warme Mahlzeit mehr zu sich genommen, muss aufpassen, nicht zu schlingen, schon jetzt merkt sie, wie entwöhnt sie von jedweder Nahrungsaufnahme ist, die gehaltvolle Soße rumort in ihrem Magen. Jaron und Sarah lassen sie in Ruhe essen, nehmen sich selbst nur kleine Portionen, damit Luna satt wird, amüsieren sich, als sie Sarahs Kochkünste in den höchsten Tönen lobt. Nach dem Essen räumt Jaron die Teller zusammen, während Sarah mit Luna ihren Kleiderschrank ansteuert.

»Du musst mir wirklich nichts besonders Tolles raussuchen«, meint Luna. »Eine alte Jeans genügt fürs Erste völlig, mein T-Shirt habe ich heute früh frisch angezogen ...«

»... und unterwegs völlig durchgeschwitzt. Keine Widerrede!« Sarah wirft Luna einen Stapel Hosen, Wäsche, Socken und Pullover zu. »Das sind alte Klamotten von mir, die kannst du alle haben. Am besten, du verschwindest damit im Bad und machst eine Modenschau. Wenn du willst, kannst du dich auch erst mal in die Wanne legen.« Sie öffnet die Tür zu einem hellen, freundlichen Bad, es erinnert Luna an das ihrer Familie in Remscheid. Als sie in der Wanne liegt, hat sie das Gefühl, jeden Moment einschlafen zu können, so wohlig ist ihr in dem warmen Wasser zumute, das sie umgibt wie eine alte Freundin, der Schoß einer Mutter, ein Zuhause. Allzu lange will sie nicht bleiben, trotz allem fühlt sie sich nicht vollkommen in Sicherheit, Falk kann längst in der Nähe sein, sie muss raus, sich anziehen, gewappnet sein, wenn er vor ihr steht, nicht nackt oder nur in ein Handtuch gewickelt.

Sie beeilt sich beim Abtrocknen, Sarahs Sachen kleben an ihrer noch leicht feuchten Haut, ein Hustenanfall schüttelt sie. Im Waschbeckenschrank findet sie einen Fön und trocknet sich endlich die Haare, Sarah hat gewiss auch nichts dagegen, wenn Luna etwas von ihrem schwarzen Kajal und dem Lippenpflegestift benutzt, die auf der Ablage über dem Waschbecken liegen. Über Sarahs Langarmshirt streift sie wieder Jarons Pullover, der sie erneut wärmt, sie will etwas von ihm an ihrem Körper haben, es tröstet und beruhigt sie, jetzt sind wir zusammen, hat er gesagt, Luna kann es kaum glauben, Jaron und sie. Auf der Fensterbank findet sie eine Packung Taschentücher und schnäuzt sich lange, Luna muss die Erkältung überwinden, aber nach Medikamenten kann sie nicht auch noch fragen, Sarah hat schon so viel für sie getan. Sie lächelt ihrem Spiegelbild zu und geht zurück zu ihren beiden Freunden, bedankt sich bei Sarah, verspricht, sich zu revanchieren, sobald sich eine Gelegenheit ergibt.

»Lieber nicht«, erwidert Sarah und wehrt mit den Händen ab. »Aber Spaß beiseite. Du hast völlig recht, wenn du meinst, bei mir kann Falk dich jederzeit finden, wenn er will. Er war zwar noch nie hier, aber er wird natürlich alle Leute abklappern, von denen er weiß, dass sie dich kennen. Es brauchen nur Johannes oder Katharina herumzuposaunen, dass ich bei meinen Eltern bin, schon steht er vor der Tür.«

Luna nickt und hängt sich in Jarons Arm ein, natürlich kann sie auch bei ihm nicht bleiben, doch Jaron wieder zu verlassen, nachdem sie sich eben erst wiedergefunden haben, seit zwei Stunden erst offiziell ein Paar sind, erscheint ihr in diesem Augenblick schwerer als alles andere. Auch er drückt ihre Hand und erzählt Sarah von seiner Idee, Luna vorläufig in wechselnden Wohnungen bei verschiedenen Bekannten untertauchen zu lassen.

»Da fällt mir was ein.« Sarah steht vom Sofa auf und geht zur Tür, nimmt einen Schlüssel vom Haken und reicht ihn Luna. »Der gehört einem alten Kumpel von meinem Vater, der nur ein paar Häuser weiter wohnt und auch für ein paar Tage weggefahren ist. In der Zeit soll ich seine Yuccapalme gießen und die Schildkröten füttern. Das kannst genauso gut du erledigen, dann bin ich das los und du hast eine Bleibe. Wenn auch nur bis Donnerstag. Yorckstraße 71, Gartenhaus links, erste Etage. Der Name ist Alizadeh.«

Luna schließt ihre Hand um den Schlüssel.

»Du bist eine echte Freundin«, sagt sie. »Danke.«

»Dann lass uns keine Zeit verlieren.« Jaron wippt auf den Zehen. »Wenn die Hütte gerade unbewohnt ist, ziehe ich gleich mit ein.«

»Aber zur Uni kommst du?«, will Sarah wissen.

»Wahrscheinlich nicht«, antwortet Jaron und grinst. »Schreib für mich mit, wenn was Wichtiges ist.«

Als Luna und Jaron kurz darauf die fremde Wohnung betreten, hoffen sie, dass niemand sie beobachtet hat. Das Zimmer erinnert Luna an ihr eigenes, es ist ähnlich spärlich möbliert, wenn auch überlegter, durchgestylter, mit einem echten Kelim auf dem Dielenfußboden, einem hellen Futonsofa und Acrylmalereien moderner Künstler an der Wand. Sie spürt, dass ihre Augen zur Ruhe kommen, der Raum strahlt Frieden und Gelassenheit aus, bietet ihr eine Atempause, sie lässt sich auf den Futon fallen und schließt die Augen. Jaron hat das Schildkrötengehege entdeckt und nimmt eines der Tiere heraus, setzt sich neben Luna, beide streichen sachte mit den Fingern über den Panzer und die ledrige Haut. Später füttern sie ihn und seinen Partner mit grünem Salat und suchen auch für sich selbst etwas zu essen aus dem Kühlschrank, etwas Brot und Salami ist noch da, dazu öffnen sie zwei Bier.

Schon nach den ersten Schlucken spürt Luna, wie müde sie ist. Während sie im Bad ist, baut Jaron den Futon zu einem Bett für sie beide um. Sobald Luna sich hingelegt hat und ihn neben sich spürt, den Arm um ihre Taille geschlungen, fällt sie in einen tiefen Schlaf.

In der Nacht wacht sie auf und spürt, dass auch Jaron sich bewegt. Er liegt auf der Seite, das Gesicht zu ihr gewandt, die Augen geöffnet, sein weißes T-Shirt scheint in der Dunkelheit zu leuchten. Um sie beide herum ist es ganz still bis auf das leise Scharren der Schildkröten in ihrem Gehege, kein Straßenlärm dringt in die kleine Hinterhofwohnung. Zum ersten Mal seit Tagen, vielleicht seit Wochen, hat Luna das Gefühl, ruhig atmen zu können, ohne Anspannung, ohne sich innerlich zu verkrampfen. Jaron ist bei ihr, und zumindest heute Nacht kann Falk sie nicht finden, sie ist bei dem Jungen, in dessen Nähe sie sich geborgen fühlt, bei dem sie sie selbst sein kann, von dem sie geliebt und akzeptiert wird, so wie sie ist. Sie lächelt ihn an.

»Ich kann kaum glauben, dass du bei mir bist«, flüstert sie. »Gestern war ich noch in der Hölle, und jetzt sind wir hier, nur du und ich. Ich wünschte, dieser Moment würde für immer andauern.«

Jaron streicht ihr eine Haarsträhne aus dem Gesicht.

»Lieber nicht«, erwidert er leise. »Ich hab noch viel mehr mit dir vor.« Er beugt sich über sie und küsst sie, seine Hand wandert langsam und sanft über ihren Körper, Luna meint, noch nie so zarte Berührungen erlebt zu haben, es ist, als würde er voller Ehrfurcht ihre Haut erkunden wie ein unbekanntes Land, ein Paradies. Sie will ihn auch berühren, streckt eine Hand nach ihm aus und fährt mit der Kuppe ihres Zeigefingers jeden Zentimeter seines Gesichts nach; die gerade Nase, die Augenbrauen, die Wangen. Als sie an seinen Lippen angekommen ist, greift er sachte nach ihrem Handgelenk und tupft einen Kuss auf jede ihrer Fingerspitzen, sucht dann nach ihrem Mund. Beide versinken in ihren Zärtlichkeiten, ihren lange aufgestauten Gefühlen füreinander, für beide ist es wie ein Geschenk, sich endlich gegenseitig zu spüren. Sie lieben sich dennoch langsam, jeden Kuss, jede Berührung auskostend, als wäre dieses erste Mal auch gleichzeitig das letzte.

Hinterher liegen sie auf dem Rücken, noch immer Haut an Haut, Luna kuschelt sich in Jarons Achsel, er wickelt eine ihrer Haarsträhnen um seinen Finger.

»Wenn Falk nicht so völlig daneben wäre, könnte er einem fast leidtun«, überlegt Luna laut und erzählt Jaron, was sie während ihrer Gefangenschaft herausgefunden hat. »Mit seinem Schicksal möchte ich nicht tauschen. Aber so wie er damit umgeht, wird es nie klappen. Er kann eine Frau doch nicht einsperren und sie sich nach seinen Wünschen formen wie eine Wachsfigur!«

»Ich glaube nicht, dass es nur an seinem Schicksal liegt«, meint Jaron. »Du hast auch Schlimmes durchgemacht und bist trotzdem kein Schwein geworden. Falk ist neben seinem harten Los in der Kindheit einfach total machtbesessen. Johannes sagt das auch, Falk war schon als kleiner Junge jähzornig, einmal hat er ihm mit einem Ziegelstein auf den Kopf geschlagen, so fest, dass Johannes eine Platzwunde und eine Gehirnerschütterung davongetragen hat. Falk bekam Stubenarrest – mit dem Ergebnis, dass er hinterher noch unberechenbarer wurde. Aber er hat nicht mehr so offensichtlich gequält, er wurde geschickt im Vertuschen seiner Gemeinheiten. Erpresste denjenigen, auf den er es gerade abgesehen hatte. So wurde er nur selten verraten. Die meisten Spielkameraden waren fest in seiner Hand.«

»Verrückt. Dass er das jahrelang so durchziehen konnte, meine ich. Bis heute, bis in seine Beziehungen hinein.«

»Er wird sich nicht ändern, egal wie sehr sich ein Mädchen bemüht, ihm alles rechtzumachen. Falk wird immer etwas finden, was für ihn ein Grund ist auszurasten. Ein harmloses Lächeln, das einem anderen Mann gilt, das falsche Kleid, eine unbedachte Bemerkung, ein kleiner Fehler, wegen dem er gleich meint, man wolle ihm schaden. Schon knallt er mit Türen und stellt die ganze Beziehung infrage. Du kannst ihm nicht helfen, Luna. Er müsste eine Therapie machen – aber das wird er nicht tun. Lieber riskiert er das Leben anderer.«

»Ich will ihm nicht helfen. Nicht mehr, jetzt wo ich weiß, dass er es nie wirklich gut mit mir gemeint hat. Ich will Falk nie wiedersehen.«

Jaron zieht sie dichter an sich. »Wir schaffen das«, verspricht er ihr. »Wenn wir ihm lange genug aus dem Weg gehen, sucht er sich vielleicht eines Tages ein anderes Opfer.«

✷

Am Morgen darauf geht Jaron einkaufen, besorgt alles, was sie für das Frühstück brauchen, Luna brät Spiegeleier mit Schinken, kocht schwarzen Tee, deckt den Tisch in der geräumigen Küche. Erst jetzt finden sie Zeit, in Ruhe miteinander zu reden. Jaron erzählt von seiner Kindheit in Berlin, gesteht, dass er nie der Typ gewesen ist, der zum harten Kern der Jungen in seiner Klassen gehörte, weil er immer schon ruhiger, sanfter war, oft lieber mit den Mädchen spielte als mit den anderen Jungen; einer, dem die Mädchen gern ihr Herz ausschütteten, in den sie sich jedoch kaum jemals verliebten – verliebt waren sie immer in die Draufgänger, von denen sie oft enttäuscht und mies behandelt wurden. Er verschweigt auch nicht, dass er auf dem Gymnasium jedes Jahr aufs Neue beinahe sitzen geblieben wäre, bis er durch viel Nachhilfeunterricht und die Weichherzigkeit seiner Englischlehrerin, bei der er zwischen zwei Noten stand, doch noch sein Abitur bekommen hat.

»Und das ist ein Glück«, fügt er lächelnd hinzu. »Sonst hätten wir uns nie kennengelernt.«

Und auch Luna erzählt, zögernd zunächst, doch noch während sie redet, fallen ihr immer mehr Parallelen zwischen ihrem Leben und dem Jarons auf; auch sie war als Schülerin eher eine von der stillen Sorte, so still, dass sie sich kaum jemals zu Wort meldete, was ihr immer wieder die Noten verdarb, am Ende sogar ihr Abitur gefährdete; dennoch hatte sie bis zum Schluss gekämpft, um jeden Punkt gerungen, mit Erfolg. Als Belohnung hatten die Eltern ihr den Urlaub in Portugal spendiert. Die letzten Ferien mit Thore.

»Das mit deinem Bruder tut mir wahnsinnig leid«, sagt Jaron und greift über die Tischplatte nach Lunas Hand. »Ich glaube, das habe ich dir die ganze Zeit noch nicht richtig sagen können. Thore muss ein toller Mensch gewesen sein.«

»Ich bin sicher, er hätte dich gemocht«, antwortet sie. »Sehr sogar. Ihr hättet euch bestimmt super verstanden. Obwohl er eher so ein leichtsinniger Draufgänger war, hatte er doch ein bisschen Ähnlichkeit mit dir – ihr seid beide gute Zuhörer, die nicht ständig recht haben müssen und jeden anderen kleinmachen, um selber besser dazustehen. Und weißt du was? Das habe ich die ganze Zeit schon gespürt. Natürlich habe ich mir auch vorgestellt, wie es gewesen wäre, wenn Falk und Thore sich begegnet wären, und es hat einfach nicht gepasst. Mein Bruder und er wären nie Freunde geworden, aus gutem Grund. Viel zu lange habe ich meine eigene innere Stimme verdrängt.«

»Nicht zu lange«, versichert Jaron. »Du *hast* auf sie gehört, Luna. Sonst wärst du nicht geflohen.«

Luna nickt, gleichzeitig jedoch sackt sie in ihrem Stuhl zusammen.

»Geflohen, ja«, sagt sie. »Aber ohne alles. Ich habe kein Geld bei mir, keinen Ausweis, kein Handy – nicht einmal das von Teresa. Keinen Schlüssel zu meiner Wohnung, nicht einmal Waschzeug und auch nicht die Sachen für die Uni. Da kann ich im Moment zwar sowieso nicht hin, aber es wäre schön, wenn ich zu Hause wenigstens ein bisschen was lernen könnte.«

»Das kriegen wir schon hin. Wenn man seine Geldbörse mit allen Papieren verloren hat, hat man auch viele Rennereien, aber man kann alles neu beantragen. Doch darum können wir uns später kümmern, Luna. Fürs Erste ist es nur wichtig, dass du untergetaucht bist. Dass Falk dich nicht finden kann. Geld kann ich dir leihen, ich bin zwar kein Dagobert Duck, aber irgendwie kratzen wir schon etwas zusammen. Ich kann an der Uni ein paar Leute fragen. Irgendwer ist da immer pleite und schnorrt die anderen an, das fällt gar nicht auf.« Er steht auf, geht um den Tisch herum und gibt Luna einen Kuss. »Mir ist eingefallen, ich muss doch für ein paar Stunden an die Uni, weil ich heute eine Klausur schreiben muss, und so kann ich dort wenigstens mit ein paar Leuten reden, die uns vielleicht weiterhelfen können. Meinst du, du kommst bis mittags allein klar?«

Luna nickt, auch wenn ihr nicht wohl dabei zumute ist.

»Gut. Ich komme zurück, so schnell ich kann. Warte«, er geht hinüber ins Zimmer und kommt mit einem schnurlosen Telefon und einem kleinen Adressbuch zurück. »Ich schreibe mir jetzt die Festnetznummer von hier ab und dir meine Handynummer auf. So können wir in Verbindung bleiben und du musst keine Angst haben.

Falls ich anrufe, lasse ich das Telefon zweimal klingeln, lege dann auf und wähle noch einmal. So weißt du, dass ich es bin. Die Anrufe für Herrn Alizadeh würde ich lieber nicht entgegennehmen, wer weiß, ob es ihm recht ist, dass in seiner Abwesenheit hier jemand wohnt.«

Als Luna allein ist, räumt sie den Tisch ab und säubert ihn, stellt die Lebensmittel in den Kühlschrank, spült das Geschirr, schüttelt in dem einzigen Zimmer die Decke auf, die sie mit Jaron geteilt hat, ebenso die beiden Kissen, er hat auf einem Sofakissen geschlafen, sie auf dem Kopfkissen. Anschließend geht sie duschen, streift durch die Räume, füttert die Schildkröten, wässert die Zimmerpflanzen, mehr hat sie nicht zu tun. Setzt sich aufs Sofa, immer noch erschöpft von der Erkältung, das Fieber und der lange Mangel an Nahrung haben ihr andauernder zugesetzt, als sie es zuerst eingeschätzt hatte. Sie schaltet den Fernseher ein, um die Nachrichten zu verfolgen, sich auszuruhen, viel bekommt sie nicht mit. Schaltet ihn wieder aus. Das Gefühl, gefangen zu sein, beschleicht sie erneut, immer wieder versucht sie, sich selbst zu beschwören, dass es jetzt anders ist, dass sie nicht mehr bei Falk eingesperrt ist und er nicht weiß, wo sie sich aufhält, zum ersten Mal, seit sie ihn kennt. Du bist frei, Luna, sagt sie zu sich selbst; auch wenn du nicht hinauskannst, bist du nicht mehr gefangen wie gestern noch.

Dennoch ertappt sie sich dabei, wie sie bei jedem Geräusch zusammenzuckt, beim Quietschen des Mülltonnendeckels, als ein Mieter ihn anhebt, um einen Abfallbeutel zu entsorgen, beim Bellen eines Hundes im Hof und dem beruhigenden Zischen seiner Herrin, beim Zuschlagen der Haustür und dem Weinen eines kleinen Kindes. Falk ist nicht hier, redet sie in Gedanken erneut auf sich ein.

Da klingelt es unten an der Tür. Lunas Herz beginnt zu

rasen, sie wagt nicht zu öffnen, Jaron kann es noch nicht sein, vielleicht will sich nur der Postbote oder ein Zettelverteiler Einlass verschaffen. Kurz darauf klingelt es wieder, ein zweites, drittes und viertes Mal, ungeduldiger und in kurzen Abständen. Luna öffnet nicht, verharrt regungslos in der Küche stehend, wo sie sich gerade einen Obstteller zubereiten wollte. Direkt danach klingelt das Telefon, nicht mit dem von Jaron angekündigten Zeichen, nach sieben Mal hört es auf, ein Anrufbeantworter ist nicht angeschlossen. Eine halbe Stunde später klingelt es wieder, länger, beharrlicher, es erscheint ihr wie ein höhnisches Rufen, *du weißt, dass ich dich immer finde, egal wo du bist*. Im Laufe des Tages wiederholt sich das noch fünfmal, auch als Jaron längst zurück ist und auch, als Sarah später vorbeikommt, um Luna noch einmal mit Kleidung zu versorgen.

»Es muss nicht Falk gewesen sein«, meint sie. »Mach dich nicht verrückt.«

Am Abend ziehen Luna und Jaron den Telefonstecker heraus. Irgendwann entdeckt Luna im Bücherregal einen Roman, den sie schon lange hat lesen wollen, und vertieft sich darin. Allmählich kommt sie zur Ruhe.

17.

Die nächsten Tage in der Wohnung verlaufen ruhig. Damit sie auch in Verbindung bleiben können, wenn Jaron nicht bei ihr ist, hat er ihr ein billiges Prepaid-Handy mit Karte besorgt, ein wenig Startguthaben ist drauf, der Tarif günstig. Das Festnetztelefon lassen sie ausgestöpselt.

Tagsüber versucht Luna, sich zu beschäftigen, während Jaron, der sie nur noch allein lassen will, wenn es nicht mehr anders geht, für sein Studium lernt. Sie liest viel, kocht für sie beide, sorgt dafür, dass sie die Wohnung demnächst mindestens so aufgeräumt und sauber verlassen wird, wie sie sie vorgefunden hat. Probiert Kleidungsstücke an, die Sarah vorbeigebracht hat, Jeans und Pullover, ihrem eigenen Stil ähnlich, lässig und verspielt, in sanften Farben, die Oberteile mit Ausschnitten, die nicht einengen. Schreibt Weihnachtskarten, die Jaron ihr mitbringt, an ihre Eltern, ihre Freundinnen in Remscheid, tut darin so, als wäre alles in Ordnung. Wenn die Eltern wirklich verreist sind, haben sie sicher ein Päckchen an Lunas Adresse geschickt, sie muss sich bald bei ihnen melden, vielleicht sind sie doch zu Hause und sie könnte mit Jaron über Weihnachten zu ihnen fahren. Wir kennen keinen Jaron, hört sie den Vater sagen; uns hat ein Falk geschrieben, es ist nicht richtig, was du treibst, Mädchen, jede Woche einen anderen Jungen. Was hast du denn auf einmal gegen Falk, er scheint doch charmant zu sein und trägt dich auf Händen. Wir haben gedacht, du wirst erwachsener, wenn du in Berlin auf dich selbst gestellt bist.

Oder einfach: Reg uns nicht auf. Wir sind noch nicht so weit, Fremde in unserem Haus empfangen zu können.

Nach drei Tagen zieht Luna zu Ole und seiner Freundin Natascha. Hier schläft sie auf einem Hochbett im selben Zimmer wie ihre Gastgeber, allen ist klar, dass auch dies keine Dauerlösung sein kann, nicht nur, weil Luna nachts wieder mit dem trockenen Husten zu kämpfen hat, der in der ersten Nacht mit Jaron beinahe verschwunden schien. Jaron kehrt vorerst in seine WG zurück, er hat beschlossen, Johannes einzuweihen, ihm zu sagen, was Falk mit Luna gemacht hat; später berichtet er, Johannes sei nicht überrascht gewesen und habe versprochen, nichts zu verraten, sollte Falk bei ihm aufkreuzen. Bisher habe er nicht einmal angerufen, aber das müsse gar nichts bedeuten, Falk täte selten das, was man von ihm erwarte.

Luna ist froh über die Gesellschaft der beiden älteren Kommilitonen. Um ein wenig Gegenleistung für das gewährte Asyl zu erbringen, kocht sie eines Mittags für die beiden und Jaron. Anschließend räumt sie auf, putzt Küche und Bad, saugt Staub, während Jaron den Müll zu den Tonnen im Keller bringt. Als er wieder oben ist, wirkt er blass und seine Bewegungen fahrig. In der Hand hält er einen Stapel Briefe, er habe den Postboten im Hausflur getroffen, sagt er, legt zwei Kuverts auf den Esstisch, behält einen großen, gefütterten in der Hand.

»Was ist damit?«, fragt Luna alarmiert, blickt darauf, liest ihren Namen. Im selben Moment klingelt es an der Haustür, Natascha will schon zur Gegensprechanlage eilen, doch Jaron packt sie am Arm und hält sie fest. Es klingelt erneut, Luna reagiert nicht, ist erstarrt. Es ist wirklich ihr eigener Name, an den der Brief adressiert ist. LUNA MELLENTHIN, in Blockbuchstaben geschrieben.

Ihre Finger drücken auf das feste ockergelbe Papier, es ist etwas Weiches darin. Zögernd löst sie das Klebeband, mit dem der Umschlag an einem Ende mehrfach umwickelt ist, und zieht den Inhalt heraus.

Ein Langarmshirt. Gerade geschnitten, ohne modische Details oder Verzierungen, aus braunem Jerseystoff von minderer Qualität, hochgeschlossen durch einen engen Rollkragen, ein Teil von der Sorte, die Falk von ihr verlangt hat anzuziehen, wenn sie ohne ihn unterwegs war.

An der Haustür wird jetzt Sturm geklingelt, Luna schleudert das Shirt in eine Ecke und presst ihre Hände auf die Ohren, weiß nicht, was sie tun soll, es kann jemand Wichtiges für Natascha und Ole sein, es kann aber auch Falk sein. Falk, der sie aufgespürt hat, der weiter hinter ihr her ist. Er wird nicht aufgeben, wird nicht ruhen, bis sie wieder bei ihr ist. Ole will hinunterstürmen und denjenigen zur Rede stellen, der da unten solchen Terror veranstaltet, doch Jaron hält auch ihn zurück, Luna schließt sich im Badezimmer ein, bis das Klingeln aufhört, vielleicht war es doch nicht Falk, aber er weiß, wo sich Luna befindet, ohne jeden Zweifel.

»Bleib ruhig«, beschwört Jaron sie, als sie wieder ins Wohnzimmer tritt, und umarmt sie, hält sie fest und sicher. »Solange wir ihm nicht die Tür öffnen, kann dir nichts passieren. Aber wir müssen weg von hier, so schnell wie möglich, müssen Falk verwirren, du musst deinen Aufenthaltsort schneller wechseln, als er herausfinden kann, wo du bist. Nur so können wir erreichen, dass er irgendwann aufgibt.«

»Er wird nicht aufgeben«, erwidert Luna, löst sich aus seinen Armen und tigert durch die Wohnung. Jaron widerspricht nicht.

»Aber wie kann Falk herausgefunden haben, wo du

bist? Ich habe nur absolut vertrauenswürdige Leute eingeweiht!«

»Du kennst Falk nicht. Seine Tricks hat er mir auch nicht verraten, aber er muss uns die ganze Zeit beobachtet haben, vom ersten Augenblick an, oder er hat Verbündete, wer auch immer das sein mag.« Luna schmiegt sich erneut in seinen Arm, sie zittert, jetzt nur keinen Rückfall bekommen, fleht sie innerlich; nicht noch einmal Schüttelfrost, nicht wieder dieses Stechen im Hals, jetzt kann sie die Erkältung noch weniger gebrauchen als bei Falk, sie muss fit, wach, körperlich auf der Höhe sein, muss im Notfall schnelle Entscheidungen treffen können. Jaron streicht ihr übers Haar, bis sie sich zumindest ein wenig beruhigt hat, es war kein Schüttelfrost, ganz bestimmt nicht.

»Uns fällt schon etwas ein«, verspricht er und drückt seine Lippen in ihr Haar. »Ich kenne auch noch andere Leute, die nichts mit der Uni zu tun haben. Wir können auch ganz am anderen Ende der Stadt unterkommen, es muss nicht mitten im Studentenkiez sein.«

»Fahrt doch raus aus Berlin«, schlägt Natascha vor. Sie hat durch den Türspion geschaut, aber niemanden entdeckt, jetzt wirkt auch sie unruhig, räumt Zeitschriften und Stifte von einem Platz auf dem Tisch zum anderen, untersucht ihre Fingernägel, fährt sich mit beiden Händen durch ihr blondes kurzes Haar. »Irgendwo ins Umland, da gibt es ganz verschwiegene kleine Nester, Bauernhöfe in Alleinlage, da findet er euch nie. Schwänzt du eben noch mal die Uni, Jaron, deine letzte Klausur hast du doch schon hinter dir.«

»Und wir tauschen die Autos«, bietet Ole an. »Ihr fahrt mit meinem los und ich nehme deines, bis ihr klarer seht. Damit rechnet er nicht, dann kann er hinter deinem Kombi her gondeln, bis er Schimmel ansetzt. Und bis er merkt, dass er der falschen Lockente gefolgt ist, seid ihr über alle Berge.«

Wenig später haben Luna und Jaron ihre Sachen zusammengepackt, sich über den Hinterhof nach draußen geschlichen und wie besprochen Oles Auto genommen. Mit dem fahren sie jetzt nach Norden raus, zunächst über die Autobahn, um schnell Abstand zu Berlin zu gewinnen, dann fährt Jaron die Landstraßen entlang, über Schleichwege, die sich ewig von einem Dorf zum anderen zu ziehen scheinen. Jedes Mal, wenn sie von den Abblendlichtern eines anderen Wagens gestreift werden, duckt sich Luna, doch alle Autos überholen sie oder biegen in eine andere Richtung ab. Je weiter sie sich von der Stadt entfernen, desto ruhiger wird Luna. Schließlich lehnt sie ihren Kopf an Jarons Schulter, doch ihr Rücken schmerzt und sie friert trotz der Heizung; wenn sie versucht, sich selbst warm zu rubbeln, fühlt es sich unangenehm an, als ob jemand die zarten Härchen auf ihren Armen gegen den Strich bürstet. Die Sehnsucht, in einem Bett liegen zu können, ausgestreckt dazuliegen und zu schlafen, wird übermächtig, immerhin ist es schon abends.

An einem Bahnübergang müssen sie länger warten. Jaron vergewissert sich durch einen Blick in den Rückspiegel, dass Falk ihnen nicht gefolgt ist, doch es steht nur ein Auto hinter ihnen, ein dunkelblauer Peugeot mit einem Kennzeichen, das er keiner Stadt zuordnen kann. Er sieht Luna an.

»Ich suche uns jetzt ein Gasthaus«, verspricht er. »Oder eine Jugendherberge, je nachdem, was wir zuerst finden. Du kannst dich bald hinlegen.«

Wenig später steuert er eine kleine Pension an. Erst nach mehrmaligem Klingeln öffnet die Wirtin, eine hagere Frau um die sechzig in einer dunkelblau geblümten Kittelschürze aus Polyester über einem Pullover, dessen Farbe Luna an das Shirt erinnert, welches Falk ihr geschickt hat.

»Was machen Sie denn um diese Zeit hier?«, fragt sie, ohne ihre Tür ganz aufzuziehen. »Saison ist von Ende März bis Ende September, wenn die Leute an den See fahren. Sie haben doch sicher gesehen, dass mein Schild gar nicht beleuchtet ist.«

Jaron schiebt sich halb in den Türrahmen, gerade so, dass die Frau nicht behaupten kann, er würde Hausfriedensbruch begehen.

»Bitte stellen Sie uns ein Zimmer zur Verfügung«, sagt er. »Wir haben schon einen weiten Weg hinter uns, weil wir uns ein bisschen verfahren haben. Meiner Freundin geht es nicht gut. Wir brauchen nur ein Bett für eine Nacht, zur Not auch ohne Frühstück. Morgen früh fahren wir gleich weiter.«

Die Wirtin beugt sich vor.

»Fieberaugen«, stellt sie fest. »Wäre es da nicht besser, Sie suchen mit ihr das Kreiskrankenhaus auf? Das wären noch mal knappe vierzig Kilometer zu fahren, aber dann wäre die junge Frau wenigstens in guten Händen.«

»So schlimm ist es nicht«, beteuert Luna und unterdrückt den Husten. »Wirklich, ich brauche nur ein bisschen Schlaf, morgen früh wird es wieder gehen. Ich habe so was manchmal, wenn ich zu viel gearbeitet habe, mein Hausarzt verordnet mir auch jedes Mal nur Bettruhe.«

»Wenn Sie meinen.« Die Wirtin zieht ihre Tür ein Stück weiter auf. »Dann kommen Sie mal. Es kostet siebzehn Euro pro Person mit Frühstück. Irgendwas werde ich schon zusammenkratzen. Leichtsinnig ist das aber trotzdem von Ihnen.« Sie führt Luna und Jaron eine schmale Treppe hinauf und öffnet eines der fünf Zimmer in der ersten Etage. Der Geruch im Inneren erinnert Luna an ranzige Margarine, das Doppelbett und der Kleiderschrank wirken bereits auf den ersten Blick abgenutzt, die weiße gestärkte Bettwäsche jedoch sieht so rein aus, dass Luna sich am liebsten sofort hineinkuscheln und einschlafen würde, schlafen bis weit in den nächsten Vormittag hinein, in Jarons Arm und ohne an morgen zu denken. Jaron holt die Reisetaschen aus dem Auto, die Wirtin, nun etwas versöhnlicher gestimmt, wünscht beiden eine ruhige Nacht.

Jaron öffnet das Fenster, um frische Luft hineinzulassen.

»Nein«, schreit Luna leise auf und zieht ihn ins Zimmer zurück. »Hörst du nicht, da waren eben Schritte zu hören.«

»Das war nur die Wirtin«, versichert Jaron. »Sie macht einen letzten Rundgang ums Haus, ich habe es selbst gesehen. Danach geht sie auch schlafen. Leg dich hin, du musst schließlich gesund werden.«

»Eine tolle Freundin hast du dir angelacht«, versucht Luna zu scherzen. »Eine, die immer krank ist und ständig Gespenster sieht. Dabei wollte ich nichts, als mit dir zusammen sein und unsere Liebe genießen. Stattdessen hast du nur Stress mit mir.«

Jaron setzt sich aufs Bett, Luna ist schon hineingekrochen und hat sich die Bettdecke bis unters Kinn gezogen.

»So darfst du nicht reden, Luna«, sagt er. »Nie wieder, hörst du? Ich genieße jede Minute mit dir, war noch nie so glücklich wie jetzt, wo wir endlich zusammen sind. Alles andere schaffen wir auch noch. Aber du musst auch ein bisschen daran glauben. Du hast doch schon gezeigt, wie stark du bist.«

Luna nickt.

»Ich weiß. Schade, dass wir uns nicht früher kennengelernt haben – bevor Thore starb, war ich viel lustiger drauf und auch ziemlich selbstbewusst. Danach ist das alles flöten gegangen, ich habe ewig mit meinen Schuldgefühlen gekämpft, obwohl ich die ganze Zeit wusste, dass das Unsinn ist. Falk brauchte mich nur noch aufzusammeln. Aber wenn ich eher mit ihm Schluss gemacht hätte, auf mein Gefühl gehört hätte, als ich gemerkt habe, er tut mir nicht gut, wäre es vielleicht nie so weit gekommen.« Sie macht eine Pause und schiebt ihre Finger zwischen seine. »Ich hätte einfach ehrlich zu mir selbst sein müssen. Denn ich glaube, ich habe dich von Anfang an geliebt.«

»Siehst du«, flüstert er und streichelt ihre Hand. »Allein dieser Satz von dir ist mehr, als ich mir jemals gewünscht hätte, damit gibst du mir so viel Kraft. Morgen früh gehen wir gleich zum Arzt, dann fahren wir noch ein Stück weiter und suchen uns wieder etwas, wo wir bleiben können. Ich glaube, Falk ist uns nicht mehr gefolgt, sonst hätte er sich längst bemerkbar gemacht.«

»Wir könnten auch ganz weggehen«, überlegt Luna laut. »Weg aus Berlin, meine ich, und woanders studieren. Es gibt so viele tolle Städte, Köln zum Beispiel, oder Heidelberg, das soll für Studenten auch total lässig sein.«

»Und wir suchen uns richtig coole Nebenjobs«, fügt Jaron hinzu. »Bei einer Zeitung zum Beispiel, oder in einer angesagten Kneipe.«

»Dafür kommen andere extra in die Hauptstadt«, erinnert ihn Luna.

»Egal.« Jaron lacht. »In der Hauptstadt oder am anderen Ende der Welt – mit dir würde ich überallhin gehen. Wenn wir den ganzen Stress mit Falk hinter uns haben, machen wir uns ein richtig tolles Leben zusammen.«

Eng umschlungen schlafen sie wieder ein. Am Morgen fühlt sich Luna erfrischt und ausgeruht; auch der Husten hat nachgelassen. Nacheinander suchen sie die Etagendusche auf und ziehen sich an, ehe sie zum Frühstück hinuntergehen. Das Erdgeschoss des Hauses ist verwinkelt, von einem engen Flur gehen mehrere Türen ab, es dauert eine Weile, ehe Luna beherzt eine davon öffnet, weil sie dahinter das Geräusch von Geschirrklappern und das Gurgeln einer Filterkaffeemaschine vernommen hat. Tatsächlich sind sie in der Küche gelandet, durch eine weitere offene Tür erkennt Luna den Frühstücksraum. Die Wirtin schreckt gerade zwei Eier unter dem Kaltwasserhahn ab.

»Sie können gerne noch eine Nacht länger bleiben, wenn Sie möchten«, bietet sie an und legt die Eier in einen kleinen Korb. Jetzt bei Tageslicht wirken ihre Gesichtszüge weniger hart, die Stimme weicher als am Abend zuvor. »Es wäre gut, wenn die junge Frau sich richtig auskuriert.«

»Vielen Dank«, sagt Luna, ihre Stimme ist noch belegt. »Es geht mir schon viel besser und wir sind wirklich nur auf der Durchreise.«

Jaron nimmt das Tablett mit dem Geschirr, den Brötchen, der Marmelade, dem Aufschnitt und den Eiern und steuert einen der Tische an, Luna bemerkt, dass er einen am Fenster wählen will, er besinnt sich jedoch anders.

»Schon fast elf Uhr«, bemerkt Luna mit einem Blick auf ihr Handydisplay, während sie sich setzt. »Der lange Schlaf hat gut getan.«

Die Wirtin kommt mit einer Kaffeekanne und schenkt beiden ein. »Normalerweise müssen die Zimmer um zehn Uhr geräumt sein«, sagt sie. »Aber ich erwarte ja keine neuen Gäste. Darf ich Ihnen das Radio einschalten?«, fragt sie und strebt auf ein altes Röhrengerät zu, das auf einer Kommode an der Wand steht. »Ach – das haben Sie schon erledigt, na umso besser, aber so leise?«

»Das waren wir nicht«, erwidert Jaron. »Wir sind doch eben erst aus unserem Zimmer gekommen.«

»Na, irgendeiner muss es ja gewesen sein, das Radio schaltet sich ja nicht von allein an. Ich stelle es mal lauter, wenn es recht ist; gleich kommen die Nachrichten, und wenn Sie heute wirklich weiterfahren wollen, sollten Sie den Wetterbericht hören. Es kann glatt werden.« Sie dreht am Lautstärkeregler, noch läuft Musik statt der Nachrichten, Lunas Hände beginnen zu schwitzen, sie kennt die Klänge, die aus dem Lautsprecher dringen, immer lauter werden, sie kennt sie nur zu gut.

»Das ist der Free-Jazz-Kanal«, stößt sie hervor. »Den Sender hören nur eingefleischte Liebhaber. Wir müssen hier weg, Jaron«, sie springt auf, stößt gegen den Tisch, sodass ihre Kaffeetasse schwankt und etwas von dem heißen Getränk auf die helle Tischdecke schwappt, sie kümmert sich nicht darum, kümmert sich auch nicht um die verwunderten Blicke der Frau, auch Jaron begreift und nimmt Lunas Hand, will mit ihr nach draußen stürzen, dann besinnt er sich kurz und legt der Wirtin einen Geldschein auf den Tisch, Luna hört sie schimpfen, so ginge es aber nicht, sie hätte gleich misstrauisch werden sollen, gleich würde sie die Polizei rufen, irgendwas ginge hier doch nicht mit rechten Dingen zu. Jaron stürmt zum Auto und schließt es auf, kommt zurück und rast die Treppe hinauf, ist in Sekundenschnelle wieder zurück, das Gepäck in beiden Händen, er beeilt sich so sehr, zur Tür zu gelangen, dass er mit den Reisetaschen gegen die Wände stößt, ein wenig Putz bröckelt ab, mit dem Fuß stößt er die Haustür auf und ist mit zwei Schritten am Auto, wirft die Taschen in den Kofferraum, läuft zur Haustür und nimmt Lunas Hand, hält sie fest, während sie zum Wagen rennen. Startet den Motor, zum Glück liegt noch kein Schnee, doch auf dem Raureif geraten seine Hinterräder ebenfalls leicht ins Schlingern und zwingen ihn zur Besonnenheit, Luna sagt, er solle sich anschnallen, viel zu schnell steuert er vom Hof auf die Hauptstraße, nur weg von hier, egal wohin, weg von hier.

»Es bringt nichts, wenn du so rast«, versucht Luna, auf ihn einzureden. »Falk beobachtet uns sowieso die ganze Zeit, er hat sein Zeichen gesetzt, er ist möglicherweise längst weitergefahren. Vielleicht sollten wir einfach die Begegnung mit ihm riskieren, wir können nicht unser ganzes Leben lang vor ihm fliehen.«

»Und dann?« Jaron wendet den Kopf zu ihr herum, ganz kurz nur, dann konzentriert er sich wieder auf die Fahrbahn vor sich.

»Dann sage ich ihm, dass es aus ist. Dass er es verspielt hat mit seiner ewigen Eifersucht und Kontrolle und dass es kein Zurück mehr gibt. Dass wir beide jetzt zusammen sind und es auch bleiben werden, ganz egal was er sich noch alles einfallen lässt. Dieser Albtraum muss endlich mal ein Ende haben.«

»Ich weiß nicht«, entgegnet Jaron knapp, so hat Luna ihn noch nie erlebt, sie blickt ihn von der Seite an und stellt fest, dass an seinen Schläfen und am Hals die Adern hervortreten. Sein rechtes Bein zittert, Luna spürt, wie sehr er sich bemüht, das Gaspedal nicht einfach durchzutreten. »Bei Falk weiß man nie, er ist unberechenbar. Ich glaube nicht, dass er deine Entscheidung einfach so hinnimmt.«

»Aber ich will nicht länger von ihm verfolgt werden, Jaron. Ich will mein Leben genießen, mir dir, will mich weiterentwickeln, statt immer nur versteckt zu werden, von Falk, damit mich kein anderer findet, von anderen, damit er mich nicht findet. Ich will das nicht mehr, es muss endlich aufhören. Ich will wieder frei sein.«

Jaron schweigt, den Blick starr geradeaus gerichtet, um

seine sonst so sanften Lippen hat sich ein herber Zug gebildet. Nicht auch noch das, denkt Luna; nicht zu allem anderen auch noch Streit mit Jaron. Es ist so unnötig. Gerade jetzt müssen wir zusammenhalten, Falk darf nicht stärker sein als wir. Sie legt ihre Hand auf seinen Oberschenkel, fühlt, wie sich seine Muskeln dabei augenblicklich lockern.

»Du stehst doch hinter mir, oder?«, fragt sie leise. »Du hältst doch zu mir, wenn ich Falk die Stirn biete, oder?«

Jaron schaltet einen Gang herunter, nimmt die Hand vom Hebel und streicht Luna über die Wange. »Natürlich«, sagt er. »Du weißt, dass du dich immer auf mich verlassen kannst. Egal was passiert.«

Luna lehnt sich zurück und schließt die Augen. Alles wird gut, denkt sie; früher oder später wird Falk begreifen, dass er eine Frau nicht besitzen kann wie ein Haustier oder ein Auto. Wenn Jaron und ich erst aus seinem Dunstkreis verschwunden sind, wird er merken, dass sein altes Spiel ihn nicht einen Millimeter weiter gebracht hat, nicht näher an die Erfüllung seines Traumes, die Liebe eines Mädchens ganz für sich zu haben. Seine Eifersucht und seine Verlustangst wird er nicht ablegen können – dafür ist beides zu tief in ihm verwurzelt. Aber vielleicht erkennt er, dass er es nicht erreichen kann, geliebt zu werden, indem er seiner Freundin jede eigene Regung verbietet, jede persönliche Erinnerung in ihr auslöscht, ihr Scheuklappen aufsetzt wie einem Kutschpferd, statt ihr zu zeigen, wie schön die Liebe sein kann mit jemandem, mit dem man freiwillig zusammen ist. Mit jemandem wie Jaron.

Jaron fährt jetzt in gleichmäßigem Tempo, schlägt vor, in einen Ort am Meer zu fahren, einen Spaziergang zu machen, wenn sie Glück haben, ist irgendwo ein Fischimbiss auf, wo sie sich Brötchen mit geräucherter Makrele kaufen können; Luna ist einverstanden. Danach werden sie nach Berlin zurückkehren, und irgendwann in den nächsten Tagen wird Luna Kontakt zu Falk aufnehmen, ihre Papiere und ihren Wohnungsschlüssel zurückverlangen, sie muss das nicht allein tun, Jaron ist bei ihr, und sie hat Freunde.

»Hast du Angst?«, fragt Jaron, und sie nickt.

»Natürlich fürchte ich mich; um ehrlich zu sein, könnte ich sterben vor Angst bei der Vorstellung, Falk gegenüberstehen zu müssen. Aber ich sehe keinen anderen Weg mehr. Vor ihm zu fliehen und mich immer wieder aufspüren zu lassen, hieße, sein Spiel mitzuspielen. Ich wäre dann immer die Unterlegene und er würde nicht aufhören. Falk traue ich zu, dass er monatelang so weitermacht, wenn nicht Jahre.« Sie klappt den Schminkspiegel über ihrem Sitz herunter, um etwas Mascara und Lipgloss aufzutragen, zum ersten Mal seit langer Zeit verspürt Luna wieder Lust, sich ein wenig hübsch zu machen, bemerkt Jarons anerkennendes Lächeln von der Seite, überprüft ihr Spiegelbild, als sie fertig ist, beobachtet im Spiegel durch die Heckscheibe den gleichmäßigen Verkehr hinter ihnen.

»Wenn du willst, löse ich dich mal ab«, schlägt sie vor. »Ein wenig Fahrpraxis könnte ich gut gebrauchen.«

»Ich bin noch nicht müde«, meint Jaron. »Aber ich komme später gerne drauf zurück.«

Luna will den Spiegel wieder hochklappen, da bemerkt sie ein von hinten herannahendes Auto, das mit Lichthupe auf sie zukommt, schnell aufrückt, sie bedrängt. Auch Jaron hat es bemerkt und den linken Blinker gesetzt, er überholt einen Lastwagen, seine Gesichtszüge sind angespannt.

»Scheiße«, flucht er. »Das ist Falk.«

18.

Luna erkennt Falks Autokennzeichen und das Modell, er fährt jetzt beinahe Stoßstange an Stoßstange mit ihnen, noch immer blenden seine Scheinwerfer auf und wieder ab, selbst dann noch, als Jaron längst wieder auf dem rechten Fahrstreifen angekommen ist. Einige überholende Autofahrer hupen und gestikulieren mit aufgebrachten Gesichtern, aber Falk klebt an ihnen. Jaron stöhnt auf.

»Ich kann nicht mal die nächste Ausfahrt nehmen«, meint er, »und ihn abhängen schon gar nicht. Mit dem Schlitten nimmt es Oles Japaner nicht auf.«

»Was hat er nur vor?« Luna drückt sich fester in den Beifahrersitz. »Er scheint völlig durchgedreht zu sein.«

»Bei Falk kann das alles bedeuten. Das ist ja das Gefährliche an ihm.«

Trotz der Aussichtslosigkeit gibt Jaron Gas und vergrößert so den Abstand zu Falk, der auch tatsächlich etwas zurückfällt, sogar abzubremsen scheint, jedoch nur um gleich darauf erneut zu beschleunigen. Er wiederholt dieses Spiel mehrere Minuten lang, wechselt wieder die Spur und hält über eine lange Strecke das Tempo mit Jaron, fährt neben ihm, das Gesicht unbewegt. Überholt, fällt erneut zurück, heftet sich wieder an ihr Heck.

»Verdammt.« Luna stöhnt auf. »Wie lange will er das durchziehen, die ganze Aktion bringt doch überhaupt nichts.«

»Er will abbiegen«, stellt Jaron fest, und jetzt sieht auch Luna, dass sein Wagen rechts blinkt, gleichzeitig bemerkt sie ein Schild, das eine Tankstelle nach fünfhundert Metern ankündigt. »Pech, wenn man so im Wahn ist, dass man nicht auf die Tankfüllung achtet.«

Beide atmen auf, als Falk tatsächlich die Tankstelle ansteuert und sie ihn hinter sich lassen, Jaron nimmt die übernächste Ausfahrt und wählt erneut die kleinsten Straßen zwischen den Dörfern. Eine halbe Stunde später rückt auch seine Tanknadel in den Reservebereich. Seit Berlin hat er nicht mehr nachgefüllt.

»Ein paar Kilometer weit reicht es noch«, prophezeit Jaron, »aber wenn wir im nächsten größeren Ort eine Tanke finden, sollten wir die nehmen.«

Wenig später haben sie Glück, Luna steigt aus, nimmt den Zapfhahn aus seiner Halterung und setzt ihn an die Tanköffnung, während Jaron die Scheiben säubert, anschließend will er zum Bezahlen in den Shop gehen, mit zwei Schritten ist Luna neben ihm.

»Ich komme mit rein«, beharrt sie. »Allein bleibe ich nicht.«

Jaron nickt und legt seinen Arm um Lunas Schulter, gemeinsam kaufen sie noch etwas zu trinken, ein paar Schokoriegel, Sandwichs und eine Zeitung. Zurück im Wagen, beugt sich Jaron über Lunas Schoß hinweg zum Handschuhfach, um nach einer Straßenkarte zu stöbern, Luna sieht, dass er lange wühlt, ohne das Gesuchte zu finden, dass er stutzt, weiterkramt; eine Straßenkarte scheint nicht darin zu liegen. In Oles Handschuhfach herrscht Chaos; Jaron legt alte Parktickets, mehrere Kugelschreiber, eine Parkscheibe, Postkarten und einen Briefumschlag auf Lunas Oberschenkel und richtet sich wieder auf, um erneut auszusteigen und in den Taschen auf der Rückseite der Sitze weiterzusuchen. Luna will gerade die Sachen wieder einräumen, als ihr Blick auf den Umschlag fällt, er kommt ihr bekannt vor, natürlich, sie weiß es gleich. Auch auf diesem Umschlag prangt das Firmenlogo von Teresas Mobilfunkanbieter.

Nein, denkt sie; nein.

»Jaron«, ruft sie und bemerkt selbst die Panik in ihrer Stimme, er reagiert auch gleich und sitzt im Nu wieder neben Luna, sie hat die Zeitung auf ihren Schoß gelegt, die Papierschnipsel aus dem Kuvert darauf geschüttet und bereits begonnen, sie zu einem Bild zusammenzufügen. Sie muss nicht erst drauf schauen, um zu wissen, wer darauf zu sehen ist.

Drei Fotos liegen vor ihnen, als sie alles zusammengesetzt haben. Sie und Jaron beim Einkauf in der Wilmersdorfer Straße. Sie und Jaron, die schweren Pflanzen im Laderaum seines Kombis verstauend. Und dann sie und Jaron, eng umschlungen, versunken ineinander, sich küssend. Im Hintergrund der Fahrstuhl in Falks Treppenhaus.

Luna kann es nicht fassen. Es war doch dunkel im Hausflur gewesen an jenem Abend, nachdem sie zusammen für Falks Arbeitszimmer eingekauft hatten! Aber natürlich gibt es Nachtsichtkameras, sogar in manchen Handys.

»Katharina«, stößt Jaron hervor. »Weißt du noch, wir haben sie in der Einkaufsstraße gesehen. Von ihr muss Falk alles gewusst haben, bestimmt hat sie uns hinterherspioniert, wahrscheinlich sogar bis zu dem Augenblick, als Ole und ich die Autos getauscht haben. Wer weiß, wie lange sie uns schon beschattet und Falk alles zuträgt, um an ihn heranzukommen.«

»Ich kann ihr nicht einmal wünschen, dass ihr das gelingen möge.« Luna atmet scharf ein und hält unwillkürlich die Luft an. »Etwas anderes macht mir viel mehr

Sorgen: Genau so hat Falk auch einmal ein Bild von Thore zerrissen, als er mir nicht glauben wollte, dass der Junge auf dem Bild mein Bruder ist. Und das von Teresa, das ich in seinem Arbeitszimmer gefunden habe, hat er auch zerrissen.«

Jaron starrt sie perplex an. »Du meinst ...«

Luna nickt. »Teresas Tod war kein Unfall, Jaron. Ich bin sicher, Falk hat sie umgebracht. Und wir beide sollen seine nächsten Opfer sein. Die zerrissenen Fotos bedeuten: Du musst sterben. Er hat Teresa getötet, wollte den Jungen töten, den er für meinen heimlichen Freund gehalten hat – und jetzt uns.«

Jaron legt seine Hände vor sein Gesicht, Luna merkt, dass er versucht zu verinnerlichen, was sie gesagt hat. Dass er geschockt ist. Sie müssen neu überlegen, wie sie jetzt weiter vorgehen. Falk gegenüberzutreten und ihm die Stirn zu bieten, genügt nicht mehr. Jaron spricht aus, was auch ihr klar geworden ist.

»Scheiße«, mit der Faust hämmert er aufs Lenkrad, »Scheiße, Scheiße, Scheiße. Wir sind in Lebensgefahr, Luna.« Er hält einen Moment inne, starrt auf den Autoschlüssel in seiner Hand, dann dreht er ihn im Zündschloss herum und steuert rückwärts von der Tanksäule weg, um auf dem kürzesten Weg zurück zur Straße zu gelangen. »Uns bleibt nur noch eine Möglichkeit zum Untertauchen.«

»Was hast du vor?«, will Luna wissen.

»Ich bringe uns an einen Ort, von dem außer mir wirklich niemand weiß, nicht einer meiner Freunde. Ich war seit vielen Jahren nicht mehr dort, aber den Weg finde ich schon noch, ich weiß den Ortsnamen und die nächste größere Stadt.«

»Wo auch immer das ist, Falk wird uns auch dort aufstöbern«, gibt Luna zu bedenken.

»Kann sein, er ist ja extrem raffiniert, aber weil er rausfahren musste, als er tanken musste, besteht zumindest eine kleine Möglichkeit, dass wir ihn dieses Mal wirklich abgehängt haben. Und Katarina ist weit weg, sie hat keinen Führerschein, mit dem sie uns in einem zweiten Wagen folgen könnte. So gewinnen wir zumindest etwas Vorsprung. Wir verschanzen uns in dem alten Ferienhaus meiner Großtante, direkt an der Ostsee, es liegt hinter dem Deich in einer kleinen Strandsiedlung namens Heidkate, umgeben von einem Kiefernwald, also schön versteckt, im Winter ist da außerdem selten jemand. In einer knappen Stunde sind wir da, es liegt viel näher, als wenn wir jetzt den langen Weg zurück nach Berlin fahren.«

»Wir könnten Kontakt zur Polizei aufnehmen«, regt Luna an. »Falks Beuteschema haben wir ja jetzt. Ich will nicht sterben, Jaron. Falk ist kriminell, er muss gestellt werden.«

Jaron antwortet nicht gleich. Er folgt einem Schild, das ihm den Weg zur Landstraße Richtung Kiel weist, die B 404 entlang, danach zieht sich der Weg über einige Dörfer und Kleinstädte zur Küste hin.

»Gut«, stimmt er schließlich zu. »Ruf an und erzähl, was los ist. Du kannst mein Handy nehmen, es ist in meiner Gürteltasche.«

Luna wählt die 110, wird weitergeleitet, wartet. Schildert den Fall und bekommt die Antwort, man habe alles notiert und werde veranlassen, dass der zuständige Abschnitt die Akte Teresa R. noch einmal durchsehe. Sofern eine rechtliche Grundlage bestehe, die Ermittlungen wieder aufzunehmen, werde man sie darüber informieren.

»Mehr haben die nicht gesagt?«, fragt Jaron, nachdem Luna das Telefongespräch zusammengefasst hat. »Das ist wieder typisch, es muss immer erst einer draufgehen, bevor die was tun. Dabei ist alles so offensichtlich.«

Als sie das Ortsschild *Heidkate* passieren, bemerkt Luna, dass Nieselregen eingesetzt hat, auch dämmert es bereits. Jaron wirkt für kurze Zeit beinahe aufgekratzt, als sie langsam durch den Kiefernwald fahren, den er angekündigt hatte, erzählt Luna von den Sommerferien, die er hier ein- oder zweimal als Kind verbracht hat, vom Baden in der Brandung und bei ruhiger, von der Sonne erwärmter See, von Freunden, die er hier gefunden hatte, von dem kleinen Lebensmittelladen, dessen Süßigkeitenregal auf ihn und die anderen Kinder wie ein Magnet gewirkt hat.

Luna blickt aus dem Seitenfenster und versucht, sich die Gegend im Sommer vorzustellen; es gelingt ihr nur schwer. Der Wald wirkt dunkel, verwunschen und unheimlich, die Wohnwagen auf dem Campingplatz, den sie passieren, stehen im schwindenden Tageslicht verwaist da. Kein einziges der Häuser, von denen eines das von Jarons Großtante sein muss, ist erleuchtet. Jaron folgt ihrem Blick.

»Im Sommer wirst du es lieben«, meint er. »In den Semesterferien kommen wir auf jeden Fall wieder her, dann ist hier alles voller Menschen. Jetzt wirkt es natürlich etwas beklemmend.«

Er biegt in einen schmalen Sandweg ein, fährt jetzt im Schrittempo und sucht die Häuserreihen nach der richtigen Adresse ab.

»Weißt du die Hausnummer noch?«, erkundigt sich Luna. »Oder sag mir, wie das Haus aussieht, dann kann ich dir besser suchen helfen.«

»Es war immer das kleinste Haus von allen«, berichtet er. »Bis mein Großonkel einen Wintergarten vor der Küche angebaut hat, daran kannst du es leicht erkennen, es ist das einzige Haus an diesem Weg, das einen hat. Als ich mit zehn zum letzten Mal hier war, bin ich manchmal oben durchs Fenster auf sein Dach geklettert und kam mir vor wie der König der Ostsee. Das Haus hat mein Großonkel außen dunkelbraun gestrichen, fast schwarz, das Gestell des Wintergartens ist weiß. Die Fensterrahmen waren damals blau, die Dachziegel hatten das übliche Rot. Aber das kann sich natürlich alles geändert haben.«

Plötzlich jedoch bleibt er stehen, ein Lächeln huscht über sein Gesicht. Die Scheinwerfer des Autos strahlen ein Haus an, das genau auf Jarons Beschreibung passt.

»Das hier ist es«, sagt er und lacht leise. »Von wegen, es hat sich was geändert. Hier ist wirklich die Zeit stehen geblieben.«

Sie steigen aus, Jaron geht voran auf das Grundstück zu, Luna hält sich dicht hinter ihm, blickt sich immer wieder verstohlen um, in dieser Geistersiedlung kann alles Mögliche passieren; wenn Falk hier auftaucht, sind sie ihm allein ausgeliefert, vielleicht ist er längst hier und lauert irgendwo, verstecken kann man sich überall, hinter Zäunen, Kiefern, Büschen, Wohnwagen. Der winzige Vorgarten sieht verwildert aus, gelbliches Gras hat sich zu Boden geneigt, die Terrasse ist übersät von Kiefernzapfen und -nadeln, Giersch modert unter der Buchsbaumhecke hinter dem mit Moos überwucherten Zaun. Jaron tritt an ein Fenster und versucht hindurchzuspähen, die Augen mit beiden Händen seitlich abgeschirmt.

»Hast du überhaupt einen Schlüssel?«, fragt Luna, die feuchte Kälte kriecht unter ihre Jacke und lässt sie erschauern, sie tritt von einem Fuß auf den anderen und hüpft ein wenig auf und ab; nach der Wärme in dem beheizten Auto friert sie jetzt draußen umso mehr. Jaron schüttelt den Kopf.

»Wenn alles so geblieben ist, wie es früher war, weiß ich aber, wo ich ihn finde«, antwortet er und geht um das

Haus herum in den hinteren Teil des Gartens, steuert auf einen Metallschuppen zu und rüttelt an der Tür, die an der unteren Kante vom Gras eingewachsen ist, mit einem widerstrebenden, heiseren Quietschen lässt sie sich schließlich öffnen. Jaron tritt ein, räumt ein paar Gartengeräte beiseite und legt damit einen kleinen an der Wand hängenden Holzkasten frei, der vor langer Zeit als Nistplatz für Singvögel gedient haben muss. Luna hört das metallische Geräusch von hin und her geschobenen Schrauben, dann zieht Jaron seine Hand heraus und lässt ein dreiteiliges Schlüsselbund vor Lunas Gesicht baumeln.

»Na, wie bin ich?«, fragt er, und sein Grinsen beruhigt Luna etwas, zumindest für den Moment scheint sich Jaron sicher zu fühlen, noch hat Falk sie nicht gefunden, noch sind sie einfach ein frisch verliebtes Studentenpärchen, das auf die verrückte Idee gekommen ist, mitten im Winter Urlaub in einer verlassenen Strandsiedlung zu machen. Jaron steuert eine Seitentür am Haus an, hinter der sich ein weiterer Schuppen verbirgt, und bedient die Schalter im Stromzählerkasten, dreht den Hauptwasserhahn auf. Dann geht er zurück zur Eingangstür und versucht, sie aufzuschließen, Luna hört, dass der Schlüssel nicht sofort einrastet, Jaron schiebt und drückt, rüttelt an der Tür, schließlich gelingt es ihm.

»Auch das war früher schon eine der Tücken«, erzählt er, »aber jetzt in der Kälte und nach so langer Zeit geht es natürlich besonders schwer. Komm rein – ich hoffe, du erwartest jetzt keinen Palast oder so. Meine Großtante lebt seit Jahren im Altenheim, mein Großonkel ist tot und meine Eltern und alle anderen Verwandten zu weit weg, um regelmäßig herzukommen. Deshalb ist die Hütte natürlich nicht auf dem neuesten Stand der modernen Technik.«

»Du musst dich nicht rechtfertigen.« Luna folgt ihm ins Innere des Hauses, froh, endlich nicht mehr draußen stehen zu müssen, der Regen ist mit der Zeit stärker geworden. Im Inneren des Haus ist es ebenfalls kalt, Lunas Hand streift einen Vorhang, der durch das Öffnen der Tür beiseitegeschoben wird, er fühlt sich klamm an, Luna denkt daran, dass das Gleiche wohl auch für die Bettwäsche gilt, aber das alles macht nichts, solange Jaron da ist, neben ihr ist, sie sehnt sich danach, seinen warmen Körper zu spüren. Er tastet an der Wand nach dem Lichtschalter, inzwischen ist es draußen fast dunkel, Luna atmet auf, als der Raum endlich erleuchtet wird, und blickt sich um.

Sie stehen in einem kleinen Flur, der zu einer schmal geschnittenen Küche mit einem alten Emaillespülbecken und einem kleinen Gasherd führt; einem Buffetschrank, dessen Baujahr sie auf irgendwann in den Fünfzigerjahren des zwanzigsten Jahrhunderts schätzt. Ein Esstisch findet keinen Platz in dieser Küche, doch Jaron öffnet eine weitere Tür, die in ein kleines Wohnzimmer führt, und schaltet auch dort das Licht ein; hier würde am Tisch unter dem Fenster immerhin eine vierköpfige Familie sitzen können. Luna findet spontan Gefallen an dem dunkelblau und hellblau gestreiften Sofa, das an der Wand im rechten Winkel dazu zum Ausruhen einlädt, dann entdeckt sie an der gegenüberliegenden Wand einen kleinen Fernsehtisch und einen Kamin, vor dem Fenster und einer ehemaligen Terrassentür tut sich der Wintergarten auf, eine alte Hollywoodschaukel lässt erahnen, dass dies im Frühjahr und Herbst, wenn noch die Sonne scheint, sicher ein einladender Platz ist. Jaron lächelt.

»Wir machen gleich als Erstes den Kamin an«, verspricht er. »Du wirst sehen, dann wird es hier schnell bullig warm. Mit einer Zentralheizung kann ich leider nicht dienen.« Schon geht er in die Küche und sucht den

Schrank nach einem Feuerzeug oder Streichhölzern ab, Luna prüft inzwischen die Holzscheite, die in einem Weidenkorb neben dem Kamin liegen, sie zweifelt, dass sie trocken genug zum Verfeuern sind, doch Jaron hält triumphierend nicht nur Streichhölzer, sondern sogar ein angebrochenes Päckchen Anzünder in die Höhe, als er zurück ins Zimmer kommt.

Es dauert eine Weile, bis das Feuer zuverlässig brennt, immer wieder müssen sie es von Neuem entfachen, durch die Feuchtigkeit des Holzes qualmt und raucht es, Luna hustet und wedelt mit der Hand vor ihrem Gesicht, springt auf, um im Haus nach Altpapier und Pappe zu suchen, aber schließlich gelingt es ihnen doch, das Feuer am Brennen zu halten.

»Gewonnen«, sagt Jaron. »Vielleicht sind im Schuppen noch Kohlebriketts, die wärmen noch besser durch. Danach zeige ich dir den Rest.«

Er bleibt lange draußen, viel zu lange, Luna späht durch das Fenster in die Dunkelheit, denkt an Falk, es gelingt ihr nicht, das Gefühl von Bedrohung abzustreifen, nachdem er ihnen noch vor wenigen Stunden eine Verfolgungsjagd geliefert hat, sie sieht ihn in den Umrissen der Baumstämme, in der Hecke, hört ihn bei jedem Schritt, von dem sie doch genau weiß, dass er nur von Jaron stammen kann. Jaron soll sich beeilen, schnell, wenn Falk wirklich kommt, um sie beide umzubringen, müssen sie zusammen gegen ihn kämpfen. Einer allein ist ihm wahrscheinlich unterlegen. Luna überlegt, ob sie rausgehen soll zu Jaron, je länger er weg ist, desto größer wird ihre Angst hier allein in dem Haus. Was, wenn Falk längst draußen herumschleicht? Was, wenn Jaron nicht mehr wiederkommt, weil Falk ihn überwältigt, lautlos, ohne dass Jaron eine Chance hat, sich zu wehren? Wenn Luna auch ihn verliert, so wie vorher Thore?

Aber Jaron kommt wieder, in der Hand eine Stiege mit Kohlen. Zwei Briketts legt er in die Flammen und sticht mit dem Schürhaken hinein, dann schließt er die Kaminöffnung wieder.

»Du machst das so geübt, als wärst du nicht nur ein- oder zweimal, sondern jedes Jahr hier gewesen«, bemerkt Luna.

»Kleine Jungs lieben nun mal Lagerfeuer«, bekennt er. »Ich war immer dabei, wenn mein Großonkel Feuer gemacht hat. Du wirst merken, in einer halben Stunde werden wir keine Heizung mehr vermissen.« Jaron steht auf und führt Luna durch eine weitere Tür in den hinteren Bereich des Häuschens, zeigt ihr die Duschkabine mit der Toilette, geht ihr voraus eine enge Wendeltreppe hoch, die zu einem Dachboden führt, der selbst an seiner höchsten Stelle noch so niedrig ist, dass selbst Luna, die einen halben Kopf kleiner ist als er, nicht gerade stehen kann.

»Hier können wir schlafen«, sagt er und deutet auf die beiden Matratzen, die auf dem Boden liegen. »Bis es so weit ist, kommt auch die Wärme von unten hier an.«

Dann schlägt er vor, einen kurzen Spaziergang über den Deich zu machen, zum Strand hinunter, danach ist es gewiss warm genug im Haus, um noch eine Weile fernzusehen und etwas zu essen, vielleicht fänden sie noch eine Dosensuppe im Küchenschrank.

»Zum Deich?«, fragt sie und spürt ihre Fingerspitzen kalt werden. »Was ist, wenn Falk uns da auflauert oder hinterher hier im Haus auf uns wartet?«

»Wenn er uns wirklich gefolgt ist, sind wir überall in Gefahr«, meint er. »Aber ich glaube nicht, dass er uns hier finden kann. Er war ja nicht mehr in unserer Nähe, als wir uns entschieden haben herzukommen.«

Zögernd stimmt Luna zu und ist schon an der Haustür, will sie öffnen, doch sie bekommt sie nicht auf, sosehr sie auch an der Klinke rüttelt und zerrt, die Tür bleibt zu. Panik steigt in Luna auf, sie hat doch gewusst, dass sie vor Falk nicht sicher sind, was ist, wenn er sich unbemerkt eingeschlichen hat, als Jaron die Briketts geholt hat und sie im Wohnzimmer war; gehetzt blickt sie sich um, irgendwo hier drin ist er oder beobachtet sie von draußen, vielleicht hat Jaron den Schlüssel stecken lassen und Falk hat sie beide eingesperrt, auch das ist sein Muster.

Jaron tritt hinter sie und langt an ihr vorbei nach der Türklinke.

»Ich glaube, diese Tür hat früher schon geklemmt, und wenn sich seit vielen Jahren keiner mehr darum gekümmert hat, wird es inzwischen kaum besser geworden sein. Die Zimmertüren und die Fenster waren schon damals alle verzogen und gingen schwer auf, doch bei dieser ist es am schlimmsten. Aber warte, ich glaube, es gab einen Trick. Mal sehen, ob ich den noch herausfinde.« Er legt einen Hebel am Scharnier der Tür um, drückt noch einmal die Klinke und zieht; die Tür bleibt verschlossen, Luna entdeckt einen Schieberiegel am Rahmen, der in einer Kerbe in der Türschwelle liegt. Jaron, dessen Blick im selben Moment darauf gefallen ist, bückt sich und versucht, den Riegel hochzudrücken, es gelingt ihm nicht gleich, auch hier klemmt etwas, der ganze Türrahmen scheint verzogen zu sein. Aber dann schafft er es doch. Mit einem metallischen Klicken gibt der Riegel nach, dann drückt Jaron mit dem Fuß unten gegen die Tür, drückt noch einmal die Klinke herunter und zieht kräftig. Die Tür ist offen.

»Wir müssen immer an den Schieberiegel denken«, sagt er. »Wenn die Haustür von innen zugemacht wird, ragt der immer ein paar Millimeter in die Kerbe hinein. Versuch mal, ob du die Tür aufbekommst.«

Er schließt sie erneut, und Luna probiert es aus, auch

sie muss kräftig am Schieberiegel ziehen, bis er sich löst, aber schließlich hat auch sie es geschafft.

»Okay«, meint sie. »Wenn wir im Haus sind, sollten wir den Riegel sowieso immer vorschieben. Umso wichtiger, dass wir ihn hinterher wieder aufbekommen.«

Eng umschlungen gehen sie zum Strand, auf dem Weg dorthin haben sie nirgends ein Auto parken oder fahren sehen, dennoch spürt Luna, wie die Angst erneut in ihr aufsteigt. Immer wieder blickt sie sich um, vermutet Falk hinter jedem Schatten, hinter jedem Baum, dessen Zweige sich im Wind neigen und wieder aufrichten, hinter jedem Haus. Auch Jaron wirkt unruhig, blickt immer wieder über seine Schulter nach hinten, der schwache Schein der Laternen an der Promenade zeigen Luna seine geweiteten flackernden Augen. Seine rechte Hand hat er fest um ihre Schulter gelegt,.

Aber alles ist ruhig. Das Meer liegt in flachen Wellen hinter dem hellen Sandstrand, am Horizont erkennt Luna ein Schiff, Jaron sagt, es sei die Fähre nach Norwegen oder Schweden, auch der Leuchtturm, in dessen Richtung sie gehen, schickt seine Strahlen über die dunkle Wasseroberfläche, der Himmel breitet sich wie ein schmutzig graues Zelt über ihnen aus. Sie begegnen keiner Menschenseele, nicht einmal einem Spaziergänger mit Hund, kein Motorengeräusch stört das sanfte Rauschen des Meeres, das sich mit dem des Regens vermischt.

Luna zieht ihren Schal enger um sich.

»Frierst du?«, fragt Jaron und bleibt stehen, legt beide Arme um Luna und rubbelt sie am Rücken warm. »Dann kehren wir um. Am Kamin wirst du dich besser fühlen.«

19.

Lunas Herz klopft hart gegen ihre Brust, als sie das Haus betreten, und auch Jaron blickt sich im Garten und in allen Räumen um, ehe er die Tür von innen verriegelt, beiden fällt es schwer zu glauben, dass sie wirklich unbeobachtet sind. Nachdem sie in der Vorratskammer tatsächlich eine Gulaschsuppe aus der Konserve gefunden und vor dem Fernseher gegessen haben, kann Luna ihre Müdigkeit nicht mehr verdrängen; wenig später gehen sie schlafen.

Am nächsten Morgen erkunden sie bei Tageslicht zusammen das ganze Gebiet, suchen auf den Sandstraßen nach Reifenspuren und Schuhabdrücken, finden jedoch nichts, der Dauerregen hat alles verwischt. Nun versucht eine schwache Dezembersonne, die verwaiste Siedlung mit ein paar schrägen Strahlen zu erhellen, Luna ist einerseits erleichtert, dass die Dunkelheit vorüber ist, andererseits nimmt sie jetzt noch mehr Bewegungen wahr, zuckt bei jedem Vogel zusammen, der über den nassen Boden hüpft, um aus den Pfützen zu trinken, bei jedem Baum, der sich bei einem Windstoß neigt, jedem Schiff, das in der Ferne vorüberzieht. Stunde um Stunde verläuft jedoch ohne jede Störung, Falk kommt nicht, und als Luna und Jaron nach einem langen Tag voll innerer Anspannung abends ins Bett gehen, können sie sich erstmals wieder lieben.

Auch in den folgenden Tagen geschieht nichts. Die

Angst, Falk könnte sie an diesem versteckten Ort aufspüren, ist bei ihnen mit jedem Wort, das sie sagen, in jeder noch so kleinen Tätigkeit, doch es bleibt ruhig.

Inzwischen sind sie in den nächsten Ort gefahren, um Lebensmittel und neue Briketts einzukaufen, und haben sich in ihrem gemeinsamen Tagesablauf eingerichtet, genießen ihn beide, weil zwischen ihnen eine Art stummer Übereinkunft besteht. Keiner von ihnen muss viel reden, sie agieren Hand in Hand, was der eine gerade nicht erledigt, macht der andere, sie sorgen füreinander, froh über jede Stunde, die sie miteinander teilen können.

Mit der Zeit hat Luna auch das Haus lieb gewonnen; den Kamin befeuern sie den ganzen Tag und hören erst am späten Abend auf, Kohlen nachzulegen, so reicht die Glut fast immer bis zum nächsten Morgen, was das erneute Anfachen erleichtert. Im ganzen Haus hat sich eine behagliche Wärme ausgebreitet, die anfangs noch klammen Stoffe sind getrocknet, nur der leicht moderige Geruch erinnert noch an die kalte Feuchtigkeit, die zwischen den Wänden gesteckt hatte.

Eines Nachmittags telefoniert Luna noch einmal mit der Polizei und bekommt die Auskunft, dass die Ermittlungen im Fall Teresa R. nicht wieder aufgenommen worden seien – es gäbe zu wenig Anhaltspunkte für einen konkreten Mordverdacht.

»Komisch ist das schon, dass wir jetzt gar nichts mehr von Falk hören«, meint Jaron anschließend. »Nicht, dass ich Sehnsucht nach ihm hätte, aber vielleicht hat er tatsächlich aufgegeben. Ich sollte mich sowieso mal in der WG melden und mit Johannes sprechen. Es kann zwar jeder kommen und gehen, wann er will, wir sagen uns da nie gegenseitig Bescheid – aber wenn einer von uns mehrere Tage weg ist, wäre es schon besser.«

»Klar«, meint Luna, die gerade Kartoffeln schält. »Aber

kannst du den Lautsprecher von deinem Handy anmachen, damit ich hören kann, was er sagt?« Sie legt das Schälmesser auf den Küchentisch, spült ihre Hände ab und setzt sich im Wohnzimmer neben Jaron aufs Sofa. Das Telefon liegt vor ihnen auf dem Tisch, Luna hört das Freizeichen, viermal klingelt es, dann wird abgenommen. Sie haben Glück, es ist Johannes, der am Apparat ist.

»Wo steckst du denn?«, will Johannes wissen. »So langsam wurden wir hier alle etwas unruhig, wollten dir aber nicht hinterhertelefonieren wie eine besorgte Mami.«

Jaron erzählt ihm zögernd, dass Luna und er untergetaucht sind. Erzählt von dem andauernden Terror durch Falk auch nach Lunas Flucht, der Verfolgungsjagd auf der Autobahn, den zerrissenen Fotos.

»Jetzt sind wir in Heidkate«, schließt er und erzählt in wenigen Sätzen von dem Wochenendhaus seiner Großtante. »Aber ewig können wir hier natürlich auch nicht bleiben.«

»Das müsst ihr auch nicht«, erwidert Johannes. »Ich habe Falk neulich getroffen, er hat mich zum Essen eingeladen, es muss ein, zwei Tage nach dieser komischen Jagd gewesen sein. Da hat er sich mal richtig geöffnet, er sagte, er würde sich selber dafür hassen, dass er so eifersüchtig sei, hat sich selber als krank bezeichnet. Er will sich bei Luna entschuldigen.«

»Das hat er oft genug getan«, entgegnet Luna. »Ich glaube ihm kein Wort mehr.«

»Ich glaube, dieses Mal meint er es ernst. Falk hat richtig offen über sein Problem geredet, seine Freundinnen immer besitzen und kontrollieren zu müssen, und er hat mehrfach betont, er wüsste eigentlich genau, dass man so keine Beziehung führen kann. Und die Qualen, in die er dich zuletzt gestürzt hat, Luna, die würde er am liebsten ungeschehen machen. Er wirkte absolut zerknirscht und ehrlich, als er sagte, wie sehr er das alles bereut.«

»Du kennst ihn besser als wir«, überlegt Jaron laut. »Die ganze Familiengeschichte und alles.«

»Auch wenn wir keine leiblichen Cousins sind, sondern mein Onkel sein Adoptivvater ist.«, bestätigt Johannes. »Wir hätten längst schon mal so ausführlich über alles reden sollen, wie wir es jetzt getan haben. Meine Tante ist echt ein Eisblock, wir konnten endlich mal gemeinsam über sie stöhnen und herziehen. Wenn wir das eher getan hätten, wäre Falk nicht so allein mit allem gewesen.«

Jaron nickt, natürlich kann Johannes das nicht sehen. Luna spürt einen Anflug von Mitgefühl für Falk in sich aufkeimen.

»Ich glaube, ihr könnt jetzt unbesorgt zurückkommen«, meint Johannes. »Falk hat mir versprochen, sich in Therapie zu begeben, zu der einen oder anderen Sitzung werde ich auch mitgehen. Er hat mir sogar die Visitenkarte des Psychiaters gezeigt, den er angerufen hat, er war also schon zum Vorgespräch da.«

»Das klingt gut«, gibt Jaron zu.

»Genau. Jeder Mensch hat eine Chance verdient. Außerdem braucht Ole sein Auto zurück. Nach den Feiertagen will er sich eine neue Anlage einbauen, die seine Eltern ihm spendiert haben.«

»Ich spreche in Ruhe mit Luna darüber«, verspricht Jaron. »Bis bald also. Und grüß die anderen von mir.«

✷

Am letzten Abend vor der Abreise denkt Luna, als sie bereits dicht an Jaron geschmiegt auf ihrer Matratze liegt, dass sie die Bettwäsche am liebsten mit nach Hause nehmen und gar nicht mehr waschen würde, um sich für immer an diese Tage zu erinnern.

Nach Hause. Zurück nach Berlin fahren. Falk wiederbegegnen, von ihm die Schlüssel zurückholen. Ihre Wohnung wieder in Besitz nehmen oder kündigen und woanders neu anfangen, vielleicht in Friedrichshain, wo Jaron wohnt, oder in der Nähe von Sarah. Und irgendwann mit Jaron zusammenziehen. Nichts überstürzen. Erst mal können sie einfach so zusammen sein, sich lieben, ganz ohne Hast, ohne Druck, ohne einander besitzen zu wollen. Bei diesem Gedanken lächelt Luna still in sich hinein.

Gerade ist sie am Einschlafen, da spürt sie, wie Jarons Schulter sich anspannt, schon hat er sich halb aufgerichtet.

»Was war das?«, fragt er, auch er muss schon im Halbschlaf gewesen sein, seine Haare stehen wirr in alle Richtungen, und er blinzelt, obwohl es dunkel im Raum ist, nur ein dünner Viertelmond ist durch das kleine Dachfenster zu erkennen. »Hast du das auch gehört?«

Nein, denkt Luna und richtet sich ebenfalls auf; nein, nicht jetzt. Nicht so, so soll es nicht enden, nicht hier. Sie fühlt ihren Puls rasen, jetzt hört auch sie etwas, Schritte, den dumpfen Schlag eines umfallenden Möbelstücks, das helle Zersplittern einer an die Wand geworfenen Tasse.

»Das ist er«, flüstert Jaron. »Verdammt, wie ist er nur reingekommen? Wie hat er uns gefunden?« Er schlingt seine Arme fest um Luna und hält sie fest, beide sind wie gelähmt, Luna hat das Gefühl, ihr Kopf sei aus Watte, ausgeschaltet, sie weiß, dass sie jetzt sofort handeln müssten. Er muss durch das Fenster in der Toilette gekommen sein, denkt Luna, denkt an das zerrissene Foto, jetzt ist es also so weit, jetzt sollen wir sterben, gleich wird er hinaufkommen, wenn er unten alles nach uns durchsucht hat.

Die nächsten Sekunden verlaufen in unheimlicher Stille, nur hier und da sind leise Geräusche zu hören, nichts Polterndes mehr, ab und zu hört es sich an, als ob jemand nasse Lappen gegen die Wände klatscht.

»Was macht der da?«, fragt Luna, doch plötzlich kommt Leben in Jaron.

»Raus hier, wir müssen raus, so schnell wie möglich!«, schreit er dicht neben ihrem Ohr und stürzt zum Fenster an der Schmalseite des Dachbodens hin, macht sich am Griff zu schaffen, stellt es in seiner Panik erst in Kippstellung, ehe er es weit öffnet und ihr helfen will, nach draußen auf das Dach des angebauten Wintergartens zu klettern. »Beeil dich, mach schnell! Er jagt uns sonst in die Luft, er muss völlig ausgeflippt sein!«

Ein schneller, tiefer Atemzug geht wie ein Ruck durch Lunas Körper. Deutlich nimmt sie jetzt Benzingeruch wahr; Jaron hat recht, Falk muss einen Kanister Benzin im Haus verteilt haben.

»Die Glut«, bringt sie beinahe tonlos hervor. »Die Glut im Kamin, er wird das Haus anzünden.« Und schon klettert sie nach draußen auf den Wintergarten. Gerade hilft sie Jaron, der etwas Mühe hat, durchs Fenster zu kommen, weil seine Schulter sich im Fensterrahmen verkantet, als ein scharfer Knall die Luft zerreißt, gefolgt vom hellen Klirren zerspringender Glasscheiben und dem Donnern sich rasant ausbreitenden Feuers. Jaron hat es geschafft, aus dem Fenster zu steigen, er packt Lunas Hand und klettert mit ihr zum Rand des Daches, beinahe stolpern sie, Jaron springt als Erstes hinunter, geschickt fallend, rappelt sich sofort wieder hoch, um Luna aufzufangen. Atemlos stehen sie vor dem lodernden Ferienhaus, aneinander geklammert, die Hitze zwingt sie, sich einige Meter zu entfernen, ohne dass sie jedoch den Blick von der Feuersbrunst wenden.

»Er ist noch drin!«, schreit Luna und will auf das Haus zustürzen, »Falk muss noch da drin sein; er kennt den

Trick mit der Tür nicht, und wenn er nicht rechtzeitig ein Fenster erreicht hat ...«

Jaron hält sie zurück. »Du kannst ihn nicht retten«, beschwört er sie. »Nicht, ohne dich selbst in tödliche Gefahr zu begeben. Du hast doch selbst gehört, wie Falk durchs Haus gegangen ist, er war wie von Sinnen, er hat überall mit dem Zeug herumgespritzt, um es dann anzuzünden und uns abzufackeln. Der Knall eben war die Explosion des Kanisters. Dadurch entsteht sofort ein riesiger Feuerball. Er hat absolut keine Chance. Und wir sollten zusehen, dass wir noch weiter von dem Haus wegkommen, wer weiß, ob es nicht gleich in die Luft fliegt.«

Doch Luna reißt sich los von Jaron. Als hätte sie seine Worte nicht gehört, als gäbe es noch eine Chance, Falk zu retten, ausgerechnet ihn, der ihr so viel angetan hat, läuft sie in Richtung Haustür. In diesem Moment hört sie drinnen im Haus einen Schuss. Luna schreit auf, sinkt auf die Knie, da ist Jaron bei ihr, hilft ihr auf und trägt sie weg bis ans Ende der Straße, in sicherer Entfernung des brennenden Hauses. Dort kauern sie sich auf eine niedrige Mauer.

»Ich wollte das nicht«, stammelt Luna und verbirgt ihr Gesicht an Jarons Brust, um nicht mehr hinsehen zu müssen, doch sie spürt die Hitze, obwohl sie bei winterlichen Lufttemperaturen im Sleepshirt draußen steht. »Dass er umkommt, habe ich nicht gewollt.«

»Du hast keine Schuld«, versucht Jaron, sie zu beruhigen. »Genauso wenig wie bei Thore. Falk war total gestört, er hat sich das alles selber so gebaut.«

»War«, wiederholt Luna. »Er ist tot. Erst Thore und nun er. Es ist so furchtbar, Jaron.«

Jaron nickt. Die Explosionsgefahr scheint gebannt, doch das Feuer lodert noch, in der nassen Umgebung breitet es sich nur langsam weiter aus, die angesengten Nadelbäume ringsum qualmen mehr, als dass sie brennen, schwarzer Rauch steigt in den blassen Winterhimmel auf. Luna und Jaron sitzen eng umschlungen, bis sie nach einigen Minuten in der Ferne ein Martinshorn hören, dann noch eines und noch eines, sie kommen rasch näher. Von der Einfahrt zur Strandsiedlung aus dringen bald auch die Motorengeräusche zu ihnen.

»Das ging schnell«, bemerkt Jaron; Luna spürt, dass ein Beben durch seinen Körper zieht. »Vermutlich haben die Bewohner des Nachbarsortes die Flammen oder den aufsteigenden Rauch gesehen. Dann geht es jetzt los, Luna. Befragungen, Untersuchungen, Aussagen.« Er stößt Luft aus und krallt seine Hand um ihre.

Luna strafft ihren Körper, hebt ihren Kopf von Jarons Brust und blickt den Feuerwehrmännern entgegen, die bereits beginnen, den Schlauch auszurollen und einen Hydranten ausfindig zu machen. Aus einem Streifenwagen steigen zwei uniformierte Polizisten und gehen auf sie zu.

»Wir haben schon so vieles zusammen durchgestanden«, erwidert sie. »Das schaffen wir auch noch. Auch wenn es jetzt noch mal richtig hart wird.«

Die Tür fällt ins Schloss, Luna bleibt mitten im Zimmer stehen und blickt sich um. Wieder zu Hause. Ich bin wie ein Alien, denkt sie; wie ein Wesen von einem anderen Planeten, das aus einem Ufo abgeprungen ist und nun hier herumsteht, auf einmal wieder mitten in Berlin, in ihrer unsanierten Ein-Zimmer-Altbauwohnung in einer Charlottenburger Seitenstraße, die nicht sehr anheimelnd wirkt, wenn man es genau nimmt. Ihre Eltern haben gewollt, dass sie zurück nach Remscheid kommt, zurück in ihr altes Zimmer, manchmal trifft man auch Fehlentscheidungen im Leben, hat die Mutter gesagt, und dann ist es gut, wenn man die Möglichkeit hat, noch einmal von vorn zu beginnen. Aber Luna wollte wieder hierher in ihre kleine Wohnung, nicht allein wegen des Studiums. Nicht nur Thore hätte gewollt, dass sie weitermacht. Luna selbst will es auch.

Sie dreht den Heizkörper auf und entlüftet ihn, während Jaron in die Küche geht und Wasser in einen Kochtopf füllt, Luna hört, wie er die Einkäufe aus den Tüten nimmt und im Kühlschrank verstaut. Wenig später sitzen sie an Lunas kleinem Esstisch bei Pasta mit scharfer Tomatensoße. Keiner von ihnen ist in der Stimmung, viel zu reden. Es genügt, dass sie zusammen sind, endlich ohne Angst. Nach dem Essen fragt Jaron, wonach Luna zumute ist, jetzt, am frühen Abend. Luna wirft einen Blick aus dem Fenster; man merkt, denkt sie, dass die Tage ganz allmählich wieder länger werden. Länger und heller. Auch wenn es jeden Tag nur wenige Minuten mehr sind.

»Nach draußen«, antwortet sie. »Irgendwo hin, uns einfach treiben lassen.«

»In einem Club Livemusik hören?«, hakt er nach. »Spazieren gehen? Jemanden besuchen, Sarah vielleicht? Oder Kino?«

Luna lächelt. »Hört sich alles gut an«, meint sie. »Wir finden schon was. Hauptsache, irgendwie raus ins Leben.«